Alexander Lohmann, geboren 1968 in München, studierte nach seiner Ausbildung zum Informatiker Germanistik und Geschichte und war als Redakteur bei Zeitschriften tätig. Die Lektüre des »Herrn der Ringe« weckte schon früh seine Liebe zur Fantasy. Während der 90er-Jahre war er im Fandom aktiv, z. B. als Mitherausgeber eines Fanzines. Seine Vorliebe für spannungsreiche Gegensätze setzt er am liebsten in eigenen Büchern um, wovon die »Gefährten des Zwielichts« und »Der Tag der Messer« beredtes Zeugnis ablegen. Wenn Alexander Lohmann gerade kein Buch schreibt, arbeitet er als freier Lektor und Literaturübersetzer in Leichlingen.

Weitere Titel des Autors:

Gefährten des Zwielichts
Der Tag der Messer
Lichtbringer

Weitere Titel in Vorbereitung

Alexander Lohmann

RING DER ELEMENTE

BASTEI
LÜBBE
TASCHENBUCH

BASTEI LÜBBE TASCHENBUCH
Band 20 563

1. Auflage: Januar 2012

Bastei Lübbe Taschenbuch in der Bastei Lübbe GmbH & Co. KG

Originalausgabe

Lektorat: Monika Hofko/Ruggero Leò
Titelillustration: © Jesse van Dijk/www.jessevandijk.net
Umschlaggestaltung: Guter Punkt, München
Autorenfoto: © Linda Budinger
Satz: Urban SatzKonzept, Düsseldorf
Gesetzt aus der Baskerville
Druck und Verarbeitung: CPI – Ebner & Spiegel, Ulm
Printed in Germany
ISBN 978-3-404-20563-9

Sie finden uns im Internet unter
www.luebbe.de
Bitte beachten Sie auch: www.lesejury.de

Der Preis dieses Bandes versteht sich einschließlich
der gesetzlichen Mehrwertsteuer.

Danksagungen

Auch bei diesem Buch möchte ich mich wieder bei meinen bewährten Testlesern bedanken, bei Andrea Broichhausen, Marcel König und Jörg Spinger, die mir mit ihren Rückmeldungen zur Seite gestanden haben.

Mein besonderer Dank gilt Linda Budinger, die nicht nur wie üblich meine erste Testleserin war, sondern die mich von Anfang an dazu ermuntert hat, diesen Roman zu schreiben.

1.
Feuer und Wasser

Dünne Wolkenstreifen glühten noch rot am Horizont, und im brackigen Hafenwasser spiegelte sich bereits das klare Sternenlicht. Wie silberne Kerzenflammen schwebten die Sterne in der trägen Dünung, dann kräuselte ein leichter Wellenschlag das Wasser, und die Lichter zerbarsten in einem Funkenregen.

Ein Kutter glitt in das Hafenbecken. Vier Schmuggler saßen darin. Sie hatten im Schatten der Klippen von Ilfar die Segel eingeholt und den Mast umgelegt. Von der eigenen Masse getrieben, schlich das kleine Schiff unter dem Leuchtturm der huldvollen Dame um die Spitze der Landzunge herum. Dann und wann half einer der Schmuggler mit den Rudern nach, die sie an den Seiten eingehängt hatten.

Der flache Rumpf schmiegte sich dicht an die Wasseroberfläche. Zoll für Zoll kroch er zwischen den hoch aufragenden Galeeren hindurch auf den Kai zu.

»Dargei, halt das Boot ruhig«, zischte eine Stimme vom Rumpf her. Es war Horgan, der Anführer der Schmuggler, ein vierschrötiger Mann in mittleren Jahren, der sein wettergegerbtes Gesicht unter einem schwarzen Vollbart verbarg. »Wenn wir eins von den großen berühren, kündigen wir uns mit einem Glockenschlag beim Hafenmeister an!«

Der junge Bursche am Heck bestätigte die Zurechtweisung mit einem hektischen Ruderschlag.

»Ssssst!«, zischte Horgan zornig. »Lass Bahome steuern, sorge du nur für Fahrt. Sie ist geschickter in diesen Dingen.«

»Sei nicht ungerecht, Horgan. Dargei ist neu im Geschäft.« Der vierte Schmuggler war kaum älter als der junge Bursche an den Rudern, aber er klang sehr selbstsicher. Sein wirrer Haarschopf war ein weniger heller als der Bart seines Kapitäns, und er grinste. Helger war schon seit einigen Jahren mit Horgan unterwegs.

»Wenn Dargei so weitermacht, wird er in unserem Geschäft auch nicht alt werden«, wisperte Horgan. Dann schnappte er nach Luft. »Nein, halt, was tust du da? Wir sind zu schnell!«

Der Kutter ließ die großen Schiffe hinter sich und driftete zum Rand des Hafenbeckens. Nur kleinere Ruderboote lagen hier vertäut und ein paar Kähne, ungefähr so groß wie ihr eigener. Horgan richtete sich auf und spähte über den Hafen. Eine Laterne schaukelte unruhig in der Ferne und verriet die Nachtwache. Die Patrouille war weit genug entfernt, und Horgan beruhigte sich.

»Beidrehen, langsam jetzt. Kein Laut. Wir dürfen die Mauer nicht berühren ...«

Dargei schlug fahrig mit dem Ruder, und Wasser spritzte gegen den Rumpf. »Lass Bahome steuern, hab ich gesagt!«, herrschte Horgan ihn an. Nur mühsam dämpfte er seine Stimme. »Und halt endlich dein verdammtes Ruder still!«

»Horgan meint es nicht so«, wisperte Helger. »Wir machen diese Fahrten oft, und es ist nicht halb so gefährlich, wie er tut. Er ist nur jedes Mal so aufgeregt ...«

Horgans Augen funkelten empört im Sternenlicht, dann wandte er den Blick wieder den Hafenanlagen zu. Tarsus war in den Hang eines Berges hineingebaut. Die Stadt stieg vom Hafen aus steil an, und die verschachtelten Häuser türmten sich an den Flanken des Berges wie Strandgut. Horgan versuchte, trotz der undurchdringlichen Finsternis, den besten Weg durch die schmalen Gassen abzuschätzen. Sie legten jedes Mal an einer anderen Stelle des Hafens an, wo die Durchfahrten und die zufälligen Lücken zwischen den vor Anker liegenden Schiffen sie gerade hinführten. So mussten sie sich jedes Mal einen neuen Schleichweg vom Hafen aus und durch die Stadt suchen.

Der Kutter drehte sich träge mit der Backbordseite zur Hafenmauer. Mit einem hohlen Gurgeln bremste das Wasser die Fahrt. Mehrere Handbreit vor der Mauerkante blieb er liegen und stampfte noch ein wenig nach. Horgan sprang auf die Reling und landete geduckt auf dem Kai. Er fing die Taue auf, die Helger ihm zuwarf, und zog das Schiff das letzte Stück heran, bevor er es sicher vertäute.

»Helger, du kommst mit mir. Bahome, du und Dargei, ihr gebt auf die *Seeschwalbe* acht. Legt euch auf den Boden, in den Schatten, dann sehen euch die Wachen nicht, wenn sie hier vorbeikommen. Ein kleines Boot mehr oder weniger wird ihnen kaum auffallen, wenn nicht Eltar selbst sie darauf hinweist.«

Die Frau nickte. Ihr langes dunkles Haar verschmolz in der Nacht mit dem Mantel, sodass es aussah wie eine Kapuze.

Der junge Dargei maulte: »Wie soll ich etwas lernen, wenn ihr mich nie mitnehmt?«

»Genau«, warf Helger ein. »Soll nicht lieber ich hier im Dunkeln bei Bahome bleiben?«

Dargei kicherte verlegen. Horgan murmelte unwillig: »Nimm es nicht zu leicht, Helger, nimm es nicht zu leicht ... ich nehme dich lieber mit und behalte dich im Auge!«

Der Platz bei der Anlegestelle war mit Kopfstein gepflastert und nicht gut geschützt vor Blicken. Nur ein paar Stoffballen boten Schatten und Deckung. Zum Glück patrouillierte die Hafenwache weit entfernt; sonst regte sich nichts in Tarsus. Es war Neumond. Die Bürger hatten die Häuser verriegelt und hofften auf einen ungestörten Schlaf – denn welcher Mensch würde sich hinauswagen, wenn selbst der Himmel sein Auge schloss?

Helger und Horgan überquerten rasch den ungeschützten Streifen. Am Rande des Hafenvorplatzes, in der Deckung der Fischhallen, hielt Helger seinen Freund zurück. Jetzt, da Bahome und der Junge nicht mehr dabei waren, klang er viel ernsthafter: »Dargei hat recht. Wenn er jemals die Schmuggelwege durch Tarsus lernen soll, musst du ihn mitnehmen.«

»Es ist noch zu früh«, sagte Horgan. »Wenn ich die Fracht hole, will ich keinen dabeihaben, der leicht in Panik gerät. Und auch keinen, der auf dem Weg durch die Stadt zu viel redet.«

Schweigend kamen sie an eine Treppe, die über die innere Hafenmauer in ein verschlungenes Netz schmaler Gassen führte, und langsam ertasteten sie sich ihren Weg den Hang hinauf. Die Straßen, denen sie folgten, waren nicht einmal eine Mannslänge breit. Zu beiden Seiten ragten die Häuser drei Stockwerke hoch auf und beugten sich oben oft ein Stück nach vorne, als wollten sie die Eindringlinge zu ihren Füßen genauer betrachten. Bei manch einem Gebäude ragte ein Winkel oder eine Grundmauer vorwitzig in die Straße hinein und bildete einen scharfen Knick, der den beiden Männern zusätzlich Deckung bot.

Sie gelangten an die Rückseite eines großen Bauwerks ganz oben am Berg. Verwinkelt wie ein eingestürzter Prunkpalast beherrschte es diesen Teil der Stadt. Im Dunkel der Neumondnacht wirkte das Gebäude genauso verlassen wie alle anderen in der Stadt. Dennoch kribbelten Helgers Haarwurzeln, und sein Mund wurde trocken.

Ein schmaler Garten erstreckte sich zwischen ihnen und dem großen Haus, durch eine hohe Mauer von der Straße getrennt. Horgan suchte die Ritzen und Fugen zwischen den Lehmziegeln und kletterte hinauf. Helgers Finger fühlten sich steif an und wollten nicht zugreifen. Unwillig schüttelte er den Kopf.

Er biss die Zähne zusammen, überwand seine Beklommenheit und sprang mit Anlauf die Mauer hinauf. Er fand kurz Halt, stieß sich ab, und mit zwei Schwüngen saß er auf der Mauerkrone. Dort wartete er auf seinen Kapitän. Er grinste selbstgefällig in sich hinein.

Horgan bemerkte es. »Vorsicht«, zischte er. »Ganz vorsichtig ...«

Helger schnaubte und ließ sich auf der anderen Seite hinunterfallen. Horgan machte sich zu viele Sorgen. Das Anwesen war unheimlich, gewiss, bei Nacht noch mehr als am Tage. Aber über die Mauer und hinab in den Garten zu gelangen war nicht schwer, wenn man die rechte Stelle wusste. Horgan kam jeden Lidschlag hierher, um die Fracht abzuholen, und Helger begleitete ihn meistens. Bisher war noch nie etwas schiefgelaufen.

Jenseits der Mauer sahen sie von dem großen Haus noch

weniger als von der Straße aus. Der Garten war hoch überwuchert mit fremdartigen Bäumen, die sich nach oben hin stark verzweigten. Unter den Bäumen wuchsen Farne, und in deren Schatten lagen kleine dunkle Teiche im morastigen Boden. Die Luft stand schwer und stickig zwischen den Pflanzen, ringsum von Mauerwerk umschlossen. Helger keuchte, und sein Übermut schwand.

Die Stille hier drin war bedrückender als in der Stadt, so als müssten eigentlich Nachtvögel zwischen den Zweigen zwitschern. Helger vermisste das Rascheln kleiner Tiere im Gehölz, das Platschen von Fröschen im Morast. Nichts regte sich hier, kein Laut war zu hören, nur der schwere Atem der beiden Männer.

Selbst Horgan verharrte einen Augenblick, als müsse er sich erst an den weiteren Weg erinnern. Aber natürlich kannte er sich aus. Mit wenigen Schritten war er bei einem nackten, sandigen Hügel inmitten des Dickichts.

Helger verharrte am Fuß des Hügels, geduckt und still. Nie hätte er gehofft oder auch nur gewünscht, diesen Garten oder das Haus dahinter zu betreten, und doch ging der beste Freund seiner Kindheit hier zur Vordertüre ein und aus, während er selbst nun des Nachts seine Botendienste an der rückwärtigen Türschwelle verrichtete. Er spähte zwischen den Pflanzen zur Rückseite des Gebäudes, aber dort blieb alles dunkel und still. Schliefen auch dort alle Bewohner in den dunkelsten Nächten? Lag auch *er* dort in einem Bett und ahnte nichts?

Horgan hockte am Boden. Ungeduldig musterte er seinen Begleiter, aber er wagte nicht mehr zu sprechen. Die beiden Männer holten einen Spaten aus ihrer Ledertasche, oder vielmehr nur das eiserne Blatt eines Spatens, dessen Stiel sie entfernt hatten. Sie schoben den lockeren Sand beiseite, und bald schlug ihnen ein schwacher süßlicher Gestank entgegen. Helger erahnte andere Gerüche dazwischen, es roch ganz leicht nach Feuer und nach längst erkalteter Asche.

Es war dunkel in dem Garten, dunkler noch als in der sternklaren Nacht außerhalb der Mauern. Die Männer sahen kaum, was sie ausgruben. Vorsichtig tasteten sie durch den Sand und legten Stück um Stück in ihre dickhäutigen Ledersäcke. Sie fühlten sich unbehaglich, trotz der Handschuhe, und die üble Ausdünstung des Ortes trieb ihnen ebenso den Schweiß auf die Stirn wie die Anstrengung.

Helger hielt etwas hoch, das er ausgegraben hatte. Vor einer Lücke im Blätterdach erkannte er die Umrisse eines kleinen Affen in seiner Hand. Der Kopf war nach vorn gezogen, die Arme waren überlang, die Beine sehr kurz. Der entstellte Kadaver war über und über mit kleinen hakenförmigen Stacheln besetzt; andere Gliedmaßen, die sie ausgruben, hatten lange Klauen. Horgan und Helger bewegten sich langsam, damit sie sich nicht verletzten. Keiner von ihnen konnte den Gedanken abschütteln, ob diese Geschöpfe lebende Artgenossen hatten, die in diesem Augenblick womöglich in den Bäumen über ihnen lauerten!

Endlich fanden ihre tastenden Finger nichts mehr. In stillschweigender Übereinkunft schlossen die beiden das Loch. Sie strichen den Sand glatt und nahmen die wohlgefüllten Säcke mit.

Das Schiff hob und senkte sich träge im Hafenwasser. Cidos hatte ein flaues Gefühl im Magen, und doch fühlte er sich großartig. Hier stand er nun, Cidos Eltairion, in seiner eigenen Kabine und in einer Position mit Verantwortung!

Er betrachtete prüfend seine Unterkunft: Die Möbel waren mit gelber Seide bezogen, die Vorhänge und selbst die Wandbehänge bestanden aus Seide. Der Stoff knisterte unter seinen Fingern. Die Marine Ihrer Majestäten sorgte gut für ihre Schiffsmagier.

Aber die Seide war über und über mit schwarzen Sternen und stilisierten Tierkreiszeichen bestickt, und Cidos empfand das Muster als aufdringlich. So mochte sich ein Krämer aus der Gosse den Wohnsitz eines Zauberers vorstellen, aber Cidos' Geschmack traf es nicht.

Er zuckte die Schultern. *Sei's drum.*

Er schlug die Vorhänge zur Seite. Seine Kabine auf der massigen Kriegsgaleere lag neben der des Kapitäns und hatte ein Heckfenster, genau wie diese. Nichts an dem Raum erinnerte an die dunklen, muffigen Unterkünfte, wie man sie gemeinhin auf einem Schiff vermutete und unter Deck auch fand. In den wohlgepflegten Holzrahmen steckten trübe Bleiglaskacheln und ließen gedämpftes Licht zu ihnen ein, aber keine Blicke.

Zum ersten Mal seit seiner Kindheit war Cidos unbeaufsichtigt und allein – ein junger, blondhaariger Magier, der das Schulgebäude niemals verlassen hatte, seit er dort aufgenommen worden war. Und er war froh, dass er der Zucht seines Ordens endlich entronnen war. Hier an Bord war er sein eigener Herr. Mehr noch: Er genoss die Achtung aller Menschen auf diesem Schiff. Endlich begann sein wahres Leben, das Schicksal, das er sich immer erträumt und für das er die letzten zwölf Jahre ertragen hatte. Das Schicksal, das ihm bestimmt war!

»Darf ich Euch behilflich sein, Herr?« Cidos schrak auf. Der Junge, der ihm an Bord zu Diensten stand, war unbemerkt an seine Seite getreten. Der Page öffnete mit einem raschen Griff einen Fensterflügel. Warme, schwere Hafenluft quoll herein.

»Kann ich Euch etwas bringen? Ihr seht ... müde aus!«

Tatsächlich war ihm von den schaukelnden Bewegungen inzwischen übel geworden. Cidos ärgerte sich, dass die Empfindungen seines Leibes so gar nicht zu den hochfliegenden Gedanken in seinem Kopf passen wollten.

»Du kannst gehen«, fuhr er den aufdringlichen Pagen an. »Und klopfe das nächste Mal, bevor du hereinkommst. Oder, besser noch: Warte, bis ich dich rufe!«

»Kapitän Kytheiros schickt nach Euch«, antwortete der Junge gleichmütig. Cidos vermisste den gebührenden Respekt in seiner Stimme.

»Warum?«

Der Knabe zuckte die Achseln. »Ich habe einen Auftrag bekommen, aber keine Erklärung.«

Cidos beäugte den Pagen und runzelte die Stirn. Er brauchte keine Magie, um die Wahrheit hinter den Worten zu erkennen: Der Junge hatte zwar keine Erklärungen erhalten, aber er wusste sehr wohl, um was es ging. Doch dieses aufgeschnappte Wissen würde er nicht mit dem Zauberer teilen, denn der gehörte nicht zu seiner Welt der erlauschten Gespräche und der bruchstückhaften Gerüchte.

War das eine Form von Respekt? Cidos Eltairion jedenfalls, junger Absolvent der Schule des Allwissenden und Adept Eltars im ersten Grade, wusste nicht, wie er damit umgehen sollte. Er trat aus der Kabine hinaus und ging die wenigen Schritte über den Flur bis zu der Kajüte des Kapitäns.

Als Kind, bevor er auf die Schule gekommen war und sein Kopf mit anderen Dingen gefüllt wurde, hatte Cidos viele Geschichten über »alte Seebären« gehört. Doch Kytheiros, der Kapitän der *Meerwolfs Zorn*, entsprach diesem Bild überhaupt nicht. Er mochte nicht mehr so jung sein, wie er auf den ersten Blick wirkte, und er legte gewiss viel Wert auf sein Äußeres. Sein Bart war zu einem exakten Dreieck gestutzt, und die Spitzen seines eingefetteten Schnurrbarts ragten über die Mundwinkel hinaus. Was das tiefe Schwarz seiner Haare betraf, so ging Cidos davon aus, dass der Kapitän mit den dunklen Nebeln der Sepia nachgeholfen hatte, und zwar beim Haupthaar wie beim Bart gleichermaßen. Kytheiros' Kleidung hatte nichts Seemännisches an sich, sie entsprach der Mode der Edlen bei Hofe. Nur der Säbel an seiner Seite wirkte ein wenig zu schwer neben den anmutigen Falten des Gewandes.

»Ah!« Kytheiros lächelte betont und ging mit ausgebreiteten Armen auf Cidos zu. »Hier ist er ja, der neue Begleiter meines Schiffes, der frische Segen Eltars, der über unseren Fahrten liegen soll ...«

Einige Schritte vor dem Zauberer blieb Kytheiros stehen und deutete eine Umarmung an. Mit einer gleichfalls nur angedeuteten Berührung der Schulter führte er Cidos zu einem kleinen Tisch beim Fenster. Cidos schwieg, und der Kapitän schien auch keine Antwort zu erwarten.

Er fuhr fort: »Mein lieber Freund, ich habe Anweisungen erhalten, die auch für Euch von Bedeutung sein dürften ...

Doch verzeiht. Es ist nicht angemessen, dass ich Euch derart mit den Belangen des Dienstes überfalle, kaum dass Ihr an Bord seid. Ist die Unterkunft zu Eurer Zufriedenheit?«

Cidos holte Atem, doch der Kapitän hielt nicht inne und beantwortete die Frage sogleich selbst: »Der verehrte Polior, Euer Vorgänger, hat sie recht zauberisch ausgestaltet. Er zeigte viel Gespür für das angemessene Ambiente. Es erleichtert Euch gewiss die Eingewöhnung, wenn die Umgebung so vertraut wirkt.«

Kytheiros schien der Ansicht zu sein, dass er mit diesem Monolog der Höflichkeit Genüge getan hatte. Er nahm das Gespräch da wieder auf, wo er angefangen hatte: »Wie ich bereits so vorschnell anmerkte, ich habe Befehle erhalten. Bereits morgen früh soll die *Meerwolf* auslaufen. Wir suchen nach Schmugglern, üblen Piraten und Halsabschneidern. Diese Schurken ängstigen schon des Längeren die edlen Damen unserer Stadt, doch erst heute nimmt sich die Flotte dieser Angelegenheit an.«

Er zwinkerte Cidos vertraulich zu. Der stand unbehaglich neben dem Tisch, trat von einem Bein auf das andere und ließ den Redeschwall über sich ergehen. Er dachte daran, dass dies der Mensch war, mit dem er auf dem Schiff zuvorderst seine Zeit verbringen sollte …

»Der Orden meinte, bei der Suche nach diesen Piraten kämet Ihr gerade recht. Ihr müsstet nur Eure Verbindungen nutzen, und im Nu trügt Ihr Eltars gerechten Zorn zu den Gesetzlosen.«

Zwischen den Papyri auf der Tischplatte lag ein kleines versiegeltes Bündel aus Seide. Kytheiros reichte es ihm. Cidos schaute den Kapitän an. Er las Neugier in dessen Augen, eine gespannte Erwartung, und mit einem Mal sah er die vorangegangene Rede in einem neuen Licht: In seiner wortreichen Art hatte Kytheiros eine Botschaft an ihn weitergegeben, die er selbst nicht verstanden hatte.

Cidos verstand genauso wenig. Was für »Verbindungen«? Der Kapitän mochte glauben, dass dies alles in der geheimnisvollen Terminologie der Magier einen Sinn ergab. Aber wenn dem so war, hatte Cidos seine Lehrzeit zu früh beendet.

Unschlüssig drehte er das Bündel in den Händen. Es trug das Siegel seiner Schule. Cidos brach das Wachs zwischen Daumen und Zeigefinger, zäh löste es sich von dem Tuch, und das Bündel ließ sich auseinanderschlagen. Ein hölzerner Dolch fiel heraus, ein Kinderspielzeug.

»Helger!«, sagte Cidos und verstand.

»Was meint Ihr?«, fragte der Kapitän.

»Es ... Ich ... Es bedeutet nichts.« Cidos hatte den Kapitän beinahe vergessen. »Nur ein Begriff meines Ordens.«

Die Lüge klang lahm in seinen Ohren, aber wie hätte der Kapitän es besser wissen sollen?

»Ihr seid blass.« Kytheiros sprach mitfühlend. »Ihr seid noch nicht seefest, oder täusche ich mich da? Das Wasser ist unruhig in den letzten Tagen. Eigentümliche Strömungen bis in den Hafen hinein. Aber draußen auf dem Meer wird es nicht besser werden, und ich muss wissen, ob ich auf Euch zählen kann?«

»Keine Sorge, ich werde bereit sein ... Wenn ich mich nun zurückziehen dürfte? Ich weiß jetzt, was ich zu tun habe.« Er zögerte kurz, dann fügte er hinzu: »Vielleicht gehe ich noch einmal an Land. Ich muss ... einige Dinge besorgen.«

Kapitän Kytheiros nickte. »Vielleicht wäre es besser, wenn Ihr an Bord bliebet. Gewohnheiten wachsen aus Gewöhnung, wie ich immer sage. Wenn Ihr Euren letzten Tag an Land verbringt, mag es Euch bei der Rückkehr umso schlechter gehen. Und morgen müsst ihr imstande sein, Eure Zauber zu weben, hier an Bord meiner *Meerwolf*.«

Cidos Eltairion deutete eine Verbeugung an – nicht zu tief, denn immerhin war er ein Zauberer und Eltars Auserwählter. Dann nahm er den Dolch mit dem Seidentuch und verließ die Kajüte des Kapitäns. Draußen auf dem schmalen Flur zog er die Türe hinter sich zu. Er fühlte sich nicht gut, und der Schweiß perlte ihm von der Stirn. Der Page stand noch da und wartete auf weitere Aufträge. Er musterte den Zauberer von der Seite, aber Cidos versuchte, ihn nicht zu beachten. Dieser Knabe war ohne Bedeutung, er war es nicht wert, dass Cidos seinetwegen Kraft verschwendete und sich um Haltung bemühte.

Was sollte er tun?

Er umklammerte immer noch das Seidentuch und den Dolch aus Holz, den er notdürftig wieder darin eingeschlagen hatte. Cidos Finger waren schon ganz steif geworden, so krampfhaft hielt er es fest. *Helger* bedeutete etwas, ungeachtet all der Jahre, die vergangen waren.

Der hölzerne Dolch war Helgers liebster Besitz gewesen und sein Abschiedsgeschenk für den besten Freund, als Cidos in der Schule aufgenommen worden war. Ein sinnloses Opfer: Cidos hatte nicht sehr lange Freude an dem Spielzeug gehabt, denn die Schüler mussten ihre persönlichen Habseligkeiten »zur Verwahrung« abgeben, bis ihre Ausbildung abgeschlossen war.

Vor zwei Tagen war es bei Cidos so weit gewesen: Er hatte die Schule verlassen – und gar nicht mehr an die Gabe seines Freundes gedacht. Er hatte Helger beinahe vergessen, und jetzt schämte er sich dafür.

Cidos kehrte in sein Kämmerchen zurück. Der Dunst der Stadt schwebte in der Kabine. Er hatte das Fenster offen gelassen, und die *Meerwolfs Zorn* lag in der Leeseite von Tarsus, im Windschatten des Berges.

Er setzte sich in seinen Sessel und rutschte unruhig auf dem Sitz herum. Mit den Fingernägeln fuhr er über das Schnitzwerk der Armlehnen und ertastete die feinen Facetten des eingelassenen Kristalls. Von der Stadt her hörte er ein Rauschen, und einige größere Wellen schwappten gegen den Rumpf. Einer der kleinen Erdstöße möglicherweise, die Tarsus von Zeit zu Zeit heimsuchten. *Aspagos streckt die Füße in den Fesseln,* so hatte Cidos auf der Akademie flüstern hören, während der letzten Tage …

Er beschloss, diese Unruhe in der Unterwelt als Anstoß zu nehmen und sich selbst in Bewegung zu setzen. Er rief den Pagen herbei.

»Hilf mir beim Ankleiden – die Rüstung, ich will in der Rüstung in die Stadt!«

Die Rüstung gehörte zur Ausstattung eines Kriegsmagiers der Flotte. Wenn das Schiff sank, dann sank auch er. Aber bis dahin schützte das Metall ihn vor verirrten Pfeilen, und vielleicht auch für einen Augenblick vor den Angriffen, die der Aufmerksamkeit seiner Beschützer entgingen.

Es gab nur wenige Metalle, die ein Zauberer tragen konnte, ohne dass seine Magie gestört wurde. Darum war der Harnisch schwerer und weicher als bei einer gewöhnlichen Rüstung. Aber er glänzte golden und bot einen beeindruckenden Anblick. Cidos hoffte, dass ihm das nützlich war, wenn er um eine Audienz beim Gouverneur ersuchte.

Ein Händler schlenderte an der Anlegestelle vorüber und äugte in den Kutter. »Leer ausgegangen?«, fragte er.

»Was? Ich, wir ...« Dargei druckste herum.

Helger sprang ihm bei. »Wir bekommen anderswo mehr für die Fische. Und was wir in der Stadt kaufen wollen, kriegen wir anderswo billiger als bei dir!«

Der abgerissen aussehende Aufkäufer ging gekränkt seiner Wege.

Wieder lagen sie mit der *Seeschwalbe* im Hafen von Tarsus, diesmal am hellen Vormittag und an einem gemeldeten Liegeplatz. Ein paar alte Netze und fleckige Holzfässer mit Rissen, die man von außen nicht sah, ließen den Kutter auf den ersten Blick aussehen wie ein Fischerboot.

Horgan war beim Hafenmeister und kümmerte sich um die Anmeldung. Es war nicht ungewöhnlich, dass Fischer von den umliegenden Inseln in der Stadt festmachten. Allerdings brachten gewöhnliche Fischer selten harte Münzen mit, sondern nur ihren Fang, den sie in der Stadt erst zu Geld machen mussten. Gewöhnlich achteten Horgans Schmuggler besser auf ihre Tarnung. Sie kauften, bevor sie nach Tarsus fuhren, zumindest einige gefüllte Fässer mit Meeresgetier auf, die sie vorweisen konnten.

Heute allerdings hatte ihnen die Zeit gefehlt. Die Insel, auf der sie Zuflucht gefunden hatten, war unruhig geworden und begann sich zu regen. Mit leichten Stößen hatte sie in den vergangenen Tagen schon mehrmals versucht, die Eindringlinge abzuschütteln, und zuletzt hatte ein überraschender Steinschlag ihren zweiten Kahn zerschlagen. Für kurze Zeit waren unzählige Möwen um die Hänge des namenlosen Eilands geschwärmt, hatten dort ihr Gefieder geputzt und palavert. Am gestrigen Tage waren sie dann in einer einzigen Wolke aufgeflogen und in die Morgensonne verschwunden.

Seitdem hatte Helger keinen Laut mehr vernommen, bis auf das Flüstern von Bahome, die mit einem Mal gläubig geworden war und dem allgegenwärtigen Atem der Höllen die Kraft ihrer Gebete entgegensetzte. Dargei war unbeholfener und zerstreuter als ohnehin schon, und auch Helger konnte die Anspannung kaum ertragen.

Aber so ungünstig die Umstände auch waren, sie konnten sich nicht einfach auf ihrer Insel verkriechen: Eines ihrer Boote war beschädigt, und sie mussten den Markt und die Handwerker von Tarsus aufsuchen, solange zumindest die *Seeschwalbe* noch fahrtüchtig war. Denn zu riskieren, dass sie ganz ohne Schiff auf einer einsamen und unfruchtbaren Insel festsaßen, das wäre viel leichtsinniger gewesen, als es die Fahrt selbst unter diesen Umständen sein konnte.

Cidos warf einen letzten Blick zurück auf das Schiff, das in den nächsten Jahren sein Zuhause werden sollte. Der schmale Rumpf der Galeere verschwand fast ganz im Wasser, und nur die weit darüber hinausragenden Ruderbänke und das hohe Achterkastell waren zu sehen. Die *Seewolf* sah aus diesem Blickwinkel fast aus wie ein kantiger Kasten, der plump und unerschütterlich auf dem Wasser lag. Nichts zeugte von den Bewegungen des Schiffes, die Cidos an Bord doch ganz deutlich gespürt hatte.

Er schluckte und war froh, dass er wieder festen Boden unter den Füßen hatte.

Er wandte sich zur Stadt hin. Rings um ihn lag das Hafenviertel, das sich zu Füßen des Berges erstreckte. Cidos konnte nicht viel davon sehen, denn die Hallen rings um die Docks und Werften überragten die Wohngebäude dahinter.

An den Berghängen konnte man kleinere Häuser sehen, graue Kästen, die vom Hafen aus betrachtet anmuteten wie durcheinandergeworfene Würfel, mit dunklen, verwinkelten Gassen, an die Cidos nur verschwommene Erinnerungen aus frühester Kindheit hatte.

Einige höhere Gebäude ragten dazwischen hervor, und das war jetzt seine Welt – ebenso wie die breiten Straßen zwischen diesen herrschaftlichen Anwesen.

Cidos fasste die Präfektur ins Auge, den Sitz der weltlichen Macht und der Verwaltung von Tarsus. Der Bau mit seinen vielen kleinen Fenstern und dem roten Dach darüber war schon aus der Ferne deutlich zu sehen, und der gewaltige Torbogen allein war höher als die umliegenden Häuser. Die Präfektur lag etwa auf halber Höhe des Berges.

Der Seewind verlor sich zwischen den Gebäuden, und auf den Hauptstraßen gab es während der Mittagsstunden kaum Schatten. Cidos verfluchte bald seine Rüstung, auch wenn die Bürger und selbst schwere Karren und Fuhrwerke ihm ehrfürchtig Platz machten und er unbehelligt von Gewühl sein Ziel erreichen konnte.

Vor der Präfektur hielt Cidos erleichtert inne. Er hob den Helm und wischte sich den Schweiß von der Stirn. Dann floh er in die hohe, kühle Vorhalle und ließ sich melden.

Gouverneur Kalairan bat den unerwarteten Besucher gleich zu sich, so rasch, dass Cidos nach dem anstrengenden Weg kaum zu Atem gekommen war.

Der Empfangssaal des mächtigsten Mannes von Tarsus war groß, die Fensteröffnung wirkte lächerlich klein für den Raum. So blieben die spärlichen, aber erlesenen Möbel und Gemälde im Halbdunkel. Kalairan saß auf einem zierlichen Stuhl vor einem Fenster mit Blick über die Stadt.

»Der junge Eltairion!«, begrüßte er seinen Besucher. Dann wandte er sich an seinen Sekretär. »Sorg dafür, dass wir eine Weile ungestört bleiben. Für die Angelegenheiten des Ordens nehmen wir uns immer Zeit!«

Kalairan wedelte mit der knochigen Hand, und der fette

Domestik an der Tür nickte bei jeder Bewegung wie eine Marionette und eilte davon. Cidos trat auf Kalairan zu.

Der Gouverneur war ein alter Mann mit kahlem, fleckigem Schädel. Ein letzter spärlicher Kranz von Haaren, lang, fahlweiß und strähnig, umrahmte die Glatze, und das Gesicht darunter war von tiefen Furchen durchzogen. Mit der großen und schmalen Hakennase und in seinem schwarzen Gewand sah der Gouverneur viel eher aus wie ein geheimnisvoller Meister der arkanen Künste als sein junger Besucher in der strahlenden Rüstung.

»Euren Namen habe ich in letzter Zeit häufiger gehört, junger Adept.« Kalairans Blick glitt beiläufig über Cidos. »Nun sehe ich auch das Gesicht dazu. Das ist gut. Dinge, von denen man einmal hört, haben die Gewohnheit, immer wieder aufzutauchen. Aber was genau führt Euch zu mir?«

Cidos schätzte es nicht, als »Ding«, bezeichnet zu werden. Aber hier stand er vor dem Herrn über Hafen und Flotte, und nur hier konnte er darauf hoffen, von der unangenehmen Aufgabe entbunden zu werden, die ihm zugefallen war.

»Es geht um die Befehle, die Ihr für die *Meerwolfs Zorn* erteilt habt. Sie soll ...«

»Ja, die Schmuggler. Euch ist eine bedeutsame Rolle zuteilgeworden, gleich bei Eurem ersten Auftrag. Fühlt Ihr Euch den Anforderungen nicht gewachsen?«

Kalairan schaute nach draußen, während er sprach. Die Jagd auf eine Hand voll Schmuggler war nichts, was Cidos als »bedeutsam«, bezeichnet hätte. Er war überrascht, dass der Gouverneur überhaupt wusste, worum es ging. Kalairan hatte den Befehl also nicht nur beiläufig abgezeichnet – er nahm selbst Anteil an dieser scheinbar alltäglichen Mission!

Die Erkenntnis verunsicherte Cidos. »Nein ... doch ...«, stammelte er.

Er fühlte sich der Aufgabe tatsächlich nicht gewachsen, aber gewiss aus anderen Gründen, als der Gouverneur glauben mochte. Bot sich ihm hier möglicherweise ein Ausweg? Konnte er einfach vorgeben, dass ihm die Fähigkeit für diese Aufgabe fehlte?

Er holte tief Atem, doch er bekam die Worte nicht über die Lippen. »*Natürlich* bin ich dem gewachsen«, sagte er stattdessen. »Ich frage mich nur … warum? Was soll mit diesen Schmugglern geschehen?«

»Ihr müsst sie nur aufspüren.« Der Gouverneur lachte leise. »Was kümmert Euch das Übrige? Denkt daran: Ihr seid nur Teil eines Ganzen und müsst beizeiten lernen, Euren Platz einzunehmen – und an diesem Platz zu bleiben.«

Cidos war empört. Wollte Kalairan ihn etwa zu einem Ochsen im Gespann degradieren? Gewiss, er war jung und unerfahren, er nahm nur den niedersten Rang unter den Zauberern ein. Aber der Gouverneur von Tarsus war trotz seiner weltlichen Macht nichts weiter als ein *Ungeweihter*! Kalairan hatte nicht das Recht, einen Zauberer zu belehren.

»Diese Aufgabe ist nichts für mich«, stieß Cidos hervor, vielleicht ein wenig schroffer, als es angemessen war. »Ihr sucht nach einem Menschen, den ich kenne. Schickt ein anderes Schiff. Warum soll überhaupt ein großes Kriegsschiff nach ein paar *Gaunern* suchen, die bestenfalls ein Boot besitzen? Für Euch kann das nur eine kleine Sache sein, doch von mir verlangt Ihr, dass ich dafür einen Freund verrate!«

Der Gouverneur beugte sich auf seinem Stuhl vor. Etwas blitzte in seinen Augen auf – Belustigung!

Cidos fühlte sich gekränkt.

Doch Kalairans Stimme klang scharf, als er antwortete: »Was denkt Ihr, weshalb Ihr auf diesem Schiff seid? Ihr seid überhaupt erst der Grund, dass wir die *Meerwolfs Zorn* schicken! Gerade weil Ihr einen dieser Männer kennt, könnt Ihr ihn aufspüren. Diesem Umstand verdankt Ihr Euren Posten. Das ist der Anlass Eurer Beförderung, und ein frühzeitiges Lehrstück noch dazu: ein Lehrstück darüber, dass man seine Aufgaben nicht nach Gutdünken auswählen kann.«

Wut kochte in Cidos hoch. Kalairan mochte sein Dienstherr sein, aber ein Mitglied des Ordens von Eltar war niemandes Lakai! »Ich kann von meinem Posten zurücktreten. Und Ihr könnt mir gar nichts befehlen, denn Ihr versteht nichts von den

Dingen, die ich mache!« Er schrie die Worte und war selbst erschrocken, als er bemerkte, wie sich seine Stimme überschlug.

Kalairan erhob sich und trat auf Cidos zu. »Du wagst es, so mit mir zu reden, du Welpe von einem Zauberer? Dabei weißt du noch nicht einmal, was in deinem eigenen Hause vor sich geht. Was glaubst du denn, wer dir diesen Auftrag erteilt? Was glaubst du, weshalb die Flotte sich plötzlich um ein paar erbärmliche Schmuggler kümmert, weshalb ein großes Kriegsschiff ausfährt, um eine Nussschale aufzubringen? Dein eigener Orden ist es, der die Fäden zieht. Ich habe nur das Siegel auf die Befehle gedrückt, aber deine eigenen Leute haben mir diese Befehle vorgelegt. Sie haben dich an diesen Platz gesetzt. *Sie* wollen, dass du für den Orden deine Pflicht tust.«

Cidos wich zurück. »Nein«, sagte er. »Warum sollten die Weisen Eltars sich um eine Hand voll Schmuggler kümmern? Für ein Kriegsschiff ist das keine angemessene Aufgabe, aber noch viel weniger ist es eine Aufgabe, mit der sich die Wissenden befassen würden.«

Kalairan senkte die Stimme. Mit einem Mal schien die ganze Müdigkeit seines Alters auf seiner Zunge zu lasten. Cidos konnte die Worte kaum verstehen, so leise sprach der Gouverneur. Dennoch war die Stimme voll von Bosheit und Verbitterung: »Was versteh ich schon davon? Ich kenne Meister Theimenes seit Jahren, doch von dem, was hinter den Mauern der Schule vor sich geht, weiß ich wenig. In den Gassen der Stadt munkelt man von Praktiken weit jenseits der von Eltar gesetzten Grenzen. Doch es ist nur das Volk, das da redet, und ich höre nicht zu. Wo das Geheimnis regiert, gedeiht das Gerücht, und der Orden hat viele Geheimnisse. Aber er sorgt auch selbst für seine Reinigung, wenn es notwendig ist. Meister Theimenes wird sterben, und der Rat der Wissenden hat bereits seinen Nachfolger bestimmt.«

»Theimenes stirbt?« Wie konnte der Erzmagier von Tarsus im Sterben liegen, ohne dass Cidos davon gehört hatte? Er blickte Kalairan fassungslos an. »Das kann nicht sein. Ich habe den Meister vor zwei Tagen noch gesehen. Er ist alt, aber noch lange nicht vom Tode gezeichnet.«

Kalairan wandte Cidos brüsk den Rücken zu. Er stützte sich auf das Fenster und blickte hinaus in die hellen, warmen Gassen von Tarsus. Höhnisch sprach er weiter: »Ich habe dir gesagt, was es zu sagen gibt. Ob du es verstehst, hängt allein davon ab, ob du bereits denken kannst wie ein Zauberer. Und als Zauberer wolltest du mir doch gegenübertreten?

Es wird nicht gern gesehen, wenn ein Einzelner sich über den Rat erhebt. Und wenn der Rat der Wissenden weiß, wie er seine Meister diszipliniert, so wird er auch mit unbotmäßigen Adepten umzugehen wissen. Womöglich solltet Ihr den Auftrag als Prüfung Eurer Treue ansehen. Und wenn es das ist, zu welchen Schlussfolgerungen werden die Weisen Eltars wohl gelangen, wenn ich ihnen von diesem Besuch berichte?«

»Seht mich an«, sagte Cidos kalt. Die Wut füllte nun sein ganzes Inneres. Ihm war nicht entgangen, wie sehr sich der Tonfall des Gouverneurs verändert hatte. Wie konnte dieser Mann es wagen? Eltar selbst hatte Cidos ausgewählt! So hatte es der Erzmagier verkündet, als Cidos an der Schule aufgenommen worden war, und Eltars Urteil zählte mehr als der Rat. Vor allem zählte es mehr als dieser alte Mann, der hier vor ihm stand und ihn verhöhnte ...

Kalairan drehte sich um. Ein verächtlicher Zug lag auf seinen Lippen. Cidos konnte sich nicht beherrschen. Ein Schatten zog vor seinen Blick, und er schlug zu. Die gepanzerte Faust traf Kalairan ins Gesicht. Blut spritzte, Cidos spürte, wie etwas unter seinem Schlag zerbrach. Erschrocken riss er die Hand zurück. Er hatte nicht bedacht, dass er die Rüstung trug. Sie war hart und scharfkantig, und der Schlag hatte das Gesicht des Herrn von Tarsus gezeichnet. Die Lippe war aufgeplatzt, die Nase eingedrückt. Cidos schnappte nach Luft.

Kalairan taumelte rückwärts zum Fenster und stützte sich gegen den Rahmen. Er spuckte Blut.

»Aus der Gosse haben sie dich geholt, junger Zauberer«, stieß er hervor. »Und in die Gosse gehörst du immer noch!«

Cidos geriet in Panik. Er wartete nicht ab, ob der Gouverneur jemanden herbeirufen wollte. Seine Hand schoss wieder nach vorn. Er packte den alten Mann am Hals und drückte zu. Kalairan keuchte erstickt. Cidos spürte, wie der Mann sich unter seinem Griff anspannte, und er packte ihn mit der Linken bei den Haaren. Dann schlug er Kalairans Kopf gegen den Rahmen des Fensters.

Der hagere Körper sank zu Boden. Blut rann über Kalairans Kopf und aus den Ohren.

Cidos erstarrte. Er konnte immer noch nicht klar denken. Er atmete einmal, zweimal, starrte auf den Mann zu seinen Füßen, der sich nicht mehr rührte. Er sah alles wie durch einen Schleier, das Blut pochte ihm in den Ohren.

Was habe ich getan? Jetzt ist alles vorbei!

Aber was hätte er tun sollen?

Kalairan hatte ihm gedroht. Aber was auch immer der Gouverneur oder der Rat mit ihm angestellt hätten, es hätte ihm nicht schlimmer ergehen können als jetzt. Cidos wusste selbst nicht, was über ihn gekommen war. Er hatte die Herrschaft über sich verloren.

Jetzt stand er in seiner goldenen Rüstung im Empfangssaal des Gouverneurs, und sein Herz schlug gegen den metallenen Halskranz. Sein Blick suchte die Tür.

Wie lange mochte der Sekretär fortbleiben? Wie viel Zeit blieb ihm? Was sollte er tun?

Gehetzt suchte er nach einem Ausweg. Das Blut in seinen Ohren dröhnte und brauste so laut, dass es die Stimmen von der Straße übertönte, die eben noch in den Raum gedrungen waren. Der Schleier vor seinem Blick hob sich nicht, nein, Cidos wurde sogar schwarz vor Augen. Unwillkürlich griff er nach der Lehne des Stuhls. Er hatte Angst, dass er das Bewusstsein verlor, gleich neben der Leiche des Gouverneurs …

Und dann waren die Stimmen von der Straße wieder da, lauter als je zuvor, aber das Dröhnen in seinen Ohren blieb. Schreie drangen durch das Fensterglas in den Raum. Und die Dunkelheit, die seinen Blick trübte, kam nicht aus seinem Inneren – sie war wirklich! Am hellen Mittag legte sich ein Schatten über die Stadt.

Cidos erschrak. Hatte die Sonne selbst ihr Antlitz verhüllt vor seiner Tat? Er schüttelte den Gedanken ab. Ein solcher Aberglaube war seines Standes nicht würdig. Widerstrebend beugte er sich über den leblosen Gouverneur hinweg und sah aus dem Fenster.

Die Gassen von Tarsus waren dunkel geworden, und mit jedem Augenblick wurde es noch dunkler. Dunst zog in rasender Geschwindigkeit von Norden her über den Himmel. Er wurde dichter und färbte das Firmament erst grau, dann schwarz. Ein Brausen hallte über die Bucht wie von einem Sturm, den man nicht fühlte, begleitet von den Donnerschlägen eines verborgenen Unwetters. Menschen drängten sich zwischen den Häusern, sie rannten in Panik durcheinander, erstarrten oder fielen auf die Knie.

Cidos stand da wie gelähmt. Das Ende der Welt kam heran, und die Sorgen, die ihn eben noch geplagt hatten, das, was er getan hatte – es war bedeutungslos.

Dann dachte er wieder klar. Was auch immer über die Stadt gekommen war, es konnte seine Rettung sein! Wenn er schnell handelte, bevor jemand auf die Idee kam, zum Gouverneur zu laufen und dort Rat zu suchen.

Rasch ging er zur Tür. Die goldenen Panzerplatten an seinem Leib knirschten bei jedem Schritt, und Cidos fluchte, dass er seinen Harnisch angelegt hatte. Aber längst übertönte der Gesang der Winde jedes Geräusch. Er blickte hinaus. Die Vorhalle war leer. Wenn dort jemand auf den Gouverneur gewartet hatte, so war er von dem heranziehenden Unheil nach draußen getrieben worden.

Cidos zögerte nicht länger.

Er lief durch die Flure und die große Freitreppe hinab, über weiche rote Teppiche und vorbei an den Statuen der Heiligen Eltars, deren fließende Gewänder aus weißem Sandstein gehauen waren. Bald schwitzte er wieder unter der Last seiner Rüstung und keuchte wegen des brandigen Geruchs, der die Luft erfüllte. Niemand achtete auf ihn, alle liefen durcheinander, gefangen in ihren eigenen Ängsten. Sie bildeten einen Strom, in dem der Magier unterging.

Auf dem Platz der Theokratie trafen die Menschenmassen aufeinander. Cidos bahnte sich einen Weg den Berg hinab. Mit der Ellbogenplatte stieß er zu, um sich Platz zu verschaffen. Die Menschen wichen zurück, doch im nächsten Augenblick drängten sie zu ihm hin.

»Helft uns, Herr!«

»Der Zorn der Götter liegt über uns – was ist geschehen?«

»Wohin sollen wir uns wenden?«

»Vergebt uns, lasst es enden!«

Das Gold und die eingravierten arkanen Embleme der Rüstung funkelten im verblassenden Licht der Sonne. In den Augen der Menge glänzten sie wie die Hoffnung. Cidos' Blick huschte über die leeren Gesichter der Menschen, er hörte ihr Flehen, doch er wusste nicht, was er tun sollte.

Über die Dächer der tiefer liegenden Häuser hinweg sah er im Norden finstere Wolken, die sich immer höher auftürmten. Dort in der Ferne, weit draußen auf dem Meer, gloste das Feuer der Höllen. Es folgte der Schwärze, die sich auf Tarsus zuwälzte, wie eine blutrote Glut hinter einem Vorhang. Die Menschen wollten dem Unheil entfliehen, doch es kam vom Meer her, und jede Flucht über den Hafen führte tiefer hinein in die Dunkelheit und in die Höllenglut, die dort lauerte. Und wenn all diese Menschen zugleich auf die Schiffe drängten, würden diese noch im Hafenbecken untergehen, und sie würden alle ertrinken.

Zur anderen Seite verstellte ihnen der Berg den Weg, er war steil und die Pfade um ihn herum waren schwierig zu begehen. Die Bürger von Tarsus blickten zu dem Magier auf und suchten nach Führung.

»Ilfar wird euch Schutz geben«, rief Cidos ihnen zu. Ilfar war der Berg, aus dessen Flanke Tarsus herauswuchs wie ein Fuß: zum Meer hin flach, doch auf den Berg zu stieg es in immer steileren Gassen an, bis die Stadt dort vor beinahe senkrechten Klippen endete. »Flieht in den Schatten der Klippen, und wenn noch Zeit bleibt, bringt den Berg zwischen euch und die Dunkelheit. Aber bleibt so hoch über dem Meer, wie ihr nur könnt, und immer im Schutz der Felsen!«

Dann hastete Cidos die Straßen bergab. Die Bürger von Tarsus wollten ihn als Führer, und er war doch nur ein Mörder auf der Flucht.

Dennoch sprach er zu den Menschen, während er lief. Er nahm die Stärkeren beiseite und teilte ihnen Aufgaben zu, ließ sie die Flucht ordnen und denen helfen, die zurückblieben. Er war vielleicht jung und selbst auf der Flucht, ein Adept im ersten Grade, der sich hilflos fühlte und dessen Stolz verflogen war im Angesicht der Heimsuchung, die auf Tarsus zukam. Doch ihm blieb etwas, was all die hilflosen Menschen um ihn her nicht hatten: eine Ahnung von dem, was geschah.

In den Büchern der Schule konnte man vieles lesen, was aus dem Gedächtnis der Stadt bereits entschwunden war. Darin fand sich auch die Geschichte von Aspagos, den Eltar vor vielen Generationen gebunden hatte, damit er die Inseln der Theokratie nicht mehr verwüsten konnte. Heute hatte Aspagos diese Bande abgestreift. Der Berg musste sich geöffnet haben, und in den Jahrhunderten der Gefangenschaft war sein Feuer noch zorniger geworden.

Aspagos lag weit draußen auf See. Aber Cidos hatte in den Schriften der Schule gelesen, dass er glühende Steine und Asche bis Tarsus schleudern konnte. Sein giftiger Odem kroch über das Meer und würde sich im Kessel der Hafenbucht sammeln. Das war schon einmal geschehen, und darum durfte kein Mensch in Tarsus zurückbleiben.

Cidos wusste um diese Gefahr, und er traf Entscheidungen für all die Leute, die an ihn glaubten und die zu ihm aufblickten, auch wenn er sich in seinem Innersten unwürdig fühlte und schwach und sich selbst zusah wie jemand anderem.

Er stürmte über den Marktplatz und blieb unvermittelt stehen. »Helger!«, rief er aus. Die Menschen um ihn bildeten eine Gasse, und er lief auf den Freund zu. Cidos wusste selbst nicht, wie er Helger wiedererkannt hatte, wie es überhaupt möglich war, dass man einen Menschen erkannte, auf den ersten Blick inmitten einer Menschenmenge, wenn man ihn vor zwölf Jahren das letzte Mal gesehen hatte. Damals war Cidos sechs gewesen und Helger zwei Jahre älter, ein Kind, das keine Ähnlichkeit mehr hatte mit dem hochgewachsenen Seemann, der nun vor ihm stand.

Dennoch schaute Cidos Helger ins Gesicht und erkannte ihn sofort.

Helger hörte, wie jemand seinen Namen rief, über all den Lärm auf den Straßen hinweg. Er sah sich um, erstarrte. Aus weit aufgerissenen Augen starrte er Cidos an.

Helger sah nur einen gerüsteten Würdenträger der Kriegsflotte vor sich, der seinen Namen rief – und Helger war ein Schmuggler, wie Cidos wusste!

Helger schwankte unschlüssig, er schien fliehen zu wollen und verharrte doch fassungslos. Er musterte die Embleme und Zeichnungen auf den Panzerplatten. Cidos las in Helgers Augen, wie er nach einer Erklärung suchte, warum dieser unbekannte Offizier seinen Namen wusste.

Dann sah er in den Augen seines alten Freundes einen Funken aufblitzen.

»Cidos?«, fragte Helger zaghaft. Er trat einen Schritt vor. »Cidos?«

Cidos ging das Herz über. Es bedeutete ihm etwas, dass Helger ihn von sich aus erkannt hatte, mochte es ein Zufall sein oder der Beweis für einen wachen Geist. Er breitete die Arme aus. So viele Worte lagen ihm auf der Zunge, er wusste nicht, was er zuerst sagen sollte. »Helger! Ich habe dich gefunden. Ich weiß nicht, wie das sein kann. Eltar will, dass ich dich finde! Selbst der Rat hat das gesagt ...«

Cidos umarmte seinen Freund; am liebsten hätte er ihm alles erzählt, was in den letzten zwölf Jahren gewesen war. Aber Helger unterbrach ihn.

»Wir müssen weg«, sagte er. »Wir haben ein Boot im Hafen. Keine Ahnung, wie du mich gefunden hast. Aber das ist nicht der beste Zeitpunkt für ein Wiedersehen!«

Horgan drängte sich zwischen Cidos und Helger. Er beugte sich weit vor und zischte mit gedämpfter Stimme, damit die Umstehenden seine Worte nicht hörten:

»Ich hoffe, die *Schwalbe* liegt nicht mehr im Hafen, sonst haben die Flüchtlinge sie schon in den Grund getrampelt. Wenn Dargei seinen Grips beisammenhat, dann hat er den Liegeplatz verlassen und wartet unter der ›huldvollen Dame‹ auf uns. Aber Dargei vergisst vieles, und wenn Ihr ein Magier seid und uns helfen wollt, so schickt bitte unseren Freunden eine Botschaft und leitet sie an.«

»Geht das?« Helger sah seinen Freund an. »Wenn wir jetzt auf gut Glück zum Leuchtturm der huldvollen Dame laufen und Dargei wartet dort *nicht* auf uns, dann sitzen wir fest.«

Auf der einen Seite der Stadt führte eine flache Landzunge in einem Bogen vom Berg fort und umschloss diesen Teil der fast kreisförmigen Bucht, die den Hafen von Tarsus bildete. Der Leuchtturm der huldvollen Dame lag an der äußersten Spitze dieses schmalen Streifens, fast schon im Meer, ein hohes und schmales weißes Bauwerk, das aus mehreren ineinander verdrehten steinernen Pfeilern bestand. Diese wanden sich so elegant empor, dass die Form an eine lange, zierliche Blüte erinnerte – oder an eine schlanke Dame in einem weißen Kleid.

Helger starrte besorgt auf den fernen Turm und auf die schwarzen Wolken, die diesen zu verschlingen drohten. »Es wäre wirklich nützlich, wenn du uns vorher Gewissheit verschaffen könntest, bevor wir dorthin laufen.«

»Das ist nicht so einfach«, erklärte Cidos. »Ich kenne diesen Dargei nicht. Ich weiß nicht einmal, wo euer Boot liegt! Ich habe kein Ziel, an das ich eine magische Botschaft schicken könnte.«

Alle drei sahen einander an und schwiegen. Die Menschen, die Cidos auf dem Weg durch die Stadt gefolgt waren, bestürmten ihn nun: »Herr, wir müssen weiter. Was sollen wir tun?«

Cidos wandte sich den Leuten zu und sah die blassen Gesichter in der Dunkelheit. »Geht zu den Klippen von Ilfar und noch weiter, wenn euch die Zeit bleibt. Sammelt unterwegs alle Menschen, denen ihr begegnet. Geht rasch, wartet nicht auf mich. Ich muss mich anderen Dingen zuwenden.«

Es war so dunkel geworden wie in einer Neumondnacht, und

die Straßen hatten sich geleert. Schwefel und Brandgeruch lagen über der Stadt. Die schwarzen Wolken schienen sich vom Himmel herabzusenken, sie legten sich als Dunst zwischen die Häuser. Ascheflocken schwebten in den körperlosen Schwaden.

In der Ferne über dem Meer, wo der Schatten am dichtesten war, wuchs die rote Glut an. Es sah aus, als würde ein Großbrand dort, behäbig flackernd, den ganzen nördlichen Horizont verzehren. Diese Glut war das einzige Licht, das noch geblieben war vom Tag, und selbst dieses dumpfe Glühen wurde allmählich verschlungen von dem Regen aus Asche. Immer dichter fielen die Flocken, wie grauschwarzer Schnee.

»Ich kann vielleicht deinen Geist nutzen.« Cidos wandte sich an Helger. »Du kennst deine Freunde. Wenn ich durch deine Gedanken blicke, finde ich sie vielleicht.«

Helger zögerte, doch er wehrte sich nicht, als Cidos mit beiden Händen an seine Schläfen fasste und die Augen schloss. Stimmen zogen durch Helgers Kopf, Gedanken formten sich. Ein Bild von Dargei schwebte durch seinen Geist, und von Bahome. Cidos' Gesicht verzerrte sich vor Anstrengung, und er sackte ein wenig zusammen in seiner Rüstung, als seine Kraft in die Verbindung floss.

Ungelenk tastete seine Magie nach den ihm fremden Seelen. Doch dann stieß er auf eine ganz andere, eine vertraute Aura. Eine Stimme erklang in seinem Kopf: *Endlich rührst du dich. Nun komm schon zum Leuchtturm! Wir warten nicht mehr lange. Die Flutwelle naht.*

Cidos keuchte auf. »Theimenes!«, stieß er hervor.

Die Stimme des alten Erzmagiers klang belustig, als sie durch Cidos' Gedanken hallte. *Um euer Schiff habe ich mich schon gekümmert. Aber ich brauche noch ein paar gute Seeleute, denn mit diesen Kindern will ich nicht über das aufgewühlte Meer fahren. Und ein Schiffsmagier wäre auch von Nutzen. Also los, sputet euch!*

Cidos löste die Verbindung. »Zur Dame, sie sind da!«, sagte er den beiden Schmugglern. Sein Verstand versuchte einen Sinn in dem allen zu finden.

Was hat Meister Theimenes damit zu schaffen? Hatte nicht Gouverneur Kalairan von dem Erzmagier gesprochen wie von einem Toten?

Cidos stolperte hinter den beiden anderen her zum Hafen und dann weiter. Sie hielten sich links und erreichten an den steinigen Ausläufern des Berges endlich die Wasserlinie.

»Die Klippen hinauf!«, rief Cidos den Menschen zu, die ihnen immer noch folgten. Er legte Autorität in seine Stimme:

»Nun geht schon! Mein Weg ist ein anderer. Aspagos' Zorn kommt über das Meer, und ich werde ihm entgegentreten!«

Noch immer zauderten viele. Doch Cidos schnitt sich die Rüstungsteile vom Leib, und aus dem Magier wurde ein Mensch. Als er dann über die Felsen dem Leuchtfeuer entgegenlief, dem fernen Höllenodem entgegen, da flohen auch die Letzten, die dem Zauberer noch gefolgt waren. Horgan und Helger blieben an seiner Seite. Sie rannten über die steinige Landzunge bis zum Ende, und tatsächlich lag ihr Kutter im Schatten des Turms.

»Nun lauft schon, wo bleibt ihr so lange?« Ein alter Mann stand ganz vorn im Boot und grinste ihnen entgegen. Es war Theimenes, der Erzmagier von Tarsus. Sein Haar war weiß, seine Gestalt hager, aber er wirkte keinesfalls geschwächt oder gebrechlich.

»Er stand plötzlich auf dem Schiff, kurz bevor das alles anfing!«, sagte Dargei entschuldigend. »Er hat uns gezwungen, die *Seeschwalbe* hierher zu steuern und das Segel vorzubereiten!«

Horgan winkte keuchend ab. Er war außer Atem von dem langen Lauf. »Schon gut ... Eltar hat ihn gesandt, um deinem schwachen Geist auf die Sprünge zu helfen. Lasst uns ablegen.«

Cidos zögerte. Der Alte reichte ihm die Hand. »Nun hurtig über die Reling, mein lieber Eltairion. Das ist doch kein so weiter Weg wie bei deinem Kriegsschiff, nicht wahr? So findet alles wieder zusammen, und die Fäden sind gekappt.«

Die Stimme klang freundlich, fast gleichmütig. Er stand ungerührt im schwankenden Schiffsrumpf, inmitten des Infernos, das über dem Meer heranzog. Cidos starrte ihn an.

Theimenes schüttelte den Kopf. »Nun stehst du da wie eine angeklebte Wachskerze, dabei hast du dich bisher doch recht geschickt angestellt. Ich muss dich loben, oder vielmehr: Ich muss *mich* loben! Immerhin war ich es ja, der dich für die Schule ausgewählt und dir deinen Beinamen verliehen hat. Du bist auserwählt, Eltairion, und nach allem, was du für mich getan hast, wäre es eine Schande, dich mit all deinen Gaben in den Händen dieser Narren zurückzulassen. Also, steig schon ein.«

»Was meint Ihr? Ich habe nichts für Euch getan! Ich habe kaum ein Wort gewechselt mit Euch, seit ich auf die Schule kam!«

»Du hast dich doch fein um den Gouverneur gekümmert, diesen treulosen Kalairan, nicht wahr? Er hat seine Freundschaft zu mir ein wenig vorschnell aufgegeben, und er war der Einzige außerhalb des Ordens, der Bescheid wusste über die kleine Unstimmigkeit zwischen mir und meinen Kollegen.«

»Er hat mir gedroht!«, rechtfertigte sich Cidos. »Ich habe das nicht für Euch getan.«

Theimenes lachte trocken. »Wenn man den richtigen Mann an den richtigen Ort schickt, ist nur ein kleiner Anstoß nötig, damit er tut, was man von ihm erwartet. Doch dieser Rat der Unwissenden schaut zu wenig auf die Menschen und zu viel in die Bücher. Ich war nie so nachlässig, und darum bin ich jetzt hier mit dir. Und die Narren sind oben in der Stadt und versuchen, die Bannzauber zu erneuern, die ich in den letzten Jahren so mühsam entwirrt und an meine eigene Magie gebunden habe.

»Was ist eigentlich passiert?«, fragte Cidos. »Was für Unstimmigkeiten?«

Theimenes machte eine wegwerfende Handbewegung. »Unziemliche magische Forschungen haben sie mir vorgehalten. Als ob diese Dummköpfe wüssten, wie man richtig forscht. Ein Blick auf dich hätte gereicht, und sie hätten sehen müssen, dass du nicht geeignet bist für ihre Aufgaben. Dass sie dich nicht dazu bringen können, etwas zu tun, was du nicht tun *willst*! Sie hätten bemerken können, dass du für *meine* Seite bestimmt warst, von dem Moment an, da ich dich in den Orden geholt habe. Stattdessen glaubten sie noch, es wären *ihre* guten Vorbereitungen, als sie deinen Freund hier bei meinem guten Kapitän Horgan unterbrachten wie einen Köder, nach dem du angeln kannst.«

Theimenes wies mit einem Kopfnicken auf Helger und setzte sich zufrieden auf eine Bank. Cidos war inzwischen an Bord gekommen und klammerte sich an der Reling fest. Alle vier Schmuggler waren mit Rudern und Segeln beschäftigt. Sie kämpften darum, Abstand von den scharfzackigen Klippen zu gewinnen. Keiner von ihnen achtete noch auf die beiden Zauberer.

»Ihr habt also alles gewusst?« Cidos war fassungslos. »Von dem Moment an, da ich in den Orden eintrat? Alles, was passieren wird?«

Theimenes schüttelte den Kopf. Schalkhaft zwinkerte er Cidos zu: »Aber nein, das Schicksal geht seinen sehr eigenen Weg. Aber es dient dem Mächtigen und dem, der es immer auf dem rechten Weg begleitet. Vielleicht wirst du es auch einmal lernen ...« Er kniff abwägend die Augen zusammen. »Doch nein, jedem, was ihm gebührt. Sorge du lieber für einen guten Wind, der uns weit fortträgt. Denn so, wie ich das Schicksal sehe, wird es dem Aspagos noch vor dem Abend ein paar Rippen fortblasen und das Meer dadurch so weit aufbringen, bis es hart gegen einige Küsten schlägt.«

Theimenes' Blick verschleierte sich, und mit leichtem Zweifel merkte er an: »Du wirst doch diese Segel treffen können? Ich meine, immerhin hattest du dich auf größere Tuchbahnen vorbereitet.«

Der Meister. Der Orden. Cidos wusste nicht mehr, wo er stand und wie ihm geschah. Zurück konnte er nicht, aber lag etwas vor ihm?

Die Segel füllten sich mit einer frischen Brise. Gleichmütig trugen sie das Boot von Tarsus fort.

2.
Erde und Feuer

Bashi balancierte über den schmalen Damm, der das Wasser in der flachen Reisterrasse hielt. Irgendwo musste sich ein Riss gebildet haben, denn die Pflanzen standen fast im Trockenen. Die junge Frau kämpfte mit den Tränen. Sie suchte schon seit dem Vortag nach der Lücke, obwohl sie die Zeit für andere Arbeiten gebraucht hätte. Aber ihre Familie besaß nur dieses eine unzugängliche Feld, und wenn sie es verlören, würde der Hunger schlimmer werden.

Andererseits, wenn sie hier zu viel Zeit verlor, anstatt gegen Tagelohn anderswo zu arbeiten, dann hungerten sie auch.

Bashi prüfte das Bambusrohr, mit dem das Wasser in die Reisterrasse geleitet wurde. Sie teilten sich den Kalmijar oder Silbersonnenbach mit drei weiteren Familien, und ihr Anteil war gering. Ein steter, dünner Strahl floss aus dem Rohr und verschwand in der trüben Nässe zwischen den Pflanzen. Das sollte reichen, um das Feld stets gut bewässert zu halten. Trotzdem fiel seit gestern der Wasserspiegel, ohne dass irgendwo ablaufendes Wasser zu sehen war.

Bashi fröstelte, und sie blickte auf. Ein Schatten war unbemerkt den Berghang heraufgekrochen und hatte inzwischen den hoch gelegenen Besitz ihrer Familie erreicht. Erst vor wenigen Stunden waren die ersten Wolken am nördlichen Horizont erschienen. Sie hatten sich ungewöhnlich schnell bewegt und türmten sich nun am Himmel zu schwarzen Wällen auf, wie Bashi es nie zuvor erlebt hatte. Schon zogen sie über die höheren Lagen des Cojon und tauchten die Landschaft mitten am Tag in nächtliche Finsternis. Ein warmer Wind wehte von dort her.

Es wird regnen, dachte Bashi hoffnungsvoll. Ein kräftiger Regen würde das Feld wieder füllen. Aber bei Regen hatte sie auch keine Aussicht, das verborgene Leck in der Mauer zu finden.

Bashi schaute zum Himmel, und wieder fröstelte sie. Nein, das sah nicht nach einem gewöhnlichen Regen aus. Die Wolken kündigten ein Gewitter an, womöglich sogar ein Unwetter mit heftigem Sturm und mit entfesselten Naturgewalten. Ein solches Toben der Elemente dauerte selten lange. Der Berg würde nicht viel von dem kostbaren Wasser aufnehmen können, aber es konnte die Schäden an den Reisterrassen noch verschlimmern ...

Wenn es überhaupt ein Gewitter ist.

Mit dem Wind wehte ein fauliger Geruch heran und legte sich über die Bergwelt wie ein Brodem aus der tiefsten Hölle.

Bashi verharrte unschlüssig auf dem Damm. Es war gefährlich, sich bei einem Unwetter in den Bergen aufzuhalten. Sie hätte besser auf den Himmel achtgeben sollen. Aber die Wolken waren so rasch herangekommen, dass Bashi es kaum über die steilen Hänge ins Tal schaffen würde, bevor das Wetter umschlug.

Sie trat an das Ende des Damms. Wo die Mauer an die Felswand stieß, gab es einen geschützten Winkel. Ein sehr unzureichender Schutz bei einem Gewitter. Aber noch fiel kein Regen, und der Wind blieb beständig.

Bashi hatte mit Donner und Blitz gerechnet bei diesen schwarzen Wolken. Doch der Schlag, der dann kam, war überraschend. Er kam aus dem Boden! Mit dem Klang einer berstenden Bronzeglocke und mit einer einzigen heftigen Erschütterung verschwand das Feld der Familie Lin wie eingesogen von vielen unsichtbaren Mäulern. Nichts blieb zurück als eine Wüste aus scharfkantigem Geröll, durchsetzt von einigen nassen Klumpen aus Schlamm. In diesem einen Augenblick, als der Berg selbst seine unbequem gewordene Lage zu verändern suchte, wurde der Damm in der Mitte gespalten. Die groben Mauern brachen weg und rissen die Abdichtungen mit sich.

Erschrocken griff Bashi nach der Felswand. Der Stein schien zurückzuzucken vor der Berührung, er bebte, und Bashi verlor den Halt. Sie stürzte den Hang hinab und landete auf hartem Fels, der im nächsten Moment wieder unter ihr nachgab. Sie schmeckte Blut in ihrem Mund und rutschte unaufhaltsam weiter. Das Geröll riss an ihrer Haut wie ein Waschbrett, immer wieder schlug ihr Kopf gegen etwas Hartes. Sie war so benommen, dass sie kaum etwas spürte.

Und noch bevor ihr Körper liegen blieb, fühlte Bashi gar nichts mehr.

Die Klippen des Cojon ragten weit ins Meer hinaus und lagen vor dem Land wie ein Sperrriegel. Die Steilküste dahinter bot nur wenige natürliche Häfen.

»Es war Wahnsinn, herzukommen!« Horgan stand am Bug der *Seeschwalbe* und versuchte, aus dem Schaum des brodelnden Wassers eine sichere Passage herauszulesen. »Nach Bartai Lûn!«

»Wir fahren nur bis zum Cojon«, entgegnete Theimenes ruhig. »Das ist nicht dasselbe!« Der alte Magier saß gleich hinter dem Schmuggler und hielt den Kopf gesenkt, als ginge ihn das alles nichts an. Trotzdem bestimmte er den Kurs ihres Schiffes und reagierte auf jedes Wort, das auf dem kleinen Kutter gesprochen wurde.

»Ich sehe da keinen Unterschied«, sagte Horgan. »Die Bartai beherrschen diese Gewässer genauso wie ihre eigene Küste, und wenn sie uns finden, nehmen sie unseren Kopf, ohne weitere Fragen zu stellen.«

»Aber sie beherrschen nicht die Berge hinter der Küste«, sagte der Greis unbeirrt.

Auf der Fahrt von den Inseln der Theokratie zum Festland waren sie gut durchgeschüttelt worden. Der Seegang war hoch gewesen, ein Unwetter ohne Regen hatte die Luft fast brennen lassen. Und die Wogen, die ihr Boot trafen, passten nicht zu dem böigen Wind. Es fühlte sich an, als würden unter Wasser ganz andere Gewalten toben und um die Herrschaft über die Elemente ringen.

Cidos hatte nicht geglaubt, dass er so etwas überleben könnte. Erst war ihm übel gewesen, dann hatte er Todesängste ausgestanden. Gemeinsam mit den Schmugglern hatte er um ihr Leben gekämpft. Sie hatten den gestrigen Tag überstanden und die Nacht, die doppelt finster gewesen war unter den schwarzen Wolken, die den Himmel auslöschten. Mit dem Morgen war es dann ruhiger geworden.

Jetzt ächzten die Planken des kleinen Bootes, wenn der Rumpf ein wenig schaukelte, und außer Theimenes, der mit Horgan stritt, hatten sie alle zu tun. Helger hielt das Ruder, und Cidos bemühte sich, den Wind in den zerfetzten Segeln zu fangen, ohne dass die Leinwand riss. Das Gesicht des jungen Adepten zeigte tiefe Furchen, die Haut war ausgetrocknet vom Seewind. Er war erschöpft. Doch immer, wenn es ruhiger wurde, hatte Cidos einen Blick, ein Lächeln oder ein aufmunterndes Wort für Bahome.

Die Schmugglerin hockte teilnahmslos an der Reling und schöpfte Wasser, genau wie Dargei. Ihr dunkles Haar klebte nass an der angesengten Kleidung, ihre Lippen zitterten, während sie lautlose Gebete murmelte. So mitgenommen Cidos sich selbst auch fühlte, er hatte Mitleid mit Bahome. Die Luft roch immer noch nach Schwefel, der Himmel war dunkel von einem trüben Ascheschleier, der hoch über den Wolken hing.

Dargei hielt inne und legte Bahome tröstend die Hand auf die Schulter. »Die Menschen im Cojon sind Kannibalen, habe ich gehört«, sagte er.

Theimenes lachte trocken. »Vielleicht. Aber wir brauchen einen Unterschlupf. Wo sollen wir sonst an Land gehen? Es gibt keinen sicheren Platz für uns. Weder auf den Inseln noch bei den Bartai.«

»Wir müssen das Schiff ausbessern«, fügte Helger hinzu. »Wir können uns nicht mehr lange über Wasser halten, selbst wenn das Treibgut die Planken nicht zerschlägt und wenn wir an den Klippen und an den Felsen vorbeikommen.«

Helger steuerte das Schiff durch ein Meer des Chaos. Trümmer schwammen auf dem Wasser, geborstene und entwurzelte Bäume und weitere Dinge, fortgespült aus den umliegenden Ländern von einer mächtigen Flutwelle, die am vergangenen Tag gegen die Ufer gebrandet war und von der sie auf dem Meer nur den schwachen Widerhall mitbekommen hatten.

Dargei blickte Cidos an und fügte hinzu: »Außerdem ist unser Zauberer fast am Ende. Dann haben wir auch keinen Wind mehr.«

Theimenes nickte. Horgan blickte missmutig nach vorn. Ihnen blieb keine Wahl, und der Schmuggler kannte einen Einschnitt zwischen den Berghängen, der zu einem recht flachen Ufer führte. Helger lenkte das Schiff nach Horgans Anweisungen, bis der Rumpf knirschend auf Kies lief und ruckend zum Stehen kam. Cidos erhob sich sofort, doch er taumelte. »Ich habe es geschafft!«, rief er aus. Er sah Theimenes vorwurfsvoll an. »Zwei Tage! Ihr hättet mir helfen können.«

Theimenes hatte ihn dazu getrieben, Zauberkünste anzuwenden, von denen Cidos vorher nicht geglaubt hatte, dass er dazu imstande war, nicht unter diesen Umständen: im Toben der Elemente, ohne sicheren Boden unter den Füßen, ohne Halt und mit einem Leib, der sich von innen nach außen kehren wollte. Theimenes hätte eigentlich bei Weitem die größere Erfahrung mitbringen sollen. Doch der Erzmagier der Theokratie hatte nichts beigetragen, als Cidos mit seinen Anweisungen anzuleiten.

Theimenes fuhr sich grinsend durch die langen, nun wirr verklebten weißen Haare: »Ich bin alt!«, bemerkte er mit einem Seufzer. »Und ich bin kein Schiffszauberer. Aber hurtig nun, bringt das Boot an Land!«

Horgan sprang bereits in das seichte Wasser, Cidos stand noch entkräftet da und suchte Halt am Mast. Immerhin, bei der Anstrengung und der Ablenkung durch die Magie war zumindest die Übelkeit verschwunden, die er schon im Hafen gespürt hatte, und sie kam nicht wieder zurück. Cidos war seefest geworden, und das war in diesem Moment eine Erleichterung.

Helger und Dargei folgten ihrem Kapitän. Bahome blickte unsicher auf das fremde Land. Cidos trat zu ihr. »Es ist nicht so schlimm hier«, tröstete er sie. »Immerhin sind wir Aspagos' Wüten entkommen.«

Sie befanden sich in einer steinigen Bucht, umgeben von hoch aufragenden Bergen mit bizarren Hängen und Vorsprüngen. Vor ihnen führte eine Furche, wie von einem Fluss gegraben, aus dem Einschnitt heraus. Sie verbreiterte sich zum Meer hin, Kiesel lagen dort wie emporgespült von den Wellen. Weiter oben auf den Hängen lagen überall große Steine und Felsbrocken, sie sahen aus, als könnten sie jeden Augenblick herabfallen. Der Berg, in dessen Flanke sich die Rinne gegraben hatte, endete an der Spitze jäh, wie fortgeblasen. Die aufgeworfenen Ränder der Bergkuppe waren geglättet. Diese Verwüstung hatte nichts mit den jüngsten Erdbeben zu tun – es waren Spuren einer länger zurückliegenden Katastrophe.

»Ich habe keine Angst vor dem Land«, sagte Bahome. »Es ist ... Es ist das, was wir getan haben, in Tarsus. Die Katastrophe. Warum mussten wir die Theokratie verlassen? Haben wir einen Frevel begangen?«

Cidos blickte ihr in die Augen, und tief in ihm kribbelte etwas. Bahomes Augen waren groß und braun, sie lagen tief hinter den hervorstehenden Wangenknochen. Das nasse Gewand klebte ihr am Leib, und Cidos konnte den Blick nicht von ihr abwenden. *Sie ist älter als ich*, dachte er, aber das konnte die Gefühle nicht auslöschen, die sie in ihm weckte.

Nicht viel älter ...

Bahome schien kaum etwas zu bemerken von seiner Aufmerksamkeit. Sie sah durch ihn hindurch, mit Augen, die so unnatürlich geweitet waren, dass nur ein schmaler, zart gemusterter Kranz von der Iris blieb.

»Ihr seid Schmuggler. Warum sorgst du dich mit einem Mal wegen der Gesetze der Inseln?«, fragte Cidos.

»Das hier ist etwas anderes«, antwortete Bahome. Sie flüsterte nur. »Ich habe es schon Tage vorher gespürt. Das Unheil, das *Unreine*! Wir haben eine Grenze überschritten, und Eltar hat

Tarsus unseretwegen bestraft. Ich weiß, Horgan hat für die Weisen gearbeitet. Er hat sich dabei in unaussprechliche Dinge verwickeln lassen, und die Verdammnis folgt uns und wird uns alle ins Unglück stürzen ...«

Ihre Worte verebbten wie kraftloser Wellenschlag. Dann verengten sich ihre Pupillen. Sie starrte in Cidos' Gesicht, das ganz nahe vor dem ihren schwebte, drückte die Hände gegen seine Brust und löste sich von ihm.

Cidos hielt sie am Arm, er wusste nicht, was er sagen sollte: »Du ... Du hast nichts damit zu tun. Frag Theimenes! Du weißt, wer er ist? Er war im Rat der Weisen, er war der Erste. Er kennt Eltars Willen wie kein anderer. Solange wir ihm folgen, musst du nichts fürchten.«

Theimenes wusste bestimmt, was er tat. Aber gewiss folgte er dabei nicht Eltars Willen, davon war Cidos überzeugt. Er wollte Bahome nur trösten.

Aber sie schien ihm zu glauben und nahm seine Worte begierig auf. Ihr Blick wanderte zum Bug, wo Theimenes regungslos saß. Nur sie drei waren noch an Bord geblieben.

»Wir müssen an Land gehen«, sagte Cidos zu Bahome. »Lass mich dich über Bord heben.«

Sie widersprach nicht, sondern legte einen Arm um seinen Nacken, als er sie hochhob. Er spürte den zarten Druck ihres Unterarmes an seinem Hals, und ihm wurde warm. Neue Kraft strömte durch seine Glieder, trotzdem zitterten seine Beine immer noch. Bahome war zierlich, aber er würde sie nicht lange so tragen können.

Als er an die Reling trat, sah er Dargci unten im Wasser stehen. Der junge Schmuggler blickte zu ihnen hoch, mit einem verbissenen Ausdruck im Gesicht. Dann aber lächelte er mit einem Mal und streckte die Arme aus, um Bahome in Empfang zu nehmen.

Cidos schwankte. Er setzte einen Fuß auf den Bootsrand. Die Bordwand war nicht hoch, aber er konnte keinesfalls mit dieser Last auf den Armen hinübersteigen. Er reichte Bahome zu Dargci hinab.

Dieser nahm sie entgegen und trug sie wie ein Galan die wenigen Schritte ans trockene Ufer. Es war eine lächerliche Geste, denn ihrer aller Kleidung war vom spritzenden Meerwasser durchweicht, und sie trieften vor Nässe. Aber das Mädchen ließ es sich gefallen, und Dargei blieb am Ufer bei ihr stehen und sprach vertraut mit ihr. Cidos spürte wieder seine Erschöpfung. Schwerfällig folgte er den anderen, ergriff die Taue und half, das Boot den Strand hinaufzuziehen. Theimenes blieb die ganze Zeit über darin sitzen wie ein gebrechlicher Greis.

Jofiro hallte wider von Wehgeschrei und von Klagerufen. Der Wind trug sie von den tiefer gelegenen Hängen heran, wo die Familien der Fischer ihre Opfer betrauerten. Manch einer suchte dort zwischen Trümmern und angeschwemmten Bruchstücken noch immer nach seinen Angehörigen. Der Horizont hatte sich erhoben, war über das Meer gerast und wütend gegen die Küste angerannt. Die gewaltige Woge hatte die Fischerboote erfasst, als sie auf der Flucht vor dem vermeintlichen Unwetter auf das schützende Festland zuhielten.

In Jofiro selbst gab es kaum Opfer. Ein Erdstoß hatte die meisten Häuser zum Einsturz gebracht, aber kaum jemand war zu diesem Zeitpunkt im Dorf gewesen. Die Bewohner von Jofiro arbeiteten tagsüber auf den Feldern oder anderswo außerhalb des Ortes. Das Wasser hatte den Ort nicht erreicht, er lag hoch genug in den Bergen. Doch alles, was in Reichweite des Wassers lag, war zwischen Steinen und Felsen zermalmt worden, Planken und Knochen waren dabei geborsten wie dünne Essstäbchen.

Am Ufer hatte man einige Tote gefunden, die nicht zurück ins Meer gerissen worden waren. Die meisten von ihnen waren nicht mehr zu erkennen. Viele blieben ganz verschollen, und nicht ein einziger Fischer kehrte lebend zurück. Es war ein schreckliches Unglück.

Die Bewohner von Jofiro lehnten Schilfmatten gegen die Mauerreste. In ihrem Schatten barg man die Verletzten, und der Schamane verabreichte Tränke, um die Schmerzen zu lindern und heilenden Schlaf zu bringen. Dennoch mischte sich oft ein schmerzerfülltes Stöhnen unter die Schreie vom Ufer.

Viele von denen, die ihre Not laut hinausschrien, klagten allerdings nicht über das, was geschehen war. Ihnen lastete etwas ganz anderes auf der Seele ...

»Ogri Geistermeister!«, sprach ein älterer Herr den Schamanen an. »Ist er frei? Kommt der Fluch über uns? Was sollen wir tun, wenn Ata erwacht.« Der Sprecher war von würdevoll beleibter Statur und trug seine Haare hochgesteckt. Seine Kleidung war verschmutzt, und einige Strähnen hatten sich aus seiner Frisur gelöst, was ihn ein wenig lächerlich wirken ließ.

Aber eine Frau schloss sich ihm sogleich an und rief furchtsam: »Ja, der Nugam! Bewahre uns!«

Jetzt sprachen sie alle durcheinander, die Menschen von Jofiro. Sie versammelten sich um den Schamanen.

»Nugam Ata wurde gewiss von der bebenden Erde wachgerüttelt!«

»Nein, er ist schon erwacht, und wir haben gespürt, wie er sich erhoben hat!«

Ogri Geistermeister, der Schamane, blickte ernst von einem zum anderen. Alle waren unruhig. Das unbestimmte Zwielicht lastete schwer auf ihnen. Immer noch hing Dunst in der Luft, und obwohl keine dichten Wolken mehr zu sehen waren, wirkte die Mittagssonne verhangen. Sie schimmerte blass und rötlich am Himmel, eine kraftlose, kühl drohende Scheibe, kaum heller als der Mond. Ein kalter Wind strich über die Berge und brachte den Geruch des Feuers mit.

Der Schamane hob die Arme, und die Glöckchen an seinen Handgelenken klingelten leise.

»Still! Nennt diesen Namen nicht. Ihr wisst, wie der Fluch über uns kam.«

»Was sagt der Schamane? Wer ist verflucht?« Ein junges Mädchen war eben erst auf den Dorfplatz getreten. Einige weitere Menschen folgten ihr. Bashis Familie war es, die gerade aus den Bergen zurückkehrte. Am Vortag hatten sie bemerkt, dass der

Kalmijar versiegt und wie vom Erdboden verschlungen war. Bashi, die älteste Tochter des Hauses, war ebenfalls verschwunden.

Im Morgengrauen waren sie aufgebrochen, um nach ihr zu suchen. Nun trugen sie Bashi zurück in das Dorf. Ihr Leib ruhte reglos auf den Schultern ihrer Verwandten. Ihre Mutter, eine alte Frau mit krummem Rücken und unsicheren Schritten, trat in die Mitte des Platzes und brach vor den Dorfbewohnern in lautes Klagen aus. »Oh, was für ein Fluch lastet auf unserer Familie! Seht uns an: Unser Wasser ist versiegt, und die Drachen haben unser Feld verschlungen! Wovon sollen wir leben? Wer sorgt für mich? Meine Tochter hat die Besinnung verloren. Hilf uns, Ogri!«

Die jüngeren Brüder legten Bashi auf den Boden. Der Schamane trat hinzu und beugte sich über sie. Die übrigen Dorfbewohner drängten heran, einige blickten ungeduldig zum Himmel und in die Berge.

»Denk an das Dorf, Ogri!«, rief eine Frau drängend, »das Dorf ist wichtiger als eine einzelne Verletzte. Kümmere dich um den Nugam Ata! Schone deine Kräfte dafür.«

Ogri Geistermeister schwenkte unwillig seinen Stab. Dieser war mit vielen bunten Federn besetzt, und sein Schwirren vertrieb die Furcht und die Finsternis. Ein Sirren erfüllte die Luft. »Nun schweig still, Frau! Ich werde mich zur rechten Zeit um alles kümmern.«

»Die rechte Zeit ist jetzt!«, verkündete der würdevolle Alte mit dem zerzausten Haar. Seine Stimme überschlug sich und verriet Furcht. Rufe brandeten wieder auf, wurden lauter und steigerten sich zu schriller Angst.

»Fremde – Fremde!«, kreischte eine aufgeregte Stimme. Die Dorfbewohner liefen ein Stück den Hang hinab und drängten sich um eine Gruppe zerlumpter Gestalten, die erschöpft heranwankten. Ogri senkte den Kopf. Er schlug mit leichtem Klappern die Knochenrassel gegen seine Stirn und folgte aufseufzend den übrigen Coshi.

»Die Fremden haben das Unglück gebracht!«

Flüche liefen durch die Menge, und die Fremden drängten sich dichter aneinander. Es waren die Schmuggler mit den beiden Zauberern.

»Ich habe es doch gesagt«, flüsterte Horgan. »Wir hätten nicht herkommen sollen. Das Festland war schon immer ein Feind der Inseln.«

»Was sagen sie?«, fragte Dargei ängstlich. »Wollen sie uns fressen?«

»Sie sehen hungrig aus«, bestätigte Meister Theimenes. Cidos hörte den Spott in seiner Stimme, aber Dargei wurde bleich.

»Still jetzt!«, sagte der Schamane der Coshi streng. »Es ist genug. Der Fluch liegt auf uns. Lastet ihn nicht diesen Fremden an. Je fremder sie sind, umso weniger haben sie mit unseren Sorgen zu schaffen.«

Immer noch ertönten drohende Rufe, aber Ogri schwang seinen Stab. »Wollt ihr uns noch tiefer ins Unglück stürzen? Lasst diese Fremden in Frieden! Gut, ich werde zum Nugam Ata gehen, aber ihr verhaltet euch ruhig. Denkt daran, wenn ihr hier etwas Falsches tut und seinen Zorn heraufbeschwört, während ich bei dem Nugam bin ...«

Bedeutungsschwer ließ er diese Andeutung verklingen. Dann wandte er sich ab und verließ das Dorf. Die übrigen Einheimischen waren still geworden. Sie beachteten die Neuankömmlinge jetzt nicht mehr und wandten sich den Überresten ihrer Besitztümer zu. Nur Bashis Familie blieb auf dem Dorfplatz zurück, allein.

»Aber was ist mit Bashi?« Ihre Mutter hatte Tränen in den Augen und blickte sich hilflos um.

Theimenes gab seinen Begleitern ein Zeichen und trat zu der Familie. »Das Mädchen ist verletzt?«, fragte er mitfühlend. Er sprach fließend Cojoni. »Lasst sie mich ansehen, vielleicht kann ich helfen.«

Misstrauisch, aber auch voller Hoffnung traten die Coshi beiseite. Theimenes beugte sich über die Trage. »Ich brauche dich, Eltairion!«, rief er Cidos zu.

Auch Horgan beherrschte die Sprache des Cojon. Er beruhigte Bashis Verwandte. »Das sind weise Männer! Sie werden ihr sicher helfen können.«

»Sie ist hübsch.« Helger stand sorgenvoll dabei und versuchte zu erkennen, was die beiden Magier taten. Auch Bahome beobachtete den Erzmagier aufmerksam. Dargei hielt ihre Hand.

Cidos Eltairion legte die Finger an die Schläfen der Bewusstlosen. Er war erschöpft, doch er sammelte seine letzte Kraft und konzentrierte sich auf den verletzten Körper. Das Mädchen war ohne Bewusstsein, Cidos spürte jedoch nur oberflächliche Verletzungen. Eine Gehirnerschütterung, damit wurde er leicht fertig.

Natürlich ist so ein einfacher Heilzauber unter der Würde eines ehrwürdigen Erzmagiers, dachte Cidos. Er war verbittert, weil Theimenes alles ihm aufbürdete. Andererseits, der Erzmagier hatte oft genug bewiesen, wie überlegen er eine Situation einschätzen konnte. Vielleicht hatte er einen wichtigen Grund dafür, dass er seine Kräfte schonte.

Wenigstens kümmerte sich Theimenes um die Angehörigen. Er redete sanft mit ihnen. »Seid unbesorgt«, sagte er. »Großes Unglück hat euer Dorf heimgesucht, aber wir können euch helfen. Mein Schüler kann eure Tochter heilen. Doch wir brauchen eine Unterkunft.«

Bahome trat dicht hinter ihn und lauschte. Sie konnte die fremde Sprache nicht verstehen, aber der Klang von Theimenes' Stimme schlug sie in den Bann. Wie ruhig und sicher der Erzmagier mit diesen Fremden sprach. Er kam ihr vor wie ein Fels in der Brandung dieser unruhigen Zeit.

Helger wandte sich zu Cidos hin. »Kannst du dem Mädchen helfen?«, fragte er.

»Wenn man mich in Frieden lässt«, knurrte Cidos.

Helger kniete sich an der anderen Seite der Trage nieder und ergriff eine Hand der Verletzten. Beruhigend strich er ihr über den Handrücken. »Was, wenn es wirklich unsere Schuld ist, was mit ihr geschah?«

Die Augenlider der Bewusstlosen flatterten. Langsam kam sie wieder zu sich. Ihre Kopfschmerzen und ihre Benommenheit konnte Cidos nicht gänzlich vertreiben. Er fühlte sich selbst auch nicht besser.

Bahome trat zu ihnen. Sie wandte sich an Cidos. »Was sagt Meister Theimenes den Leuten? Die Menschen sind viel freundlicher, seitdem er zu ihnen redet.«

»Was?« Cidos blickte sie an aus leeren, tief liegenden Augen. Es dauerte einen Augenblick, bis er Bahome erkannte. Er fuhr sich mit der Hand über das Gesicht und lächelte erschöpft. Dann stand er auf und sagte zu Helger: »Kümmere dich ein wenig um sie. Das Mädchen muss erst einmal ruhig liegen bleiben. Ich brauche etwas Schlaf.«

Cidos lauschte eine Weile der Unterhaltung zwischen Theimenes, Horgan und den Coshi. »Wir werden bei dieser Familie wohnen«, übersetzte er für Bahome. »Wir haben die älteste Tochter des Hauses geheilt, und die Leute werden uns freundlich aufnehmen – wenn auch nur in den Überresten ihrer ohnehin nicht üppigen Behausung, fürchte ich. Aber Theimenes kommt gut zurecht mit ihnen.«

»Er ist ein Geweihter Eltars«, sagte Bahome. »Ich hoffe, wir finden etwas Ruhe und ich kann mit ihm reden.« Sie schaute versonnen. »Ist es nicht seltsam? Ich habe die Gelegenheit, mit einem Hohen Priester der Theokratie zu reden. Ich muss fast dankbar sein für das, was geschehen ist ...«

»Horgan kennt die Sprache dieser Leute auch!«, warf Dargei hinter ihnen ein. »Wo hat er das nur gelernt? Wir sind jedenfalls nicht allein auf diese Magier angewiesen!«

Mehr schlecht als recht kamen sie bei Bashis Leuten unter. Dort hatten sie Ruhe vor den anderen Dorfbewohnern, denn Familie Lin wohnte ein wenig abseits. Am nächsten Morgen konnte Bashi bereits wieder aufstehen. Die Gastgeber waren voller Dankbarkeit und taten für die Besucher, was in ihren Kräften stand. Aber das war nicht viel mehr, als dass sie den Dorfklatsch und ihr Wissen über die Umgebung mit den Fremden teilten. Bashis Familie zählte zu den Ärmsten im Ort. Die Mutter war krank, der Vater tot, und Bashi als einziges erwachsenes Kind trug die Verantwortung. Die Familie hatte nur ein einziges Feld besessen und sich ansonsten bei reicheren Reisbauern als Tagelöhner verdingt. Aber ihr Feld war nun vom Erdboden verschluckt, und viele andere Felder waren gleichfalls verwüstet. Der Ort Jofiro würde bald Hunger leiden.

Aber an diese naheliegenden Sorgen dachten die Einheimischen derzeit kaum. Viel mehr bedrückte sie ein alter Aberglaube, die Legende um den Nugam Ata. Dieser riesenhafte Dämon hatte – so hieß es – die Stämme des Cojon heimgesucht, nachdem diese die Götter gelästert und einen fremden Propheten erschlagen hatten. Zahllose Gebete und mächtige Magie hatten den Nugam endlich in der Erde eingeschlossen, in einem tiefen, damals neu entstandenen Tal unweit von Jofiro. Das Erdbeben jedoch mochte ihn befreit haben.

In der Nacht kehrte der Schamane zurück, und die Dorfbewohner versammelten sich.

»Ich bin dort gewesen!«, verkündete Ogri Geistermeister. »Ihr möget ohne Sorgen sein: Das Grab des Nugam ist geöffnet ...«

Ein entsetzter Aufschrei flog durch die Menge, nur einige wenige schüttelten mit überlegenem Lächeln den Kopf. Nicht jeder glaubte gleichermaßen an die alten Legenden.

»... aber Nugam Ata ist nicht erwacht. Noch wird er in Schlaf gehalten, und die Zeit wird die Zugänge zu seinem Grab wieder versiegeln. Geht also euren Pflichten nach, richtet die Reisterrassen und vertraut den Göttern. Nur wenn wir freveln, wird auch der Fluch wiederaufleben!«

»Gibt es diesen Nugam Ata?«, fragte Bahome den alten Theimenes.

Der Erzmagier zuckte die Achseln und blickte in Richtung der Berge. »Wer weiß?«, antwortete er leichthin. »In Legenden verbirgt sich oft eine Wahrheit. Wenn wir Zeit finden, sollten wir vielleicht einmal einen Blick auf dieses Grab wagen.«

Bahome schüttelte sich. »Ich fürchte mich vor diesem Dämon.«

Theimenes lachte und legte ihr tröstend den Arm um die Schulter. »Sei ohne Sorge, mein Kind. Eltars Schöpfung bildet ein feines Muster, und solange man diesem Muster folgt, ist man stets geborgen.«

»Ihr kennt dieses Muster?«, fragte Bahome. Endlich bot sich die Gelegenheit, mit dem Meister über ihre Sorgen zu sprechen.

»Das ganze Muster kennt niemand«, sagte Theimenes mit plötzlich abweisender Stimme. »Aber man kann doch die Linien erlernen, auf denen man selbst wandelt.«

»Lehrt mich diese Linien!«, bat Bahome.

Theimenes ließ sie los und machte Anstalten, davonzugehen. »Ich werde es bedenken. Man muss abwägen, bevor man einen Rat gibt. Doch ein wenig Orientierung werde ich dir gewiss anbieten können. Aber du musst lernen, meine Worte richtig zu verstehen. Es ist ein mühsamer Weg, wenn man Eltars Schöpfung durchschauen will!«

Bahomes Wangen glühten vor Eifer, und sie blickte zu dem Erzmagier auf. Cidos sah es mit Unbehagen. Doch andererseits, was konnte es schaden, wenn der alte Erzmagier sich um die verunsicherte Schmugglerin kümmerte und ihr einen neuen Halt im Leben bot?

Theimenes mahnte zur Eile. Die Schmuggler verstanden nicht recht, was ein Tag mehr oder weniger für einen Unterschied machte. Sie hatten ohnehin keinen sicheren Ort, wohin sie sich wenden konnten. Trotzdem ließen sie sich von der Unruhe des Erzmagiers anstecken und machten in den folgenden Tagen die *Seeschwalbe* wieder flott. Horgan zeigte dabei den größten Eifer, denn das kleine Schiff war alles, was von seinem alten Leben geblieben war.

Gemeinsam mit Bashi suchten Cidos und Helger an der steinigen Küste nach Treibholz. Wie rasselnde Atemzüge leckte der

Wellenschlag über einen Streifen aus zerbrochenen Muscheln nur wenige Schritte von ihnen entfernt. Größere Teile und Trümmerstücke von der Flutwelle lagen weiter landeinwärts, und die drei sammelten ein, was sie für ihr Boot noch gebrauchen konnten.

»Ich wollte dir danken«, flüsterte Helger Cidos zu. »Ich kenne die Sprache dieser Leute nicht, anders als Horgan. Würdest du mir nicht helfen, könnte ich kein Wort mit Bashi reden.«

»Ach, ich denke, ihr versteht euch auch so ganz gut!« Cidos zwinkerte seinem Freund zu und knuffte ihn. »Außerdem lernst du schnell. Bald wirst du mich nicht mehr brauchen.«

In Wahrheit war ihm nicht so leicht zumute, und er blieb nicht nur seinem Freund zuliebe in der Nähe des Mädchens, das er geheilt hatte. Theimenes selbst hatte ihm geraten, Verbindung zu Bashi zu halten und mit ihr zu sprechen.

Der Magier hatte den Plan gefasst, vor ihrer Abreise die Gruft des Nugam Ata zu besuchen. Bashi sollte sie dorthin führen. Sie würde es tun, das wusste Cidos inzwischen, denn sie und Helger waren einander während der letzten Tage nähergekommen.

»Was wird aus meiner Familie?«, fragte Bashi plötzlich. Das Mädchen schwankte zwischen Ausgelassenheit und Schwermut, seit sie mit Helger beisammen war. »Wir können sie nicht alle mitnehmen, und ohne mich sorgt keiner mehr für sie!«

Sie werden ohnehin nicht überleben, schoss es Cidos durch den Kopf. Das würde Theimenes sagen. Besser war es, wenn Bashi sich rechtzeitig von ihnen löste, um zumindest allein eine Chance zu haben. Aber das konnte er ihr nicht sagen. Er suchte nach zuversichtlichen Worten und übersetzte gleichzeitig für Helger.

»Vielleicht kommen sie besser zurecht, als du denkst. Es gibt nur wenige Vorräte im Dorf. Wenn du mit uns kommst, wird es für die anderen leichter werden. Deine Brüder sind kräftig und können mitanpacken.«

»Es ist nicht richtig, wenn du für alle die Last trägst«, fügte Helger hinzu.

»Ich kann sie nicht allein lassen«, sagte Bashi. »Es tut mir leid. Ich kann nicht mit euch kommen.«

»Du musst das jetzt nicht allein entscheiden«, sagte Cidos. »Wir können alle gemeinsam darüber reden. Womöglich findet sich eine Lösung, die alle glücklich macht!«

»Meine Mutter wird mich nie gehen lassen«, erwiderte Bashi.

»Dann bleibe ich eben hier!«, sagte Helger versonnen. »Es ist ja nicht so, das ich ein festes Ziel für die Reise hätte.«

Nicht weit entfernt flochten Horgan und Dargei an den Seilen und bereiteten den Kutter zum Auslaufen vor. Theimenes hatte auch darauf bestanden, dass sie die alten Fässer abdichteten, die sie ursprünglich nur zur Tarnung an Bord genommen hatten. Der Erzmagier hatte offenbar eine lange Reise im Sinn und wollte zumindest am Trinkwasser nicht sparen. Die anderen Vorräte waren knapp, und die Fahrt führte von einem verwüsteten Land in ein feindliches, denn feindlich waren alle Länder an dieser Küste.

»Können wir nicht zurück nach Tarsus?«, fragte Dargei hoffnungsvoll. Er schaute zu Helger, Cidos und Bashi hinüber, die an der Küste entlangschritten. Sie hätten zusätzliche Hände am Boot gebrauchen können, aber Dargei kam zu dem Schluss, dass es günstiger war, wenn Bahome bei Theimenes im Ort zurückblieb. So konnte dieser Zauberschüler nicht um seine Kameradin herumscharwenzeln, und die Ausführungen des Erzmagiers brachten Bahome vielleicht wirklich auf andere Gedanken.

Dargei seufzte. Er machte sich Sorgen um Bahome. Sie hatte sich in der letzten Zeit so sehr verändert. Früher war sie ruhig gewesen und stets sicher bei allem, was sie tat. Aber der Umgang mit der Magie und mit den Dingen, die kein Mensch verstehen konnte, brachte sie aus dem Gleichgewicht.

Dargei wünschte sich, es wäre wieder so, wie es früher gewesen war, dass sie daheim in Tarsus wären, ohne diese Zauberer.

Die Sonne ging eben auf, als die sieben Wanderer den Grat erreichten. Es war kühl und windig. Sie schauderten, vor der Kälte ebenso wie vor dem Blick an den steilen Hängen hinab in die tiefen Täler zu beiden Seiten. Den einen Weg waren sie gekommen, den anderen würden sie hinabsteigen.

»Die Menschen hier haben solche Angst vor dem Riesen.« Bahome sprach mit dem alten Erzmagier, der an ihrer Seite ging. Den ganzen Weg über hatte Theimenes seinen gebrechlichen Leib an ihre Schulter gestützt. »Haltet Ihr das für sicher?«

Theimenes strich ihr durchs Haar: »Aber natürlich, mein Kind. Du weißt doch, mit Dämonen bin ich wohlvertraut. Vertrauter als das Bergvolk.«

Cidos Eltairion keuchte. Er war lange Fußwege nicht gewohnt, schon gar nicht, wenn Dargei vor ihm immer ein wenig zu langsam ging und ihn aus dem Rhythmus brachte. Er konnte dem Drang kaum widerstehen, dem jungen Schmuggler mit einem kräftigen Stoß auf die Sprünge zu helfen. Der Bursche trieb ihn ohnehin schon zur Weißglut mit seinen ständigen versteckten Sticheleien.

Aber Cidos dachte an den Stoß, den er in Tarsus geführt hatte, und an die Folgen. Ihn fröstelte, und er zog die geballten Fäuste dichter an den Leib. Er würde keinen Reisegefährten den Abhang hinunterstoßen, gewiss nicht! Das in Tarsus war ein Unfall gewesen. Er ... hatte unter einem Bann des Erzmagiers gestanden, ganz bestimmt! Und er hatte es getan, um Helger zu retten.

Cidos ging ganz hinten in der Gruppe, und Bashi wies ihnen vorn den Weg. Theimenes hatte sie davon überzeugen können, dass er die Zeichen noch besser lesen konnte als der einheimische Schamane und dass er beim Anblick des Nugam vielleicht einen Weg fände, die Dorfbewohner endgültig von dem Dämon zu befreien. Es fiel ihm leicht, glaubwürdig zu klingen, denn er hatte sie geheilt, mit der Hilfe seines Schülers.

Also führte Bashi die Fremden zum Grab des Nugam Ata.

Der Abhang war mit tückischem Geröll übersät, und das Erdbeben hatte viele Spalten hinterlassen, die auch die Coshi nicht kannte. Vorsichtig stiegen sie hinab, und Helger sicherte ihre Führerin mit einem Seil. Er folgte ihr mit einer Mannslänge Abstand, ein versonnenes Lächeln auf den Lippen.

»Ist es noch weit?«, fragte Dargei.

Sie waren inzwischen fast im Talgrund. Der Sonne fiel es genauso schwer wie ihnen, einen Weg zwischen den aufragenden Felswänden zu finden. Es blieb dämmrig in dem Tal, und zwischen den großen Findlingen wuchsen nur wenige Pflanzen.

»Hinter dem nächsten Felsen schon, meint sie«, übermittelte Horgan.

Sie blieben vor einem schmalen Spalt stehen, dessen Tiefe nicht abzuschätzen war. Helger warf einen kleinen Kiesel hinein. Schon nach wenigen Augenblicken hörten sie, wie er auf Stein aufschlug und wie er dann mit hohlem Klackern immer tiefer rutschte.

»Du musst nicht mit hinein, Bashi«, sagte er zu dem Mädchen.

Cidos übersetzte, aber die Coshi schüttelte den Kopf: »Ich bin trittsicherer als ihr alle«, sagte sie. »Und wie unser Schamane immer sagt: Der Fluch liegt auf unserem Dorf! Es ist nicht recht, wenn sich Fremde allein darum kümmern. Ich bin verantwortlich.«

Cidos konnte kaum so schnell übersetzen, wie Helger ihr widersprach: »Du bist nicht verantwortlich. Theimenes weiß viel besser, worauf wir uns einlassen. Du bist am allerwenigsten verantwortlich. *Wir* wollten dorthinein!«

»Ich nicht«, stellte Dargei fest, und die meisten anderen gaben ihm insgeheim recht. Der Spalt war zu schmal, und er führte zu tief in die Finsternis hinab. Theimenes aber schnitt die weitere Diskussion ab.

»Dargei bleibt hier und sichert das Kletterseil. Wir müssen uns nicht alle dort unten herumtreiben. Ich will mir nur das Grab ansehen.«

»Ich gehe mit Euch!«, beharrte Bahome, und jeder fand für

sich einen Grund, warum er auch nicht zurückbleiben wollte. Selbst Dargei überlegte es sich, hier aber sprach Horgan ein Machtwort:

»Der Meister hat recht. Wir dürfen das Seil nicht ungeschützt zurücklassen!«

»Nun kommt schon«, sagte Theimenes. Er hatte einen Strick festgezogen und hinabgelassen, aber offenbar wollte er den Knoten nicht als Erster erproben. »Es ist nicht so gefährlich, wie es aussieht. Der Spalt ist zerklüftet und bietet viele Tritte.«

Helger spuckte in die Hände. »Na dann los«, verkündete er, damit nicht Bashi den Anfang machte.

Nach und nach seilten sie sich ab. Nur Dargei blieb missmutig oben.

Der Abstieg war einfacher, als sie befürchtet hatten. Vorsprünge und Löcher im Fels boten guten Halt. Oft gab ein Stein nach, und einer aus der Gruppe rutschte ab, aber immer ließ sich der Sturz rasch wieder abfangen und es blieb bei Schrammen und blauen Flecken.

Das Seil war bald zu Ende, und es ging noch tiefer hinab. Schließlich erreichten sie einen schroffen Boden, voller Risse und losem Geröll. Der schmale Spalt wurde zu einem Hohlweg, der leicht abschüssig weiter nach unten und in einen Tunnel hinein führte.

»Eltairion, Licht!«, befahl Theimenes.

»Augenblick mal«, unterbrach Horgan. »Ich habe eine Fackel. Mein Gefühl sagt mir, wir sollten hier unten mit Magie nicht zu verschwenderisch umgehen.«

»Er muss das üben«, widersprach der Erzmagier.

Aber sie alle empfanden eine leichte Beklommenheit, und Theimenes setzte sich nicht durch. Der Klang der Feuersteine hallte trocken durch die Höhle, Funken stoben. Kleine Flammen sprangen auf und verbreiteten bald ein waberndes, unruhiges Leuchten. Die Erde schien hier bloß zufällig aufzuklaffen. Die Bruchkanten der Felswände ließen die Umgebung wenig sicher erscheinen, so als könnte sich der Riss jeden Augenblick wieder schließen.

»Also gut«, sagte Theimenes. »Aber Lichtzauber sind wichtig! Wir werden sie auf der weiteren Reise einstudieren.«

Cidos verzog das Gesicht. *Lichtzauber. Windzauber.* Als hätten sie auf der Flucht nichts Besseres zu tun, als zu studieren! Oder in fremden Höhlen herumzukriechen.

»Wir sollten uns beeilen!« Helger blickte sich um und fasste Bashis Hand. Die Frau aber entzog sich seinem Griff und ging als Erste weiter.

Es waren nur wenige Schritte durch den schmalen Gang, und Cidos bemerkte frische Rußspuren an den sich nach oben verjüngenden Seitenwänden. Der Schamane war also denselben Weg gegangen wie sie.

Dann kamen sie in eine große Halle, einen kuppelförmigen Felsendom. Gewölberippen zogen sich vom glatten Boden bis hinauf zu einem einzigen schweren Schlussstein und schufen gleichförmige Nischen in der Außenwand. Boden und Mauer waren aus einem fremden Gestein, das glatt, aber porös wirkte. In den Nischen gab es Durchgänge wie gewaltige Ablauflöcher. Durch eine dieser Öffnungen kamen sie herein.

Tief eingehauene Runen bedeckten die Wände, mit so scharfen Kanten, als hätte man sie erst am Vortag gemeißelt. Viel beunruhigender als diese Überbleibsel einer fremdartigen Magie, die er spürte, aber nicht verstand, fand Cidos jedoch die Auswüchse, die sich aus dem Hallenboden hoben, als wären sie damit verwachsen: zwei Gruppen verkrümmter, gedrungener Säulen und eine gewölbte Verwerfung, die an eine riesenhafte versteinerte Stirn erinnerte. Nugam Ata war kahl gewesen. Die Säulen waren ohne Zweifel seine klauenbewehrten Finger, die er noch aus dem Boden hervorstreckte. Alles war zu grauem Stein erstarrt, wenn es auch seltsam lebendig wirkte im unruhigen Fackelschein.

»Endlich!«, stieß Theimenes atemlos hervor. »Der erste Schritt!«

Cidos sah ihn überrascht an. Bevor er nach dem Sinn dieser Worte fragen konnte, drang der Erzmagier tiefer in die Grotte vor und verschwand zwischen den Erhebungen. In der Mitte des Gewölbes, genau unterhalb des Schlusssteins, war ein weiteres Zeichen, so klein, dass man es beinahe übersehen konnte. Es war nicht in den Stein gehauen, sondern in einen sechseckigen Bleiklumpen gegossen, der fugenlos in einer Öffnung des Bodens steckte.

Theimenes beugte sich vor. »Die Ankerrune!«, rief er triumphierend.

Bashi trat zwischen Cidos und Helger. »Das ist also Nugam Ata«, sagte sie leise. »Er scheint im Boden versunken zu sein wie in einem Morast.«

»Du bist noch nicht hier gewesen?«, fragte Cidos.

Bashi verneinte. »Wir wissen, wo die Grotte ist, aber sie war lange Zeit verschüttet und nicht zugänglich. Es gab nur das Tal darüber. Ich hoffe, der Fluch bleibt hier gebannt …«

»Es ist unheimlich.« Helger schlich zaghaft durch die Grotte und betastete die Oberfläche des Steins. »Vielleicht sollten wir lieber wieder verschwinden.«

»Unsinn!«, widersprach Bahome. »Meister Theimenes weiß, was zu tun ist.« Sie beugte sich zu Helger hin und flüsterte ihm ins Ohr: »Ich habe viel mit dem Meister geredet. Er verfolgt einen Plan: Wir werden wieder nach Hause zurückkehren. Wusstest du, dass der Rat der Weisen Eltars Lehren verraten hat? Theimenes will das alles wieder richten. Es wird eine neue Ordnung geben, und wir dürfen ihm dabei helfen.«

Der alte Erzmagier hatte inzwischen von der Mitte der Höhle aus die Zeichen an den Wänden untersucht. Schließlich wandte er sich davon ab, und nach einem letzten misstrauischen Blick auf die grauen Riesenfinger untersuchte er das Bleisiegel in der Mitte der Halle.

Horgan trat neben ihn. Sein Gesicht war ernst und seine Stimme leise und voller Zweifel.

»Ich hoffe, Ihr habt Euch das alles gut überlegt.«

»Jetzt disputiere nicht mit mir über die Magie, junger Mann – gib mir deinen Dolch!«

Zögernd gehorchte Horgan. »Ich hoffe«, sagte er, »Ihr werdet uns irgendwann auch für *diese* Dienste bezahlen können, alter Mann. Zusammen auf der Flucht und ohne Mittel – so war das nicht vereinbart, als ich den ersten Auftrag für Euch übernommen habe.«

»Ich habe einen Plan«, erklärte Theimenes dem Kapitän. Mit der Klinge stach er unter den weichen Rand des Bleiklumpens. »Zuerst einmal müssen wir die Ankerrune mitnehmen, danach sind noch einige weitere Schritte notwendig. Aber wenn alles vorüber ist, kehren wir in die Theokratie zurück, und du wirst reicher sein als je zuvor. Und ein angesehener Bürger, das kann ich dir versprechen.«

Horgan zuckte die Achseln. Er verzog das Gesicht und lächelte schließlich schicksalsergeben. »Ach, was soll's? Solang ich ein Boot habe und das Meer unter den Planken, hab ich nicht allzu viel verloren.«

»Es löst sich!«, flüsterte Theimenes zwischen zusammengebissenen Zähnen.

Bashi trat zu Horgan und dem Erzmagier.

»Was macht ihr da?«, fragte sie.

Theimenes hatte das Bleisiegel inzwischen herausgehebelt, sodass man sehen konnte, wie dick es war. Mit ruckartigen Bewegungen löste er es aus dem Stein. Bashi sah zu und trat unbehaglich von einem Fuß auf den anderen.

»Ich nehme dieses magische Zeichen mit mir«, erklärte Theimenes. »Weißt du, man hat euch belogen. Der Nugam wurde niemals gebannt. Man hat ihn im Boden gefangen, aber das bedeutet nur, dass sein Fluch in die Erde sickert. Bortan fordert immer noch seine Sühne von euch, Blut um Blut, Leid um Leid und Leben um Leben. Was glaubst du, weshalb es vielen Menschen in Jofiro schlecht geht, weshalb ein solches Unglück über euch gekommen ist? Wenn Nugam Ata frei ist, holt er sich seine Opfer rasch und verschwindet. Danach wird alles besser werden. Ich kann den Fluch aufheben, indem ich dieses Zeichen mit meiner Magie – ah, da ist es!«

Theimenes hielt die Bleischeibe mit beiden Händen empor. Ein triumphierendes Leuchten stand in seinen Augen. Das Siegel war kaum mehr als zwei Finger dick, aber der Greis trug sichtlich schwer daran. Das Metall war ein wenig verbogen, aber die Rune unversehrt.

Bashi wich einige Schritte zurück. Sie musterte die vorstehenden Gliedmaßen des Nugam. Das Dorf war vergiftet – ja! Sie hatte es immer gespürt. Der tägliche Kampf für die Familie, die Arbeit, und ihre Mutter, die nicht nur krank war, sondern auch verwirrt. Und was sollte jetzt werden, jetzt, nach dem Erdbeben, wo alles noch viel schlimmer war? Sie dachte an den Hunger. Fast wünschte sie, der Nugam Ata wäre damals nicht gebannt worden und der Schrecken hätte ein wildes, aber schnelles Ende genommen.

Theimenes barg das Siegel im Saum seiner Kutte und ging mit kurzen, hastigen Schritten auf den Ausgang zu. »Kommt schon!«, rief er. »Wir haben einen weiten Weg vor uns.«

Bashi ging ihm unruhig nach. »Wie viele Opfer verlangt Nugam Ata noch von Jofiro?«

Theimenes schüttelte sich unwillig und verlangsamte seinen Schritt kaum. »Was weiß ich? Ich bin Zauberer, kein Seher. Ein Toter mag genug sein ...« Seine Augen weiteten sich. »So schnell«, sagte er.

Die anderen horchten auf. Der Stein der Grotte knirschte, und es war, als würde er mit der Ankerrune seinen Zusammenhalt verlieren.

»Wir müssen hier raus!« Horgan rannte los. Cidos stand unsicher im Durchgang, blickte sich gehetzt um und suchte nach Magie, um seinen Freunden Zeit zu verschaffen. Mit wehendem Gewand hetzte Theimenes an ihm vorüber, die Siegelrune an sich gedrückt wie einen Schatz.

Helger lief erst einmal ein Stück tiefer in die Halle, packte Bashi am Arm und zog sie mit sich fort.

Die beiden verließen als Letzte die Grotte, aber auch Helger hatte gesehen, was Bashi nicht entgangen war: Nicht der Stein der Mauern brach, nein, die Risse entstanden an den Fingern des Riesen. Dort platzte der Stein in dünnen Schichten ab, als die Glieder sich langsam, kaum merklich bewegten. Die Finger krümmten sich, der Dämon erwachte zum Leben.

Als sie den Spalt erreichten, schüttelte die Erde sich wie in einem Nachbeben. Brocken von Fels und Erde regneten herab.

Horgan fluchte. »Wir werden erschlagen, ehe wir oben ankommen.«

»Dennoch müssen wir es versuchen. Hilf mir hinauf!«, keuchte Theimenes. Der alte Mann versuchte verzweifelt, mit einer Hand in dem schwankenden Schacht Halt zu finden. Helger hob Bashi empor, damit sie einen Grat erreichen konnte, aber die Coshi wehrte sich.

»Sie will, dass du vorangehst«, übersetzte Cidos. »Du sollst zum Seil und sie hinaufziehen. Die anderen werden nicht an sie denken.«

»Ich kann ...« Helger blickte sich gehetzt um. Er konnte kaum klar denken in diesem Einschnitt, der langsam um sie zusammenbrach. Die Wände rückten näher, und die herabstürzenden Trümmer wurden immer größer, immer bedrohlicher.

»Bleib dicht hinter mir«, rief er Bashi zu. »Mein Körper wird dich schützen!«

Dann stieg er geschickt nach oben. Bashi folgte ihm nicht. Nur sie und Cidos blieben noch einen Augenblick zusammen auf dem schwankenden Grund stehen.

»Ich verabschiede mich von Helger«, sagte das Mädchen. »Richte ihm das aus.« Sie wandte sich halb um, machte Anstalten, in den einstürzenden Gang zurückzukehren.

»Lass den Unfug. Wir kommen hier schon raus«, widersprach Cidos halbherzig. Er hatte genug damit zu tun, seine eigene Furcht niederzuringen. Ein besonders guter Kletterer war er nie gewesen, und nur aus Angst vor dem Aufstieg hatte er länger hier unten ausgeharrt als die anderen.

»Nein, es ist richtig so«, sagte Bashi ruhig. »Wir können nicht entkommen, wenn Nugam Ata erwacht. Ihr seid fremd hier, aber ich gehöre zu Jofiro. Mich wird er suchen, denn der Nugam wurde zu uns gesandt. Es ist also besser, ich gehe zu ihm, bevor er euch auch erschlägt. Denn es wird einer sterben oder alle sieben, wir können nicht davonlaufen vor einem Fluch.«

Ihre Stimme klang leise und hoffnungslos. Sie zitterte, doch sie wich zurück, als Cidos ihr die Hand entgegenstreckte.

»Vielleicht«, sagte sie leise, »vielleicht ist mein Opfer das letzte, das der Nugam fordert!«

Mit diesen Worten rannte sie den Schacht hinab und auf die Grotte zu. Hinter ihr lösten sich große Platten aus der Felswand, stürzten krachend zu Boden und zerbarsten.

»Es hätte ohnehin nichts gegeben ... Ich kann nicht mit euch kommen, und Helger kann nicht bleiben ohne Land ...«

Die letzten Worte, die sie rief, drangen nur noch schwach an Cidos' Ohr, übertönt von den Steinbrocken, die polternd herunterfielen. Er suchte Halt an einem Riss in der Wand, aber der Felsen schwankte vor und zurück. Cidos konnte nicht sehen, wo er klettern sollte. Dann erstarben die Geräusche. Der Zugang zu Atas Grotte war wieder versperrt, verschüttet. Die Felswände gaben immer noch nach, kippten ganz langsam und füllten allmählich die Spalte.

Cidos kämpfte sich hinauf, getrieben von der Panik, dass er in dem sich schließenden Riss zerquetscht würde wie ein Insekt.

Endlich war er oben, wo die Übrigen schon versammelt standen. Keiner war ohne Schrunden und Prellungen davongekommen, bis auf Dargei. Helger stand an der Kante und rief Bashis Namen in den Schacht hinab.

»Wo ist sie?«, rief er Cidos entgegen. Er packte den Freund am Gewand und zog ihn vollends heraus. »Was ist mit Bashi?«

»Sie ist unten geblieben. Sie ist in die Halle zurückgelaufen, um sich dem Riesen zu opfern«, stammelte Cidos. Er war außer Atem und schnappte nach Luft.

Helger schrie auf, ließ ihn los und trat an den Abgrund. Er sah aus, als wollte er wieder hinabsteigen, aber der Zugang war verschwunden. Der Spalt im Boden wurde nach wenigen Schritten so schmal wie eine Hand, und immer noch rieselte Geröll nach. Es gab keine verborgene Höhle mehr.

Eine unheimliche Stille senkte sich über das Tal, und nur

noch Helgers Rufe und die leisen Stimmen seiner Kameraden hallten von den Berghängen wider.

»Wir sollten gehen«, bemerkte Theimenes. »Das Mädchen konnte den Riesen tatsächlich beruhigen, wie es scheint. Aber wir müssen das Schiff erreichen, ehe wir auf andere Weise daran gehindert werden.«

»Hat das Opfer tatsächlich etwas gebracht?« Cidos starrte zweifelnd auf die unscheinbare Mulde, die zu seinen Füßen geblieben war und unter der die Grotte des Nugam Ata lag.

Der Erzmagier machte eine abweisende Handbewegung. »Jedenfalls bin ich davon überzeugt, dass wir diese Atempause nur Bashis Tod verdanken«, stellte er gleichmütig fest. »Was den Rest betrifft – so bewandert bin ich nicht in der örtlichen Mythologie.«

»Du hast sie umgebracht, du Sack voller Knochen und Bosheit!«, brüllte Helger ihn unvermittelt an. Der junge Schmuggler schien sich auf Theimenes stürzen zu wollen. Drohend ballte er die Fäuste. Der Erzmagier warf ihm einen flüchtigen Blick zu. Dann hob er den Kopf, starrte den aufgebrachten Mann direkt an und verzog den Mund zu einem zahnlosen Grinsen. Er sagte nichts.

Bahome jedoch legte die Hand auf Helgers Schulter und hielt ihn zurück. »Du weißt nicht, was du sagst!«, sagte sie erregt. »Der Meister ist ein heiliger Mann und weiß viel mehr als du. Wenn ein Opfer nötig war, dann nur, um noch größeres Unheil zu verhindern.«

Horgan umklammerte seinen Kameraden mit kräftigen Händen, umarmte ihn fast und flüsterte ihm ins Ohr: »Er ist der Erzmagier von Tarsus, vergiss das nie. Denk an den dunklen Garten in der Stadt, die Dinge darin ... fang jetzt keinen leichtfertigen Streit an.«

Theimenes wandte sich ab und ging davon, als hätte er nichts zu schaffen mit der Auseinandersetzung. Helgers Zorn war gebrochen. Er krümmte sich, und gebeugt und hilflos wie ein alter Mann ließ er sich von seinen Freunden stützen. Sie schlichen still zur Küste zurück, und es lag eine Stimmung über dem

Trupp wie nach einer Niederlage. Nur Theimenes ging hoch aufgerichtet, nichts war mehr zu sehen von seiner sonst oft gezeigten Gebrechlichkeit.

»Eltairion, komm an meine Seite!«, rief er, und Cidos gehorchte widerstrebend. Der Erzmagier drückte ihm das Bleisiegel in die Hand. »Hier, trag das für mich. In meinem Alter ist Blei nicht das geeignete Gepäck für eine Bergwanderung.«

Der Greis senkte die Stimme. »Junge, dein Freund ist aber aufgebracht! Er kannte die Frau erst eine Woche, aber man könnte meinen, sie wäre die Mutter seiner Kinder gewesen. Er sollte sich nicht so mitreißen lassen von seinen Gefühlen, sonst wird er es schwer haben im Leben. Du solltest da ein wenig auf ihn einwirken.«

Cidos verzog angewidert das Gesicht. »Ihr wusstet, was Ihr anrichtet, wenn Ihr den Bleiklumpen entfernt«, warf er Theimenes vor.

Der Greis wischte die Anschuldigung beiseite und kicherte leise.

»Du bist etwas naiv, mein Junge. Ich habe die Magie in der Theokratie studiert, und der Cojon ist nicht weit davon entfernt. Ja, von diesem Nugam Ata und von der Magie, die ihn bannt, steht einiges in den Bibliotheken der Schule. Weshalb sollte ich euch sonst an diesen von Eltar verlassenen Ort führen? Bei den Leuten hier ist die Magie der Ankerrune verschwendet. In den richtigen Händen allerdings kann man eine Menge damit anfangen. Keine Sorge, ich bringe euch nicht in Gefahr. Ich habe alles sorgfältig geplant. Habe ich nicht extra dieses Coshi-Mädchen mitgenommen, um den Dämon zu besänftigen und unsere Flucht zu decken? Du hast keinen Grund, mir Vorwürfe zu machen. Denk daran: Ich weiß genau, was ich tue! Man muss immer den Linien des Schicksals folgen.«

Cidos schaute ihn fassungslos an. »Ihr habt sie absichtlich als Opfer mitgenommen?«

Theimenes schüttelte den Kopf. »Was lernt ihr jungen Leute eigentlich heutzutage? Du willst ein Zauberer sein! Hat dir da nie jemand gesagt, dass mitunter ein Opfer nötig ist, wenn man es mit Mächten zu tun hat, die man nicht einfach beherrschen kann? Ein Opfer, um alle anderen zu schützen. Ich habe das für euch getan. Du solltest nicht darüber klagen, du solltest lernen!«

»Wie auch immer Ihr es entschuldigen wollt – Ihr habt sie getötet«, sagte Cidos aufgebracht.

»Nicht wirklich«, widersprach Theimenes. »Das Erdbeben hat die Lebensgrundlage dieser Menschen zerstört. Nur wenige werden die nächsten Monate überstehen, und Bashis Familie gehört gewiss nicht zu diesen Glücklichen. Im Grunde war sie bereits tot, und ich habe kaum in das Schicksal eingegriffen.«

Er sah Cidos an und legte ihm seine dürren Greisenfinger auf den Arm. »Weißt du, Eltairion, auch ein Magier muss sich mitunter damit abfinden, dass seine Wahlmöglichkeiten beschränkt sind. Und er darf sich davon nicht ablenken lassen, sondern muss ganz konzentriert bei dem bleiben, was er tun kann. Wir konnten weder das Mädchen retten noch sonst viel für die Cohoni hier tun. Wir hatten nur die Wahl, ob wir sie qualvoll verhungern lassen oder ob wir ihrem Tod noch einen Sinn geben.« Vielsagend blickte er auf das Bleisiegel, das Cidos trug.

Das Blei lastete schwer in Cidos' Händen. Er blieb stumm, und auch die Schmuggler stapften schweigend hinter ihnen drein. Cidos verspürte Übelkeit bei dem Gedanken, wie Theimenes die Welt hinter dem Wandschirm seines Fatalismus manipulierte. Aber was blieb ihnen anderes übrig, als dem Erzmagier zu folgen? Ohne Theimenes' Wissen waren sie verloren in der fremden und feindlichen Welt.

Nein, befand Cidos, sie mussten auf ihrer Flucht zusammenbleiben und durften sich nicht entzweien. Aber er würde achtgeben auf seine Freunde und sie beschützen – wenn es sein musste, vor dem Erzmagier selbst.

Und am Ende – davon war Cidos überzeugt – würde sich alles fügen. Er musste nur die rechte Zeit abwarten, dann würde er sie alle retten. Denn immerhin war er der Eltairion, der Erwählte Eltars, und das war sein Schicksal!

3.
Erde und Luft

Cidos trug wieder die Rüstung, aber diesmal hielt er dazu noch ein Schwert in der Hand. Ein gewaltiges Schwert, doch er führte es mit unermüdlicher Kraft. Nein, die Klinge führte ihn! Sie war von bleiernem Grau, aber im nebligen Zwielicht, das ihn umgab, glänzte sie und bestimmte ganz von selbst, wie Cidos sich bewegte.

Er streckte den Gouverneur nieder und trat hinaus auf die Straßen. Nebel wogte in dichten Schwaden zwischen den Häusern von Tarsus, ein schwerer und giftiger Qualm. Aber Cidos atmete frei. Sein Schwert hob und senkte sich beständig wie der Wellenschlag im Hafen. Menschen tauchten aus dem Nebel auf, flohen in Panik aus den Häusern. Cidos mähte sie nieder, wie sie ihm vor die Klinge liefen, und sie liefen ihm alle vor die Klinge. Ganz so, als wäre sein Schwert ein Leuchtsignal, dem Leuchtturm der Dame gleich, eine Flamme in der Dunkelheit. Eine Flamme, die jeden in den Tod lockte, der ihr folgte.

Cidos hob den Arm und schlug zu. Er spürte nicht, wie er traf, aber er sah einen Mann zu seinen Füßen niedersinken. Blut leckte über das Pflaster und benetzte Cidos' Stiefel. Er konnte nicht aufhören. Er schlug zu und schlug zu, und dann sah er Bashis Gesicht, gerade als er ihr die Klinge in die Brust rammte. Die Coshi blickte ihn an, erschrocken und vorwurfsvoll. Dann brachen ihre Augen.

Cidos schrak hoch.

Das Boot schaukelte gleichmäßig auf den Wellen. Die Taue knarrten, und die Planken ächzten bei jeder Bewegung des Rumpfes. Meerwasser schwappte gluckernd über den Boden.

Cidos setzte sich auf. Dargei, der junge Schmuggler, saß am

Ruder und hielt die *Seeschwalbe* ruhig im Wind. Sie waren nicht ganz auf Kurs. Cidos bemerkte es sofort, als er den Stand der Sonne prüfte, die sich gerade über den Horizont hob. Und der Wind war schwach, sie machten kaum Fahrt.

Cidos seufzte. Sobald Theimenes erwachte, würde er wieder Windzauber fordern. Doch Cidos fühlte sich viel zu müde, um Magie zu wirken.

Die Träume zehrten an ihm. Er träumte immerzu, und immer öfter sah er das Gesicht von Gouverneur Kalairan vor sich. Schlimm genug, dass er den alten Mann ermordet hatte – in seinen Träumen musste er die Tat nun auch noch ein ums andere Mal wiederholen! Dabei wusste er nicht einmal, was ihn beim ersten Mal dazu getrieben hatte.

Cidos wischte sich über die Stirn und blinzelte. Dargei blickte zu ihm hin und nickte. Es war kein freundlicher Blick. Cidos betrachtete seine schlafenden Gefährten. Theimenes kauerte zusammengesunken im Bug, und Cidos grübelte darüber nach, ob der Erzmagier ihn vielleicht auf irgendeine Weise dazu gebracht hatte, den Gouverneur zu ermorden. Eine einfache Erklärung, wenn Cidos es nur glauben könnte. Wer wusste schon, was Theimenes tat und wozu er imstande war. Cidos hatte ihn nicht ein einziges Mal zaubern sehen, und doch war alles genau so gekommen, wie der alte Erzmagier gewollt hatte. Wenn es tatsächlich Theimenes gewesen war, der mit Cidos' Händen den Gouverneur von Tarsus ermordet hatte, dann würde Cidos es womöglich nie erfahren.

Theimenes blickte auf, und seine klaren grauen Augen musterten Cidos durchdringend. Nichts deutete darauf hin, dass der Erzmagier Augenblicke zuvor noch geschlafen hatte – falls er geschlafen hatte. Der alte Mann sagte kein Wort. Er streckte die Hand aus und strich Bahome über das Haar. Sie schrak hoch, murmelte etwas und rückte dichter an ihn heran.

»Wir sind bald da«, sagte Theimenes.

»Wird auch Zeit«, murrte Dargei.

Cidos sah Theimenes an und wartete auf die unausweichlichen Forderungen. Seit Wochen lebten sie von Fisch und dem wenigen, was sie bei Landgängen ergattern konnten. Und in den letzten Tagen war das Land, das rechter Hand an ihnen vorbeizog, eine Wüste, in der es nicht einmal frisches Wasser gab.

Auch das Boot würde nicht mehr lange durchhalten. Horgans Kutter taugte für die hohe See, aber er war nur für die Fahrten zwischen den Inseln bestimmt gewesen und nicht für so eine lange Reise. Die Flutwelle hatte ihm zugesetzt, und die Reparaturen im Cojon waren notdürftig gewesen.

»Es wird wirklich Zeit«, sagte Cidos schließlich. »Wir halten nicht mehr lange durch.«

Der alte Erzmagier lachte leise. »Vertrau mir.« Er tätschelte wieder Bahomes Kopf. Die hatte sich inzwischen ein wenig aufgerichtet und kauerte zu seinen Füßen, das Gesicht an seinen Knien. Dargei betrachtete sie mit einem verkniffenen Zug um den Mund. »Habe ich bisher nicht immer recht behalten?«, fügte Theimenes hinzu.

Cidos antwortete nicht. Er wies auf die Küste, die sich als dunkler Strich in der Ferne abzeichnete. »Wo wollen wir eigentlich hin? Das Land hier sieht so aus, als wären wir mitten im Nirgendwo.«

»Wir segeln nach TeiChu.« Horgan sprach anstelle des Erzmagiers. Er setzte sich auf und lockerte die verspannten Schultern. »Die einzige Handelsstadt im Osten von Bartai Lûn. Ein Diamant am Rand der Wüste. Aber es ist ein Edelstein, der uns nicht gehört.« Er wandte sich an Theimenes. »Was wollen wir dort?«

Theimenes umklammerte das Bündel mit dem Runenstein, den er aus dem Grab des Nugam Ata gestohlen hatte. Die Andeutung eines Lächelns spielte um seine Lippen. »Geschäfte«, sagte er.

»Es werden Eure letzten Geschäfte sein«, erwiderte Horgan schroff. »Von TeiChu aus können wir keine andere Stadt mehr erreichen. Nicht mit diesem Boot jedenfalls. Und TeiChu ist nicht der Cojon. Dort kann ich den Kutter nicht einfach an Land ziehen und ausbessern. Es gibt dort einen richtigen Hafen mit Beamten, Soldaten und mit Freibeutern. Ich hoffe, Ihr habt dort ein richtiges Ziel vor Augen, andernfalls stranden wir tatsächlich im Nirgendwo.«

»Sprich nicht so mit dem Meister.« Bahome klang vorwurfsvoll. »Er sorgt für uns und wird uns alle wieder nach Hause bringen.«

Horgan wandte sich ab, mit einem schmerzerfüllten Ausdruck im Gesicht. Dargei spuckte ins Wasser. Er umklammerte das Ruder so fest, dass seine Hand zitterte.

»Ich habe ein Ziel«, sagte Theimenes. »Du musst dir keine Sorgen machen. Deine *Schwalbe* wird uns so weit tragen, wie es nötig ist. Eltairion, sorge für günstigen Wind. Wir müssen einen Zeitplan einhalten.«

Am Nachmittag ließ Theimenes die *Seeschwalbe* in weitem Bogen aufs Meer hinausfahren. Bald sahen sie dort einen Punkt auf dem glitzernden Wasser, und dann noch einen – eine ganze Flotte kleiner Schiffe, die in weitem Abstand voneinander kreuzten. Fern am westlichen Horizont zog ein großes Kriegsschiff dahin.

»Das sind die Fischerboote aus TeiChu«, erklärte Theimenes. »Am frühen Abend segeln wir zwischen den Booten zum Hafen. Als kleines Fischerboot unter vielen fallen wir nicht auf.«

»Den anderen Fischern werden wir auffallen«, wandte Helger ein.

»Nur wenn wir ihnen Anlass dazu geben. Wir werden den Teil des Hafens anlaufen, der zwischen der Flotte der einheimischen Schiffer und den auswärtigen Händlern liegt. Dann glauben die Hafenwachen, dass wir zu den Fischern gehören, und die Fischer halten uns für einen der unbedeutenden Kauffahrer aus den kleineren Oasen längs der Küste. Auch dort gibt es Fischer, und sie fahren mitunter in die Stadt, um Handel zu treiben. Ich werde euch den richtigen Kurs weisen.«

»Wie kommt es, dass ein Magier aus der Theokratie sich so gut auskennt in Bartai Lûn?«, fragte Dargei.

»Die Menschen in TeiChu wären sehr gekränkt, würde man sie Bartai Lûn zurechnen«, antwortete Theimenes. »Es ist eine freie Stadt, geschützt von der Wüste und von einer langen, einsamen Küste. Außerdem würdest du dich wundern, worüber ein Erzmagier der Theokratie so alles Bescheid weiß. Du *wirst* dich wundern ...«

Die letzten Worte murmelte er nur noch, und auf seinen Lippen lag ein Lächeln, das Cidos frösteln ließ. Hastig blickte er in eine andere Richtung. Auch die übrigen Insassen des Bootes wandten verlegen den Blick weg von dem Erzmagier, der im Bug saß und sein Bündel auf dem Schoß hielt.

Theimenes sprach leise weiter mit Bahome und erzählte ihr Legenden von den Taten der Erzmagier, von den Gründern der Theokratie und von der Gnade Eltars. Die junge Schmugglerin war nicht mehr wirklich bei ihnen. Sie redete kaum noch mit jemandem, außer mit Theimenes, und sie versank ganz in der Welt der Mythen, die er vor ihr ausbreitete. Mythen von Helden, die mit göttlicher Hilfe durch alle Fährnisse stets den rechten Weg fanden; und die Mythen der Märtyrer, die mit ihrem Leiden dazu beitrugen, dass dem Willen des Höchsten Geltung verschafft wurde.

Dabei sah Bahome den alten Magier an, als wäre er selbst einer dieser Helden, während sie in demütiger Haltung zu seinen Füßen kauerte wie einer der Märtyrer. Cidos missbilligte das, aber was sollte er tun? Auch die Schmuggler, ihre alten und vertrauten Gefährten, konnten nicht mehr zu Bahome durchdringen, seit sie Aspagos' Feuer gesehen hatte. Er, der Fremde und ein schlichter Adept, hatte dem Einfluss des Erzmagiers noch weniger entgegenzusetzen, nichts als sein Gefühl, dass Theimenes' Geschichten der jungen Frau nicht guttaten.

Obwohl Cidos gar nichts tun konnte, bedachte Dargei ihn mit ebenso hasserfüllten Blicken wie den älteren Zauberer, so als wäre Cidos sein Feind und verantwortlich für alles.

Cidos fühlte Zorn in sich aufsteigen, einen Zorn, den er auf Dargei lenkte. Was erlaubte sich dieser Bursche? Er selbst mochte nur ein Adept sein, aber Dargei war nichts weiter als ein halbwüchsiger Schmuggler aus der Gosse, der kein Recht hatte, Cidos auch nur anzusehen!

Er und Dargei durchbohrten einander mit Blicken, bis Theimenes schließlich verstummte und die Hand hob. Sie holten die Leinen ein, mit denen sie gefischt hatten, und Helger zog das Segel voll auf. Horgan selbst übernahm das Steuer.

»Wir sollten früh einlaufen«, sagte Theimenes. »Aber nicht als Erste, sonst erregen wir zu viel Aufmerksamkeit.«

Horgan hielt Kurs. Zwei Fischer fuhren ein gutes Stück vor ihnen, und hinter ihnen zog sich eine stetig größer werdende Flotte kleiner Boote zusammen, die ebenfalls auf die Stadt zuhielten. Es schien so, als würden die Fischer von TeiChu den Fremden folgen. Einige Boote stießen von der Seite her zu ihnen und holten auf, kamen näher heran oder schnitten ihnen den Weg ab. Unwillkürlich schaute Cidos auf das Segel und faltete die Hände, aber Theimenes hielt ihn zurück.

»Wir sind schnell genug«, sagte er. »Das ist kein Rennen.«

Cidos spürte, wie ihm das Herz bis zum Hals schlug. Auch Dargei und Helger betrachteten die Fischerboote rings umher mit Unbehagen. Nur Horgans Gesicht blieb unbewegt.

Ein dunkler Knoten an der Küste entwirrte sich und wurde zu einer Ansammlung von Würfeln und hoch aufragenden Silhouetten. Endlich zeichneten sich die Stadtmauern ab, dahinter klobige, weiß gekalkte Häuser und Bauwerke mit hohen, schlanken Türmen. Die meisten dieser Türme wurden dicht unter der Spitze breiter, mit einer weiten Plattform, sodass sie aussahen wie übergroße Taubenschläge. Kuppeldächer glänzten golden.

»Willkommen in TeiChu, der Stadt des Windes«, verkündete Theimenes. Seine Stimme hatte einen spöttischen Beiklang.

Helger stand vor dem Mast. Er achtete weniger auf die Stadt als vielmehr auf die großen Schiffe, die vor dem Hafen kreuzten. Misstrauisch beäugte er die polierten Rammsporne, die dann und wann aus den Wogen auftauchten. Aber der Kutter fuhr zwischen den Kriegsschiffen hindurch, unbeachtet und in weitem Abstand.

Als sie in den Hafen einliefen, warfen die Gebäude schon lange Schatten über das Wasser. Die Wellen leckten schwarz und ölig an der steinernen Mole. Theimenes saß schräg zur Fahrtrichtung und gab Horgan Anweisungen: »Halte dich links von diesen hölzernen Verschlägen. Die gehören zu den Fischern. Nimm die lange Mole dort, die zwischen den Hafenbecken liegt.«

Die gemauerte Mole, auf die Theimenes wies, ragte hoch und düster auf. Trotz ihrer Größe gab es nur wenige Schiffe dort, da sie weit entfernt lag von den Märkten und Plätzen der Fischer und auch von den Hallen und Umschlagplätzen der größeren Handelsfahrer. Die Mole diente tatsächlich mehr als Trennmauer denn als Anleger, auch wenn verfallene Bauten darauf von Zeiten zeugten, da sie eine andere Bedeutung gehabt haben mochte.

Sie fuhren einen Bogen und machten zwischen zwei anderen Booten fest, die sich kaum von dem ihren unterschieden. Horgan schaute nach links und rechts und bemerkte fassungslos, wie unauffällig sie an diesem fremden Ort wirkten. »Unglaublich«, sagte er. »Vielleicht habe ich mich beim Schmuggeln zu sehr zurückgehalten. Fahrten nach TeiChu hätten mich zu einem reichen Mann machen können.«

»Ich habe immer gesagt, dass du übervorsichtig bist«, ließ Helger ihn trocken wissen. »Aber mit der kleinen *Schwalbe* hätte sich die lange Anreise ohnehin kaum gelohnt. Zu wenig Stauraum für eine anständige Fracht.«

Theimenes hob mahnend die Hand. »Bleibt wachsam«, sagte er. »Dies mag nicht Bartai Lûn sein, doch die Menschen, die hier leben, sind keine Freunde der Theokratie. Wenn ihr nicht genau tut, was ich sage, dann kann es übel enden.«

»Wir haben immer getan, was Ihr gesagt habt«, warf Dargei mürrisch ein. »Und wir haben ein übles Ende nach dem anderen dabei erlebt.«

Horgan hielt den jungen Schmuggler an der Schulter fest. »Besonders übel wird es mit dir enden, wenn du deine Zunge nicht im Zaum hältst.«

»Ach, lass den jungen Mann doch seinem Ärger Luft machen, Kapitän.« Theimenes' Stimme schnurrte vor Verständnis. »Ihr habt einiges durchmachen müssen in den letzten Wochen, und ich entschuldige mich dafür. Doch wenn Eltar will ...« Er schaute den jungen Schmuggler fest an. »Wenn Eltar will, so wird die aufreibende Seereise bald ein Ende haben, und du wirst in einem Bett schlafen können und in einem festen Haus. Vielleicht sogar gemeinsam mit Bahome.«

Der Lärm des Hafens blieb hinter ihnen zurück. Die hohen Mauern schluckten jeden Laut und tauchten die Gassen der Stadt in tiefen, kühlen Schatten. Cidos fröstelte. Nach den letzten Tagen unter der sengenden Sonne auf dem Meer war er an stetigen kühlen Wind gewöhnt, aber nicht an diesen plötzlichen Wechsel der Temperaturen.

Theimenes führte Cidos, Dargei, Horgan und Bahome – nur Helger hatte auf dem Boot bleiben müssen – durch TeiChu, als wäre er hier geboren. Er bog hier ab und da ab und zögerte nicht ein einziges Mal, bis sie schließlich vor einem hohen Gebäude stehen blieben. Es wirkte abweisend, mit nur wenigen kleinen Fenstern im obersten Stockwerk. Eine eisenbeschlagene Pforte versperrte den Weg hinein. Theimenes wandte sich zu ihnen um, winkte Dargei heran, der ein Stück hinterherschlenderte, und murmelte: »Merkt euch gut das Losungswort. Wenn wir in dieser Stadt getrennt werden und euch der Fluchtweg abgeschnitten ist, so müsst ihr hierher zurückkommen. Es sind keine Freunde, doch wenn ihr sagt, dass ihr Diener des Meisters seid und euren Herrn verloren habt, dann werden sie sich um euch kümmern.«

»Was sind das für Leute?«, fragte Cidos. Aber Theimenes hatte sich schon wieder abgewandt und schlug mit der Faust gegen die Tür. Das Geräusch klang dumpf und erstickt.

Ein Schieber wurde zurückgenommen. Das Auge hinter dem schmalen Spalt musterte die Neuankömmlinge argwöhnisch. Theimenes hob den Arm und spreizte die Finger. »Rot ist die Farbe des Lebens, Bruder.«

»Was siehst du in den Sternen?«, fragte der Mann hinter der Tür.

»Die Hand Gottes«, erwiderte Theimenes.

Die Menschen hier gebrauchten einen Dialekt der Bartai, den Cidos mit einiger Mühe verstehen konnte. Theimenes sprach ihn fließend.

Dargei beklagte sich: »Was sagen sie? Wie sollen wir uns das merken?«

»Ich werde es später für euch wiederholen und übersetzen«, sagte Theimenes. »Das sind sprachkundige und weltgewandte Leute an diesem Ort. Sie werden euch verstehen, wenn ihr in unserer Sprache antwortet.«

Er sah zur Tür, wo der Schieber sich inzwischen wieder geschlossen hatte. »Vielleicht nicht der Pförtner«, fügte er hinzu, »und darüber kann ich froh sein bei all meinen vorlauten Begleitern. Aber wenn ihr die Losung in einer anderen Sprache vorbringt, wird er euch gewiss nicht abweisen, sondern einen Kundigen holen. Denn die Bruderschaft hat ihre Vertreter überall auf dem Kontinent und bei allen Völkern.«

Sie hörten, wie ein Riegel zurückgeschoben wurde, dann ließ man sie ein. Der Flur war kühl und düster, doch durch Lichtschächte fiel schwaches Sonnenlicht herein. Ein kleiner, breitschultriger Pförtner schloss gleich hinter ihnen wieder ab und verharrte schweigend. Dargei wollte weitergehen, aber Theimenes legte ihm die Hand auf die Schulter. »Wir warten hier«, sagte er.

Einige Augenblicke vergingen, und schließlich kam ein schlaksiger Mann in einer roten Kutte herbeigeeilt. Sein Gesicht blieb unter der Kapuze verborgen, aber er machte einen jungen und unsicheren Eindruck. Zögernd blieb er vor dem Erzmagier stehen, dann deutete er eine Verbeugung an.

»Was führt … dich in unser Haus, Bruder?«, fragte er langsam.

»Ich grüße dich, Adept. Ich werde hier mit meinem Schüler und meinem Gefolge wohnen, während ich in TeiChu meinen Geschäften nachgehe. Wo ist der Magus dieses Hauses?«

»Der Meister ist unterwegs, äh, ehrwürdiger Magus. Zu dieser Zeit des Jahres ist er sehr beschäftigt, wie Ihr Euch denken könnt.«

Theimenes nickte und lächelte wissend. »Er ist bei den Vertretern der Stämme und bereitet die Reise vor«, sagte er. »Die Stämme kommen niemals in die Stadt.«

Der Adept nickte. »Der Meister wird in spätestens drei Tagen zurückkehren ...«

»Nun, so lange werden wir mit deiner Gastfreundschaft vorliebnehmen«, verkündete Theimenes verbindlich. »Ob es meine Geschäfte erlauben, deinen Meister noch zu begrüßen, müssen die Sterne entscheiden. Zeige uns nun unsere Zimmer. Unsere Kleidung hat gelitten auf der Reise. Besorge mir und meinen Gefährten etwas Angemessenes für die Stadt.«

Er schob den Adepten vor sich her, bis der sie durch das Haus und die Treppe hinaufführte. »Ich lasse ein Bad für Euch bereiten und Erfrischungen bereitstellen«, sagte der Adept unterwegs. »Die Bruderschaft ist in der Theokratie nicht stark vertreten. Ich konnte noch nie einen Magus von dort begrüßen.«

»Es war eine weite Reise«, ließ Theimenes ihn kurz angebunden wissen. Sie gelangten zu den Gästezimmern: ein großer Raum für den Erzmagier, eine kleine Kammer für Cidos und eine weitere kleine Kammer für die übrigen drei. Der Adept klatschte in die Hände. Ein Diener eilte herbei und führte Theimenes in seine Räumlichkeiten, um dort alles für ihn herzurichten. Der Adept zog sich zurück, und Cidos blieb mit den Schmugglern allein auf dem Flur.

Horgan schaute in das Zimmer, das für sie bestimmt war. Er verzog das Gesicht. »Da wär ich doch besser mit Helger auf dem Boot geblieben«, knurrte er.

»Helger hätte gern mit dir getauscht.« Dargei grinste schief. »So hat er jedenfalls dreingeschaut, als der Alte ihn für die Schiffswache eingeteilt hat.«

Auch Bahome warf einen Blick in die Kammer. »Da soll ich mich mit euch beiden hineinzwängen?«, fragte sie beklommen.

»Das wird nicht nötig sein.« Theimenes schlenderte gut gelaunt auf den Flur. »Mein Zimmer ist groß genug, und wir können sicher eine andere Lösung finden. Es ist wichtig, dass wir heute Nacht gut schlafen, denn morgen werden wir gewiss nicht dazu kommen.«

Als der Erzmagier erschien, verschwand sogleich jeder Anflug von Spott und Heiterkeit aus Dargeis Gesicht. Horgan zog sich murrend in seine Kammer zurück, und Dargei folgte ihm mit einem letzten Blick auf den Zauberer, einem Blick voll von hilflosem Groll.

Wir müssen Dargei im Auge behalten, dachte Cidos bei sich. Er selbst traute Theimenes zwar auch nicht, doch die kaum verhohlene Feindseligkeit des jungen Schmugglers beleidigte ihn. Es war eine Kränkung nicht nur des Erzmagiers, sondern des ganzen Standes, den er vertrat. Und wer wusste schon, ob es bei respektlosen Blicken bleiben würde ...

Theimenes lächelte immer noch. Er wandte sich zu Cidos hin: »Wir sehen uns beim Bad und beim Abendessen. Du musst heute Nacht genug Schlaf bekommen, denn morgen brauche ich deine Hilfe ...«

»Na, das ist ja mal eine Überraschung«, murmelte Cidos.

»... aber zuvor werde ich dir eine kleine Übung aufgeben, mit der du noch heute Abend anfangen kannst. Ein neuer Zauber, den du beherrschen musst, wenn wir ihn brauchen.«

»Morgen?«, fragte Cidos.

Theimenes lachte. »Nein. Es wird Wochen dauern, bis du weit genug bist. Morgen werden wir mit dem auskommen müssen, was ich dich auf der bisherigen Reise einstudieren ließ.«

Kaum hatten seine Freunde das Boot verlassen, fühlte Helger sich allein. Die gemauerte Mole ragte so hoch über ihm auf, dass der kleine Kutter von ihrem Schatten beinahe verschlungen wurde. Die Holzleitern, die in regelmäßigen Abständen hinunter zum Wasser führten, waren alt und morsch, und Helger war auf seinem Schiff zumute wie in einem Kerker.

Er stand auf dem schwankenden Boden und blickte über die Hafenanlagen. Seine Freunde waren der Mole ein Stück gefolgt und dann aus dem toten Winkel herausgetreten, sodass Helger sie wieder sehen konnte. Sie entfernten sich in Richtung der Stadt. Der Erzmagier ging voran, sein wirres weißes Haar leuchtete im Zwielicht der Abendstunde.

Helger biss sich auf die Lippe.

Theimenes hatte ihn hier zurückgelassen. Wohin er seine Freunde führte, wer wusste das schon? Theimenes hatte sie im Cojon geführt, und sie hatten Bashi dort verloren. Helger wollte nicht einfach abwarten und seine Gefährten allein lassen mit dem Erzmagier. Entschlossen griff er nach der Leiter, die ihrem Boot am nächsten war, und kletterte hinauf.

Oben auf der Mole lag Unrat, alte Seilreste, geborstene Fässer, stinkende Abfälle. Die Pflastersteine bröckelten unter Helgers Schritten, die Kähne an diesem Anleger waren kaum mehr als Wracks. Auf der anderen Seite des breiten Piers standen ein paar windschiefe Schuppen.

Helger spähte argwöhnisch in die Schatten, aber wenn die armseligen Gestalten, die sich in diesem entlegenen Teil des Hafens herumtrieben, auf die Idee kommen sollten, die *Seeschwalbe* zu stehlen, dann konnte er nichts dagegen tun. Zum Glück gab es auf dem Schiff kaum etwas, was das Mitnehmen lohnte. Keine Planke war ohne Risse geblieben, das Tauwerk war zerschlissen und die Segel nur noch schlecht vernähte Lumpen. Ihr größter Schatz, das magische Siegel, für das Theimenes so bedenkenlos ein Leben geopfert hatte, war für jeden zufälligen Betrachter nur ein formloser Bleiklumpen, ein nutzloser Ballast …

Nein, wenn es etwas zu beschützen gab, dann war es nicht auf dem Schiff zu finden. Seine Mannschaft war es, um die Helger sich sorgen musste.

Wo der Pier an den Kai stieß, ging es lebendiger zu. Die Gebäude standen dicht, und zahllose Gassen dazwischen führten tiefer in die Stadt. Helger musste achtgeben, seine Freunde nicht aus den Augen zu verlieren. Er eilte los, von Deckung zu Deckung, von einem der baufälligen Schuppen auf der Mole zum Fundament eines längst verfallen Krans ... Immer wieder verharrte er geduckt und vergewisserte sich, dass die anderen ihn nicht bemerkten.

Kreuz und quer folgte er seinen Gefährten durch die fremde Stadt. Sie kamen an breite, gerade Straßen, über die Theimenes die anderen so rasch hinwegführte, dass Helger kaum einen Blick darauf werfen konnte. Der Erzmagier schien mit Bedacht den verwinkeltsten Gassen zu folgen. Helger hatte Mühe, seine Schiffskameraden im Auge zu behalten und dabei selbst nicht gesehen zu werden.

Er sah Einheimische, vereinzelte Gestalten auf diesen entlegenen Wegen, denen Theimenes folgte. Sie beäugten Helger argwöhnisch. Helger wusste, wie verdächtig er auf sie wirken musste. Er lächelte verlegen, nickte den Vorübergehenden grüßend zu und huschte weiter. Er hoffte darauf, dass die Menschen hier sich nicht besonders um einen Fremden kümmern würden, der anderen Fremden folgte.

Ein Mann sprach ihn an. Helger verstand kein Wort. Er zog die Schultern hoch, senkte den Kopf und ging weiter. Dann verharrte er wieder und zog sich hinter die letzte Ecke zurück. Er hatte seine Freunde eingeholt! Sie standen vor der Tür eines Gebäudes, das höher aufragte als die Nachbarhäuser. Theimenes sprach mit einem Pförtner, und alle fünf verschwanden hinter den Mauern.

Helger lehnte sich gegen die Wand und grübelte. Diese eisenbeschlagene Tür, die sich hinter seinen Gefährten geschlossen hatte, war also das Ziel des Erzmagiers gewesen. Was nun? Musste er sich unverrichteter Dinge zurückziehen? Seine Freunde hatten Aufnahme gefunden in diesem Haus. Waren sie dort in Sicherheit?

Unschlüssig trat Helger auf das große Gebäude zu. Er ging einmal darum herum, folgte den schmalen Gassen und den Pfaden zwischen den Häusern, bis er den abweisenden, fast turmartigen Bau von allen Seiten begutachtet hatte. Außer der Pforte, durch die seine Freunde verschwunden waren, schien es keinen weiteren Eingang zu geben. Die winzigen Fenster lagen in einer Höhe, die auf ein zweites Obergeschoss hindeutete, fast unter dem flachen Dach gelegen.

Helger entschied, dass er hier nichts mehr ausrichten konnte. Womöglich sollte er ein wenig die Stadt erkunden?

Eine Stimme hinter ihm ließ ihn aufhorchen. Er fuhr herum. In einer Querstraße stand der Mann, der ihn angesprochen hatte, und zeigte in seine Richtung. Er redete mit zwei anderen Männern, die Stangen und Säbel als Waffen trugen. Unter ihrem Gewand und durch die Windungen ihres Turbans glänzte das Metall einer Rüstung. Weitere Einheimische versammelten sich neugierig. Helger wandte sich rasch ab. Wie beiläufig schob er sich in Richtung einer Seitengasse, da rief einer der Krieger ihn herrisch an.

Helger rannte los.

Er hörte Stiefel hinter sich auf dem Pflaster. Helger lief schneller. Er kannte sich nicht aus hier, er sprach nicht einmal die Sprache dieser Stadt. Wenn er sich erwischen ließ, könnte er an diesem Ort einfach verschwinden. Und wenn er falsch abbog und das große Gebäude aus den Augen verlor, in dem sich seine Freunde jetzt aufhielten, würde er vermutlich gleich die Orientierung verlieren und seinen Verfolgern direkt in die Arme laufen.

Großartig, dachte er. *Du bist ein wunderbarer »Beschützer«.*

Er bog in eine winzige Gasse ein, die kaum anderthalb Schritt durchmaß. Auf der einen Seite lag die schmale Seite des hohen Gebäudes, auf der anderen Seite befanden sich kleinere Häuser. Die Verfolger waren ein wenig zurückgefallen, wenn er seinen Ohren trauen konnte, aber Helger hörte jetzt Rufe aus allen Richtungen. Sie kreisten ihn ein und würden ihn bald in die Enge treiben.

Er biss die Zähne zusammen. Mit einigen raschen Sätzen nahm er Anlauf und sprang die senkrechte Wand hinauf. Ein, zwei Schritte trug ihn sein Schwung empor, dann gewann die

Erdenschwere wieder die Oberhand. Helger fühlte einen schmalen Sims unter den Füßen. Er machte einen Satz und flog quer über die Gasse auf das Gebäude gegenüber zu.

Er landete auf einem vorspringenden Mauerstein. Gleich sprang er weiter, ein Stück höher und zurück zu dem Haus, von dem er gekommen war.

Helgers Herz schlug wild. Jeder Tritt musste sitzen. Wenn er nur ein Mal falsch aufkam bei seinen Sprüngen kreuz und quer über die Gasse, wenn er nur ein Mal innehalten musste, sich nicht gleich wieder abstoßen konnte, dann würde er unweigerlich hinabstürzen. Dann konnten seine Verfolger ihn bequem unten vom Pflaster klauben.

Aber er schaffte es.

Von einer Wand zur anderen springend arbeitete er sich höher. Er landete auf der Dachkante des niedrigeren Hauses und stieß sich wieder ab, weiter nach oben. Auf der anderen Seite der Gasse bekam er die Unterkante eines hoch gelegenen Fensters zu fassen.

Die Schritte der Verfolger erklangen direkt unter ihm. Helger wollte den Atem anhalten, doch er schaffte es nicht. Er hob einen Fuß auf den Fenstersims, drückte sich hinauf und fasste mit den Händen nach der Oberkante des Gebäudes. Mit aller Kraft zog er sich in die Höhe, rollte auf das Dach und blieb erschöpft auf dem Rücken liegen.

Unter sich hörte er die Wachen. Sie redeten und riefen durcheinander. Hatten sie gesehen, wohin er verschwunden war? Hatte er ein verräterisches Geräusch gemacht und sie dazu gebracht, im entscheidenden Augenblick nach oben zu schauen? Helger konnte nur warten und versuchen, ganz still zu sein.

Die Stimmen in der Gasse klangen verwirrt. Sie zerstreuten sich. Helger atmete auf. Am liebsten hätte er seine Begeisterung laut herausgeschrien. Er war schon immer geschickt gewesen und ein guter Kletterer, aber jetzt hatte er das Unmögliche vollbracht. Er fühlte sich *unbesiegbar.*

Er dachte an seine Unternehmungen mit Horgan und daran,

was er alles hätte erreichen können, wenn er schon früher mit demselben Schwung und Selbstvertrauen vorgegangen wäre. Was er alles hätte erreichen können, wenn er nicht in Horgans bedächtige Gesellschaft geraten wäre und sich weiterhin allein auf den Straßen von Tarsus durchgeschlagen hätte! Einfach laufen, springen, *handeln*, ohne sich einen Rückweg offen zu halten und ohne immer genau darauf zu achten, ob der Weg auch sicher war …

Doch das Hochgefühl verschwand, und Helger lag immer noch da. Eine tiefe Erschöpfung zog durch seine Glieder. Die Zweifel kehrten zurück. Wenn er sich auf dem flachen Dach bewegte, wie lange würde es dauern, bis die Bewohner des Hauses auf ihn aufmerksam wurden?

Bedächtig richtete er sich auf und schlich auf bloßen Füßen zum Rand eines kleinen Innenhofs in der Mitte des Gebäudes. Er spähte hinab. Die Fenster hier waren groß und weit und sie hatten keine Scheiben. Hinter einigen davon brannten schwache Öllampen und ließen die bewohnten Gemächer sanft erstrahlen. Der Boden des Hofs versank im Schatten. Nichts regte sich dort.

Helger ließ den Blick über die Wände schweifen. Bei einem der Fenster bemerkte er eine Silhouette, die ihm vertraut vorkam. Er blinzelte, aber die Gestalt entzog sich ihm auf eine fast unheimliche Weise. Die Umrisse waberten, das Licht in dem Raum wirkte flüchtig …

Doch dann war Helger überzeugt. Er lächelte und schüttelte das Unbehagen ab.

Eine merkwürdig blakende Öllampe, weiter nichts …

Er schlich über das Dach, schwang sich über die Kante und ließ sich so an den Armen herabbaumeln, dass er durch die schwach erleuchtete Fensteröffnung blicken konnte.

»Hu. Huhu«, rief er, in der schlechten Nachahmung eines Eulenrufs.

Cidos saß auf dem Boden des Zimmers und schien mit dem Feuer zu spielen. Auf Helgers Ruf hin zuckte er zusammen und fuhr herum.

»He-helger!«, stammelte er und wiederholte dann leiser: »Helger – bist du verrückt?«

Helger grinste. Er sprang in den Raum.

Cidos stand auf. Er blickte nervös zur Tür. »Was machst du hier? Du solltest doch auf das Boot aufpassen!«

»Nun, unsere *Seeschwalbe* hat eine Menge Erfahrung im Schmugglergewerbe und kennt sich aus. Aber auf dich muss man achtgeben! Du hast vorhin genauso ausgesehen wie jemand, den selbst eine kleine Öllampe in ihren Bann schlagen und verschlingen kann. Alles in Ordnung bei euch?«

»Theimenes«, stammelte Cidos. »Er nimmt gerade ein Bad. Danach wollte er bei mir vorbeischauen. Du solltest dich nicht erwischen lassen.«

Helger dachte an die Wachen draußen auf den Straßen und schnaubte. »Der alte Zauberer ist mein kleinstes Problem«, sagte er. »Mich interessiert nur, was er mit euch vorhat.«

Er sah sich in dem Zimmer um. Es war klein, aber gemütlich. Das große Fenster zum Innenhof ließ frische Luft ein, das Bett war von einem feinen Schleier geschützt. Auf dem Boden lag ein weicher Teppich, und in einem Winkel stand eine Truhe. Helger nickte anerkennend. »Mir scheint allerdings, diesmal hat der Zauberer euch wirklich an einen gastlichen Ort gebracht.«

»Pst!« Cidos machte ein Zeichen mit den Fingern. »Die Fenster sind alle offen. Und Theimenes ist hinter einem davon. Er könnte dich hören.«

»So ist das nun mal in dieser Stadt«, antwortete Helger. »Die Stadt der leeren Fenster.« Er sprach leichthin, dennoch senkte er die Stimme. »Wo sind die anderen?«

Cidos winkte in Richtung der Tür. »Auf der anderen Seite des Flurs. In einer Kammer zur Straße hin. Es geht ihnen gut, nehme ich an, auch wenn der Kapitän sich beklagt hat, dass die Fischbottiche auf seinem Kutter größer sind als seine Kammer hier in diesem Haus.«

Sie lachten beide.

»Ja, das Beste ist halt den Magiern vorbehalten.« Helger legte seinem Freund die Hand auf die Schulter und musterte ihn ernst. »Wie man sieht, selbst Unglück und Vertreibung ändern nichts daran, dass du verdammt nach oben gefallen bist und dem gemeinen Volk entrückt wurdest. Ich wusste es gleich, als diese Schule dich aufgenommen hat. Und ich bin stolz auf dich. Das muss auch mal gesagt werden. Selbst wenn du jetzt einer von *denen* bist.«

Er grinste. Cidos blickte verlegen drein und wand sich unter der Berührung. »Ach was«, murmelte er. »Wir gehören zusammen, jetzt wie damals. Du bist immer noch mein Freund, und wenn ich zwischen all den Zauberern und dem Erzmagier und dir zu wählen habe, dann weiß ich, auf wessen Seite ich stehe.«

»Klar.« Helger knuffte ihn. »Wir zeigen es denen allen, was? Irgendwann, wenn das hier hinter uns liegt ... Wir müssen nur zusehen, dass wir uns bis dahin nicht unter Wasser drücken lassen. Vor allem nicht von Theimenes.«

Cidos nickte.

Helger sah sich wieder um. Er betrachtete die kleine Öllampe, die auf dem Boden stand, mitten zwischen den weichen Teppichen.

»Was soll das eigentlich?«, fragte er. »Was treibst du mit der Lampe? Es sah ... merkwürdig aus von draußen.«

»Theimenes meinte, ich solle üben, das Licht zu biegen. Sieh her!«

Cidos hockte sich mit übergeschlagenen Beinen vor die Lampe. Er streckte die Hände zu der Flamme hin. Die Schatten im Raum vertieften sich, wogten auf eine Weise, die Helger zurückweichen ließ. Unsichtbare Schleier schienen sich über die Finger seines Freundes zu legen. Mit einem Mal sah er dessen Hände doppelt, und im nächsten Augenblick verschwammen sie wieder. Cidos schien ganz in Dunkelheit zu versinken, einen Augenblick nur, dann floss der Lampenschein um ihn wie ein sichtbarer Kokon.

Helger blinzelte und schüttelte den Kopf.

»Ein nettes Spiel«, sagte er. »Mir wird übel, wenn ich da länger zuschauen muss. Aber was soll das bringen?«

»Ich weiß es nicht. Theimenes meinte, es könnte nützlich sein, wenn ich es richtig beherrsche. Irgendwann. Er plant weit voraus, glaube ich.«

Helger schnaubte. »Allerdings. Und dass er so wenig davon erzählt, macht mich misstrauisch. Wir wissen nicht, was er vorhat, und im Cojon haben wir gesehen, dass der Alte womöglich einen Grund hat, uns nicht alles zu verraten. Weil es uns nämlich nicht gefallen würde.«

»Ihr kennt Theimenes besser als ich«, sagte Cidos. »Ihr arbeitet schon sehr lange für ihn, wenn ich deinen Kapitän richtig verstanden habe.«

Helger zuckte die Achseln. »Wer weiß. Vielleicht sogar länger, als ich dabei bin. Irgendwann hat Horgan mich auf eine Besorgung zum Ordenshaus mitgenommen, kurz nachdem ich bei ihm angeheuert hatte. Keine Ahnung, ob es das erste Mal war oder ob er auch früher schon für den Alten gearbeitet hat. Er nimmt das Geld, aber er spricht nicht gern darüber.«

»Wenn ihr bereits so lange für den Erzmagier arbeitet, dann ... Ich meine, du müsstest ihm doch trauen!«

»Oh ja.« Helger lachte trocken. »Ich traue ihm alles zu.«

Er senkte die Stimme noch weiter. »Wenn du wissen willst, was wir für ihn getan haben ...«, flüsterte er. »Weißt du, wir haben Dinge für ihn abgeholt. Abfall, würde ich es nennen, den er im Garten eurer Schule vergraben hat.«

»Und dafür hat der Erzmagier der Theokratie Schmuggler angeheuert? Um seinen Abfall wegzubringen?«

»Du hättest sehen müssen, was ich gesehen habe«, sagte Helger. »Das kann auch für euch Zauberer nicht normal gewesen sein. Glaube ich. Aber was weiß ich schon.

Jedenfalls waren es, hm, tote Dinge. Tiere meistens, aber grausig verändert. Manches sah auch aus wie Knochen von Kindern oder wie gar nichts, was ich kenne. Aber ich denke, er musste deswegen fliehen. Weil er Dinge getrieben hat, die selbst Eltars Magiern zu weit gingen. Und wer weiß, was er nun vorhat.«

»Aber warum habt ihr dann für ihn gearbeitet?«, fragte Cidos entsetzt. »Wenn ihr damals schon so gedacht habt?«

Helger schnaubte. »Es war vielleicht von Anfang an ein Fehler. Aber wie lehnt man etwas ab, was der Erzmagier von Tarsus selbst von einem verlangt? Wie eng wir jetzt an ihn und sein Treiben gekettet sind, das gefällt mir allerdings noch weniger.«

Cidos nickte. Was Helger ihm erzählte, passte zu dem, was er selbst erfahren oder sich gedacht hatte. Er schaute sich ängstlich um und ließ die Hände sinken.

»Aber was sollen wir tun?«, fragte er. »Wir werden den Erzmagier nicht ändern können. Wir könnten allenfalls ohne ihn fliehen. Glaubst du, wir kämen allein besser zurecht in diesem fremden und feindlichen Land?«

Helger dachte an seinen Weg durch die Stadt. An seine Flucht. Er schüttelte den Kopf. »Vielleicht nicht. Nicht auf Dauer. Aber ich weiß auch nicht, ob wir an der Seite von Theimenes etwas Besseres zu erwarten haben. Wir müssen einfach aufpassen und zusammenhalten.«

Cidos nickte. »Du solltest zum Schiff zurückgehen. Wenn er dich hier erwischt ...«

Helger schaute sich in dem Raum um. Ein Lächeln spielte um seine Lippen, der Ernst verflog. »Vielleicht kommen wir auf Dauer nicht zurecht ohne den alten Zauberer. Aber einen Abend lang könnte ich mich bestimmt hier durchschlagen, wenn ich gut und unauffällig gekleidet wäre.«

»Was ... was meinst du damit?«, fragte Cidos.

Helger ging durch das Zimmer auf einen Stuhl zu. »Na, du weißt doch. Wir beide. Freunde auf immer. Wir zeigen es allen. Wir teilen alles miteinander und so, nicht wahr? Ist das ein Gewand, was da zusammengefaltet auf dem Stuhl liegt?«

Helger legte die Hand auf den Stoff und hob den Packen hoch.

Cidos schüttelte wild den Kopf. »Nein ... nein«, sagte er. »Wenn Theimenes das mitbekommt! Er hat das besorgt. Ich brauche das morgen.«

»Ach was.« Helger packte sich das Bündel grinsend unter den Arm. »Ich werf dir deinen hübschen Rock heute Nacht noch durchs Fenster zurück, keine Sorge. Ich borge ihn mir ja nur für einen kleinen Ausflug.«

TeiChu war eine große Stadt und gar nicht zu vergleichen mit Tarsus. Cidos' Heimatstadt schmiegte sich an den Fels und war geprägt von verwinkelten Gassen und gedrungenen Häusern aus dunklem Stein. In TeiChu hingegen trennten breite Hauptstraßen die einzelnen Viertel der Stadt. Helle Fassaden glänzten im Sonnenlicht, und über der leichten Architektur der Wohnhäuser erhoben sich allerorts himmelhohe Türme, ein jeder von ihnen höher als der Leuchtturm der Dame in Tarsus.

Cidos war beeindruckt und zugleich befangen.

Horgan, Dargei und Bahome hielten sich ebenfalls schüchtern hinter Theimenes, der forsch vornewegschritt und die Sehenswürdigkeiten der Stadt erläuterte, als wären sie auf einer Vergnügungsreise.

»Gleich kommen wir auf den Han Wabi«, erklärte er munter. »Das ist der Oasenmarkt von TeiChu. Hier werden Früchte feilgeboten, die in den Oasen im Umland angebaut werden. Den Fischmarkt habt ihr gestern bereits gesehen, ebenso den Feigenmarkt. Im Gegensatz zu diesen anderen Plätzen wird auf dem Han Wabi eher mit Delikatessen gehandelt, nicht mit den Gütern des täglichen Bedarfs.«

Während Theimenes unbefangen plauderte, traten sie aus dem Schatten der Gebäude auf einen großen Platz. In der Mitte erhob sich ein Brunnen, in dem auf mehreren Ebenen kristallklares Wasser plätscherte. Die großen Verkaufsbuden ringsherum waren allesamt beschattet von bunten Stoffdächern.

Ihre unbekannten Gastgeber hatten sie mit angemessener Kleidung versorgt. Theimenes trug einen blau-rot gestreiften Burnus und dazu einen bizarren Wickelhut. Cidos hatte seinen karierten Burnus am Morgen zusammengeknüllt auf dem Boden am Fenster vorgefunden, ohne dass er wusste, wann Helger ihn zurückgebracht hatte – er musste es einfach verschlafen haben. Als er nun durch die Stadt streifte und Theimenes' Hut betrachtete, fragte er sich, ob bei seiner Kleidung von Anfang an keine Kopfbedeckung dabei gewesen war oder ob sein Freund diesen Teil der Leihgabe verloren hatte. Trotz der neuen Kleidung fühlte er sich auf diesem prachtvollen Markt wie ein Eindringling.

Selbst die Marktleute sahen wohlhabender und farbenfroher aus als jeder aus ihrer Gruppe. Sie trugen üppige Gewänder und Turbane, von denen bunte Tücher fast bis zum Boden herabhingen. Zwischen den Ständen waren viele Dienstboten unterwegs, die offenbar die Farben bedeutender Häuser zur Schau stellten. Inmitten des Getümmels bewegte sich auch die eine oder andere Sänfte, von der aus eine Dame oder ein Herr selbst die ausgestellten Delikatessen in Augenschein nahm.

Cidos betrachtete die drei Schmuggler und konnte sich vorstellen, wie ihnen zumute sein musste. Sie trugen immerhin einfache, aber saubere weiße Gewänder, doch die einzigen Personen auf dem Markt, die noch schlichter gekleidet waren als sie, waren Diener, die mit großen Wassereimern und Besen dafür sorgten, dass sich auf dem Pflaster nirgendwo Straßenstaub sammelte.

Theimenes schritt über den Platz, unberührt von der Tatsache, dass sie überhaupt kein Geld bei sich hatten, mit dem sie hier etwas erwerben konnten.

Dargei nörgelte: »Ihr habt gesagt, dass die nächste Nacht anstrengend wird. Trotzdem schleppt Ihr uns jetzt durch die Stadt, bis wir uns Blasen an den Füßen laufen, und das nach all den Wochen auf dem Boot. Wie sollen wir uns heute Abend überhaupt noch bewegen können?«

Theimenes blickte auf ihn hinab. »Um eine Stadt kennenzulernen, muss man sie erlaufen. Ihr müsst ein Gespür entwickeln für diese Straßen, denn wenn wir getrennt werden, müsst ihr allein zurückfinden.«

»Wenn wir noch viel weiter laufen, brauchen wir uns darum

keine Gedanken mehr zu machen«, erwiderte Dargei. »Dann gehen wir sowieso nirgendwo mehr hin.«

Auch Cidos' Füße schmerzten, aber er wollte sich vor Theimenes keine Blöße geben. Vor allem deswegen nicht, weil der Erzmagier eine Menge Jahre mehr auf den Schultern trug als alle anderen und in einem Alter war, wo andere Menschen allenfalls noch zwischen Bett und Bank umherwanderten. Dargei merkte offenbar gar nicht, wie erbärmlich seine Klagen wirkten, solange dieser Greis so munter vor ihnen herlief!

Cidos warf einen Blick auf Bahome, dann drückte er stolz den Rücken durch und tat so, als berührten ihn derlei Beschwerden gar nicht.

»Wobei könnten wir getrennt werden?«, fragte er. »Ist es nicht an der Zeit, dass Ihr uns in Euren Plan einweiht?«

»Geduld, mein junger Adept«, antwortete Theimenes mit nachsichtiger Stimme. »Ich werde jedem beizeiten alles erklären, was er wissen muss.«

Theimenes schaute zum Himmel hinauf. Dort stand die Sonne inzwischen fast senkrecht über den Straßen. Die fünf Gefährten verließen den Markt wieder und traten zwischen die Häuser, doch auch dort gab es kaum Schatten.

»Wir sollten erst einmal zurückkehren und ein wenig rasten«, sagte Theimenes. »So ist es wohl ohnehin üblich hier.«

Tatsächlich waren inzwischen deutlich weniger Leute unterwegs als zu Beginn ihres Spaziergangs. Viele der Händler auf dem Platz hinter ihnen rollten Seitenwände herab und verbargen sich tief im Schatten ihrer Stände.

Theimenes führte seine Begleiter über den Fischmarkt und zum Hafen zurück. Dort schauten sie bei Helger vorbei, der auf das Boot achtgab.

Dargei hatte auch daran etwas auszusetzen. »Wir waren doch heute schon einmal in dieser Gegend. Hätten wir da nicht nach dem Boot schauen können, anstatt jetzt diesen Umweg zu machen?«

Theimenes wies auf die Mole.

»Heute Morgen sah es hier aber noch anders aus«, stellte er fest.

Dargei glotzte über die Anlegestelle.

»Für mich sieht die Mole genauso aus wie gestern«, stellte er fest. »Hat sie vielleicht eine andere magische Aura?«

»Vielleicht«, versetzte Theimenes ungerührt. »Darauf habe ich gar nicht geachtet. Ich wollte eher darauf hinweisen, dass wir nun ungestört sind.«

Nur ein einziges Boot lag noch neben dem ihren, und das sah verkommen aus und nicht so, als würde es überhaupt noch einmal auslaufen – obwohl man über ihr Schiff vermutlich inzwischen dasselbe sagen konnte.

Das Hafengelände wirkte wie ausgestorben. Die Händler auf dem Fischmarkt hatten ihre Waren weggeräumt, und nur ein fauliger Geruch war zurückgeblieben. Wahrscheinlich würde sich dieser Ort erst bei Sonnenuntergang wieder mit Leben füllen, wenn die Flotte der Fischer zurückkehrte.

Sie näherten sich dem Schiff, und das quer über dem Deck liegende Segel hob sich ein Stück an. Ein müdes Augenpaar lugte darunter hervor.

»Ihr seid es!« Helger richtete sich auf.

»He, Helger«, rief Horgan. »Ich hab dir was von unserem Frühstück mitgebracht.« Er nestelte in seiner Tasche herum. »Wenn du schon so getreulich auf unsere *Seeschwalbe* achtgibst, sollst du wenigstens nicht verhungern.«

Helger blinzelte ihn an. Er sah dabei aus wie das leibhaftige schlechte Gewissen.

Theimenes beugte sich verstohlen zu ihm hinab. Es sah seltsam aus, den alten Magier auf den Knien zu sehen. »Wir brechen morgen früh wieder auf«, sagte er. »Du hast die Verantwortung für das Schiff. Wenn wir bei Sonnenaufgang nicht wieder zurück sind, dann legst du allein ab.«

»Wo soll ich allein hin?«, fragte Helger verwirrt. »Und wie kann ich euch hier in der Stadt zurücklassen?«

Theimenes beugte sich weiter vor. Seine Stimme wurde eindringlich. »Mach dir deswegen keine Gedanken. Wichtig ist nur eins: Mit den allerersten Sonnenstrahlen verlässt du diesen Hafen, ob mit uns oder ohne uns. Komm nicht auf die Idee, uns etwas länger Zeit zu geben. Unser Leben hängt davon ab, dass du pünktlich bist, hörst du?«

Helger blickte Horgan hilflos an, aber der nickte nur grimmig. »Wenn Theimenes das sagt, dann tu es«, fügte er hinzu, und seine Stimme klang müde.

Helger schüttelte den Kopf. »Aber wie … Ich meine, wir sitzen doch alle im selben Boot, alle oder keiner, nicht wahr?«

Dargei schaute sehr unzufrieden drein. Andererseits tat er das schon so lange, dass Cidos nicht einmal wusste, ob die Befehle des Erzmagiers ihm besondere Sorgen bereiteten oder ob Dargei gar nicht mehr anders konnte, als schlecht gelaunt und argwöhnisch auszusehen. Da aber straffte sich der junge Schmuggler und blickte auf: »He, Helger«, warf er locker ein. »Keine Grabrede! Ich habe vor, hier an Bord zu sein, wenn du ausläufst. Der Alte schickt dich ja nicht fort, nur im Notfall sollst du ohne uns ablegen!«

Er schaute den Erzmagier an, und der nickte.

»Ich habe auch nicht vor, hier zurückzubleiben, keine Sorge.« Theimenes grinste, und seine Zuversicht hatte etwas Beruhigendes an sich. Wie immer vermittelte er den Eindruck, dass er ganz genau wusste, was zu erwarten war. Als würde er das Schicksal beherrschen – und vielleicht tat er das ja auch.

»Wenn du ohne uns ablegen musst, dann fahr an der Küste entlang nach Süden«, erklärte Theimenes weiter. »Wir werden dann wieder zu dir stoßen. Achte du nur darauf, dass du nach Sonnenaufgang nicht mehr im Hafen bist. Dann könnte es sein, dass du festsitzt, und das wäre für keinen von uns gut.«

Helger atmete erleichtert auf. »Gut … Das … das verstehe ich.«

Horgan schob ihm die Vorräte hin. »Wenn ich gewusst hätte, dass wir morgen schon wieder auslaufen, hätte ich mehr mitgebracht, was wir für die Fahrt einlagern können«, murmelte er. Er sah Theimenes an und erlaubte sich ein wenig Sarkasmus.

»Aber Meister Theimenes hat sich so viel Mühe gegeben, uns in dieser Stadt heimisch zu machen, dass ich im Leben nicht mit einer so raschen Abreise gerechnet hätte.«

»Ja nun«, sagte Helger, und nur ein Funke von Scham blitzte noch in seinen Augen auf. »Ich muss zugeben, dieses Heimatgefühl fehlt mir leider ein bisschen, wo ich hier zwischen dem ranzigen Fisch feststecke. Und so ein neuer Rock täte mir sicher auch gut stehen.«

Er musterte seinen Kapitän von oben bis unten.

Horgan räusperte sich. »Vielleicht ... können wir dich eine Weile ablösen.« Unsicher sah er zu Theimenes hinüber.

»Kommt nicht in Frage«, sagte der. »Ich brauche hier jemanden, der allein das Boot führen kann.« Ungeduldig schaute Theimenes über die Mole, als hätte er noch etwas anderes vor.

»Das könnte ich auch«, wandte Horgan ein.

Theimenes schüttelte den Kopf. »Nein. Helger ist jünger und kräftiger und notfalls besser zu Fuß. Er kommt allein besser zurecht, falls wir getrennt werden. Ich brauche ihn hier auf dem Boot.«

»Nun hört einmal ...« Horgan warf sich in die Brust. Sein weißer Kittel spannte sich über den breiten Schultern. »Noch habe ich mich nicht aufs Altenteil zurückgezogen!«

Auch Cidos wusste genug, was er gegen Theimenes' Begründung hätte vorbringen können. Horgan war erfahren, er kannte fremde Sitten – was hatte Helger hingegen von seiner Jugend, wenn es darum ging, in der Fremde zu überleben? Immerhin kam es ja nicht darauf an, eine lange Wanderung durch die Wüste zu überstehen.

Aber Theimenes ließ sich auf keine Diskussion ein. Er trieb seine Begleiter die Mole entlang, und ehe sie sich's versahen, waren sie wieder in der Stadt und dann beim Haus der unbekannten »Bruderschaft«. Dort angekommen, wechselte Theimenes einige Worte mit dem fremden Adepten. Er ließ ihn wissen, dass sie am selben Nachmittag abreisen wollten, sobald die Sonne nicht mehr ganz so heiß brannte.

Ihr Gastgeber wirkte untröstlich.

»Der Meister kann jeden Tag zurückkehren«, wiederholte er ein ums andere Mal. »Wenn Ihr nur ein wenig mehr Zeit erübrigen könntet! Er wäre gewiss hocherfreut, einen Kollegen aus der Theokratie kennenzulernen.«

»Ich habe Geschäfte zu erledigen, die keinen Aufschub dulden«, erklärte Theimenes freundlich. »Aber vielleicht lerne ich deinen Meister auf der Versammlung kennen.«

»Ihr werdet dort sein?«, fragte der Adept.

»Ich werde alles daransetzen«, verkündete Theimenes mit einem feinen Lächeln. »Auch wenn es geschehen kann, dass ich ein wenig verspätet eintreffe.«

Helger sah seine Kameraden davonziehen und streckte sich. Er gähnte. Die ganze Nacht war er fort gewesen und hatte sich erst im Morgengrauen zum Schlafen unter dem Segeltuch verkrochen. Jetzt fühlte er sich müde, die Luft unter der Plane war dumpf und drückend, und die Sonne brannte gnadenlos herab. Die brütende Hitze lud dazu ein, weiterzudösen. Und hatten seine Freunde ihm nicht erzählt, dass sie selbst sich über die Mittagsstunden zurückziehen wollten?

Mit einem schlechten Gewissen schob Helger die mitgebrachten Speisen unter das Segel. Er würde nicht hier im Boot auf seinem Hintern sitzen und abwarten, was geschah. Theimenes' Worte von einem vorzeitigen Aufbruch, so harmlos er sie auch vorgebracht hatte, klangen eher bedrohlich. Helger musste die anderen im Auge behalten.

Er holte ein Gewand aus leichter Wolle unter einer Sitzbank hervor und streifte es über. Dann schob er sich träge an der wackeligen Leiter hinauf und schlich ein weiteres Mal hinter seinen Gefährten her durch die Stadt. Diesmal aber kannte er den Weg. Seine Gedanken schweiften voraus, und er überlegte, wie er Theimenes und seine Begleiter unauffällig im Auge behalten sollte, wenn es wirklich darauf ankam.

Das neue Gewand, das er sich von der Ausbeute der letzten Nacht geleistet hatte, war ganz bewusst ein wenig bunter gehalten als sein zerschlissener alter Kittel. Der rot und braun gestreifte Stoff wirkte auf den ersten Blick auffälliger, aber wenn Theimenes sich zufällig umdrehte, würde er Helger nicht gleich erkennen. Auch der Bürger, der gestern die Wachen gerufen hatte, würde vielleicht nicht sofort bemerken, dass derselbe Mann sich schon wieder in der Nachbarschaft herumtrieb.

Helger beobachtete, wie die anderen erneut hinter der schmalen Pforte in dem hohen Gebäude verschwanden. Er blickte sich um. In einer Querstraße zur nächsten Hauptstraße hin kauerte ein Bettler an der Wand. Er hatte sich ein Tuch über den Kopf gelegt, um zumindest ein wenig Schatten zu finden. Sonst war niemand unterwegs zu dieser Stunde. Im ersten Augenblick war Helger erleichtert, weil damit auch die Wahrscheinlichkeit sank, dass er jemandem begegnete, der ihn wiedererkennen könnte, sei es der wachsame Nachbar vom Vorabend, sei es eine Bekanntschaft der letzten Nacht.

Dann wurde ihm bewusst, dass er in den leeren Gassen umso mehr auffallen würde, wenn er nun stundenlang um das Haus herumschlich. Einer der Nachbarn würde ihn bemerken. Andererseits, irgendwie musste er das Haus im Auge behalten, bis seine Freunde herauskamen – nur wie?

Helger bedauerte nun, dass er so ein buntes neues Gewand gewählt hatte, mit dem er sich selbst nicht als Bettler in irgendeiner Ecke niederlassen konnte. Und er wusste aus Tarsus, dass die Bettler für gewöhnlich ihresgleichen kannte. Sie hatten feste Plätze und gingen mit unliebsamer Konkurrenz nicht zimperlich um. Sich als Bettler auszugeben, wäre also ohnehin keine Lösung gewesen.

Bedauernd musterte Helger die zerlumpte Gestalt, die einsam in der Sonne briet, mit einem Tuch über dem Kopf, das eine perfekte Tarnung abgegeben hätte. Da fügte sich in seinem Kopf alles zusammen, und Helger hatte eine Idee.

Eine kleine Karawane bog von der Hauptstraße ab und zog auf das Haus der Bruderschaft zu: zwei Kamele, begleitet von einem halben Dutzend Dienern und Knechten. Eines der Kamele war mit Gepäck beladen, auf dem anderen saß eine Gestalt in blau gestreifter Robe, mit einem hohen spitzen Hut, der mit weißen Tüchern umwickelt war. Wie Schleier hingen diese Tücher am Kopf herab und verhüllten das Gesicht.

Der Anblick war so auffällig auf den leeren Straßen, dass selbst der Bettler auf seinem Platz an der Ecke aufblickte, das Tuch auf seinem Kopf ein wenig anhob und den kleinen Zug betrachtete. Die Männer sahen erschöpft aus. Sie führten die Tiere an Stricken, und alle waren sie bedeckt mit Sand und Staub. Sie hatten eine lange Reise hinter sich, und wenn sie jetzt in der heißen Mittagsstunde noch unterwegs waren, konnte das nur eines bedeuten: Sie hofften darauf, hier in der Stadt gleich besser unterzukommen, und sie waren ein wenig weitergewandert, um dieses Ziel noch zu erreichen.

Der Mann mit dem spitzen Hut hielt den Kopf gesenkt. Die Diener beäugten misstrauisch den Bettler. Sie trugen einen breiten Säbel am Gürtel und hielten eine Gerte in der Hand. Der Bettler zog den Kopf ein, und die Männer gingen an ihm vorbei, ohne einen zweiten Blick oder ein Almosen für ihn übrig zu haben.

Helger schmunzelte unter seiner Verkleidung, als sie an ihm vorüberzogen.

Wenn er sich schon nicht einfach neben dem Bettler oder an der nächsten Ecke niederlassen konnte, so war es doch möglich gewesen, den Platz mitsamt dem Gewand von dem einheimischen Bettler zu *kaufen.* Oder zu mieten. Den Platz würde er nach den Mittagsstunden wieder hergeben müssen, aber sein eigenes Gewand, das er am Morgen erst gekauft hatte, musste er wohl verloren geben. Helger war nur froh, dass der Bettler, mit dem er das Geschäft geschlossen hatte, an verwachsenen Gliedmaßen litt und nicht an Ausschlag oder an grindiger Haut.

Der Mann auf dem Kamel ging Helger nicht aus dem Kopf.

Das Gesicht unter dem spitzen Hut hatte er nicht erkennen können. Aber das Streifenmuster auf dem Gewand des Reiters kam ihm vertraut vor ... Wie konnte das sein, wo er in dieser Stadt doch kaum jemanden kannte?

Jäh setzte er sich aufrecht hin.

Er wusste wieder, was ihm an dem Mann auf dem Kamel bekannt vorkam: Es war das in zwei Blautönen gestreifte Gewand! Einen der beiden Farbtöne, das dunklere Blau, hatte er zuletzt bei Theimenes gesehen, und auch der Schnitt und die Breite der Streifen erinnerte an Theimenes' Kutte. Es mochte ein Zufall sein, und unter all dem Schmutz der Karawanenwege, der sich auf dem Stoff abgesetzt hatte, konnte Helger nicht sicher sein. Und doch ...

Helger musste sich dazu zwingen, nicht ruckartig den Kopf zu wenden und auffällig hinter der Karawane herzugaffen. Er schielte unter dem Tuch hervor, und erschrocken beobachtete er, wie die Gestalten vor dem Gebäude dieser merkwürdigen »Bruderschaft« Halt machten, dort, wo auch Theimenes und die anderen Zuflucht gefunden hatten. Einer der Diener klopfte an die Pforte, ein weiterer half seinem Herrn vom Kamel herab. Die übrigen machten Anstalten, abzuladen und das Gepäck ins Haus zu schaffen. Der Pförtner kam heraus und verbeugte sich ehrerbietig vor dem Neuankömmling.

Helger zögerte unschlüssig. Etwas ging dort vor, und hatte er nicht eben genau für einen solchen Fall die Anweisungen des Erzmagiers missachtet und das Boot verlassen? Damit er seinen Freunden beistehen konnte, wenn etwas Unerwartetes geschah? Jetzt aber wusste er nicht, was er tun sollte. Stellte dieser Fremde, der gerade eingetroffen war, eine Bedrohung dar? Oder entsprach genau das Theimenes' Plänen?

Dann überlegte Helger, dass sehr gut beides der Fall sein mochte. Er musste seine Freunde auf jeden Fall warnen! Und er konnte keine Rücksicht mehr darauf nehmen, wer ihn bei Tageslicht alles beobachten würde und was das für Folgen haben konnte.

Helger erhob sich von seinem Platz, scheinbar unbeholfen.

Er hatte sich die Tasche unter dem Gewand vor die Brust gebunden, sodass er ein wenig unförmig aussah. Er konnte nur hoffen, dass sich alle Beobachter von dieser Tarnung täuschen ließen.

Gekrümmt humpelte er in die nächste Einmündung, langsam, als bereite jeder Schritt ihm Schmerzen. Dann, als er außer Sicht der Karawane war, rannte er los. Er folgte den verschlungenen Seitengassen und näherte sich dem Haus der Bruderschaft aus einer anderen Richtung.

In einer schmalen Gasse neben dem hohen Gebäude hielt er inne. Er zog seine Tasche unter dem Kittel hervor und holte das Seil und den mit Stoff umwickelten, behelfsmäßigen Wurfanker heraus, den er sich gestern aus zwei Klampen und dem Bruchstück einer Spiere gefertigt hatte. Nach seiner ersten und gefahrvollen Kletterpartie auf das Dach hatte er beschlossen, beim nächsten Mal besser vorbereitet zu sein, und er hatte das Werkzeug in der letzten Nacht auch schon erprobt, als er Cidos das Gewand zurückgebracht hatte.

Helger trat an eine Stelle, die er am Vortag ausgekundschaftet hatte und von der er wusste, dass sein Anker hier an der Dachkante gut Halt finden würde. Er warf ihn hoch. Das umwickelte Holz schlug auf Stein, mit einem gedämpften Scheppern, bei dem Helger zusammenzuckte. Er lauschte, doch er hörte nichts als die Laute von den Kamelen, den Gesprächen und den Arbeiten auf der anderen Seite des Gebäudes. Kurz entschlossen kletterte Helger am Seil hinauf und zog es hinter sich hoch.

Leise schlich er über das Dach zu Cidos' Zimmer. Dort ließ er sich ein weiteres Mal durch das Fenster in den Raum gleiten. Cidos lag auf dem Bett und fuhr hoch, als Helger neben ihm auf dem Boden landete.

»Ho, ho!«, rief Helger abwehrend. »Ich bin's nur.«

»Du bist verrückt.« Cidos schwang die Beine über die Bettkante. »Was tust du da? Willst du unbedingt ...«

Helger unterbrach seinen Freund. »Keine Zeit zum Plaudern. Da unten an der Haustür tut sich einiges. Ich weiß nicht, ob das für euch etwas zu bedeuten hat, aber ich dachte mir, ihr solltet es wissen.«

»Theimenes bringt dich um, wenn er dich sieht«, sagte Cidos.

Helger zuckte die Achseln. »Das Risiko geh ich ein. Da stell ich mich lieber dem Zorn des Erzmagiers, als dass ich euch hier in der Falle sitzen lasse, weil der Alte den Besucher unten an der Tür nicht erwartet hat. Wo steckt Theimenes?«

Cidos wies hilflos auf die Tür. »Nebenan. Erklär mir, was los ist, dann spreche ich mit ihm. Ich sage ihm einfach, ich hätte es zufällig bemerkt. Vielleicht können wir dich da ganz raushalten.«

Helger schüttelte den Kopf. »Keine Zeit. Der Kerl da unten kann jeden Augenblick hier im Flur stehen. Und wenn er eine Bedrohung darstellt, dann ist es besser, ich erkläre alles nur ein Mal und wir handeln schnell.«

Cidos zögerte. »Vielleicht weiß Theimenes schon Bescheid. Vielleicht ist es genau das, worauf wir hier warten.«

»Vielleicht.« Helger war schon bei der Tür. »Aber würdest du unser Leben darauf verwetten, dass Theimenes wirklich *alles* weiß und voraussieht? Ich würde mich nicht einmal dann auf ihn verlassen wollen, *wenn* das der Fall ist.«

Theimenes hörte sich an, was Helger zu berichten hatte. Er sagte kein Wort. Stattdessen raffte er sogleich sein Gepäck zusammen und trat über den Flur in die stickige kleine Kammer gegenüber. Horgan und Dargei saßen dort lustlos unter dem hohen Fenster und versuchten, ein wenig frische Luft abzubekommen. Cidos und Helger folgten Theimenes, genau wie Bahome, die in dessen Zimmer gewesen war.

»Was tun wir ...«, setzte Cidos an.

»Schließe die Tür«, erwiderte Theimenes.

Helger schob die Tür zu und lehnte sich dagegen.

Horgan und Dargei standen auf. »Helger, was machst du hier?«, fragte Horgan. »Hast du unser Schiff allein gelassen?«

»Später«, sagte Theimenes. Er ging unruhig im Zimmer auf und ab. Dazu brauchte er jeweils nur drei Schritte, und die Kammer war mit den sechs Personen jetzt derart überfüllt, dass Theimenes sich förmlich hindurchdrängeln musste.

»Der Meister dieses Hauses ist zurückgekehrt«, erklärte er.

»Was?«, rief Horgan.

»Was hat das zu bedeuten?«, fragte Dargei unsicher. »Ist das schlecht?«

»Ich will ihm nicht begegnen«, sagte Theimenes ausweichend. »Nicht jetzt. Helger hat ihn unten an der Tür gesehen, und sobald sein Adept ihm von uns erzählt hat, wird er ohne Zweifel nach mir schicken lassen. Ich weiß nicht, wie viel Zeit uns bleibt, aber wir müssen fort, ohne ihm über den Weg zu laufen.«

»Wie sollen wir das schaffen?«, fragte Dargei. »Es gibt nur diese winzige Tür dort unten, und da steht der Kerl doch davor, oder?«

Auch Dargei machte Anstalten, unruhig im Zimmer umherzulaufen. Er rempelte Horgan an, der ihn gereizt zurückstieß. »Setz dich hin, wenn du nichts Sinnvolles zu tun hast«, knurrte er. »Aber lauf uns nicht vor die Füße.«

Theimenes zeigte auf das Fenster. »Wir werden hier hinunter auf die Straße klettern. Und darauf hoffen, dass niemand uns bemerkt.«

Sie schauten alle zu der Öffnung dicht unter der Decke empor.

»Das ist winzig«, sagte Horgan. Er bewegte seine breiten Schultern, als wäre er bereits eingeklemmt. »Es wird schwer, dorthin durchzukommen.«

»Die Fenster liegen hoch«, flüsterte Bahome. Sie stand neben Helger und schaute sehnsüchtig zur Tür.

»So hoch ist das nicht«, sagte Dargei. »Wenn wir auf die Truhe steigen, können wir uns leicht hochziehen. Ich helfe dir, Bahome.«

»Ich glaube, sie meint die Höhe über der Straße«, warf Helger bissig ein. »Wenn du ihr helfen willst, kletterst du am besten voraus und legst dich als Kissen unten hin, damit sie weich fällt.«

»Keine Scherze jetzt«, sagte Theimenes. »Horgan, Dargei – schiebt die Kleidertruhe unter das Fenster. Wir können aus den Decken ein Seil knoten, das bis zur Straße reicht.«

»Das ist nicht nötig.« Helger griff in seine Tasche. »Ich habe ein Seil dabei. Und einen Haken, mit dem wir es am Fensterrahmen einhängen können.«

Theimenes riss entsetzt die Augen auf. »Was?«, rief er. »In deiner Tasche ist nichts weiter als dieser Haken?«

»Ja klar«, sagte Helger. »Und der wird uns jetzt sehr nützlich sein.«

Theimenes rang nach Worten. Zorn flammte in seinen Augen auf. »Du Narr, du trägst dieses *Ding* in deiner Tasche mit dir herum, und mein Siegel hast du auf dem Schiff gelassen?«

Cidos bemerkte, wie auch Helger seine Gelassenheit verlor. Er hielt den Wurfanker schützend zwischen sich und den Zauberer. »Nun, was soll ich ein Stück Blei durch die Stadt schleppen ...«

»Du ... Dummkopf.« Theimenes rang die Hände. »Du solltest *überhaupt nicht* in die Stadt gehen! Und das magische Siegel, für das wir so viel gewagt haben, lässt du unbewacht auf dem Schiff zurück. Weißt du überhaupt, was dieses Siegel bedeutet?«

»Meister.« Bahome sprach zaghaft. »Wenn Helger Eurem Befehl gehorcht und an Bord gewartet hätte, wären wir nun nicht hier. Seid Ihr nicht dankbar für die Warnung? Hat nicht Eltar selbst ihn vom Schiff zu uns geführt?«

Theimenes schnaubte. Er kämpfte seinen Zorn nieder. »Also gut. Aber dieses Siegel ist *wichtig*. Ihr dürft das in Zukunft niemals vergessen. Alles, wofür wir kämpfen, unser Schicksal und der Erfolg unserer Reise, unsere *Heimkehr*, hängt davon ab.«

»Ein verbogenes Stück Blei«, gab Helger mürrisch zurück. »Versteckt unter einer Sitzbank. Wer sollte ausgerechnet *das* klauen – außer vielleicht ein Selbstmörder, der sich im Hafenbecken ertränken will?«

Theimenes funkelte ihn an. »Wir werden noch darüber reden, über Gehorsam und Verantwortung. Aber ich muss zugeben, diesmal hast du uns geholfen, und wir müssen fort. Also, durch das Fenster!«

Sie hakten den hölzernen Anker, den Helger gefertigt hatte, am Fensterrahmen ein. Horgan stieg als Erster nach draußen. Er zappelte in der engen Öffnung, und es sah schmerzhaft aus, als er sich hindurchwand.

Helger sah ihm zweifelnd zu. »Wir könnten über den Innenhof flüchten«, sagte er. »Die Fenster dort sind größer, und ich kann uns über das Dach zur Straße führen.«

»Der Innenhof hat auf allen Seiten große Fenster«, entgegnete Theimenes. »Da wird man uns leicht entdecken. Ich habe diesen Raum hier mit Bedacht gewählt: Wenn der Meister nach uns schickt, wird er zuerst in meinem Zimmer nachsehen. Bis sie auf die Idee kommen, in der Kammer der Diener nachzuschauen ... nun, ich hoffe, bis dahin hat auch Horgan seine Körperfülle in Bewegung gesetzt und wir sind alle fort.«

Horgan grunzte und schob seine Schultern durch den Rahmen. Dann war er auf der anderen Seite und verschwand hinter der Mauerkante. Das Seil erzitterte und beruhigte sich wieder. Theimenes ging als Nächster und trieb alle an, die nach ihm kamen.

»Schneller, schneller. Und bleibt hier nicht stehen, geht langsam weiter Richtung Hafen.«

Die Gassen lagen ruhig da in der Mittagshitze. Cidos warf unruhige Blicke in Richtung des Eingangs, aber der lag hinter einer Biegung. Von den Neuankömmlingen, von denen Helger berichtet hatte, war nichts zu sehen. Cidos glaubte, auf der anderen Straßenseite eine Bewegung hinter einem der Fenster zu sehen.

»Sie werden uns verraten«, flüsterte er Theimenes zu.

Der folgte seinem Blick und schüttelte den Kopf. »Die Nachbarn fürchten die Bruderschaft und sprechen nicht mit jenen, die in diesem Hause wohnen. Und nicht über das, was dort vorgeht. Solange der Meister und seine Diener uns nicht sehen, sind wir in Sicherheit. Hoffe ich.«

Er seufzte. Bald waren alle draußen, und Helger kam als Letzter. Er hakte den Anker nur sehr wackelig an der äußersten Kante der Fensterbank ein und benutzte das Seil nur, um seinen Sprung ein wenig zu bremsen. Hart landete er auf der Straße, der Wurfanker neben ihm, und er steckte alles wieder ein. Sie gingen weiter.

»Ich bedauere nur, dass wir unser Gepäck zurücklassen mussten«, sagte Theimenes. »Das wird unsere Reise schwierig machen.«

»Was für ein Gepäck?«, fragte Horgan. »Wir haben alles, was wir mitgebracht hatten. Sogar noch ein bisschen mehr.« Er zupfte an dem einfachen Kittel herum, den diese geheimnisvolle »Bruderschaft« für ihn besorgt hatte.

»Ich dachte an die Vorräte, die ich für unsere Weiterreise bestellt hatte. Und an das Handgeld. Wir hätten es brauchen können.«

Helger räusperte sich. Er griff unter sein Gewand und brachte ein kleines Säckchen zum Vorschein. Er wog es in der Hand. Es klimperte. Dann reichte er es zögernd an Theimenes weiter.

»Ein wenig Handgeld«, sagte er. »Ich komme eh nicht mehr dazu, es hier auszugeben, wenn wir so überstürzt abreisen.«

Theimenes kniff die Augen zusammen. Er musterte Helger, dann den Beutel. Schließlich ließ er das Geld unter seiner Kutte verschwinden.

»Woher hast du das?«, fragte Cidos überrascht. »Wie bist du in dieser Stadt an Geld gekommen, obwohl du ...« Er verstummte. Er strich sich über seine karierte Kutte und erinnerte sich daran, wie Helger sich das Kleidungsstück gestern ausgeliehen hatte. Was mochte sein Gewand in dieser ersten Nacht ohne ihn wohl alles erlebt haben?

»Wie wohl?«, knurrte Horgan. »Durch weitere Pflichtvergessenheit, das ist doch klar.« Er knuffte Helger in die Seite und warf Theimenes einen entschuldigenden Blick zu.

»Wir werden darüber reden«, sagte dieser knapp. »Später.«

Er ging voraus und führte sie vom Haus der Bruderschaft fort.

Cidos musterte seinen Freund von der Seite, und Helger grinste verlegen. »Ich habe mich gestern ein wenig in den Kneipen herumgetrieben. Da, wo sich die Fremden treffen, Kaufleute und ihre Knechte – Leute, die weit herumkommen und die auch meine Sprache sprechen. Wo hätte ich sonst hingehen sollen? Da wurde getrunken, und es wurden auch andere Dinge probiert, die diese Stadt zu bieten hat. Es war nicht schwer, ein paar Reisende zu einem Spiel zu bewegen und sie dazu zu bringen, etwas Geld auf den Tisch zu legen.«

»Ein Glücksspiel?«, fragte Cidos. »Du hattest nicht einmal Geld für einen Einsatz.«

»Er hat seine alten Lumpen versetzt«, warf Dargei ein. »Darum trägt er jetzt noch ältere.«

»Warte ab, bis ich mit dir fertig bin«, knurrte Helger. »Dann wirst du mich bitten, dass ich dir meine alten Lumpen lasse, damit du nicht nackt durch die Straßen laufen musst! Ich hatte einen völlig neuen Rock, und den hab ich hergegeben, um euch Nichtsnutze zu retten.«

»Aber wie konntest du das alles gewinnen?«, fragte Cidos.

»Nicht auf ehrliche Weise«, räumte Helger ein. »Genau genommen war es also kein Glücksspiel.«

»War es doch«, sagte Horgan. Er versetzte seinem Schiffskameraden eine Kopfnuss, die fast liebevoll wirkte. »Das kenne ich von zu Hause. In der Hälfte der Fälle ergaunert er ein paar Münzen. In der anderen Hälfte der Fälle hat er weniger Glück, und ich muss ihn irgendwie raushauen. Eine üble Gewohnheit.«

»He, was denkst du, Kapitän?«, fragte Helger in gespielter Empörung. »Ich weiß ja, du stehst mehr auf ehrliche Schmugglerarbeit. Aber davon kann doch heut kein Mensch mehr leben.«

»Ich habe es dir schon einmal gesagt.« Horgan sah sich um, mit einem Blick, der fast verloren wirkte. »Nimm es nicht zu leicht, Helger. Wir sind nicht mehr daheim, und wenn du hier zu leichtsinnig bist, dann stehst du allein da. Tu so etwas nie mehr, Helger, nicht hier und nicht ... nicht, bevor das alles vorbei ist.«

Sie brachten Helger zum Boot zurück und blieben dort eine Weile. Theimenes nutzte die Zeit, um Helger an seine Pflichten zu erinnern und ihm einzuschärfen, das Siegel niemals aus den Augen zu lassen.

»Fast bin ich versucht, es mitzunehmen«, sagte er. »Aber ich muss mich auf dich verlassen. Leider. Was auch immer passiert: Bleib bei dem Siegel und bring es im Morgengrauen aus der Stadt!«

Die Sonne stand noch hoch am Himmel, als sie wieder an Land gingen. Unter dem vorspringenden Dach eines Lagerschuppens am Hafen fanden sie ein wenig Schatten. Theimenes öffnete die Börse, die Helger ihm überlassen hatte, und zählte die Münzen. Er verzog das Gesicht.

»Das reicht kaum für den heutigen Tag. Wenn der junge Bursche sich schon seinen Aufgaben entzieht und in der Stadt herumstreunt, hätte wenigstens etwas dabei herauskommen können.«

»Ihr seid ungerecht, Meister Theimenes«, sagte Cidos. »Ist es nicht erstaunlich, wie er das überhaupt geschafft hat? Helger versteht nicht einmal die Sprache dieser Stadt!«

Theimenes schnaubte. »Dafür hat er andere Talente. Er hat sein Geld schon auf mancherlei Weise verdient, bevor unser Kapitän ihn unter seine Fittiche genommen hat, was, Horgan?«

Horgan murmelte etwas und sah zur Seite.

»Genau wie du ist auch dein Freund gut in dem, was er tut«, fuhr Theimenes fort. »Auch wenn es nicht gerade Zauberei ist, womit er sich abgibt. Hätte Horgan ihn nicht aufgenommen, dann hätte er gewiss bald ein Messer zwischen den Rippen oder einen Strick um den Hals gehabt.«

»Ich dachte, er wäre gut«, sagte Cidos verwirrt. »Warum glaubt Ihr dann, dass er es nicht überlebt hätte.«

»Oh.« Theimenes lachte leise. »Es endet *immer* mit einem Messer oder einem Strick, wenn man als Dieb oder Einbrecher oder Falschspieler durch die Straßen zieht. Ob man gut ist oder nicht, das ändert nichts daran. Das beeinflusst nur die Einsätze und die Gewinne, die man bis dahin bewegt. Das Leben als Schmuggler war gewiss besser geordnet als der Pfad, auf dem dein Freund zuvor gewandelt ist.«

Dargei und Bahome schauten den Erzmagier mit offenem Mund an.

»Ihr solltet nicht so über Helger reden«, sagte Horgan. »Er ist in der Tat sehr geschickt – als mein Steuermann. Er war mir immer eine Hilfe.«

Theimenes legte den Kopf schräg. »Ich wollte niemanden beleidigen«, sagte er. »Wir sind alle Verbannte. Ich wollte unseren Adepten nur darauf hinweisen, dass ich mir von Helgers Künsten ein wenig mehr erhofft hatte, wenn er sich schon entschlossen hat, sie in dieser Stadt zu zeigen.«

Den Rest des Nachmittags hockten sie vor dem Schuppen auf dem Boden. Cidos vermisste die Räumlichkeiten im Haus der Bruderschaft, aber Horgan und Dargei fanden den Wind von der See her angenehm, trotz der Gerüche, die er vom Fischmarkt herübertrug.

»Wir haben nichts verloren«, befand Dargei. »Ich bin froh, dass wir ein paar Stunden früher aus dieser Besenkammer herausgekommen sind.«

»Es ist trotz allem ein gastliches Haus«, sagte Theimenes. »Ihr solltet euch genau einprägen, wie man dorthin zurückfindet.« Er blickte dabei ganz besonders Bahome und Dargei an. »Wenn wir in der Nacht getrennt werden, dann wendet euch an den Magus. Er wird dafür Sorge tragen, dass wir wieder zusammenfinden.«

»Ich dachte, Ihr wolltet diesem Magus nicht über den Weg laufen?«, wandte Dargei ein.

»Noch nicht«, sagte Theimenes. »Es gibt Fragen, die ich ihm

jetzt nicht beantworten möchte. Aber für euch ist das ohne Belang, ihr werdet in seiner Obhut sicher sein.«

»Wie können wir uns dort noch einmal blicken lassen?«, fragte Cidos. »Wir sind aus seinem Haus geflohen. An einem Seil aus dem Fenster!«

Theimenes lachte. »Das weiß er nicht. Wir sind einfach nur verschwunden, und an ungelöste Rätsel ist die Bruderschaft gewöhnt. Das wird uns niemand nachtragen. Wenn ihr dorthin zurückkehren müsst, so behauptet einfach, ihr wäret mit mir zusammen irgendwann aufgebrochen und mehr wüsstet ihr nicht. Wir sind unter Zauberern, und Zauberer erwarten, dass ihresgleichen Geheimnisse hat. Sie werden nicht viele Fragen dazu stellen.«

»Ich weiß nichts über diese Bruderschaft«, sagte Dargei. »Was soll ich sagen, wenn ich tatsächlich allein dorthin komme? Was sind das überhaupt für Leute?«

»Es ist besser, wenn du nicht zu viel über sie weißt«, antwortete Theimenes. »Von einem Diener wird das auch nicht erwartet. Du wirst dich also als Diener vorstellen, und Bahome ist eine gute *Mittlerin.*«

»Was soll ich sein?«, fragte Bahome.

»Du bist eine Gläubige«, erklärte Theimenes. »Du kannst die Tore zu Eltars Reich aufstoßen und die höheren Mächte erreichen.«

»Wie könnte ich das?«, fragte Bahome leise.

Theimenes lächelte sie an. »Sagt einfach, was ich euch aufgetragen habe. Du bist eine *Mittlerin.* Der andere Meister wird es zu deuten wissen. Vertrau auf Eltar, Bahome, denn du bist auserwählt.«

Die Zeit verstrich, und am frühen Abend gingen sie zurück in die Stadt. Tatsächlich kamen Cidos die Gassen vertrauter vor als am Morgen. Theimenes hatte sie so geschickt durch die Straßen geführt, dass sie ein Gespür für die Wege entwickelt hatten.

»Was ist«, fragte Dargei, »wenn uns dieser fremde Meister über den Weg läuft und uns zur Rede stellt?«

»Ich glaube nicht«, antwortete Theimenes mit sanftem Tadel, »dass der Magus der Bruderschaft, nachdem er eben erst von einer langen Reise zurückgekehrt ist, müßig durch die Stadt flanieren wird, nur in der vagen Hoffnung, vielleicht doch noch die geheimnisvollen Fremden anzutreffen, die in seinem Haus zu Gast gewesen sind. Es gibt Bedeutsameres, worum er sich zu kümmern hat.«

»Wir könnten einem Diener des Hauses begegnen, der uns kennt.«

»Mit so einem Diener werde ich fertig, nehme ich an. Es sei denn, er tritt so schwatzhaft auf wie du. Still jetzt, wir sind da!«

Dargei verstummte gekränkt.

Sie standen vor einem großen Bauwerk, dem größten, das Cidos bisher gesehen hatte – nicht nur in dieser Stadt, sondern überhaupt jemals. Allein die drei zweiflügeligen Portale ragten so hoch auf wie fünf Männer, und jeder Türflügel war doppelt so breit wie Cidos hoch.

»Der Tempel der Winde.« Selbst in der Stimme des Erzmagiers lag ein Hauch von Ehrfurcht. *Oder von Gier?* Der Gedanke fuhr Cidos durch den Kopf und ließ ihn nicht wieder los.

Dargei starrte mit weit aufgerissenen Augen an der Fassade hinauf, die vor ihnen aufragte wie ein Berg. Über der Fassade wölbte sich eine gewaltige Kuppel und trotzte der Erdenschwere. Aus der Kuppel erhob sich dann noch einmal ein Turm, der fast über dem Bauwerk zu schweben schien.

Der Anblick war atemberaubend.

Die Wände des Tempels waren glatt und schienen außer den Toren keine weitere Öffnung zu haben. Ganz oben im Turm über der Kuppel aber verschwanden die Wände. Das oberste Dach ruhte nur auf wenigen zierlichen Säulen. Die Zwischenräume mussten riesig sein, auch wenn sie vom Boden aus betrachtet winzig wirkten.

»Anbetungswürdig«, stellte Theimenes fest. »Aber wartet, bis ihr das Innere seht.«

Er stieß Dargei an. Der Junge taumelte einen Schritt vor und klappte den Mund zu. Die Tore standen weit offen. Theimenes führte seine Begleiter hindurch.

Dahinter lag eine riesige Halle. Die Kuppel war nicht freitragend, sondern wurde wie das Turmdach von zerbrechlich wirkenden Säulen gestützt, die sich nach oben hin zu einem kunstvollen Flechtwerk aus Stein verästelten. Zierlich wirkten diese Pfeiler jedoch nur vor der schieren Wucht der Architektur, in die sie eingebettet waren. Als die Besucher des Tempels unmittelbar davorstanden, stellten sie fest, dass die Säulen in Wahrheit so gewaltig waren wie Stein gewordene Baumriesen.

Oben unter dem Hallendach schwebten seltsame Konstrukte.

Cidos reckte den Hals, um sie zu erkennen. Da waren Gitter aus Metalldraht mit großen Lederschwingen, die an riesenhafte Fledermäuse erinnerten. Es gab große Kugeln, die dahintrieben wie in einem unsichtbaren Wind; eindrucksvolle und bizarre Gebilde aus zahllosen Lagen Seidenstoff. Auf den ersten Blick sah es so aus, als würden all diese Objekte frei in der Luft schweben, doch dann erkannte Cidos die Stricke, mit denen sie an dem Gerüst vertäut waren, das die Kuppel trug.

»Was ist denn das?«, fragte Dargei, während Cidos noch ehrfurchtsvoll schwieg.

»Konstrukte, die dem Wind geweiht sind«, erklärte Theimenes. »Seit Generationen gibt es in diesem Tempel das Amt des *Windfängers*. Dessen einzige Aufgabe besteht darin, derartige Gebilde zu fertigen.«

»Manche sehen wirklich aus wie Segel«, stellte Dargei fest. »Oder wie Fächer. Aber besonders nützlich scheint mir nichts davon.«

»Segel ist schon der richtige Gedanke«, sagte Theimenes. »Sie sollen den Wind fangen und sich davontragen lassen. Darum gleichen manche von ihnen auch Vögeln.«

Cidos erkannte in einem der Gebilde eine Art Sitz. »Es sind Flügel für Menschen!«, sagte er.

»So ein Unfug.« Dargei lachte. »Kein Segel kann einen Menschen fliegen lassen!«

»Nun, sie fliegen auch nicht«, stimmte Theimenes ihm zu. »Sie hängen nur hier im Tempel an Seilen in der Luft. Aber sie stellen das *Streben* des Menschen dar, der die Vereinigung mit dem Element der Luft ersehnt. Es zählt der Gedanke, dass sie in der Vorstellung des Windfängers fliegen *könnten.*

Jeder Windfänger schafft im Laufe seines Lebens ein Meisterwerk, das dem Wind als Weihegabe dargebracht wird und das dafür sorgen soll, dass der den Menschen von TeiChu gewogen bleibt. Deswegen werden sie hier im Tempel verwahrt.«

»Dann sind es wirklich nutzlose Dinger«, befand Dargei. »Wer den Wind fangen will, der sollte richtige Segel bauen. Mitsamt den Schiffen.«

»Oh, das tun die Menschen hier auch«, sagte Theimenes. »Ich nehme an, damit hat dieser Brauch angefangen. TeiChu ist eine Hafenstadt, und die Bewohner leben vom Meer. Auf dem Meer nutzen sie den Wind, und hier wollen sie ihm dafür danken und ihm ihre Ehrerbietung bekunden.«

»Ich hoffe jedenfalls, dass die Taue stabil sind.« Cidos blinzelte argwöhnisch zu den Konstrukten empor, die von unten betrachtet einen leichten und zarten Eindruck machten, die aber tatsächlich aus sehr großen Teilen aus Holz und Tuch und anderen Materialien bestehen mussten.

In der Halle hielten sich noch weitere Besucher auf. Die meisten von ihnen knieten rings um den Altar in der Mitte, ins Gebet versunken. Viele von ihnen waren gekleidet wie Seeleute, und ihre Haut war von Wind und Wellen gegerbt.

Theimenes nickte in Richtung der Gläubigen. Ihr Gespräch hatte laut gedröhnt in der stillen Halle, und die Menschen am Altar warfen zunehmend missbilligende Blicke in Richtung der Fremden.

»Geht ihr dahinten hin und redet dort weiter«, flüsterte er. »Ich muss ein paar Worte mit Horgan wechseln – ungestört.«

Er nahm den Schmuggler beiseite und führte ihn zu einem

entlegenen Winkel zwischen den Säulen. Seine drei jüngeren Begleiter blieben allein zurück.

Dargei blickte seinem Kapitän und dem Erzmagier misstrauisch hinterher. »Was hat der Alte nun wieder vor?«, fragte er.

Cidos blickte verlegen auf die Einheimischen. »Kannst du nicht ein wenig leiser sein«, zischte er. »Wir wollen nicht noch mehr Aufmerksamkeit erregen.«

Dargei knurrte etwas Unverständliches und setzte sich in Bewegung.

»Bahome, kommst du?«, meinte er.

Sie schritten zu dritt durch den Tempel.

Dargei ging zunächst auf den großen Altar in der Mitte der Halle zu, dann aber änderte er die Richtung. Cidos war dankbar dafür. Er kannte die Sitten an diesem Ort nicht, und eine ungewollte Respektlosigkeit im heiligen Bereich der Anlage mochte die Gläubigen leicht aufbringen.

Ihm war ohnehin nicht wohl zumute. Theimenes hatte sie hierher geführt, so als könnten sie diesen Tempel mit derselben Unbefangenheit besichtigen wie zuvor den Fischmarkt und die übrigen Orte in der Stadt. Und Dargei war gewiss nicht der Richtige, um von sich aus Respekt zu zeigen. Cidos konnte nur hoffen, dass Theimenes wusste, was er tat und was er und seine Begleiter sich erlauben durften.

Doch Dargei trat überraschend zurückhaltend auf. Ungeachtet seiner früheren abfälligen Worte schaute er staunend zu den merkwürdigen Flugobjekten auf, zu den künstlichen Vögeln, Fledermäusen und Schmetterlingen und den Dingen, die keine Entsprechung in der belebten Welt hatten.

»Wie es wohl ist, zu fliegen ...«, murmelte er selbstvergessen.

»Es heißt, dass manche Magier dieses Kunststück zuwege brachten«, merkte Cidos an.

Dargei fuhr zusammen, wie aus einem Traum gerissen. Er sah Cidos an und runzelte die Stirn. Dann wandte er sich wieder ab und musterte schweigend die blauen Ornamente an den Wänden, den Blick betont abgewandt von den Flugapparaten unter der Decke.

Ein Pfiff schnitt durch die Halle.

Cidos fuhr herum.

Auf der anderen Seite des Altars kam Theimenes heran. Er schritt mitten zwischen den knienden Gläubigen hindurch auf den Altar zu und winkte seinen Gefährten.

»Na kommt«, rief er, »schaut euch das einmal an!«

Zögernd trat Cidos näher. Von den Einheimischen erklang unwilliges Gemurmel, doch Theimenes achtete nicht darauf.

»Wenn er so weitermacht, opfern sie uns gleich auf dem Altar«, brummte Dargei. Er folgte Cidos und Bahome ohne große Begeisterung.

Der Altar war ein hüfthoher kreisrunder Steinblock in der Mitte der Halle. Theimenes stand davor und wies auf einen Stern, der in die Mitte eingelassen war. »Schaut euch das an«, verkündete er fröhlich. Das Symbol war mattgrau und passte gar nicht zu der polierten Oberfläche des Altarblocks. Zudem kam es Cidos vertraut vor.

Theimenes beugte sich weit vor und drückte auf die Spitzen. In diesem Augenblick erkannte Cidos, dass der Stern aus demselben Material gefertigt war wie das magische Siegel in der Höhle des Nugam Ata. Eine ganz ähnliche Rune war in die Mitte geprägt. Ein kalter Schauer fuhr durch Cidos hindurch, und er zuckte unwillkürlich zurück.

»Rührt es nicht an«, rief eine Stimme hinter ihnen.

»Beim Atem des Windes, Ungläubige!«

Die Einheimischen, die ringsum im Tempel ihre Gebete gesprochen hatten, sprangen auf. Einer hielt Theimenes an den Schultern fest und zog ihn vom Altar fort.

»Was erlaubt Ihr Euch?«, schimpfte der Erzmagier. »Sofort loslassen!«

Dargei hielt inne, ein Stück vom Altar entfernt. Er machte kehrt und schlich unauffällig auf den Ausgang zu. Cidos stand fassungslos mitten in der Menge und wusste nicht, was er von dieser Szene halten sollte.

Bahome kam Theimenes zur Hilfe: »Lasst den Meister in Frieden!«, schalt sie.

Cidos war wie erstarrt vor Schreck. Nach der Sache mit dem Nugam Ata hatte er sich geschworen, dass Theimenes ihn nicht noch einmal überrumpeln würde. Aber was sich hier abspielte, passte überhaupt nicht zu der kühlen Art, die der Erzmagier sonst an den Tag legte. Theimenes, der sonst immer über den Dingen zu stehen schien, geriet in ein Handgemenge, und Cidos stand hilflos dabei.

Aus verschiedenen Winkeln des Tempels eilten bunt uniformierte Wachen herbei. Sie drängten sich zwischen die Gläubigen.

»Diese Kreatur hat Hand an mich gelegt!«, beschwerte sich Theimenes.

»Er hat das Siegel berührt!«, schimpfte ein Gläubiger. »Das Siegel des Windes.«

Die meisten Wachen versuchten, die Gläubigen zu beruhigen. Zwei Männer bauten sich kopfschüttelnd vor Theimenes auf.

»Ihr habt den Altar entweiht«, meinte einer von ihnen fassungslos.

»Ich bin ein alter Mann und kurzsichtig«, fauchte Theimenes. »Wenn Ihr wollt, dass man Eure Götter aus der Ferne anbetet, dann solltet Ihr vielleicht etwas Licht in die Halle bringen.«

»Hier werden keine Götter angebetet«, warf einer der Einheimischen empört ein. »Wir verehren das heilige Element der Luft!«

Theimenes beugte sich wieder über den Altar. »Und was klebt dann da in dem Stein?«

Er kniff die Augen zusammen, als könne er es kaum erkennen. Einer der Wächter riss ihn zurück. Er wies auf die großen Platten, mit denen der Boden um den Altar ausgelegt war.

»Als Uneingeweihter müsst Ihr jenseits dieser Umgrenzung bleiben«, erklärte er. »Und nur den höchsten Geweihten ist es erlaubt, das Siegel selbst zu berühren.«

»Hör mal, junger Mann!« Theimenes stieß den Posten mit einem spitzen Finger gegen die Brust. »Was heißt hier uneingeweiht? In was willst du mich denn einweihen, du unerfahrener Welpe?«

Der Tempelwächter fasste ihn am Arm. »Das reicht jetzt!« Er nickte seinem Begleiter zu, und gemeinsam packten sie Theimenes und zerrten ihn Richtung Ausgang.

Der alte Erzmagier schrie gellend, und die beiden Wachen zuckten zurück, wie von einer Natter gebissen. Dann griffen sie erneut zu, ein wenig sanfter als beim ersten Mal, aber mit größter Bestimmtheit. Sie waren erstaunlich zurückhaltend, fand Cidos, wenn man bedachte, dass diese Leute fremde Barbaren waren und der Alte gerade deren Heiligtum entweiht hatte.

Ein weiterer Posten trug Bahome hinaus. Die junge Frau schrie und tobte und stieß Verwünschungen aus. Allerdings fasste er sie auch deutlich gröber an und behandelte sie längst nicht mit derselben Rücksicht, die seine Kameraden dem alten Mann gegenüber an den Tag legten. Auf dem Tempelvorplatz holte er Schwung und stieß Bahome einfach von sich. Sie landete hart auf dem Pflaster.

Die übrigen Wachen hatten einen Ring um die Gruppe gebildet, einen Ring, der auch Cidos einschloss. So führten sie alle Fremden nach draußen. Vor den Toren nahm einer der Posten Cidos beiseite. Der bedauerte inzwischen sehr, dass er dank seiner Kleidung *wichtiger* aussah als die Schmuggler.

»Wir haben hier Respekt vor dem Alter«, sagte der Tempelwächter grimmig. »Aber wenn der Verstand eines Greises nachlässt, muss die Familie dafür einstehen. Also, sei gewarnt, Bursche: Wenn dein seniler Großvater noch einmal Ärger macht, dann wirst du dafür bluten!«

»Er ist nicht mein Großvater!«, protestierte Cidos.

Der Wächter verpasste ihm eine Ohrfeige, die so heftig war, dass Cidos auf dem Hosenboden landete. Sein Kopf dröhnte.

»Ich will hier nicht über deine Familienverhältnisse reden«, belehrte ihn der Mann. »Ich will euch einfach nicht mehr im Tempel sehen. Ist das klar?«

Cidos nickte benommen, und die bunt gekleideten Wachen verschwanden im Inneren des gewaltigen Gebäudes. Theimenes half Cidos auf. Er lächelte schon wieder.

Dargei kam wieder herbei, von wo auch immer er sich während des Vorfalls verkrochen hatte. »Wir sind verloren«, jammerte er. »Wir sitzen in der fremden Stadt fest, und wir haben einen schwachsinnigen Greis als Führer.«

»Na, na.« Theimenes tadelte ihn freundlich. »Sprich nicht von Dingen, von denen du nichts verstehst.«

Er wandte sich wieder Cidos zu. Der wusste nun gar nicht mehr, was er von dem Vorfall halten sollte. Er hatte sich blind darauf verlassen, dass Theimenes sie führte und anleitete – aber was hatte das Schauspiel eben zu bedeuten? Und ein Schauspiel war es gewesen, das wurde immer deutlicher.

Theimenes führte sie alle über den Platz und vom Tempel fort. Cidos war immer noch benommen von der Ohrfeige. So dauerte es eine Weile, bis er bemerkte, dass sich tatsächlich etwas verändert hatte …

»Wo ist Horgan?«

Er sah sich verwirrt um, aber außer Theimenes, den beiden jüngeren Schmugglern und einigen Einheimischen war niemand in der Nähe.

»Er hat die Ablenkung hoffentlich genutzt und ist zwischen die Säulen und deren Verbindungsstreben geklettert, wie ich ihn angewiesen habe.«

»Ein Ablenkungsmanöver?« Cidos sah den Erzmagier fassungslos an.

»Natürlich«, erwiderte Theimenes. »Oder denkst du, ich bin plötzlich senil geworden.«

»Aber warum?« Dargei schaute zum Tempel zurück, in dem sein Kapitän verschwunden war.

»Ganz einfach«, erklärte Theimenes. »Heute Abend, wenn der Tempel geschlossen wird, kommt gewiss keiner auf die Idee, ganz nach oben zu blicken. Also kann unser guter Kapitän sich zwischen den Streben der Kuppel gut verstecken. Es gibt dort auch genug Deckung und Schatten hinter den Fluggeräten.

Wenn wir dann heute Nacht in den Tempel wollen, kann Horgan uns einlassen.«

Nach ihrem Besuch im Tempel wandte Theimenes sich wieder zum Hafen hin. Er hielt an einer der Zufahrtsstraßen zum Fischmarkt inne und schickte Bahome zur *Seeschwalbe*, damit sie nach Helger sah.

Dargei wollte sie begleiten. Doch der Erzmagier hielt ihn am Ärmel fest. »Sie fällt am wenigsten auf«, sagte er. »Wir wollen keine Aufmerksamkeit auf unser Boot lenken. Das bringt Helger in Gefahr und uns alle.«

Dargei gehorchte und blieb missmutig bei den Zauberern. Die Sonne sank dem Horizont entgegen, und allerhand Volk strömte zu den Anlegestellen: Angehörige begrüßten die einlaufenden Fischer, Händler wollten den Fang des Tages sichten und das Beste für sich heraussuchen, Tagelöhner hofften darauf, dass die Fischer voll beladen zurückkehrten und ein paar helfende Hände brauchen konnten, um alles an Land zu bringen.

Bahome fiel in der Menge nicht auf. Aber die Mole, an der ihr Boot lag, war abgelegen, und dort hätte es vielleicht Aufmerksamkeit erregt, wenn sie sich alle zusammen darauf herumgetrieben hätten.

»Da hat ein neues Boot neben Helger festgemacht«, sagte Bahome bei ihrer Rückkehr. Sie wies quer über das Hafenbecken, wo man in der Ferne die Kutter an ihrem Anleger sehen konnte. »Die Leute gefallen mir gar nicht. Ich hoffe, Helger bekommt heute Nacht keinen Ärger.«

Helger musterte das fremde Boot aus den Augenwinkeln. Es war in etwa so groß wie ihr eigener Kutter. Ein halbes Dutzend verwegener Gestalten trieb sich darauf herum, halb nackte, kahle Männer in Pluderhosen, mit dunkler Haut und Narben am Oberkörper. Helger hätte sie für Piraten gehalten, aber das

Boot wirkte ein wenig zu klein dafür. So erinnerten diese Gestalten ihn sehr an einen Schlag, der ihm nur allzu vertraut war – Schmuggler, seefahrende Gauner, die zu Geschäften hier angelegt hatten, von denen Eltar selbst nichts wissen durfte.

Die Art, wie sich bewegten, wie sie sich im Hafen umsahen und an einem der abgeschiedensten Plätze anlegten, all das ließ Helger an seine eigenen Erfahrungen mit Horgan denken. Nur dass diese Männer ein wenig gefährlicher aussahen. Sie waren alle kräftig und in den besten Jahren, trugen krumme Dolche im Wickelgurt und sahen kampferprobt aus. Helger zweifelte nicht daran, dass diese Kerle auf härtere Geschäfte aus waren, als Horgan und seine Getreuen üblicherweise wagten.

Derzeit waren sie noch dabei, ihr Boot festzumachen. Zwei der braun gebrannten Gestalten kletterten gleichzeitig an der nächstgelegenen baufälligen Leiter hinauf, ihre Kameraden an Bord warfen ihnen Taue zu und holten das Segel ein. Außerdem hatten die Burschen ziemlich unverhohlen hinter Bahome hergeschaut, als die sich zum Kai hin entfernte. Immer wieder musterten sie auch Helger und die arg gerupfte *Seeschwalbe* abschätzend.

Sein Herz schlug schneller. Er versuchte, die Lage abzuschätzen. Diese Männer hatten etwas vor, heute Nacht, hier in der Stadt, davon war er überzeugt. Es würde ihnen gar nicht gefallen, wenn er hier auf seinem Schiff gleich neben ihnen blieb und als Zeuge alles mitbekam. Solange es hell war und reges Treiben herrschte an den umliegenden Hafenanlagen, mochte er in Sicherheit sein.

Vielleicht aber auch nicht.

Besser, er handelte rasch. Aber was konnte er tun in einer Stadt, in der er sich nicht auskannte? Theimenes hatte ihm ziemlich deutlich eingeschärft, dass er das Schiff und das Stück Blei unter der Bank auf keinen Fall aus den Augen lassen durfte. Sollte er sein Glück ein weiteres Mal aufs Spiel setzen und den Befehl missachten?

Helger zog das Segeltuch zurecht, das er als Plane über einen Teil des Schiffes gespannt hatte. Dabei schob er beiläufig das

Siegel in die Tasche. Er wagte es nicht, hierzubleiben. Aber er wagte es auch nicht, das magische Siegel erneut unbeaufsichtigt zu lassen. Um diesen plumpen Brocken Blei hatte er sich im Verlauf des vergangenen Tages nie große Sorgen gemacht. Das war Theimenes' Angelegenheit, und wer außer dem verrückten Magier sollte sich dafür interessieren? Er, Helger, jedenfalls nicht.

Das Einzige, was er mit diesem Stück Blei verband, war die Tatsache, dass Theimenes dafür Bashis Leben geopfert hatte – für nichts! Wenn es nach Helger ging, sollte das Ding ruhig bis zu den Höllen sinken.

Aber jetzt, mit diesen Seeräubern neben sich, konnte er Theimenes' Sorgen plötzlich nachvollziehen. Er stellte fest, dass der Gedanke ihm Unbehagen bereitete, der Gedanke, dass irgendwelche fremden Herumtreiber das mitnehmen könnten, wofür Bashi gestorben war. Dass sie es mitnehmen und später gedankenlos fortwerfen oder dass sie es für ihre eigenen Zwecke missbrauchen könnten. Helger wusste nicht, was schlimmer gewesen wäre.

Er warf sich die Tasche über die Schulter und stieg an Land. Die beiden Männer, die oben auf dem Anleger die Taue festzurrten, starrten ihn an. Helger tat so, als bemerkte er es nicht. Ganz gelassen schlenderte er auf den Fischmarkt zu. Sein Rücken brannte unter den Blicken der glatzköpfigen Narbengesichter. Er ließ die abgelegene Mole hinter sich und mischte sich unter die Menge der heimkehrenden Fischer, der Händler und der Helfer. Er tauchte unter in dem Gewühl und atmete auf, als er vom Hafenbecken aus nicht mehr zu sehen war.

Aber was sollte er tun? Seine Freunde verließen sich auf ihn. Sie verließen sich darauf, dass ihr Boot zur Flucht bereitlag. Er konnte nicht einfach gehen und riskieren, dass Cidos und Horgan, Dargei und Bahome den Piraten ahnungslos in die Arme liefen, wenn sie in der Nacht zurückkehrten.

Zweimal hatte er das Boot verlassen und war seinen Freunden gefolgt, um sie zu beschützen. Jetzt musste er, wenn er seinen

Freunden helfen wollte, zum Boot zurückkehren. Er musste dafür sorgen, dass die Anlegestelle sicher war.

Helger suchte sich einen Platz am Hafen, abseits des Getümmels, am äußersten Ende eines Anlegestegs, von wo aus er die *Seeschwalbe* und die Schiffe daneben im Auge behalten konnte. Er war so weit entfernt, dass die fremden Schmuggler klein wirkten und er ihre Gesichter nicht mehr unterscheiden konnte. Zudem boten die Masten und Aufbauten der umliegenden Fischerboote ihm zusätzlich Deckung. Er ging also davon aus, dass die Fremden ihn hier auch nicht bemerken würden.

Von seinem Platz an der Kante aus beobachtete er, wie die kahlköpfigen Gestalten ihr Boot sicherten, wie sie sich an der Anlegestelle herumtrieben und sich überall umschauten, wie sie sich schließlich in einem engen Kreis auf ihrem Kutter zusammensetzten und die Köpfe zusammensteckten. Allmählich nahm ein Plan in seinem Kopf Gestalt an.

Theimenes und seine Begleiter verbrachten den Abend in einem Gasthaus am Hafen. Der Erzmagier hatte ein ruhigeres Etablissement ausfindig gemacht, doch je weiter der Abend voranschritt, umso betrunkener und ausgelassener wurden die übrigen Gäste. Die vier Gefährten saßen in einem abgelegenen Winkel und hielten sich von allem Trubel fern. Cidos fühlte sich unbehaglich. Dargei langweilte sich sichtlich.

Theimenes gönnte seinen Begleitern nicht mehr als einen Becher verdünnten Weines. Den Wirt beschwichtigte er mit einem Trinkgeld. Bahome döste an der Schulter des Erzmagiers.

Die Nacht schritt dahin. Die Räumlichkeiten leerten sich. Als auch die letzten Gäste den Heimweg antraten, erhob sich Theimenes endlich.

»Es wird Zeit«, sagte er.

Cidos blickte auf. Dargeis Kopf war auf die Tischplatte gesunken, und er schnarchte leise.

»Weshalb habt Ihr ihn schlafen lassen?«, fragte Cidos vorwurfsvoll. Wann immer er selbst eingenickt war, hatte der Erzmagier ihn unsanft mit einem Ellbogenstoß geweckt.

»Hätte ich dich richtig einschlafen lassen, wärst du heute Nacht nicht mehr wach geworden«, erklärte Theimenes. »Und ich brauche dich bei vollen Kräften. Auf Dargei und Bahome warten einfachere Aufgaben.«

Er stieß leicht gegen den Tisch. Dargei schrak hoch und schaute sich verwirrt um.

»Ist der Herr ausgeruht?«, fragte Theimenes spöttisch. »Können wir aufbrechen?«

Dargei starrte ihn verständnislos an. Theimenes stieß sich vom Tisch ab und ging zur Tür. Dargei und Bahome tappten benommen hinterdrein, Cidos fühlte sich einfach nur müde.

Auf der Straße begegneten sie noch ein paar späten Zechern, doch schon wenige Schritte von der Kneipe entfernt waren sie allein. In der Dunkelheit sah alles ein wenig anders aus, dennoch war Cidos inzwischen vertraut genug mit der Stadt und erkannte den Weg zum Tempel der Winde.

Theimenes führte sie durch abseits gelegene Gassen um das prachtvolle Bauwerk herum und hielt schließlich an einer Ecke, von der aus sie einen Blick auf einen kleineren Anbau hatten.

»Das kleine Gebäude hier müsst ihr im Auge behalten«, erklärte er Dargei und Bahome. »Da wohnen die Wachen und die Priester. Wenn sich dort etwas regt, dann lauft rasch um den Tempel herum und gebt uns Bescheid. Aber geht kein Risiko ein. Bleibt im Schatten. Wenn jemand eine Lampe anzündet oder wenn sich Soldaten auf dem Platz zeigen, dann zieht euch zurück.«

Er legte Bahome die Hand auf die Schulter. »Eltar hat noch etwas vor mit dir, aber dein Schicksal liegt anderswo. Versuch nicht, dich hier zu opfern«, betonte er. Dann wandte er sich an Dargei: »Und du, pass auf sie auf. Denke stets daran: Bahomes Sicherheit liegt in deinen Händen. Sollte es unruhig werden im Hafen, dann wage nicht zu viel, um zu Helger zu gelangen. Man wird sich im Haus der Bruderschaft um euch kümmern, und wir werden auf jeden Fall wieder zueinanderfinden.«

Er winkte Cidos, und sie gingen zu zweit weiter. Cidos hatte kein gutes Gefühl bei den Anweisungen, die er soeben mitangehört hatte. Eine Weile schlich er neben Theimenes her, im Schatten der umliegenden Gebäude. Dann nahm er seinen ganzen Mut zusammen.

»Ihr seid plötzlich so besorgt um die beiden«, flüsterte er. Ein Hauch von Bitterkeit lag in seiner Stimme. »Fast könnte man meinen, Euch wäre mehr an ihrer Sicherheit gelegen als daran, dass sie uns den Rücken freihalten.«

»Und das gefällt dir nicht?«, fragte Theimenes.

Cidos wusste nicht, was er darauf erwidern sollte. Er wartete, dass Theimenes noch mehr sagte, eine Erklärung nachschickte. Aber das geschah nicht. Sie erreichten den Vorplatz des Tempels und spähten auf das dreifache Portal.

»Meine Augen sind nicht mehr die besten«, sagte Theimenes. »Siehst du, ob ein Tor offen steht? Nur einen Spalt weit?«

Cidos kniff die Lider zusammen und versuchte, in der Dunkelheit mehr zu erkennen. Die Türflügel lagen im Schatten der Torbogen und des Vorbaus, und er konnte nichts Genaueres erkennen. Er schüttelte den Kopf.

Theimenes seufzte.

»Das hatte ich befürchtet«, sagte er. »Wir müssen das Risiko wohl eingehen. Lauf zum mittleren Tor und achte darauf, wann es entriegelt wird. Sobald es offen ist, winke mir. Aber sei vorsichtig und lass dich nicht erwischen.«

Cidos nickte. Er schätzte die Gefahr gering ein. Der Platz war leer, und die Treppen vor dem Eingang boten zwar keine Deckung, aber sie lagen im Dunkeln. Solange er sich nicht bewegte, würde ein zufälliger Beobachter ihn kaum bemerken.

Cidos huschte zum Tempel hinüber, an einer Stelle, wo der Vorplatz ein wenig schmaler war und wo er so kurz wie möglich auf der freien, ungeschützten Fläche unterwegs sein musste. Sobald er den Schutz des Gebäudes erreicht hatte, schlich er an der Wand entlang zum Eingang.

Alles war still, alle Tore waren zu. Cidos legte die Hand auf die riesigen Bronzeknäufe und zog und drückte vorsichtig daran, aber sie rührten sich nicht. Sie mussten fest verriegelt sein.

Cidos wagte nicht, es mit mehr Kraft zu versuchen. Wer wusste schon, was hinter den Toren gerade geschah? Vielleicht drehten die Tempelwachen dort ihre Runde.

Immerhin glaubte er nicht, dass man Horgan entdeckt hatte. Wäre das der Fall gewesen, wäre es hier nicht mehr so ruhig zugegangen. Und es war ruhig. Sehr ruhig. Der Platz lag still und leer vor ihm. Von Theimenes auf der anderen Seite war nichts zu sehen, und aus dem Tempel hörte man keinen Laut. Die Zeit kroch dahin.

Cidos fragte sich, worauf Horgan wartete. Vielleicht war etwas schiefgelaufen. Bereiteten die Wachen im Tempel schon einen Hinterhalt für sie vor?

In diesem Augenblick ertönte ein dumpfer Laut aus dem Inneren des Bauwerkes. Cidos zuckte zusammen. Unsicher sah er sich um und wartete auf ein Zeichen des Erzmagiers. Aber der Platz war menschenleer, und Cidos wagte nicht, aus dem Schatten des Torbogens herauszutreten. Zögernd trat er näher an das Tor heran und presste das Ohr dagegen. Das Holz vibrierte wie eine Glocke. Es knirschte laut. Cidos sprang zurück.

Das Tor erzitterte, als würde eine Spannung nachlassen, und dann schob es sich Handbreit um Handbreit auf.

»Horgan?«, flüsterte Cidos unsicher.

»Ja, verdammt noch mal«, fluchte der Schmuggler auf der anderen Seite des Portals unterdrückt. »Wenigstens seid ihr da. Kommt rein – helft mir bei der Tür!«

Cidos winkte Theimenes herbei. Er wartete, bis die Gestalt des Erzmagiers sich aus der Dunkelheit der Häuser vor dem Platz löste. Mit wehenden Gewändern lief der alte Mann herbei, wie ein Gespenst oder wie ein lebendig gewordener Schatten.

Jenseits des Tors murmelte der Kapitän vor sich hin. Er klang mürrisch, doch Cidos verstand nicht, was er sagte. Er trat wieder heran, griff nach der Kante der Tür und zog.

»Das ist genug«, flüsterte Horgan. »Es reicht, wenn ihr hindurchschlüpfen könnt. Das Portal muss nicht sperrangelweit aufstehen wie eine Einladung an jeden, der zufällig vorbeikommt.«

Theimenes war da. Sie traten ein und zogen zu dritt das Tor wieder zu. Zuletzt legten sie den Riegel vor. Horgan atmete schwer.

Theimenes zog ein schmales Windlicht aus der Tasche und gab es dem Schmuggler.

»Hast du einen Feuerstein?«, fragte er. »Zünde es an.«

»Ich kann das machen«, bot Cidos an. Er wunderte sich, warum Theimenes nicht selbst von seinen magischen Kräften Gebrauch machte, sondern den Schmuggler umständlich eine Flamme schlagen ließ.

»Nein«, sagte Theimenes. »Deine Kräfte brauche ich später noch. Unverbraucht.«

Augenblicke verstrichen, dann flackerte eine winzige Flamme auf und zog einen wabernden Lichtkreis über den Boden. Der Körper eines Tempelwächters wurde sichtbar, der nahe beim Tor in einer Blutlache lag.

Cidos schrie erstickt auf und wich zurück.

»Der Tempelraum ist nachts bewacht«, erklärte Horgan mit einem Nicken. »Von *zwei* Posten.«

Seine Stimme klang vorwurfsvoll.

»Das war zu erwarten«, sagte Theimenes einfach. »Das war doch kein Problem für dich?«

»Auf jeden Fall war es kein Spaziergang«, gab Horgan trocken zurück. Sorgsam ließ er die kleine Kerze wieder in den Glaszylinder gleiten. »Ich musste erst auf eines der Fluggeräte klettern und eine Strebe entfernen, damit ich überhaupt eine Waffe mit einiger Reichweite hatte. Und dabei ...«

»Ja, ja«, unterbrach der Erzmagier ihn. »Erzähl uns von deinen Heldentaten, wenn wir wieder auf dem Schiff sind. Ich habe nie daran gezweifelt, dass du den Herausforderungen gewachsen bist. Du hast in den letzten Jahren gute Arbeit für mich geleistet.«

»Vielen Dank.« Nur die Ironie in seiner Stimme verriet Horgans Gefühle.

Cidos fragte sich, warum der Schmuggler sie nicht einfach sitzen ließ. Wenn einer von ihnen in der Lage war, allein in der Fremde zu überleben, dann war es der Kapitän, der sich an allen Küsten fast so gut auszukennen schien wie der Erzmagier selbst und der viele Sprachen beherrschte. Horgan mochte durchaus fähig sein, ihre kleine Gemeinschaft zu führen und sie vielleicht sogar in Sicherheit zu bringen – wenn er sich das zutraute und irgendwann beschloss, es einfach zu versuchen.

Aber Horgan diente dem alten Erzmagier schon so lange. Wenn er sich jetzt weiterhin von ihm herumkommandieren ließ, obwohl Theimenes Amt und Würden verloren hatte und sie alle nichts weiter waren als Flüchtlinge, dann mochte das ein Umstand sein, der Cidos zu denken geben sollte. Womöglich sagte es etwas darüber aus, wie weit der Arm des Erzmagiers noch immer reichte ...

Cidos stand zwischen den beiden älteren Männern. Horgan reichte Theimenes das Windlicht, und der führte sie zielstrebig durch den Raum zur anderen Wand. Dort gab es eine kleinere Tür an der Stelle, die an den Anbau grenzte.

»Pass du hier auf, Horgan«, befahl Theimenes. »Damit niemand durch die Tür kommt.«

Horgan betrachtete die Tür misstrauisch.

»Und wie soll ich das verhindern?«, murmelte er.

»Vielleicht kannst du sie irgendwie blockieren?«, schlug Theimenes vor. »Eltairion, bring Horgan die Strebe, von der er gesprochen hat. Vermutlich hat er sie in dem Wächter am Tor stecken lassen.«

Cidos riss erschrocken die Augen auf. Er starrte den Erzmagier an. »Wa... was?«, stotterte er.

Horgan blickte angelegentlich auf die Tür und tat so, als bekäme er kaum etwas mit von ihrem Gespräch. »Das könnte klappen«, sagte er.

Theimenes wandte sich ab und ging zum Altar. Cidos stand unschlüssig da.

»Aber er ist tot ...«, stammelte er.

»Nun geh schon«, fauchte Horgan. »Wenn ich das recht verstanden habe, warst du in Tarsus auch nicht so zimperlich.«

Cidos' Kopf fuhr hoch. Was nahm dieser Schmuggler sich heraus, seine Taten zu beurteilen? Immerhin war Cidos ein Erwählter Eltars!

Er ballte die Fäuste, doch dann zögerte er. Auf keinen Fall wollte er den Eindruck erwecken, als würde er sich von dem Schmuggler herumkommandieren lassen. Aber noch viel weniger wollte er vor dem Mann eine weitere Schwäche zeigen. Langsam trat er zurück. Schon nach wenigen Schritten konnte er Horgan nicht mehr ausmachen. Ein wenig Licht fiel durch den Turm über der Kuppel, doch die hellste Lichtquelle im Saal war das Windlicht, das Theimenes immer weiter von ihnen wegtrug. Der fahle Schimmer verlor sich in den Weiten der Halle.

Unwillig schlenderte Cidos auf den Eingang zu. Er malte sich aus, wie er im Dunkeln die Leiche nach dem Holzstück abtasten musste. Er wollte es nicht tun, und wer sollte ihn dazu zwingen?

Die andere Möglichkeit war, dass er sich gegen den Erzmagier stellte, dass er durch die Tür nach draußen trat und seiner Wege ging. Dass er versuchte, allein zurechtzukommen. Wütend musste Cidos sich eingestehen, dass er sich dazu nicht durchringen konnte – nicht jetzt. Zu Hause mochte er der Eltairion sein, ein Erwählter. Hier war er nur ein verirrter Fremder. Er würde tun müssen, was Theimenes von ihm verlangte.

Aber niemand konnte von ihm verlangen, dass er es gerne tat.

Mit gesenktem Kopf suchte er sich einen Weg durch den Tempel. Vom Altar her, wo Theimenes sich zu schaffen machte, hörte er ein leises beständiges Kratzen. Cidos hoffte nur, dass unter diesem Altar kein Nugam Ata ruhte, der ein Opfer fordern würde.

Er fühlte ein Kribbeln im Nacken. Misstrauisch blickte er zu Theimenes hin, der im Kerzenschein halb auf dem Altar lag und an dem dort eingelassenen Siegel herumschabte. Cidos schüttelte den Kopf. Nein, wenn ein Opfer notwendig gewesen wäre, dann hätte Theimenes gewiss Dargei oder Bahome mitgenommen, die am leichtesten entbehrlich schienen.

Im selben Augenblick erkannte Cidos, was er da dachte, und er schauderte. Wie konnte er beruhigt sein, solange er einem Mann folgte, dem er solche Gedanken zutraute?

Ein Klopfen hallte durch den Saal.

Cidos blickte sich überrascht um. Die Umrisse der Tempelhalle lagen in tiefer Dunkelheit. Nichts war dort zu sehen, auch Horgan blieb verborgen in der Schwärze.

Theimenes kniete auf dem Altar und richtete sich ein Stück weit auf. Er spähte suchend umher, aber da er das Windlicht bei sich hatte und inmitten des kleinen Lichtkreises hockte, war die Dunkelheit darum herum noch dichter.

Theimenes wandte sich wieder dem Siegel zu und arbeitete noch verbissener. Cidos hörte Horgan verzweifelt rufen: »Cidos, wo bleibst du denn? Ich brauche die verdammte Strebe!«

»Beeil dich«, rief Theimenes hinterher. »Und hilf mir dann hier.«

Die Stimmen klangen eindringlich. Cidos eilte zum Portal, so rasch er es in der finsteren Halle wagte. Er konnte den toten Soldaten ausmachen, der dort lag, wenngleich nur als schemenhaften Umriss. Er erinnerte sich an die Blutlache, die er kurz im Kerzenschein gesehen hatte, und zögerte.

Vom anderen Ende der Tempelhalle drangen unbestimmte Geräusche an sein Ohr: ein Scharren, ein Pochen, unterdrücktes Keuchen. Cidos konnte nicht länger warten. Sein Herzschlag ging schneller und trieb ihn voran.

Er trat neben den ausgestreckt daliegenden Körper und versuchte, sich die Einzelheiten ins Gedächtnis zu rufen. Mitten in dem Mann sah er etwas aufragen, vermutlich die Strebe, auf die Horgan wartete. Cidos beugte sich behutsam vor und tastete danach.

Nun pochte es auch am Hauptportal, nur eine Armlänge von Cidos entfernt. Vor Schreck wäre er beinahe vornübergekippt.

»Da ist was los im Anbau, da ist was los«, raunte eine atemlose Stimme durch das Holz.

Es war Dargei, und wenn Cidos ihn hier drin so deutlich hören konnte, musste er ziemlich laut sprechen. Cidos' Hand fand das Holzstück, und er umklammerte es.

»Dargei ist an der Tür!«, rief er halblaut durch den Saal. »Er meint, im Anbau ist was los.«

»Und ob da was los ist, du Holzkopf«, rief Theimenes zurück. »Das hören wir inzwischen selbst. Sag Dargei, er soll sich mit Bahome in Sicherheit bringen.«

Cidos fasste die hölzerne Strebe mit beiden Händen und zog daran. Er beugte sich so weit vor wie möglich, damit er Abstand von der Leiche halten konnte und nicht in dem Blut ausrutschte. »Die Wachen werden gleich hier sein. Wir müssen auch fliehen!« Unwillkürlich wurde seine Stimme lauter.

»Die Wachen sind schon da, und Horgan braucht das Holzstück«, erwiderte Theimenes. »Und wir fliehen nicht ohne das Siegel!«

Theimenes versuchte nicht mehr, verstohlen zu wirken. Verbissen hackte und schabte er am Altar herum.

»Je schneller du fertig wirst und mir hilfst, desto eher kommen wir hier weg«, fügte er hinzu.

»Lauf!«, rief Cidos Dargei durch die Tür zu. »Bring Bahome weg von hier.« Er zerrte an der Strebe. Der schwere Körper am Boden bewegte sich mit schmatzenden Lauten, aber das Holzstück steckte fest.

Auf der anderen Seite der Halle, wo Horgan stand, wurde es immer lauter. Man hörte ein Poltern und gedämpfte Rufe aus dem Anbau. Irgendwo in der Stadt schlug eine Glocke an. Der Alarmlaut wurde an anderen Stellen aufgenommen.

»Lauf weg, Dargei«, wiederholte Cidos verzweifelt. Doch er wusste nicht, ob Dargei überhaupt noch vor dem Portal stand.

Widerstrebend setzte er einen Fuß auf den Toten und zerrte noch einmal an dem Holz. Endlich konnte er die Strebe herausziehen. Er malte sich aus, wie es von dem Holz herabtropfte und vielleicht seine Füße und seine Kleidung besudelte. Ein schwerer Geruch stieg auf, metallisch und faulig zugleich. Cidos würgte und taumelte zurück, dann wandte er sich um und lief los. Er hielt die Strebe fest umklammert und vom Körper fortgestreckt.

Horgan drückte seine Schulter gegen die Seitentür und stemmte sich mit seinem ganzen Gewicht dagegen. Die Tür erbebte unter schweren Stößen, doch bis jetzt hielt sie stand. Der Schmuggler atmete schwer.

»Drück die Spiere gegen das Holz«, stieß er hervor. »Der Dolch hält nicht mehr lange.«

Welcher Dolch?, fragte sich Cidos. Er beugte sich vor und stützte die Strebe gegen einen Querbalken der Tür. Dabei sah er, dass Horgan einen Dolch in den Rahmen geschoben hatte, um die Tür zu verkeilen. Nur so hatte er sie bisher geschlossen halten können.

Die Riegel am Hauptportal klapperten. Das Geräusch hallte so laut durch die Tempelhalle wie ein Trommelwirbel. Aber alle drei Tore an der Vorderseite des Tempels waren robust und fest verriegelt. Die Wachen würden sich schwertun, dort einzudringen.

»Warum braucht Theimenes so lange?«, fragte Horgan. Er löste sich vorsichtig von der Tür und drückte stattdessen gegen die Strebe. Das verschaffte ihm einen besseren Hebel. Die Tür erzitterte unter den Schlägen von der anderen Seite, doch die Spiere, die Cidos gebracht hatte, hielt sie fest in den Rahmen gedrückt. Wer auch immer hier hereinwollte, er würde die ganze Tür zerschlagen müssen.

»Wie kommen wir jetzt hier weg?«, fragte Horgan. »Theimenes hat zu lange gebraucht. Bei Eltar, wir können diese riesige Halle nicht ewig verteidigen. Theimenes muss uns hier rausbringen!«

Cidos stand einen Augenblick unschlüssig da, dann lief er auf den Kerzenschein zu.

Theimenes sah auf, als Cidos herankam. »Da bist du ja endlich!« Er kroch vom Altar herunter und drückte Cidos eine Eisenstange in die Hand. »Hier, löse damit das Bleisiegel aus dem Stein. Du bist jünger und kräftiger als ich. Aber sei vorsichtig, verbiege es nicht zu sehr!«

Cidos starrte auf das Werkzeug. »Wir müssen hier weg«, sagte er.

»Du kannst auch gleichzeitig arbeiten und jammern.« Theimenes wies auf das Siegel in der Mitte des Altars. »Ich sagte es bereits: Wir gehen nicht ohne das Siegel.«

Cidos stieg auf den Altar und hebelte verbissen an den Ecken des Sternes herum. Theimenes stieg ebenfalls hinauf und zerrte mit den Händen an den aufgebogenen Rändern.

»Hoffentlich kennt Ihr einen Weg, wie wir unseren Verfolgern entkommen können.« Cidos presste die Worte zwischen den Zähnen hervor. »Inzwischen sind beide Ausgänge versperrt.«

»Natürlich weiß ich einen Weg«, erwiderte der Erzmagier. »Auch wenn ich gehofft hatte, uns blieben ein paar Minuten mehr, bis die Wachen aus dem Nebengebäude auf uns aufmerksam werden.«

Cidos legte sich auf das Ende der Eisenstange, und mit einem Knirschen löste sich der Stern aus dem Stein. Theimenes griff danach, und Augenblicke später hielt er die begehrte Trophäe in der Hand.

»Alle Achtung, Eltairion«, stellt er fest. »Du bist auch für handfeste Arbeit zu gebrauchen.«

Theimenes kletterte wieder auf den Boden. Er drückte das schwere magische Siegel fest an seine Brust. Doch wie wollte er ihre Flucht ermöglichen? Der Platz vor dem Tempel musste voller Soldaten sein.

Theimenes ging um den Altar herum und begab sich zu einer Wand der Halle.

»Eltairion, komm!«, befahl er.

»Was ist mit Horgan?«, fragte Cidos.

»Er muss die Tür noch ein wenig länger zuhalten. Wir rufen ihn, sobald wir unsere Flucht vorbereiten konnten.«

Er führte Cidos zu einer kleinen Seitentür. Cidos betrachtete sie misstrauisch.

»Wo führt die hin?«

»Zu einer Art Zwischenwand, in der sich eine Treppe befindet«, erklärte Theimenes. »Von dort aus gelangt man in den Turm über der Kuppel.«

»In den Turm?«, fragte Cidos erschrocken. »Was wollen wir denn da?«

»Fliehen«, sagte Theimenes einfach.

Er beugte sich vor und betrachtete die Tür genauer. Sie war mit einem einfachen Schloss versehen. »Hm, hm – du weißt nicht zufällig, wie man so etwas öffnet, wenn man den Schlüssel nicht hat?«

Cidos schüttelte den Kopf. »Wisst Ihr nicht einen Zauber dafür?«

»Sei nicht dumm«, gab Theimenes schroff zurück. »Magie und Technik, das verträgt sich nicht.« Er berührte das Schloss mit dem Finger und kratzte sich am Kopf.

»Helger könnte damit vielleicht etwas anfangen«, murmelte er. »Aber der ist uns im Moment anderswo eher von Nutzen. Versuch es mit der Brechstange, Eltairion.«

Cidos schob das Metallstück zwischen Tür und Rahmen. Das war nicht schwer, denn die Tür war alt und verzogen. Dann stemmte er sich gegen die Stange. Damit konnte er die Tür einige Fingerbreit herausheben und den Türspalt breiter machen. Aber das Holz federte immer wieder zurück.

»Du musst die Stange auf Höhe des Schlosses ansetzen«, sagte Theimenes ungeduldig.

Cidos versuchte es. Die Brechstange ließ sich dort viel schlechter hinter die Tür schieben. Nach mühsamem Ruckeln konnte Cidos sie doch einen Fingerbreit unter das Holz rammen. Dann drückte er.

Erst bewegte sich nichts, dann sprang die Tür mit einem Knall auf. Dahinter lag ein schmales, leicht gewundenes Treppenhaus.

»Diese Tür kriegen wir schlecht wieder zu«, stellte Theimenes fest. »Wir müssen das andere Ende der Treppe überprüfen, bevor wir Horgan holen. Lauf voraus und schau, ob der Weg in das Turmzimmer frei ist.«

Die Wachsoldaten versuchten immer noch, in den Tempel zu gelangen. Der Lärm dröhnte durch die Halle. Die Schläge am Hauptportal übertönten fast die Geräusche vom Seiteneingang, wo Horgan sich gegen die Tür stemmte. Dennoch glaubte Cidos, dort Holz bersten zu hören. Wie lange konnte Horgan sich noch halten?

Cidos lief hastig die Treppe hinauf. Bald musste er stehen bleiben, um Luft zu holen. Ein Ende der Stufen war nicht zu sehen. Weit hinter ihm flackerte Kerzenschein über die Wände, wo Theimenes ihm gemächlich folgte. Schließlich machte die Treppe einen Schwenk nach links, und Cidos vermutete, dass sie sich unmittelbar an der Kuppel befanden.

Wir werden Horgan verlieren, dachte er. *Bei Eltar, wir werden Horgan verlieren – uns bleibt nicht genug Zeit, um den ganzen Weg zurückzulaufen und ihn zu holen.*

Aber Cidos gab nicht auf. Er lief, so schnell er konnte. Die Windungen der Treppe wurden enger. An der einen Seite schraubte sie sich jetzt an einer Mauer empor, auf der anderen Seite gab es nur noch ein Geländer. Wenn er über das Geländer hinwegblickte, konnte Cidos verfolgen, wie die Stufen an der Innenseite eines kreisrunden Schachts weiter emporführten. Er erkannte, dass er sich bereits im Turm oberhalb der Kuppel befand.

Er beugte sich über das Geländer und schaute hinauf. Fahles Mondlicht sickerte von dort in den Schacht, und bizarre Umrisse zeichneten sich ganz oben im Turm als schwarze Schatten ab. Die Flugobjekte, die im Tempeldach aufgehängt waren, schwebten nun unter ihm. Einige davon konnte Cidos erkennen, wenn er durch den Schacht in der Mitte der Wendeltreppe nach unten sah.

Er kam an eine weitere Pforte. Cidos spürte ein Stechen in den Seiten und atmete heftig.

Theimenes ging mit seinem Windlicht weit hinter ihm. Es fiel Cidos schwer, im trüben Zwielicht Einzelheiten zu erkennen. Er tastete über das Holz und fühlte Unebenheiten, aber ein Schloss konnte er nicht ausmachen.

Schließlich schob er einfach die Brechstange durch den Türspalt und versuchte an verschiedenen Stellen sein Glück. Es knirschte, die Tür lockerte sich, und Augenblicke später gab sie nach.

Ein paar weitere Stufen führten bis in die oberste Kammer des Turmes. Sie war kreisrund und an den Seiten fast offen. Rings um die Turmplattform standen die wenigen schmalen Säulen, die das Dach trugen.

Von unten hatte der Turm klein ausgesehen, verglichen mit der gewaltigen Kuppel, über der er sich erhob. Doch hier oben stellte Cidos fest, dass die Turmkammer immer noch ein Raum von beachtlichen Ausmaßen war.

Ein breiter Söller ohne Geländer lief außerhalb der Säulen um den Turm herum. Von dort aus führten mehrere Stege quer durch den Raum, der keinen festen Boden hatte. Die Lücken zwischen den Stegen und den Tragebalken darunter reichten aus, dass das Licht von den riesigen Öffnungen bis hinab in den Tempel fallen konnte – direkt auf den Altar, wie Cidos wusste.

Auf den Stegen ruhte einer der merkwürdigen künstlichen Vögel, wie sie in großer Zahl auch unter der Hallendecke schwebten. Im schwachen Mondlicht, das durch die Öffnungen einfiel, erkannte Cidos mehrere übereinander aufgespannte Flügel und dazwischen einen zerbrechlichen Rumpf, kaum mehr als ein Gerüst, das die Flügel trug. Rings herum lagen Werkzeuge und Hölzer, Pergamentbahnen und Seidentücher vor der Außenwand.

Cidos blieb stehen. Er beugte sich keuchend vor und stützte die Hände auf die Oberschenkel. Seine Gedanken überschlugen sich. Er musste etwas tun. Jetzt sofort. Wenn Theimenes diesen Raum erreichte, war es zu spät, davon war Cidos überzeugt. Der alte Erzmagier würde die Führung übernehmen, und Cidos zweifelte sehr daran, dass dessen Pläne vorsahen, den langen Weg hinab in die Tempelhalle wieder hinunterzusteigen und Horgan zu holen.

Cidos schaute sich um und überlegte verzweifelt, was er tun

könnte. Er fand einen Hammer, und gleich daneben stand ein kleines offenes Holzkästchen. Cidos konnte nicht genau erkennen, was darin war, aber er griff zu und vergewisserte sich, dass es Nägel waren. Er hob beides auf, den Hammer und das Kästchen, dann rannte er die Treppe wieder hinab.

Auf halbem Weg kam ihm Theimenes entgegen.

»Was ist los?«, fragte der Erzmagier verwirrt.

»Hole ... Horgan«, stieß Cidos hervor.

»Wir haben keine Zeit«, wandte Theimenes ein.

Cidos drängte sich an ihm vorbei. Er hatte nicht genug Zeit und nicht genug Luft, um mit Theimenes zu streiten – aber er ging davon aus, wenn er den Schmuggler holte, würden sie beide auch nicht länger brauchen als der alte Erzmagier, der viel langsamer war als sie.

Theimenes hielt ihn an der Schulter fest. »Wenn Horgan seinen Posten verlässt, haben wir die Soldaten gleich auf den Fersen«, warnte er Cidos. »Horgan erkauft uns dort unten die Zeit, die ich oben vielleicht brauche, um unsere Flucht in die Wege zu leiten.«

Cidos wusste nicht genau, was Theimenes vorhatte. Aber er würde verhindern, dass es wieder ein Leben kostete. Er klimperte mit dem Nagelkästchen. »Die Tür zum Treppenhaus«, erklärte er atemlos. »Sie geht nach außen auf. Ich nagele sie zu, wenn Horgan und ich durch sind.«

Theimenes sah ihn nachdenklich an. Endlich nickte er. Er ließ Cidos los und reichte ihm das Windlicht. »Also gut«, sagte er. »Horgan kann uns oben noch nützlich sein. Nimm das Licht mit, du brauchst es nötiger als ich. Du musst schnell sein, und lasst euch nicht erwischen, bevor ihr die Tür blockiert habt.«

Er setzte seinen Aufstieg fort. Schon nach wenigen Schritten verschwand er in der Dunkelheit. Cidos eilte hinab. Er hatte Angst, zu stolpern, und bald taten ihm die Füße weh. Aber er fühlte sich gut dabei: Er hatte sich dem alten Zauberer widersetzt und etwas erreicht. Außerdem ging es nach unten schneller als hinauf. Ihm graute nur bei dem Gedanken, denselben Weg noch einmal nach oben steigen zu müssen.

Unten an der Tür hielt er kurz inne, um wieder zu Atem zu kommen. Dann trat er in die Halle hinaus. »Horgan«, rief er. »Horgan, lauf zum Licht!«

Er schwenkte das Windlicht.

Die hohe Halle war erfüllt von Geräuschen. Einen Augenblick lang befürchtete Cidos, die Tempelwachen wären bereits durchgebrochen und Horgan säße in der Falle.

»Horgan!«, brüllte er lauter. Er stellte das Windlicht ab und wühlte in dem Kästchen nach ein paar großen Nägeln. Drei besonders lange nahm er in die Hand und richtete sich wieder auf.

Schritte näherten sich, tief aus dem Tempel ertönte ein Krachen.

Cidos wurde unruhig.

Er nahm das Licht wieder und hielt es hoch. Oder sollte er es besser hinter sich auf der Treppe abstellen und sofort die Tür vernageln? Wenn er wartete, mochte es zu spät dafür sein.

»Horgan!«, rief er noch einmal.

»Ich komm ja schon«, rief eine Stimme, so dicht bei ihm, dass Cidos zusammenzuckte. Im nächsten Augenblick trat Horgan schon in den Lichtkreis.

»Wir müssen weg!« Er schob sich eilig durch die Tür. »Sie sind schon in der Halle.«

Cidos hielt ihm den Hammer hin. »Nagle die Tür zu!«, sagte er.

Der Schmuggler verstand sofort. Er packte den Hammer und zog mit der Linken die Tür zu. Cidos reichte ihm einen Nagel an. Mit einem einzigen Schlag trieb Horgan den Nagel tief durch Tür und Rahmen. Cidos wusste, es war richtig gewesen, es nicht selbst zu versuchen. Er hätte den Nagel nur verbogen.

Der nächste Schlag versenkte den Nagel ganz im Holz, und Horgan hatte den zweiten zur Hälfte eingeschlagen, als auf der anderen Seite jemand an der Tür zog. Cidos sog erschrocken die Luft ein, aber das Holz ruckelte nur ein wenig.

Von der anderen Seite war ein Fluch zu hören.

Horgan schlug kaltblütig den zweiten Nagel fest und versenkte den dritten im Holz, bevor ihre Verfolger mit größerer Entschlossenheit erneut an der Türe rissen. Aber die Nägel waren lang und gut platziert, und auf der anderen Seite gab es nur einen kleinen Griff. Der bot keinen Ansatz, um mit viel Kraft zu ziehen.

Horgan warf einen Blick auf Cidos.

»Geh die Treppe hoch, Junge«, sagte er. »Du brauchst einen Vorsprung.«

»Ich bin nicht zurückgekommen, um dich hier allein zu lassen«, widersprach Cidos.

»Ich brauche keine Hilfe, um ein paar Nägel einzuschlagen.« Horgan griff in das Kästchen und zog einen weiteren Nagel heraus. Er sah Cidos nicht mehr an und konzentrierte sich ganz auf die Arbeit. »Gleich kommen sie mit Werkzeug, und wenn die Tür länger als ein paar Augenblicke standhalten soll, dann muss sie schon etwas fester im Rahmen sitzen«, erklärte er. »Und solange deine Knie so zittern wie Brei, brauchst du jeden Vorsprung, den du kriegen kannst.«

Cidos zögerte nicht länger. Er lief die Treppe hinauf ... Er wollte laufen, aber nach wenigen Stufen konnte er kaum noch die Beine heben. Schritt für Schritt kämpfte er sich voran. Die gleichmäßigen Hammerschläge von unten gaben den Takt vor, dem er zu folgen versuchte.

Bald mischten sich andere Laute unter die Hammerschläge: ein Krachen, ein Knacken, ein Knirschen und Schaben. Während Horgan auf der einen Seite der Tür sein Zimmermannswerk vollendete, waren die Tempelwachen auf der anderen bereits damit beschäftigt, es wieder auseinanderzureißen.

Dann erstarb das Hämmern. Kurz darauf hörte Cidos hinter sich Schritte auf der Treppe. Horgan kam! Und er war nur deswegen entkommen, weil er, Cidos, umgekehrt war und ihn geholt hatte!

Ein leiser Triumph stieg in Cidos' Herzen auf. Er hatte das stumme Versprechen gehalten, das er sich selbst und vor allem

Helger nach Bashis Tod gegeben hatte: Theimenes' Taten würden kein weiteres Opfer fordern. Er, Cidos Eltairion, sorgte dafür!

Neue Kraft strömte in seine Beine, und er lief schneller.

Trotzdem holte Horgan ihn bald ein.

»Sag ich doch«, meinte der alte Schmuggler, als er bei ihm war. Beunruhigt lauschte er nach unten. »Wär schön, wenn du ein bisschen schneller machen könntest. Ich weiß nicht, wie lange sie das aufhält.«

Die Worte des Kapitäns waren ein wenig ernüchternd nach dem Gefühl des Triumphs, das Cidos soeben noch empfunden hatte. Doch sie drangen kaum zu ihm durch in seiner Hochstimmung. Oder war es Erschöpfung, die ihn teilnahmslos werden ließ? Cidos musste zugeben, die Kraft, die in ihn geströmt war, verflog allzu rasch wieder. Seine Beine wurden immer schwerer, so als hätte er Schlamm an den Füßen.

Er kämpfte sich weiter. Sein Herz raste, und seine Muskeln brannten vor Anstrengung. Die Treppe wollte kein Ende nehmen.

Horgan lief einige Schritte voraus, wartete aber immer wieder und achtete darauf, dass Cidos nicht zu weit zurückblieb.

Plötzlich blieb der Schmuggler stehen. Nachdenklich betrachtete er den Kasten in seiner Hand und machte Anstalten, die Nägel an Cidos vorbei über die Treppe zu kippen.

»Behalt ein paar … für die Tür oben«, brachte Cidos keuchend hervor, während er den Schmuggler wieder einholte.

»Danke für den Hinweis«, erwiderte Horgan.

Cidos stapfte an ihm vorbei. Einen Moment lang war es still hinter ihm, dann hörte Cidos ein Klimpern und Klirren, das sich die Stufen hinab entfernte. Kurz darauf setzte Horgan sich wieder an die Spitze. »Die Nägel auf der Treppe werden sie vielleicht noch ein wenig aufhalten«, sagte er. »Aber auch nur ein paar Augenblicke lang.«

Gemeinsam gelangten sie in die Turmkammer.

Theimenes hatte sich dort um das Fluggerät gekümmert. Die Taue waren gelöst und umherliegendes Werkzeug beiseitegeräumt. Er hatte Balken so hingelegt, dass sie von dem geflügelten Objekt zu den Fensteröffnungen führten.

Horgan blieb an der Tür stehen und vernagelte sie, Cidos eilte zum Erzmagier.

Das Turmzimmer sah nun ganz anders aus als kurz zuvor, als Cidos zum ersten Mal hier gewesen war. Er brauchte eine Weile, bis er erkannte, woran es lag: Die Sonne würde gleich aufgehen. Im Osten färbte sich der Horizont rot, ein blutiges Zwielicht erfüllte den Raum. Die Kerze, eben noch der einzige Lichtschimmer in der Dunkelheit, war überflüssig geworden.

Doch im herandämmernden Tageslicht sah ihre Lage umso verzweifelter aus. Sie saßen auf dem Turm in der Falle. »Wie kommen wir von hier weg?«, fragte Cidos. Er sah keinen Ausweg, und die vernagelten Türen würden ihre Verfolger nicht lange aufhalten.

Theimenes wies auf das geflügelte Konstrukt. »Damit«, verkündete er.

Cidos schaute das Ding an. Fünf Flügel spreizten sich an dünnen Schnüren auf jeder Seite ab. Vorn waren sie leicht gerundet, hinten waren die Kanten gezackt. Sie ähnelten den Schwingen von Fledermäusen.

»Aber diese künstlichen Vögel können nicht fliegen!«

»Das können sie nicht«, bestätigte Theimenes. »Nicht aus eigener Kraft.«

Horgan trat zu ihnen. Er musterte die Konstruktion und das, was der Erzmagier darum herum angeordnet hatte.

»Wo sind wir hier?«, fragte er.

»Das ist die Kammer des Windfängers«, erklärte Theimenes. »Hier fertigt der Windfänger sein Lebenswerk, und nach seinem Tod wird die Weihegabe der Sammlung im Tempel hinzugefügt.«

»Wir haben keine Zeit, uns so etwas anzugucken«, sagte Horgan barsch.

Zwischen den Planken unter ihren Füßen konnten sie mittlerweile schon den Boden der Tempelhalle sehen. Menschen liefen dort umher. Sie sahen winzig klein aus.

Um auf der Treppe bis zur Turmspitze zu gelangen, musste man kurz vor dem Ziel noch durch einen Torbogen und eine feste Tür hindurch. Aber der Schacht in der Mitte der Wendeltreppe zog sich frei durch den ganzen Turm, von der obersten Kammer bis zum Tempelboden. Cidos fühlte sich schutzlos, ganz so, als wäre ohne Bedeutung, dass der Weg über die Treppe abzuschließen war. Denn wie konnten sie sicher sein, dass ihre Feinde das letzte Stück von der offenen Treppe bis zu den Lücken im Kammerboden nicht auf andere Weise überwinden konnten?

Theimenes schritt auf der umlaufenden Plattform außen am Turm entlang und nahm einen gewaltigen Hammer zur Hand, der dort an einer Säule lehnte.

»Wir schauen uns das Gerät nicht nur an, wir werden es auch benutzen«, sagte er zu Horgan. »Nimm du diesen Hammer und schlage ein paar von den schmalen Säulen durch. Dann haben wir genug Platz, um den künstlichen Vogel in die Luft zu kriegen.«

Horgan nahm den Hammer, aber er tat nichts. Er blickte von dem Fluggerät zu den Säulen, die das Turmdach trugen. »Das ist verrückt«, stellte er fest.

»Der alte Windmeister ist schon lange krank und dem Tode nah«, sagte Theimenes. »Wir können davon ausgehen, dass sein Werk vollendet ist.«

»Aber Ihr habt selbst gesagt, es wird nicht fliegen«, wiederholte Cidos.

»Nicht von selbst. Aber es wird fliegen, wenn du den Wind richtig unter die Schwingen lenkst.«

Cidos dachte an den Abgrund unter seinen Füßen. Wenn sie das geflügelte Gebilde durch die Fenster schoben, dann blieb nichts weiter als Luft, um sie zu tragen. Sie würden über die Dächer der Stadt fliegen müssen und wer weiß, wohin …

»Das ist unmöglich«, sagte Cidos.

»Keineswegs«, widersprach Theimenes. »Das Gerät hat genug Flügel, um den Wind zu fangen, den du dorthin lenkst. Es ist die einfachste Art, mit Magie zu fliegen. Was glaubst du, warum ich dich während der ganzen Fahrt habe üben lassen, die Kraft des Windes auf eine kleine Fläche Segeltuch zu konzentrieren?«

»Das sind keine Segel. Ein Segelboot geht nicht unter, wenn der Wind nachlässt.«

»Dann sorge einfach dafür, dass das nicht passiert. Und dass der Wind immer von schräg unten gegen die Flügel drückt.« Theimenes zeigte den Winkel an. »Dann ist es *fast* genauso wie auf dem Schiff.«

Horgan trat auf das Fenster zu. Sein Gesichtsausdruck zeigte deutlich, dass er nicht überzeugt war von dem Plan. Doch wie immer tat der Schmuggler, was getan werden musste, und hob sich die Fragen für später auf.

»Hilf mir, das Gerät zum Fenster zu schieben«, sagte Theimenes. »Es ist nicht schwer, aber der Boden ist uneben. Es lässt sich schlecht darauf bewegen, auch wenn ich alles so vorbereitet habe, dass der Weg frei ist. Sobald Horgan die letzten Hindernisse weggehauen hat, heißt das.«

Cidos war immer noch erschöpft vom Treppensteigen, und nun fing sein Herz an zu rasen. Wann immer er an die Aufgabe dachte, die vor ihm lag, ballte sich die Übelkeit wie ein Klumpen in seinem Magen zusammen.

Horgan ließ den schweren Hammer mit einem Knall gegen die schlanke Steinsäule krachen. Nicht einmal ein Splitter sprang davon ab.

»Er schafft es nicht«, sagte Cidos. Er fühlte sich erleichtert, auch wenn er nicht wusste, wie sie sonst entkommen sollten. »Wir brauchen einen anderen Plan.«

Theimenes war ein Erzmagier der Theokratie. Er musste einfach noch einen Plan haben, der nicht allein von den Kräften eines Adepten abhing!

»Es gibt keinen anderen Plan«, sagte Theimenes.

Horgan schwang verbissen den Hammer. Cidos und Theimenes schoben das Fluggerät. Es schlingerte auf dem Untergrund. Nur die Hölzer, die Theimenes zur Führung bereitgelegt hatte, sorgten dafür, dass der Apparat sich nicht querstellte.

»Wie sollen wir darauf sitzen?«, fragte Cidos.

Der künstliche Vogel wirkte zerbrechlich, und er bestand fast nur aus den Flügeln. Cidos hatte keine Ahnung, wie sich drei Menschen daran festklammern sollten.

Theimenes wies auf einen einzigen Sitz am unteren Teil des zentralen Rahmens. Dieser Sitz war kaum mehr als ein Bogen aus mehreren zusammengebundenen Stangen.

Ein lautes Krachen erklang vom Fenster her. Steine fielen nach draußen und polterten unten auf die Kuppel. Das Turmdach über ihnen knirschte.

»Wenn ich noch eine Säule wegschlage, wird die Lücke nicht größer«, rief Horgan ihnen zu. »Dann wird nur der Platz unter dem Dach plötzlich sehr viel kleiner werden.«

»Das Dach hält schon«, widersprach Theimenes. »Drei fehlende Säulen kann es verkraften, und das reicht uns aus.«

Horgan ging zur nächsten Stütze. »Ich hoffe es«, murmelte er. »Sonst sitzt uns gleich die Turmspitze auf dem Kopf.« Er wischte sich Schweiß von der Stirn und blinzelte. Die ersten Strahlen der aufgehenden Sonne stachen nach seinem Gesicht und zeichneten Lichtmuster unter die Decke. Die Dächer der umliegenden Gebäude standen als Schattenriss am Morgenhimmel.

»Wie sollen wir darauf sitzen?«, fragte Cidos.

»Ganz einfach.« Theimenes keuchte und zerrte weiter an dem Konstrukt. Notgedrungen half Cidos mit, und zollweise kroch es voran. »Du sitzt auf dem Platz, ich auf dir drauf. Ich steuere – du sorgst für den Wind. Ist etwas wacklig, aber wir können uns mit Seilen sichern.«

»So kann ich mich unmöglich auf einen Zauber konzentrieren«, erklärte Cidos.

»Du kannst«, erwiderte Theimenes. »Sonst fallen wir nämlich hinunter.«

Erst jetzt bemerkte Cidos die zweite Schwachstelle an dem Plan: »Und was ist mit Horgan? Wir können unmöglich zu dritt auf diesem Platz sitzen.«

»Du hast recht«, sagte Theimenes. »Das können wir nicht.«

Die zweite Säule barst, aber die Öffnung war immer noch nicht breit genug für die Flügel.

Cidos ließ die Strebe los, an der er bis jetzt geschoben hatte, und trat einen Schritt zurück. »Wir werden nicht ohne Horgan fliehen«, sagte er.

Auf dem Weg zur nächsten Säule hielt Horgan inne und drehte sich um. »Was redet ihr da?«, fragte er.

»Er will dich zurücklassen!«, rief Cidos empört.

Theimenes wies auf den einzelnen Sitz am Rumpf. »Auf diesem Platz haben bestenfalls zwei Leute Platz. Wir können also zu zweit von hier fliehen oder gar nicht.«

Horgan hielt den Hammer mit beiden Händen umklammert. Die Haut an seinem Kiefergelenk pulsierte.

»Und weshalb bin ich der Dritte?«, fragte er.

Cidos verstummte, als er diese Frage hörte. Es war die Stimme eines Menschen, der bereits aufgegeben hatte, der sich verloren gab und nur noch wissen wollte, warum.

Theimenes hatte eine Antwort für ihn. »Der Eltairion kann den Wind herbeirufen, der das Ding fliegen lässt. Und ich allein habe einen Plan, der deine drei Freunde retten kann, jetzt, da sie als Flüchtlinge fern der Heimat überleben müssen.«

»Und werdet Ihr sie retten?«, fragte Horgan. »Oder dauert es nur noch eine Weile, bis Ihr sie nicht mehr braucht und sie auch zurücklassen werdet, so wie mich jetzt?«

»Sei nicht dumm, Kapitän«, sagte Theimenes. »Eine Hand wäscht die andere. Wir haben lange Zeit Geschäfte gemacht, und wir haben beide davon profitiert, solange es gut lief. Ich habe kein Interesse daran, meinen Leuten zu schaden.«

»Das habe ich mir auch gesagt«, antwortete Horgan. »Wieder und immer wieder. Aber was wir getan haben, seitdem in Tarsus alles zusammengebrochen ist ... Diese verzweifelte Reise fühlt sich anders an. Nicht mehr wie die Geschäfte, die wir sonst gemacht haben.«

Theimenes zuckte die Achseln. »Es hat sich nichts geändert. Ich habe einen Plan, und wer bis zum Ende an meiner Seite steht, der wird seinen Lohn erhalten. Aber ich habe niemals behauptet, dass es ungefährlich ist. Das war es nie, und du hast dennoch für mich gearbeitet und lange Zeit deinen Lohn eingestrichen.«

Sie hörten Geräusche auf der Treppe hinter der Tür. Die Verfolger waren im Turm, und ihre Zeit verrann. Horgan stand einfach nur da, mit dem Hammer in der Hand.

»Ich will eine Garantie für meine Leute«, sagte er.

»Sei nicht albern«, fuhr Theimenes ihn an. »Gibt dir das Meer eine Garantie, bevor du hinaussegelst? Können deine anderen Kunden dich vor der Hafenwache beschützen, wenn du verbotene Waren schmuggelst? Es gibt keine Garantie. Ein Unterfangen kann glücklich verlaufen, oder es kann Opfer fordern. Wäre die Streife im Nebengebäude einige Minuten später gekommen, dann hätten wir Glück gehabt und den Tempel wieder durch den Eingang verlassen. Aber das ist nicht geschehen, und deshalb können jetzt nur zwei von uns entkommen.«

»Lass dir das nicht einreden, Horgan«, protestierte Cidos. »Er ist der Erzmagier. Er kann uns *alle* hier herausbringen!«

»Ich bin der Erzmagier, aber ich bin kein Gott«, sagte Theimenes. »Das ist leider alles, was ich anbieten kann: *ein* Opfer, und alle anderen werden gerettet. Oder keiner von uns entkommt, und das würde auch das Schicksal deiner drei Freunde besiegeln, die ohne mich verloren sind.«

Es kratzte und knirschte von der letzten Türe her. Es klang so, als hätten sich auch die Verfolger eine Brechstange besorgt. Ohne ein weiteres Wort ging Horgan zur nächsten Säule und hob den Hammer.

»Nein«, rief Cidos. »Dafür habe ich dich nicht da unten herausgeholt.«

Er suchte verzweifelt nach einem Ausweg, nach einem anderen Ausweg als dem, den Theimenes ihnen anbot. Er hatte Horgan schon einmal gerettet, unten aus der Halle. Er musste es einfach noch ein zweites Mal tun.

Aber sein Kopf war leer, und seine Magie zu schwach. Er verfluchte all die hohle Theorie, mit der die Schule ihre Adepten in die Welt entließ, diese »Vorbereitungen auf höhere Zauber«. Er brauchte die höheren Zauber jetzt!

Doch solange der Erzmagier sich weigerte, wirkliche Macht zu zeigen, hatte er, Cidos, nichts Besseres zu bieten als Theimenes' Plan.

»Lass Horgan gehen«, sagte Theimenes. »Hilf mir lieber, Eltairion! Wir haben weniger Zeit, als ich dachte.«

»Dann tut etwas!«, rief Cidos.

»Ich tue etwas«, erwiderte Theimenes trocken. »Ich schiebe. Und das solltest du auch tun, wenn du leben willst.«

»Tut mehr!«, rief Cidos trotzig.

»Das kann ich nicht«, erwiderte Theimenes ruhig, mit einer solchen Offenheit in der Stimme, dass Cidos ihm endlich glaubte. Er war erschüttert.

»Reden wir später weiter«, sagte Theimenes. »Jetzt *komm*!«

Das letzte Wort klang scharf und aufrüttelnd. Cidos zuckte zusammen, als hätte er einen Schlag erhalten. Er gehorchte. Mit Tränen in den Augen drückte er gegen das Gebilde, und gemeinsam wuchteten sie es auf die Balken, die Theimenes vor dem Fenster bereitgestellt hatte.

Die dritte Säule brach heraus, und das Dach über ihnen hielt tatsächlich.

Theimenes schüttelte unvermittelt ein paar Taue in der Hand und winkte Cidos zu. »Schnell! Auf den Sitz!«, befahl er.

Cidos schob sich in den Rahmen des Fluggeräts. Alles in ihm fühlte sich taub an, so als wäre das Leben aus ihm herausgebrannt.

Theimenes sicherte ihn mit den Seilen, gleichzeitig sprach er mit Horgan: »Wenn ich ›jetzt‹ sage, dann gib uns einen Stoß. Sonst wird es schwierig für uns, das Ding über die Kante zu kriegen.«

Der Schmuggler nickte und wandte sich noch einmal an Cidos. »Lebe wohl, und mach dir nichts draus. Du warst ein guter Kamerad. Schade, dass es nicht gereicht hat. Aber manchmal geht ein Unterfangen gründlich schief, und dann muss man retten, was zu retten ist, und die Verluste hinnehmen.«

Er verschwand hinter dem Fluggerät

Cidos brachte kein Wort heraus.

Theimenes beugte sich zu ihm. Cidos konnte deutlich erkennen, wo er das geraubte Siegel unter der Kleidung trug: Der farbenfrohe Burnus wölbte sich über der Brust des alten Mannes.

»Du darfst an nichts anderes denken«, schärfte Theimenes ihm ein. »Den Wind! Halte den Wind unter den Flügeln! Hier musst du schneller reagieren als bei einem Schiffssegel.«

»Warum tut er das?«, fragte Cidos. »Warum gibt Horgan sich auf? *Will* er nicht leben?«

»Horgan ist ein Mann von Verantwortung«, sagte Theimenes. »Er würde sich jederzeit freiwillig für seine Mannschaft opfern. Wenn es nötig ist, würde er alles tun, um seinen Leuten eine Chance zu verschaffen. Und die einzige Möglichkeit, die ihm dazu noch bleibt, ist es eben, wenn er jetzt meinen Anweisungen folgt.«

Theimenes legte zwei weitere Seile um den Rahmen, während er sprach. Er setzte sich bei Cidos auf den Schoß und zog die Knoten fest.

»Und deshalb habt Ihr ihn mit in den Tempel genommen und nicht einen anderen«, murmelte Cidos matt.

»Grübele nicht herum«, sagte Theimenes. »Du hast eine Aufgabe. Bereit?«

Cidos nickte. Mit einem Mal war sein Geist wie leer gefegt. Er konnte nicht einmal mehr an Horgan denken. Sein Blick war starr auf den Abgrund hinter der Brüstung gerichtet, der jetzt schon an ihm zu saugen schien. Cidos zitterte.

Theimenes griff über die Schulter nach hinten und fasste Cidos am Kinn.

»Gib gefälligst acht! Wir brauchen Wind, und wenn Horgan uns gleich über die Kante stößt, dann solltest du *wirklich* bereit sein.«

»Ich ... konzentriere mich«, sagte Cidos.

Kühle Morgenluft blies durch die offene Turmkammer. Cidos schwitzte trotzdem.

Er kehrte seine Aufmerksamkeit nach innen. Sein Blick wurde glasig. Er nahm die Welt um sich herum nur noch verschwommen wahr.

Er atmete ein.

Luft, dachte er.

Er versuchte, sich an den Winkel zu erinnern, an die Richtung, die Theimenes ihm gewiesen hatte. Die Pergamentbespannung am Flügel erzitterte.

»Jetzt!«, rief Theimenes. Das Fluggerät neigte sich, kippte und stürzte in die Tiefe.

Cidos sah das Kuppeldach der Halle auf sich zurasen wie einen riesigen Schatten.

Wind, Wind, dachte er panisch.

Er versuchte, sich das Fluggerät so vorzustellen wie ein Segel, nur viel, viel schneller, denn alles um ihn her ging so viel schneller, und Cidos sah nicht mehr, wo oben oder unten war.

Er konzentrierte sich und legte so viel Kraft in den Zauber, wie er aufbieten konnte. Die Bespannung der Flügel flappte. Theimenes bewegte sich irgendwie, und die Flugbahn änderte sich.

Cidos' Magen rutschte nach unten weg.

Er sah Häuser links und rechts an sich vorübergleiten, blickte auf Dächer hinab und war mit Turmspitzen auf gleicher Höhe. Der Wind zerzauste ihm das Haar. Schreie von den Straßen unten folgten ihnen auf ihrem Flug.

Theimenes lenkte das Fluggerät hinaus aufs Meer, doch in nördliche Richtung.

Über dem Wasser kam Cidos leichter zurecht. Auf rätselhafte Weise schickte das Meer den Wind wie von selbst im richtigen Winkel gegen ihre Flügel. Cidos musste den Luftstrom nur noch verstärken. Das war leichter als in der Stadt, und allmählich gewöhnte er sich an den Blickwinkel und an den rasenden Flug und verlor nicht mehr so leicht die Orientierung.

Dennoch, den künstlichen Vogel in der Luft zu halten war anstrengender als alles, was er je zuvor getan hatte. Das Leben floss aus seinem Körper und in den Zauber, als hätte jemand seine Adern durchtrennt.

»Wie lange noch?«, krächzte er. Allein schon die Aufmerksamkeit, die er für diese Frage aufbringen musste, lenkte ihn von seinem Zauber ab und ließ das Fluggerät schlingern.

»Oh.« Theimenes klang fröhlich, beinahe ausgelassen. »Wir ziehen einen großen Bogen aufs Meer hinaus. Sobald wir außer Sichtweite von TeiChu und ihren Kriegsschiffen sind, schwenken wir wieder zur Küste. Das dürfte uns die Verfolger erst mal vom Leib halten. Ich hoffe nur, Helger ist pünktlich aus dem Hafen gekommen und wir treffen ihn in sicherer Entfernung auf dem Meer.«

Als die Sonne unterging und die Dunkelheit über dem Hafen dichter wurde, war Helger wieder aufgestanden und hatte den Steg verlassen. Ein paar Fischer, die noch an ihren Booten arbeiteten, blickten ihm misstrauisch nach und machten deutlich, dass er sich nicht viel länger als Fremder hier hätte herumtreiben können. Helger wollte nicht Gefahr laufen, dass ein weiteres Mal jemand die Wachen rief. Hier gab es keine Dächer, über die er entkommen konnte.

Am Rand des Hafens, dort, wo ein schmaler Uferstreifen unter der Flutmauer an das Wasser grenzte, sammelte Helger kleine glatte Kiesel. Er legte die Steine unter das Siegel und achtete darauf, dass sie so wenig wie möglich an dem Blei kratzten. Bald war seine Tasche so schwer, dass die Riemen zu reißen drohten.

Die Zeit vor dem Morgengrauen war die beste, wenn man in finsteren Geschäften unterwegs war. Das galt für die fremden Schmuggler, aber auch für Helger selbst. Es war also noch zu früh, um etwas zu unternehmen.

Er suchte sich einen ruhigen Platz, um einige Stunden zu verbringen. Er hatte beobachtet, wie die Bettler, die Tagelöhner und die Herumtreiber am Hafen, die zu arm waren für eine richtige Wohnung oder auch nur für die Einkehr in eine Schenke, sich in einen dunklen Winkel, in eine geschützte Nische zwischen den Schuppen oder unter ein altes Boot zurückzogen. Als Fremder konnte er es nicht wagen, sich unter sie zu mischen. Aber er konnte sich einen eigenen, noch abgelegeneren Winkel suchen.

Die Tasche versenkte er an einer seichten Stelle nahe beim Ufer, wo sie gut verborgen war und wo er die Riemen an einem Pfahl sichern konnte.

Der Platz, den er fand, war zugig und nass, aber das war Helger ganz recht. Denn er durfte nicht einschlafen. Doch nach der Hitze des Tages empfand er die Kälte, die im Laufe der Nacht in die Stadt und den Hafen kroch, umso schärfer. Ihm klapperten die Zähne, und er wartete, dass die Zeit verstrich.

Die Stunden gingen dahin, und als er es nicht mehr aushielt, erhob er sich und streckte die steifen Glieder. Er hoffte, dass Mitternacht vorüber war – auf jeden Fall wirkte der Hafen wie ausgestorben. Nur die Laterne einer nächtlichen Streife bewegte sich noch zwischen den Lagerhallen und Anlegern.

Helger lächelte. Er fühlte sich an seine Besuche in Tarsus erinnert, an seine Unternehmungen mit Horgan. Den Wachen ausweichen, das konnte er, und es vermittelte ihm ein eigentümliches Gefühl der Vertrautheit.

Er schlich zu dem Teil des Hafens, wo die Fischer ihre Netze trockneten. Auch dort gab es Schuppen. Die meisten standen nach einer oder zwei Seiten hin offen. Helger ging davon aus, dass hier die Fischer selbst Wache hielten – gewiss verbrachten ein paar der jüngeren Männer die Nächte in diesen Verschlägen, um auf den gemeinschaftlichen Besitz achtzugeben.

Er bewegte sich so verstohlen wie möglich und hielt sich von den Gerüsten fern, auf denen die Netze hingen. Dazu blieb er am Rand des Geländes, wo auf unordentlichen Haufen die ausgemusterten Netze lagen und die beschädigten, die noch auf eine Ausbesserung warteten. Hier, so hoffte er, würde niemand so genau aufpassen, und für seine Zwecke reichte ein kaputtes Netz vollkommen aus.

Helger schätzte im Zwielicht der sternklaren Nacht ab, welches Netz geeignet sein mochte. Überall, wo er es wagen konnte, wühlte er zwischen dem Tauwerk und zog schließlich ein grobes altes Netz mit großen Löchern heraus. Er nahm auch eine lange Stange mit, die hinter einem Schuppen lag und die vermutlich einmal Teil eines Trockengerüstes gewesen war.

Er brachte seine Beute unauffällig zum Kai und legte sie dort im Schatten eines größeren Lagerhauses ab. Er hoffte darauf, dass hier niemand vorbeikommen würde, der ausgerechnet Interesse an einem ausgemusterten Fischernetz zeigte.

Schließlich barg er seine Tasche wieder, wrang und schüttelte das faulige Hafenwasser heraus, so gut es ging, und schlich zurück in Richtung der Mole, die zwischen dem Fischereihafen und dem tiefen Hafenbecken lag.

Im Schatten eines Schuppens auf dem Kai hielt er inne und blickte zu der Mole, wo die beiden Kutter lagen. Unterhalb der Mauer war es so dunkel, dass er die Umrisse der Schiffe kaum erkennen konnte, geschweige denn, ob sich etwas darauf bewegte. Dann und wann glitzerte trügerisch das Mondlicht im Wasser, aber das Funkeln enthüllte nichts.

Helger kniff die Augen zusammen. Wenn die Fremden etwas vorhatten, mussten sie das Schiff irgendwann verlassen. Doch wie sollte er wissen, ob sie schon fort waren oder ob sie sich in der Dunkelheit auf ihrem Boot verbargen?

Da sah er eine Bewegung auf dem Anleger. Einige dunkle Silhouetten huschten auf die Stadt zu. Das mussten sie sein!

Helger hielt den Atem an. Er hatte nicht abschätzen können, wie viele verstohlene Gestalten sich dort durch die Nacht bewegt hatten. Jetzt waren sie verschwunden. Aber hatten sie eine Wache beim Boot zurückgelassen?

Er konnte nicht länger warten. Im Schatten schäbiger Lagerhäuser pirschte er sich zurück auf den breiten gemauerten Anleger. Die schwere Tasche mit den Kieseln und dem Bleisiegel hielt er fest an sich gepresst. Immer wieder verharrte er und spähte zum Boot. Doch es blieb still. Wenn es Wachen gab, verbargen sie sich entweder wie er zwischen den heruntergekommenen Bauten oder sie warteten unten im Schiff.

Die Steine in der Tasche knirschten leise. Helger erstarrte bei jedem Geräusch und verfluchte seine erdrückende Last. Er wurde langsamer, je näher er der Stelle kam.

Immer wieder trat er ein wenig aus der Deckung heraus, behutsam, herausfordernd. Er hoffte, einen Schmuggler aus seinem Versteck zu locken. Aber nichts bewegte sich auf der Mole außer ihm, und Helger hörte nichts außer dem Schaben der Kiesel an seinem Körper.

Drei Schritte vor der Leiter zum Boot der Fremden ließ er die Tasche langsam zu Boden gleiten. Er sah sich ein letztes Mal um, vergewisserte sich, dass kein Kahlkopf unvermittelt zwischen den Verschlägen hervorstürmte. Dann kroch er auf die Kante der Mole zu und lauschte.

Wasser schlug glucksend gegen die Schiffsrümpfe. Helger glaubte, andere Geräusche darunter auszumachen, aber er war sich nicht sicher.

Kurz entschlossen eilte er zurück und nahm einen der größeren Steine aus der Tasche. Er warf ihn in Richtung der Leiter, und klackernd rollte der Kiesel über den gemauerten Anleger.

Helger lauschte.

Nichts geschah.

Er holte einen weiteren Stein heraus.

Da vernahm er ein leises Rappeln, wie ein schwaches Echo seines Steinwurfes. Er sah genauer hin und bemerkte ein leichtes Zittern im Schatten, genau dort, wo die hölzerne Leiter an die Oberkante der Mauer stieß.

Jemand stieg dort von dem Kutter herauf – aber bei allem Geschick konnte der Schmuggler doch nicht verhindern, dass die morsche Leiter unter seinem Gewicht ein wenig erbebte.

Helger hoffte zumindest, dass es nur *ein* Schmuggler war.

Er kauerte sich zusammen und umfasste die Tasche mit beiden Händen. Ganz langsam schob sich das Halbrund eines Kopfes über die Mauerkante. Der Schmuggler spähte über die Mole.

Helger stürmte los. Mit zwei, drei Sätzen war er an der Kante und schwang die Tasche mit beiden Armen nach vorn. Der Schmuggler zuckte zurück. Helger stieß die schwere Tasche nach unten und traf den Mann an der Schulter. Fast hätte er selbst das Gleichgewicht verloren, die Last des Bleis und der Steine riss Helger vorwärts und über die Kante.

Er fing sich gerade noch, indem er dem Schmuggler die Tasche ins Gesicht drückte und sich daraufstützte. Verzweifelt krallte Helger die Hände in das Tuch. Wenn die Tasche ins Hafenbecken fiel, würde sie sofort untergehen und Theimenes musste sein kostbares Siegel aus dem Schlamm fischen!

Der Mann auf der Leiter kämpfte darum, das Gleichgewicht zu halten, aber die Steine und der Bleiklumpen auf seinem Gesicht drückten ihn hinunter. Seine Finger glitten von den Sprossen, und er stürzte rücklings drei Schritt tief auf das Deck seines Kutters.

Er schrie auf, gepresst, und lag dann still.

Helger taumelte oben auf der Mole, fing sich wieder und stellte die Tasche ab. Er packte die Leiter und rutschte hinab. Das letzte Stück sprang er, landete neben dem Mann und holte zum Schlag aus ...

Er hielt inne.

Der Schmuggler lag reglos zwischen den Bänken, und eine weitere Wache war nicht zu sehen. Helger untersuchte den Mann, immer auf der Hut. Der glatte Schädel fühlte sich feucht und klebrig an unter seinen Fingern, aber der Mann atmete noch. Er war ohne Zweifel bewusstlos.

Helger zögerte nicht länger. Er fesselte und knebelte den fremden Schmuggler, dann trug er ihn zur *Seeschwalbe* hinüber. Es war mühsam, den schlaffen Körper hinauf- und wieder hinabzuschaffen. Helger schob ihn unter das Segeltuch, mit dem das Heck bis zum Mast abgedeckt war. Er sicherte die Stricke so an einer Bank, dass der Bursche sich nicht bewegen konnte, selbst wenn er wieder zu Bewusstsein kam.

Dann stieg Helger zurück an Land. Vorsichtig ging er zum Kai, und er war so aufgedreht, dass er sich zwingen musste, nicht überhastet vorzugehen. Er hatte das Gefühl, dass die Zeit ihm davonlief... Aber wenn er jetzt auch noch die Hafenwache auf sich aufmerksam machte, wäre nichts gewonnen.

Er holte das Netz und den Stab, und als er wieder auf der

Anlegestelle war, schob er den dicken Stock am Rand des Netzes durch die Maschen. Er verkantete den Stab hinter den Pollern oberhalb der *Seeschwalbe* und ließ das Netz an der Mauer hinabhängen, als wäre es dort als Kletterhilfe angebracht. Er dachte kurz nach, dann holte er ein Ruder und verbarg es einige Schritte entfernt in den Schatten.

Ein Stück Netz hatten sie selbst noch an Bord, die letzten Reste ihrer Tarnung als Fischer; sie hatten es vor so vielen Tagen mit nach Tarsus genommen und das meiste inzwischen aufgetrennt und für Reparaturen am Tauwerk verwendet. Helger nahm, was übrig war, und legte es über eines der großen Fässer, das ebenso Teil ihrer Tarnung gewesen war. Er knotete das Bleistück als Ballast daran, rollte das Fass über Bord und richtete es so aus, dass es mit der Öffnung nach unten im Wasser trieb. Helger kippte es ein wenig und ließ Luft entweichen, bis es nur noch zwei Spannen weit aus dem trüben Hafenwasser ragte.

Helger grinste. Theimenes würde toben, wenn er erfuhr, wozu Helger sein kostbares Bleisiegel gebrauchte. Aber es war der sicherste Platz: An das Fass gebunden und unter Wasser würde niemand das Siegel finden, selbst dann nicht, wenn die fremden Schmuggler die die Boote einnahmen. Das Gewicht hielt das umgekippte Fass aufrecht, der Auftrieb des Fasses verhinderte, dass das Siegel unterging.

Helger band zwei dünne Leinen an das Fass. Die längere nahm er in die Hand und kletterte wieder auf die Mole und bis ans Ende. Dort befestigte er die Leine dicht unter dem Wasserspiegel an der äußersten Leiter. Er ging zum Boot zurück und sicherte die zweite Schnur an seinem Gürtel. Dann ließ er das Fass abtreiben, bis es in der Dunkelheit nicht mehr zu sehen war. Er knotete einen Strick an die Tasche mit den Kieselsteinen, machte das andere Ende an der Reling fest und wartete.

Die Nacht verstrich. Helger blickte misstrauisch zu der Mauerkante empor und dachte daran, was mit dem Mann passiert war, den die fremden Schmuggler auf ihrem Schiff zurückgelassen hatten. Unter der Plane kam kein Laut hervor. Der Mann war noch bewusstlos oder vielleicht sogar schon tot.

Helger empfand den Anflug eines schlechten Gewissens. Er dachte an seine eigenen Unternehmungen als Schmuggler. Waren diese Fremden wirklich so viel anders als er und seine Gefährten? Er kam sich vor wie ein Verräter, weil er nun gegen seinesgleichen arbeitete …

Nein. Keine Ablenkung jetzt! Er musste sich auf das konzentrieren, was vor ihm lag. Wichtig war nur, dass er aufmerksam blieb und nicht denselben Fehler machte wie sein Opfer.

Helger zog sich in den Schatten des Mastes zurück, stellte sich schlafend, aber er beobachtete den Anleger genau. In der Finsternis sah er nicht einmal das Netz an der Mauer gleich vor seinen Augen. Die Müdigkeit kehrte zurück und genauso die Kälte. Die Anspannung, die ihn eben noch angetrieben und gewärmt hatte, wich aus seinen Adern. Die Augen fielen ihm zu.

Er schrak hoch und fluchte unterdrückt.

Auf keinen Fall durfte er jetzt einschlafen!

Helger sprang auf und ging auf dem schwankenden Boot umher. Er streckte die Arme. Ein kalter Lufthauch blies über das Wasser, und ihn fröstelte. Da hörte er eine Stimme hinter sich.

Helger fuhr herum. Eine Gestalt stand oben auf der Mole und blickte herab. Helger sah nur einen Schattenriss vor dem blassen Sternenhimmel, und der andere konnte kaum mehr von ihm erkennen als eine Bewegung in der Dunkelheit. Dennoch wirkte der Mann verwirrt. Helger bemerkte, wie die Silhouette unschlüssig zu schwanken schien zwischen den beiden Leitern, die zu den einzelnen Kuttern führten.

Der Fremde rief etwas über die Schulter zurück, dann schwang er sich über den Rand und kletterte zur *Seeschwalbe* herab. Stahl blitzte in seiner Hand – ein gezückter Dolch!

Helger sprang zur Reling. Das Boot neigte sich in seine Richtung. Er hob die Tasche hoch und achtete darauf, dass die Kieselsteine darin vernehmlich gegeneinanderschlugen. Dann warf er sie ins Wasser.

Der Schmuggler setzte den Fuß auf die andere Seite des

Schiffes. Oben am Anleger waren seine Begleiter zu sehen. Sie sagten etwas, was Helger nicht verstand – er verstand nicht einmal, ob sie zum ihm sprachen oder zueinander, ob sie aufgebracht waren, weil von ihrer Wache keine Spur mehr zu sehen war, oder ob sie einfach nur beschlossen hatten, den unliebsamen Zeugen zu beseitigen.

Helger wartete nicht länger. Er sprang über Bord.

Das Wasser schlug über seinem Kopf zusammen. Die Stimmen gingen im Rauschen unter. Helger hatte gefroren in der kalten Nachtluft, aber das Wasser wirkte wie ein eisiger Schock. Er tastete nach der Schnur an seinem Gürtel und ließ sie durch seine Hand laufen. Er folgte ihr und tauchte auf das Fass zu.

Wasser lief ihm in Mund und Nase. Der Geschmack war eigenartig, kein sauberes Meerwasser, sondern Hafenbrühe, abgestanden und durchdrungen von dem, was aus den Gossen der Stadt hineingespült wurde.

Helgers Kehle zog sich zusammen ... dann fuhren seine Finger über Holz, und er hatte das Fass erreicht. Er lauschte ein letztes Mal nach anderen Geräuschen im Wasser. Da war ein fernes Dröhnen, ein Gurgeln, aber kein Plätschern, das darauf hindeutete, dass die Schmuggler ihm nachsprangen. Er schob den Kopf in das Fass, brach durch die Wasseroberfläche und atmete ein.

Er hatte auf frische Luft gehofft, geschützt im Inneren des Fasses, sodass die Schmuggler nicht bemerken würden, wie er an die Oberfläche kam. Stattdessen schlug ihm ein Brodem entgegen, der ihn würgen ließ. In dem Fass war es feucht und stickig. Aller Unrat von Hafenwasser schien emporgestiegen zu sein, hatte sich verdichtet und in dem Hohlraum angesammelt.

Helger atmete so flach und so leise wie möglich, und er paddelte aus Leibeskräften. Er hatte sich überlegt, im Schutz des Fasses erst einmal auszuruhen, bevor er sich an das nächste Wegstück wagte. Doch er hielt es nicht lange darin aus. Er tauchte aus dem Fass hervor und brach gleich daneben durch die Oberfläche. Hier hatte er frische Luft und immer noch Deckung.

Er hielt den Kopf so tief unten, wie er nur konnte. Mit jedem Wellenschlag schwappte die Hafenbrühe an seine Lippen, und mit jedem Atemzug schluckte er unweigerlich etwas davon und wagte nicht, sie wieder auszuspucken, aus Angst, dass die Schmuggler ihn hören könnten. Er sah sie ein Stück entfernt an der Reling der *Seeschwalbe* versammelt. Sie hielten Ausschau nach ihm, vermutete Helger – er konnte nicht mehr sehen als eine unbestimmte Bewegung in der Finsternis.

Wieder tauchte er und tastete sich an der zweiten Schnur entlang. Er schaffte es nicht ganz bis zu seinem Ziel, aber als er wieder an die Oberfläche musste, hatte er eine gute Strecke zurückgelegt und fühlte sich sicher. Er schwamm das letzte Stück und lauschte auf die Stimmen der Schmuggler. Sie klangen lauter und aufgeregter, aber Helger glaubte nicht, dass die Aufregung ihm galt. Sie hatten wohl seinen Gefangenen entdeckt.

Bald hatte er das Ende der Mole erreicht. Hastig knotete er die zweite Schnur neben der ersten fest, damit Theimenes' kostbares Siegel auf keinen Fall davontreiben konnte. Dann kletterte Helger am Mauerwerk hoch, so schnell er konnte.

Triefend nass kauerte er sich oben zusammen, spähte und lauschte. Er hörte die gedämpften Stimmen der Schmuggler, jenseits der Kante, außer Sicht. Sie waren immer noch auf seinem Boot.

Helger lief los, er hob den Stab auf, an dem er das Netz befestigt hatte, und warf ihn mit aller Kraft auf das Wasser hinaus. Das schwere verknotete Netz daran zog den Stab nach unten. Aber Helgers kräftiger Wurf gab ihm eine gewisse Flugbahn, und das Netz fiel schräg über das Deck der *Seeschwalbe* und über die Schmuggler, die sich noch immer dort zu schaffen machten, abgelenkt durch ihren gefesselten Gefährten und durch die Tasche mit den Steinen, die Helger so auffällig über Bord geworfen hatte, als wäre es ein Beutel mit Gold.

Sie schrien auf, als das Netz sich über sie legte. Die Schmuggler zerrten an den Maschen und versuchten, das Netz wegzuziehen, aber es war schwer und verhakte sich überall.

Helger ließ seinen Gegnern keine Zeit. Er hob das Ruder auf, das er an einer dunklen Stelle auf dem Anleger bereitgelegt hatte, und rutschte die Leiter hinab. Auf halbem Wege hielt er inne, klammerte sich mit der Linken an eine Sprosse, führte mit der anderen Hand das Ruder und stieß damit nach den Männern, die sich im Netz verstrickt hatten.

Wieder sah er Metall aufblitzen. Die kahlköpfigen Schmuggler schwangen ihre Dolche, aber Helger war außer Reichweite. Sein Ruder war schwer und ziemlich lang. Er führte es wie eine Harpune und traf einen der Männer mit der Spitze des Blatts am Kopf. Ächzend ging der zu Boden und verschwand zwischen dem Tauwerk und in den tiefen Schatten im Bootsrumpf.

Die Schmuggler schrien jetzt wütend. Hilflos stocherten sie mit den Dolchen, sie säbelten an den Maschen des Netzes herum, oder sie griffen nach Helgers Ruder. Helger hieb auf sie ein und schlug nach ihren Köpfen. Nach wenigen Schlägen wurde ihm der Arm lahm, aber seine Gegner klangen nun nicht mehr nur wütend, sondern sie schrien auch vor Schmerz, wenn er sie traf.

Helger schwitzte.

Der Kampf dauerte viel zu lange. Er hatte gehofft, die Fremden rasch zu überwältigen, wenn sie erst einmal unter dem Netz festsaßen, aber sie wehrten sich, und er traf sie nicht richtig. Nun hörte er auch Rufe vom Hafen her, die ihn beunruhigten. Jemand wurde aufmerksam auf das Getümmel!

In diesem Augenblick bekam einer der Schmuggler das Ruderblatt zu fassen und zog es mit beiden Händen herunter. Helger stieß es nach vorn. Die Kante traf den Mann mitten ins Gesicht, aber er ließ nicht los. Auf dem Boot und unter dem Netz hatte der Schmuggler den besseren Halt. Helger dagegen hing an der Leiter und hatte nur einen Arm frei. Verbissen zerrte jeder der beiden Männer an einem Ende des Ruders, und einen Augenblick lang konnte keiner einen Vorteil erringen.

Der Schmuggler zog, Helger riss zurück. Die Leiter krachte bei jedem Ruck gegen die Klammern, die sie hielten …

Dann hörte Helger ein Knirschen über sich, und trügerisch

langsam löste sich die Leiter aus dem Mauerwerk der Mole und kippte den Schmugglern entgegen.

»Oh verflucht ...«

Helger ließ das Ruder los, und der Mann, der es auf der anderen Seite hielt, fiel hin. Helger sah für einen Moment die Gesichter seiner Gegner deutlicher in der Dunkelheit, ihre Augen glänzten, sie holten mit den Dolchen nach ihm aus, während er langsam auf sie zustürzte ...

Helger stieß sich ab und sprang.

Die Leiter krachte auf das Deck und brachte die *Seeschwalbe* ins Schaukeln. Die Schmuggler schrien auf. Helger flog über den Kutter hinweg, schrammte mit dem Schienbein über die Reling und stürzte ein weiteres Mal klatschend ins Hafenbecken. Sein eigener Schmerzensschrei ging mit ihm unter im gurgelnden Nass.

Hustend und spuckend kam er wieder hoch. Der Lärm war inzwischen beträchtlich, und keiner der Schmuggler dachte noch daran, verstohlen zu bleiben. Sie tobten vor Wut. Helger sah eine weitere Gestalt auf der Mole, genau dort, wo eben noch die Leiter gewesen war. Er hatte also nicht alle Schmuggler unter dem Netz auf der *Seeschwalbe* gefangen!

Einer von ihnen war schon dabei gewesen, sich von hinten an Helger heranzuschleichen. Der war plötzlich dankbar dafür, dass die Leiter nachgegeben hatte. Er hätte den Mann nicht kommen sehen und wäre überrascht worden. Der freie Schmuggler schwang sich über die Kante und kletterte an der Mauer hinab auf die *Seeschwalbe*. Helger ließ sich in den Schatten der Bordwand treiben, wo er zumindest für den Augenblick Deckung hatte. Am Zugang zum Anleger sah er kurz Lichter aufblitzen, und er kam zu dem Schluss, dass sein Plan gründlich schiefgegangen war. Er brauchte einen besseren.

Helger wusste nicht, wie er die *Seeschwalbe* jetzt noch zurückgewinnen sollte. Er konnte sich die Schmuggler kaum noch vom Hals schaffen, und was geschehen würde, wenn die Wachen aus der Stadt hier eintrafen und nach dem Rechten sahen, das wusste er schon gar nicht!

Er trat Wasser und trieb an der Bordwand entlang. Sein Blick fiel auf den Kutter der Schmuggler, der gut drei Schritt entfernt am nächsten Liegeplatz vor sich hin dümpelte. Der Mann, der Helgers Falle entgangen war und der sich später an ihn herangeschlichen hatte, war vielleicht von dort gekommen – inzwischen aber war tatsächlich niemand mehr auf dem Schiff der Fremden.

Helger grinste. Er schwamm leise dorthin und betrachtete prüfend die beiden Taue, die vom Boot zu den Pollern nach oben führten. Helger griff nach dem Messer an seinem Gürtel.

Wenn er die Taue durchtrennte, das Boot abstieß und sich davontreiben ließ, dann konnte er vielleicht in der Dunkelheit verschwinden, bevor irgendwer nah genug kam, um ihn aufzuhalten. Er musste die *Seeschwalbe* aufgeben, aber der Kutter der Schmuggler war ohnehin besser in Schuss.

Und hatte Theimenes nicht gesagt, er würde ihn auf jeden Fall wiederfinden, selbst wenn er den Hafen ohne seine Freunde verlassen musste?

Helger zögerte kurz, dann traf er eine Entscheidung. Es gefiel ihm nicht, aber er würde sich einfach darauf verlassen müssen, dass der Erzmagier diesmal seinen Teil beitrug. Eine schnelle Flucht, ein unversehrtes Schiff und unterwegs noch rasch das Siegel aus dem Wasser gefischt – das war alles, worauf er jetzt noch hoffen konnte.

Der Flug war ermüdend, und er dauerte viel zu lange. Cidos war halb bewusstlos, dennoch lenkte er den Luftstrom unverwandt auf die Flügel, als wäre er selbst zu einem magischen Artefakt geworden, einem unermüdlichen Gegenstand in den Händen des Erzmagiers. Es ging schon auf Mittag zu.

»Er ist nicht aus dem Hafen gekommen«, murmelte Theimenes. »Wir müssen uns etwas anderes überlegen.«

Er wirkte ratlos, und das machte Cidos Angst. Doch er konnte es sich nicht erlauben, weiter darüber nachzudenken. Er musste den Zauber aufrechterhalten, denn wenn er einmal nachließ, würde er nicht mehr die Kraft aufbringen, ihn neu anzusetzen. Und zwischendurch hielt er auf dem Meer nach Helger Ausschau.

Sie waren nun schon mehrmals an der Küste auf und ab gekreuzt, in sicherer Entfernung von der Stadt, sodass nur noch wenige Schiffe unter ihnen fuhren. Die meisten waren so groß, dass Cidos nicht näher heranfliegen musste, um zu sehen, dass es nicht die *Seeschwalbe* war. Und die kleineren Fischerboote waren zumeist zu mehreren unterwegs, und auch da war ihr Kutter vermutlich nicht darunter.

Aber nach stundenlanger Suche waren sie so verzweifelt, dass sie selbst das in Erwägung zogen. Sie entdeckten kaum einzelne Boote, und alle, die sie ausmachten, erwiesen sich als die falschen. Helger *musste* doch irgendwo sein!

Cidos erlaubte sich nicht, etwas anderes zu denken.

Er folgte einer einsamen weißen Spur und flog eine Schleife, um das Schiff zu betrachten, das diese Spur zog. Das Segel sah ein wenig zu dunkel aus, aber Cidos flog dennoch tiefer, um einen zweiten Blick daraufzuwerfen.

»Das ... das ist Helger!«, krächzte er.

Theimenes gab einen abfälligen Laut von sich. »Unsinn. Das Boot ist viel schlanker, und das Segel ist neu. Das sieht unserem Schiff nicht einmal ähnlich.«

»Es ist trotzdem Helger!«, rief Cidos.

Er nahm Wind heraus, und ihr Fluggerät sackte ab.

»Bist du verrückt?«, rief Theimenes. »Es ist nicht ...«

»Ich erkenne doch meinen Freund«, sagte Cidos.

Sie verloren an Höhe. Der Luftstrom riss ab.

»Das ist egal!«, zeterte Theimenes. Er zerrte an den Schnüren, um das Fluggerät zu lenken. »Du kannst so nicht hinuntergehen! Wir stürzen zu schnell. Eltairion, wir brauchen Wind!«

Cidos bemerkte es nun auch. Egal ob es das richtige Boot war oder nicht – sie stürzten ab!

Er versuchte, die Luft wieder einzufangen und zu formen, aber sie entglitt ihm. Cidos konnte die wirbelnden Luftströme um sie her nicht mehr lenken. Seine Magie verlor sich in den

Turbulenzen und ließ den künstlichen Vogel noch heftiger schaukeln.

Theimenes lenkte verbissen. Er stabilisierte den Flug, doch noch immer sanken sie viel zu rasch. Schon verschwand der Kutter, den Cidos für den ihren gehalten hatte, hinter einem Wellenkamm.

Aber es war doch Helger?

Cidos hatte den Schopf, das Gesicht seines Freundes gesehen, da war er ganz sicher.

Doch dann war das Wasser da, so grün und trügerisch, und es traf sie hart. Theimenes schrie auf. Cidos fühlte, wie die Streben um sie brachen, die Flügel knickten. Einen Augenblick flog der künstliche Vogel durch das Meer, und die Gischt spritzte um sie herum auf.

Und dann fühlte Cidos gar nichts mehr.

Helger zog seinen Freund als Ersten an Bord. Cidos war kalt und bleich und starrte mit leerem Blick zum Himmel. Behutsam bettete Helger ihn auf den Boden des Kutters und schützte seine Augen. Dann erst half er Theimenes. Der Erzmagier klammerte sich an dem dicht unter der Wasseroberfläche treibenden Konstrukt fest, zwischen sich ablösenden Pergamentbespannungen und zerbrochenen Verstrebungen.

Trotz des unsanften Absturzes, den Helger beobachtet hatte, und auch wenn Cidos so aussah wie ein Toter, schien der Greis alles gut überstanden zu haben.

»Zäh wie eine Kakerlake«, murmelte Helger.

Dann hielt er Theimenes ein Ruder hin und zog ihn an Bord.

»Was ist passiert?«, fragte er schroff.

»Wir haben, was wir brauchen«, erwiderte Theimenes. »Halte das Boot weiter auf Südkurs die Küste entlang. Ich sage dir, wann wir anlegen.«

Er begab sich zum Bug, zog das Bleisiegel unter der Kleidung hervor und betrachtete die neue Umgebung. »Ein neues Boot.

Du hast die Zeit genutzt, wie ich sehe. Das dürfte ein wenig mehr einbringen als deine Eskapaden am Abend davor. Ich frage mich nur ...«

Er holte das zweite Siegel, das wieder unter der Bank lag. Dann legte er beide Siegel vor sich auf den Boden und beugte sich hinunter.

»Nein«, murmelte er und betrachtete die Salzkristalle, die auf dem Siegel des Nugam Ata hafteten. »Vermutlich will ich nicht wissen, wie du dieses Schiff an dich gebracht hast.«

Er ließ sich nieder und versenkte sich in den Anblick der beiden Stücke.

»Wo sind die anderen?«, fragte Helger.

»Wie?« Theimenes blickte auf. »Wir werden sie wiedertreffen. Folge einfach dem Kurs, den ich dir weise.«

»Horgan.« Cidos sagte nur das eine Wort.

»Was?« Helger sah seinen Freund an.

»Werden wir auch Horgan wiedertreffen?« Cidos redete mit tonloser Stimme und bewegte sich nicht dabei. Er sah unheimlich aus, wie eine Leiche, die sprach.

»Horgan.« Theimenes schürzte die Lippen. »Ich glaube, eher nicht.«

»Was ist mit Horgan?«, fragte Helger.

Theimenes zuckte die Achseln. Helger wartete auf weitere Erklärungen, doch keiner sagte etwas. Helger fühlte, wie Zorn in ihm aufstieg. Nach Süden sollte er fahren, fort von der Stadt, wo Horgan und Dargei und Bahome zurückgeblieben waren!

Auf dieselbe Weise wie Bashi, vermutlich. Wollte der Erzmagier deshalb nicht mehr dorthin zurückkehren?

Helger ballte die Fäuste und richtete sich auf. Sein Blick traf die grauen Augen des Erzmagiers, der ihn so gleichmütig musterte, dass es wie ein kalter Guss wirkte. Helger sank in sich zusammen. Was auch immer er tat, er konnte den Erzmagier nicht erreichen. Theimenes folgte seinen eigenen, ganz undurchschaubaren Wegen. Alles prallte an ihm ab. Wenn Helger sich hinreißen ließ, konnte er allenfalls Theimenes' Zorn erregen – und was wäre damit gewonnen?

Seine Wut wich einer tiefen Leere.

Er untersuchte seinen Jugendfreund noch einmal. Cidos war erschöpft eingeschlafen, aber soweit Helger sehen konnte, lag er halbwegs bequem und warm und würde sich hoffentlich wieder erholen. Helger trat ans Ruder und steuerte das Boot so, wie Theimenes ihm aufgetragen hatte.

Cidos erwachte, als die Sonne längst hinter dem Horizont versunken war. Er fühlte sich immer noch erschöpft, aß ein wenig und trank und wäre danach am liebsten wieder eingeschlafen. Dennoch nahm er sich die Zeit und berichtete Helger, was vorgefallen war, während Theimenes unbewegt am Bug saß.

»Aber ...«, setzte Helger an, »ihr wisst nicht, was mit Horgan passiert ist! Er könnte immer noch leben.«

»Wir wissen es nicht«, sagte Cidos. »Aber ich weiß auch nicht, wie er hätte entkommen sollen.«

»Wir müssen umkehren«, befand Helger. »Wir müssen umkehren und versuchen, ob wir ihn retten können. Vielleicht sitzt er in einem Kerker. Sie haben ihn gewiss gefangen genommen.«

Theimenes mischte sich in ihr Gespräch. »Vielleicht lebt er noch. Aber wir kommen nicht zu ihm. Wir können froh sein, dass wir entkommen sind.«

»Wir müssen es verdammt noch mal versuchen!« Helger sprang auf und trat vor den Erzmagier hin.

»Horgan hat sich freiwillig geopfert, damit ich euch alle in Sicherheit bringen kann«, sagte Theimenes. »Wenn wir nach TeiChu zurückkehren, setzen wir nicht nur unser eigenes Leben aufs Spiel, sondern auch das von Bahome und Dargei. Denn sie sind nur für begrenzte Zeit außer Gefahr. Wenn ich nicht rechtzeitig zu ihnen stoße, sind auch sie verloren. Willst du, dass das Opfer deines Kapitäns umsonst ist?«

»Manche Dinge mögen es wert sein, dass man sich dafür opfert«, sagte Helger. »Aber nicht, dass man deswegen jemanden verliert! Ich will mein Leben nicht mit Horgans Tod erkaufen. Nicht, wenn ich nicht bereit bin, für ihn dasselbe zu tun.«

»Es gibt einen Unterschied zwischen dem, was dein Kapitän getan hat, und dem, was du von uns verlangst«, sagte Theimenes. »Horgans Opfer wird sich vielleicht lohnen. Du hingegen willst unser aller Sicherheit opfern für eine sinnlose Geste – nur weil du dich dann besser fühlst?«

»Ihr könntet Eure Magie anwenden«, warf Cidos ein. »Ihr könntet wenigstens *ein Mal* die Macht eines Erzmagiers zeigen, zum Wohle Eurer Begleiter!«

»Meine Magie ...« Theimenes sah Cidos an, dann schaute er zu Helger. »Lass uns über Magie reden, Eltairion. Unter Eingeweihten.«

Er nahm Cidos beiseite und führte ihn zum Bug. Auf einem Schiff, das man mit ein paar Schritten der Länge nach durchmessen konnte, war Vertraulichkeit nur schwer zu finden. Helger verzog das Gesicht und wandte sich demonstrativ ab, doch was er mitbekam von dem, was am anderen Ende des Kutters gesprochen wurde, war schwer einzuschätzen. Und Cidos fielen schon die wenigen Schritte schwer, die Theimenes von ihm verlangte.

Dann saßen sie beide ganz vorn auf dem Boot. Theimenes schaute einen Moment lang in die Ferne. Cidos lehnte sich an die Reling. Schon merkte er, wie das schaukelnde Schiff ihn erneut in den Schlaf wiegte, wie die knarrenden Schiffstaue ein beruhigendes Lied sangen.

Endlich sprach Theimenes, leise und wie gegen einen Widerstand.

»Für alles muss man einen Preis bezahlen«, sagte er. »Ein Magier muss als Erstes lernen, den Elementen zu gebieten. Die höhere Magie verleiht ihm dann Macht über Menschen. Doch ich strebe nach dem höchsten Ziel: nach der Macht über das Schicksal selbst. Und auf dem Weg dorthin musste ich die kleinen Zauber zurücklassen. Das war der Preis, den ich zahlen musste.

Eltairion, ich kann keinen der Zauber mehr wirken, die du

von mir erwartest. Weder die Zauber eines Adepten noch die eines Erzmagiers. Diese Fähigkeit habe ich bereits in Tarsus verloren.«

Cidos nickte. Er wunderte sich, wie wenig Theimenes' Worte ihn überraschten. Im Grunde hatte er es längst geahnt. Warum sonst hätte Theimenes sich während der ganzen Reise einzig und allein auf die ungeübten Fertigkeiten seines Adepten stützen sollen?

Nur aus Bequemlichkeit hatte Cidos seine Zweifel bisher beiseitegeschoben. Er hatte sich allzu gern eingeredet, dass der Erzmagier ihn auf die Probe stellte, ihm etwas beibringen wollte. Dass er die eigenen Kräfte womöglich für andere Zwecke schonte.

Denn das hatte bedeutet, dass es nicht allein auf Cidos ankam, dass Theimenes sie notfalls auffangen konnte, wenn Cidos versagte. Es war beängstigend, zu wissen, dass sie hier draußen waren und es eine solche Sicherheit nicht gab. Das Eingeständnis machte Cidos Angst, doch es überraschte ihn nicht.

»Warum ...«, setzte er an, »wie habt Ihr diese Kräfte verloren?«

»Nicht freiwillig, das kannst du mir glauben«, antwortete Theimenes. Er schaute auf seine Finger und öffnete und schloss sie, als wollte er etwas darin festhalten. »Doch mitunter muss man etwas hergeben, um etwas Besseres zu bekommen. Am Ende werde ich zurückgewinnen, was mir genommen wurde, und noch mehr. Wer bis dahin auf meiner Seite steht, dem werde ich meine Dankbarkeit zeigen – und all jene, die sich von mir abgewandt haben, werden meinen Zorn zu spüren bekommen!«

Er schloss die Hände zu Fäusten.

»Ihr hättet es uns trotzdem früher sagen sollen«, bemerkte Cidos leise. »Es hätte vielleicht einen Unterschied gemacht.«

»Vielleicht hätte es das«, erwiderte Theimenes. »Aber nicht zum Guten. Es hätte Zweifel geweckt an meiner Führung, und das könnte uns alle ins Unglück stürzen. Denn auch wenn ich mich während des Weges auf deine Kräfte stützen muss, so weiß ich doch, dass ich uns am Ende nach Hause bringen kann.«

Er schwieg kurz und setzte dann hinzu: »Denn das ist es, was mir geblieben ist. Ich kann den Weg sehen, und ich habe mich seit Jahren darauf vorbereitet, ihn zu gehen. Aber das Schicksal ist ständig in Bewegung, und damit das große Bild so bleibt, wie wir es brauchen, muss ständig an den Einzelheiten nachgebessert werden. Dafür brauche ich dich, und deine Kraft ist alles, was uns zur Verfügung steht. Solange wir nicht von dem Weg abweichen, den ich sehe und planen kann, sollte es reichen.«

Cidos hob den Kopf und sah ihn an. »Und davon soll ich Helger nichts erzählen?«, fragte er. »Und ich soll ihm ausreden, seinen eigenen Weg zu gehen?«

Theimenes zuckte die Achseln. »Du kennst deinen Freund, und du kennst deine Kräfte«, flüsterte er Cidos zu, mit einem verstohlenen Blick in Helgers Richtung. »Ich vertraue darauf, dass du ihm genau das sagen wirst, was er verkraften kann und was für uns alle das Beste ist.«

Cidos rückte von ihm ab. Langsam, ganz langsam schob er sich an der Reling entlang und ließ sich hinter dem Mast nieder, nahe bei Helger. Die letzten Worte des Erzmagiers kreisten in seinem Kopf.

Er würde sich mit Helger beraten müssen – aber nicht jetzt, ein anderes Mal, wenn er ausgeruhter war und klarer denken konnte. Dann würde er überlegen, was genau Theimenes Geständnis für ihre weitere Reise bedeutete.

»Was ist los?« Helger beugte sich zu ihm hin und sprach ebenso leise wie der Erzmagier zuvor. »Was hat er gesagt? Können wir zurück und Horgan befreien?«

Cidos schüttelte den Kopf. »Nein«, sagte er. »Wir können nichts tun.«

»Und du glaubst ihm das?«, fragte Helger.

Cidos schüttelte den Kopf. »Ich weiß es. Ich kann es selbst sehen. Wir müssen auf Theimenes' Weg bleiben, erst einmal, aber ... lass uns später darüber sprechen.«

Er lehnte sich zurück und schloss die Augen. Er fühlte sich leer, und er hatte das Gefühl, dass er seinem Freund Hoffnung machen musste. »Vielleicht«, fügte er leise hinzu, »können wir später noch einmal zurückkehren. Wenn wir Dargei und Bahome in Sicherheit gebracht haben und wenn Theimenes die Macht gefunden hat, nach der er sucht. Nur jetzt … sind wir nicht stark genug.«

Ich bin nicht stark genug, dachte er bei sich, denn von seiner Magie hing es letztendlich ab. Und diese Magie hatte schon beim letzten Mal kaum ausgereicht für ihre Flucht.

Also fuhren sie weiterhin nach Süden. Sie hatten ein besseres Boot, aber die Reise zur See durfte nicht mehr sehr viel länger dauern. Jeder von ihnen spürte, dass sie diesen Teil der Reise hinter sich gebracht hatten und dass es nicht mehr so weitergehen würde wie zuvor. Sie hatten die Hälfte der ursprünglichen Besatzung verloren, und die Übrigen blieben schweigsam und jeder für sich.

4.
Luft und Wasser

Theimenes ließ sich erschöpft auf den Boden sinken. Cidos und Helger eilten zu ihm. Helger nahm den Wasserschlauch von einem Kamel, und Theimenes trank in großen Zügen.

»Unsere Führer haben gesagt, wir sollen vorsichtig trinken«, wandte Cidos ein.

»Pah.« Theimenes keuchte und strich sich über die Stirn, sodass offen blieb, ob er mit der Geste den Einwand beiseitewischte oder den Schweiß.

Sie lagerten am Fuß einer steilen Düne, und die helle Sandfläche über ihnen gewährte eine Spur von Schatten. Trotzdem war es mörderisch heiß. So schlimm hatte die Sonne selbst auf dem endlosen Meer nicht gebrannt.

»Na«, sagte Theimenes. »Wenigstens vom Weg scheinen unsere Führer genug zu verstehen, um uns auf Kurs zu halten.«

Er reichte den Wasserschlauch weiter und spielte mit den Fingern im feinen Wüstensand.

»Ihr könnt das am Sand erkennen?«, fragte Helger ungläubig.

Theimenes hielt die Hand mit der Innenfläche nach oben und ließ den Sand zwischen den Fingern hindurchrieseln. Einige größere weiße Bröckchen blieben zurück.

»Nicht am Sand«, sagte er. »Aber das da zeigt mir, dass hier öfter jemand vorbeikommt. Ich gehe also davon aus, dass wir noch auf der Handelsroute sind.«

Helger beugte sich vor und beäugte neugierig, was der Erzmagier aus dem Sand geholt hatte. Auch Cidos auf der anderen Seite rückte näher heran und schaute. Theimenes grinste.

Cidos erkannte den Wirbelknochen eines größeren Tieres.

Die Kanten waren glattgeschmirgelt. Neben ihrem Lagerplatz steckte etwas im Boden, das so aussah wie der vordere Teil eines menschlichen Armknochens.

Cidos zuckte zurück.

»Sehr beruhigend«, murmelte er.

»Was ist das?« Helger verstand offenbar weniger von Anatomie als die beiden Magier.

»Die Überreste der Reisenden, die den Weg nicht zu Ende gehen konnten«, erklärte Theimenes.

Helger sah auf. Er betrachtete den Handelszug, dem sie sich angeschlossen hatten. Menschen und Tiere lagerten weit auseinandergezogen entlang der Düne. Ihre Führer standen etwas entfernt in einer Gruppe beisammen, verborgen unter ihrem langen Burnus und dem Turban mit dem Schleier vor dem Gesicht.

Es waren Stammesangehörige, während die meisten ihrer Schutzbefohlenen zu den Händlern aus den Oasen und kleinen Siedlungen an der Küste gehörten. Auch Leute aus TeiChu waren unter ihnen, aber offenbar niemand, der von den Vorfällen im Tempel des Windes wusste.

Theimenes transportierte die beiden geraubten Siegel tief in seinem Gepäck, seitdem sie das Schiff an der Küste verkauft und gegen einen Platz in dieser Karawane eingetauscht hatten. Helger klagte immer noch darüber, dass sie als Fremde einen viel zu schlechten Preis dafür bekommen hatten. Cidos fand allerdings, dass sie froh sein konnten, das geraubte Schiff los zu sein, bevor jemand es wiedererkannte.

Was er aber vermisste, war das Meer, sosehr er die Reise zu Wasser auch verflucht hatte. Sie hatten fremde Menschen getroffen und fremde Orte gesehen, sie waren Verbannte – doch erst auf dem Weg durch diese trockene Einöde wurde Cidos bewusst, wie fern von zu Hause sie waren und was *fremd* wirklich bedeutete. Er vermisste den allgegenwärtigen Geruch der See.

Hier gab es nur ein Meer aus Sand, und der Sand war überall. Nachts kroch er unter ihre Decken, und bei Tag fand er den

Weg in ihre Kleidung, in ihr Gepäck, in ihr Wasser und in ihr Essen. Jetzt rieselte er auf sie herab wie ein feiner Regenschauer.

Cidos blickte nach oben.

Wind strich über den Kamm der Düne und ließ den Sand aufwirbeln. In feinen Fontänen hing er dort wie Gischt über einer brechenden Welle, und unsichtbar legte er sich über die rastenden Reisenden. Dieses Land hatte sogar Wogen aus Sand!

Das Lager geriet in Bewegung. Auch einige weitere Männer blickten nun nach oben. Manche richteten ihre Kapuze oder ihren Turban, weniger erfahrene Reisende sprangen auf und schimpften.

Die Führer kamen zurück und ritten an den Reihen entlang.

Cidos verstand die Worte nicht, doch die Gesten waren eindeutig: Es ging weiter. Die Rast war kurz gewesen. Nur zur Mittagszeit und während der dunklen Stunden der Nacht gönnten die Einheimischen den ihnen anvertrauten Reisenden eine längere Ruhepause.

So heiß, wie die Tage in der Wüste waren, so kalt waren die Nächte.

Cidos erwachte zitternd unter seiner Decke. Er konnte sich nicht erinnern, dass er jemals so gefroren hatte, auch nicht, wenn der Nordwind die Wellen haushoch gegen die Felsen vor Tarsus peitschte und ein Schleier feiner, eiskalter Tropfen wie Dunst durch die Gassen zog.

Erschrocken beobachtete er, wie jeder Atemzug einen feinen, geisterhaften Nebel vor seinem Mund entstehen ließ. Cidos hatte so etwas in Tarsus schon erlebt, doch so selten, dass er sich nicht daran gewöhnen konnte. Für ihn sah es so aus, als würde er etwas von seiner Seele ausatmen. Es musste die kälteste Nacht ihrer Reise sein.

Mit klappernden Zähnen erhob er sich.

Theimenes neben ihm schlief mit tiefen, gleichmäßigen

Atemzügen. Trotz seines Alters war er unberührt von den Strapazen der Reise. Er lief Meile um Meile und ertrug die brennende Sonne besser als viele der Jüngeren.

Er litt, aber er wankte nicht.

Mitunter dachte Cidos daran, wie es sein würde, wenn der alte Mann doch einmal zusammenbrach. Würde es ihnen tatsächlich schlechter gehen ohne seine Führung? Aber Cidos musste zugeben, dass er ohne Theimenes nicht wusste, was er tun sollte, wohin er sich wenden konnte.

Er verließ seinen Schlafplatz und schlenderte ohne festes Ziel auf den Rand des Lagers zu. Einige Steine zeichneten sich schwach gegen den Sternenhimmel ab. Eine der Silhouetten war ein kauernder Posten, einer der Stammesleute.

Cidos wusste das nur, weil er am Abend beobachtet hatte, wie der Mann sich niederließ. Nun fragte er sich, ob dieser Wachposten überhaupt noch wach war. Er wagte nicht, näher heranzutreten und das festzustellen. Diese Männer waren ihm fremd, sehr viel fremder noch als die Bewohner von TeiChu, selbst fremder als die Wilden aus dem Cojon, die gar nicht so wild gewesen waren.

Schritte knirschten im Sand hinter ihm. Er drehte sich um und hob abwehrend die Hände.

»Pst«, flüsterte eine Stimme. »Ich bin es nur.«

»Helger!« Cidos entspannte sich. »Ich kann nicht schlafen«, sagte er. »Und es ist so verdammt dunkel hier.«

»Dunkel. Und kalt«, stimmte Helger ihm zu. »Und da, wo du liegst, ist es noch kälter als sonst irgendwo in dieser von Eltar vergessenen Einöde.«

Cidos stutzte. »Was meinst du damit?«, fragte er.

Helger zeigte unbestimmt zurück in die Richtung, aus der sie gekommen waren. Cidos konnte die Geste im Dunkeln nur erahnen.

»Theimenes«, sagte Helger. »Der Tod folgt jedem seiner Schritte. Nachdem er Bashi in den Tod geschickt hat, sind wir ihm weiterhin gefolgt, weil wir dachten, wir hätten keine andere Wahl. Du weißt, was dann in TeiChu geschehen ist.«

Helger setzte tatsächlich das Gespräch fort, das Cidos gerade in Gedanken mit sich selbst geführt hatte. Es war eine Unterhaltung, die er mit Helger führen sollte, aber er schreckte davor zurück. So ging es, seitdem sie TeiChu verlassen hatten: Sie tauschten Worte aus und Andeutungen und bestärkten einander in ihren Zweifeln, aber um etwas zu ändern, hätte Cidos eine Entscheidung treffen müssen. Und wie konnte er das, wo so viel auf dem Spiel stand?

»Glaubst du etwa, wir *hätten* eine andere Wahl?«, fragte er Helger.

»Ich frage mich, ob *du* nicht eine andere Wahl hättest«, sagte Helger. »Du bist ein Zauberer. Du hast Macht, du hast Wissen, und du hast auch viele Sprachen gelernt. Kommen wir damit nicht auch ohne Theimenes zurecht?«

Cidos zuckte zusammen. Er hatte bisher nicht gewagt, Helger gegenüber zu enthüllen, was der Erzmagier ihm auf dem Schiff eingestanden hatte. Aber wenn Helger erfuhr, dass Theimenes gar keine Zauber mehr wirken konnte, würde er Cidos umso mehr unter Druck setzen. Dabei hatte Cidos das Gefühl, dass es ihm trotz seiner Zauberkraft an allem fehlte, was nötig war, um sie allein zu führen.

»Was sollen wir ohne Theimenes anfangen?«, brachte er vage hervor. »Wir sitzen hier mitten in der Wüste, unter Fremden. Und Theimenes ist der Einzige, der anscheinend ein Ziel hat.«

»Ja«, sagte Helger. »Aber wir sitzen nur deshalb hier in der Wüste, weil wir ihm bis hierher gefolgt sind. Und er hat unser Boot für diese sinnlose Reise eingetauscht – es war Horgans Boot! Ich meine, es war der Ersatz für Horgans Boot. Vermutlich war es am ehesten meines. Jedenfalls hätten wir etwas Besseres damit anfangen können.«

»Und was?«, fragte Cidos. »Wir hätten die ganze Welt umsegeln können, an den Küsten von Bartai Lûn vorbei. Und wenn wir das überlebt hätten, wären wir nur da wieder herausgekommen, wo wir losgefahren sind, und hätten gleich noch einmal im Kreis fahren können. Nein, wir können vielleicht ohne

Theimenes weiterreisen. Aber er ist der Einzige, der uns irgendwo hinbringen kann.«

»Das mag sein«, räumte Helger ein. »Ich habe nur das Gefühl, was immer der Alte für ein Ziel hat, für uns kommt nichts Gutes dabei heraus.«

»Bahome und Dargei«, sagte Cidos. »Das ist ein Ziel, an dem wir festhalten müssen. Für Horgan. Theimenes hat gesagt, unser Weg würde uns wieder mit den beiden zusammenbringen. Aber nur, wenn wir ihm folgen.«

»Glaubst du ihm?«, fragte Helger zweifelnd. »Immerhin sind sie in TeiChu, und wir gehen in die entgegengesetzte Richtung.«

»Nun, gelogen hat er noch nie.« Cidos runzelte die Stirn. »Nein, wenn er sagt, dass wir Dargei und Bahome wiedersehen werden, dann glaube ich, dass genau das geschehen wird. Auf irgendeine verquere Weise, aber wir werden sie wiederfinden.«

»Ja«, erwiderte Helger bitter. »Gelogen hat er noch nie. Und doch ist immer etwas geschehen, von dem vorher nicht die Rede war und was alles noch schlimmer gemacht hat.«

Cidos seufzte. »Ja«, bestätigte er. Tatsächlich machte er sich wenig Sorgen, dass Theimenes sie anlügen könnte. Im Gegenteil, von Tag zu Tag quälte ihn der Gedanke mehr, dass der Erzmagier *alles* wusste und darum immer die Wahrheit sprach. Im ersten Augenblick hatte Theimenes' Geständnis ihn erschüttert. Doch wie viel Macht hatte der Erzmagier in Wahrheit aufgegeben, wenn er sich auf Cidos' Zauber stützen musste?

Je länger Cidos darüber nachdachte, umso mehr kam er zu der Erkenntnis, dass das scheinbare Eingeständnis der Schwäche nur eine weitere Täuschung durch den Erzmagier sein könnte. Keine wirkliche Lüge, aber eine geschickt dosierte Wahrheit, die von der wahren Macht des Erzmagiers ablenkte und davon, wie sehr er diese Macht missbraucht hatte.

Cidos dachte daran, wie genau Theimenes die beiden jüngsten Schmuggler instruiert hatte. Dabei hatte er wenig Wert gelegt auf die Aufgabe, die vor ihnen lag, aber er war ganz ausführlich auf Dinge eingegangen, die damals nur eine unwahrscheinliche Möglichkeit zu sein schienen.

Cidos erinnerte sich auch, was er selbst über Horgan gedacht hatte, kurz bevor der Kapitän zurückbleiben musste: dass dieser erfahrene Schmuggler der Einzige war, der notfalls allein die Führung übernehmen konnte.

Was, wenn Theimenes nicht nur das »große Bild« im Auge hatte, sondern im Gegenteil jede Einzelheit planen konnte? Wenn er Myriaden von Zufällen zu einem Muster nach seinem Willen wob? Wenn die Geschehnisse in und um den Tempel des Windes bis hin zu Helgers Erlebnis im Hafen keine Frage von Glück und Unglück gewesen waren, sondern von Theimenes vorhergesehen und aufeinander abgestimmt? Wenn das so war, dann wirkten die Zauber, die er von Cidos verlangte, tatsächlich klein und ohne Belang, und seine scheinbare Schwäche war bedeutungslos.

Denn die Lage, in der sie sich jetzt befanden, gab Cidos doch zu denken: Genau zu einem Zeitpunkt, als Theimenes befürchten musste, dass sie sich von ihm abwandten, war ihnen ihr Kapitän abhandengekommen. Zwei aus ihrer Gemeinschaft waren für sie unerreichbar, und Theimenes konnte sie als Geiseln ausspielen. Geblieben war nur der Adept, den Theimenes für seine Zauber brauchte, und derjenige von den Schmugglern, der am besten geeignet schien für die weitere Reise.

Konnte es ein Zufall sein, dass diese Dinge sich genau in dieser Weise und im Sinne des Erzmagiers gefügt hatten?

All das hätte Cidos seinem Freund erklären müssen, wenn er von Theimenes' scheinbarer Schwäche berichtete. Aber er wusste nicht, wie Helger die Dinge verstehen würde und wozu er sich hinreißen ließe. Cidos hatte Angst, die Verantwortung zu tragen für Folgen, die niemand absehen konnte, und diese Angst war größer als die Sorge darüber, wohin Theimenes sie auf seinem Weg führen könnte.

Cidos schaute zu Helger, aber in der Dunkelheit konnte er das Gesicht seines Freundes nicht erkennen. »Ich habe Angst«, sagte er schließlich nur. »Wer weiß, was geschieht, wenn wir uns von Theimenes abwenden. Vielleicht würde er einfach mit einem weiteren Opfer unsere Rückkehr erzwingen.«

»Vielleicht«, räumte Helger ein. »Und doch hat der Rat, als er dich entdeckt und in die Schule geholt hat, dir den Namen ›Eltairion‹ gegeben. *Du* warst der Erwählte von Eltar – nicht Theimenes!« Zaghaft berührte er Cidos am Ärmel. »Aber wenn du keinen Weg weißt«, fügte er müde hinzu, »was soll ich dann tun?«

Eine Weile standen sie schweigend nebeneinander und starrten in die Dunkelheit. Cidos fühlte sich dem Freund seiner Kindheit so verbunden, als wären sie nicht all die Jahre getrennt gewesen, als hätten sie nicht eine Erziehung genossen, wie sie unterschiedlicher nicht sein konnte.

Er wusste, da war ein Abgrund zwischen ihnen, Unterschiede, die sie nicht würden übersehen können, wenn sie erst einmal anfingen, danach zu suchen. Dennoch sprach Helger oft aus, was er selbst immerzu dachte.

Sie waren einander ähnlich genug, um dieselben Wünsche zu teilen, dieselben Gedanken. Und sie waren beide gleichermaßen hilflos und unentschlossen.

Sich von Theimenes zu trennen war ein endgültiger Schritt. Es würde bedeuten, alles aufzugeben, was ihnen an Vertrautem blieb, und auch die Hoffnung auf eine Zukunft, die sie wieder zurück in ein normales Leben führen würde – auch wenn es diese Zukunft bisher nur als Versprechen gab.

»Weißt du«, sagte Cidos. »Wir bleiben bei Theimenes, bis wir Dargei und Bahome wiedergefunden haben. Dann überlegen wir zu viert, wie wir weitermachen. Sobald wir unsere verlorenen Gefährten gerettet haben, schmieden wir unsere eigenen Pläne.«

»Das wird nicht leichter werden«, sagte Helger mutlos.

Cidos erinnerte sich an Bahomes Abhängigkeit und an Dargeis Feindseligkeit. Er fühlte sich hilflos. Wie sollte er aus den vieren eine Gruppe formen? Mit Helger allein wäre es einfacher, und dennoch konnten sie die beiden anderen nicht einfach im Stich lassen.

Sie saßen alle im selben Boot. Nur leider waren sie keine Mannschaft.

Helger zupfte ihn wieder am Ärmel. »Gut«, sagte er. »Komm, gehen wir zurück. Versuch, weiterzuschlafen. Die Nacht ist kurz, und wenn Theimenes morgen verlangt, dass du zu seiner Kühlung ein laues Lüftchen heraufbeschwörst, dann musst du bei Kräften sein.«

Nachdem sie eine Woche lang durch Wüsten aus Sand und Stein gewandert waren, traf der Anblick Cidos wie ein Schlag: Von einer Anhöhe herab erblickte er den größten See, den er jemals gesehen hatte.

»Die Oase von Shatwa«, verkündete Theimenes.

Sie hatten unterwegs in einigen Oasen Halt gemacht, aber keine davon war mit diesem Landstrich hier zu vergleichen. So weit das Auge reichte, erstreckte sich eine Wasserfläche, umgeben von buntscheckigem kultivierten Land, von Palmenhainen und Feigenbäumen.

»Das ist keine Oase«, stellte Helger fest. »Das ist das Ende der Wüste.«

Cidos sah genauer hin. Nach allen Seiten hin verliefen Bewässerungsgräben rings um den See, aber es gab keinen Fluss, der darin mündete oder davon wegfloss.

»Wo kommt das Wasser her?«, fragte er.

»Aus der Erde«, sagte Theimenes. »Irgendeine Kraft lässt es hier an die Oberfläche treten.«

»Ein bisschen groß für einen Brunnen«, sagte Helger.

Er starrte noch eine Weile auf den See und auf die umliegenden Hänge. Die Landschaft war ein wenig zerklüftet und unregelmäßig.

»Ich hoffe jedenfalls«, befand er schließlich, »dass hier nicht irgendwo unter der Erde ein weiterer Nugam Ata wartet und das Wasser in diesen Brunnen schöpft.«

»Keine Sorge«, sagte Theimenes. »Ich gebe zu, auch hier wartet eine schwere Aufgabe auf uns. Aber wenn keiner von euch einen Fehler macht, werden wir alle diese Oase unbeschadet verlassen.«

Er sah erst Helger an, aber während er sprach, wanderte sein Blick zu Cidos weiter, und der junge Zauberer grübelte darüber nach, was für Fehler er bei den letzten Unternehmungen gemacht haben könnte.

Ganz gewiss war es kein Fehler gewesen, dass er in TeiChu umgekehrt war und Horgan aus der Halle geholt hatte. Ihre Flucht war denkbar knapp gewesen, und hätte Horgan ihnen oben im Turm nicht geholfen, dann hätten sie weder so schnell die Säulen an den Fensteröffnungen zerschlagen können noch das Flugkonstrukt so leicht hinausschieben. Cidos hatte den alten Schmuggler nicht heraufgeholt, damit der seinen Begleitern die Flucht ermöglichte – aber genau das war geschehen. Selbst Theimenes konnte ihm dafür kaum einen Vorwurf machen.

Cidos grübelte noch, aber Theimenes wartete nicht auf ihn. Er schloss wieder zum Rest der Karawane auf, und Cidos eilte rasch hinterher.

Sie folgten einer Straße, die an einem felsigen Abhang hinunter ins Tal führte. Die Tiere wurden unruhig, und auch die Menschen wirkten aufgeregt, obwohl sie alle zu Tode erschöpft waren. Es war der See, der die Gemüter der Reisenden aufwühlte.

Den ganzen Weg über war Wasser ein kostbares Gut gewesen. Oft genug hatten die Vorräte, die sie mitführen konnten, nur knapp für die jeweilige Etappe ausgereicht; und selbst wenn sie an einer Wasserstelle Halt gemacht hatten, war das lebenspendende Nass selten mehr als ein spärliches Rinnsal oder eine trübe Tränke gewesen.

Hier allerdings gab es Wasser im Überfluss. So weit die Bewässerungsanlagen reichten, konnten Menschen an diesem Ort leben, und der See in der Mitte bot überreichliche Labsal für jeden Reisenden, der es bis hierher schaffte.

Sie hatten zuvor schon gehört, dass man hier nicht teuer bezahlen musste für das Wasser, man konnte sogar nach Belieben baden oder schwimmen. Selbst Boote fuhren auf dem See, und man war gewiss drei Stunden zu Fuß unterwegs, wenn man ganz darum herumgehen wollte.

»Ich weiß nicht, wie sie die Fische hierher gebracht haben«, sagte Theimenes. Er wies auf die Boote. »Aber sie sind tatsächlich erst später im See ausgesetzt worden, und jetzt gelten sie als Delikatesse.«

»Wie tief ist der See?«, fragte Cidos. Er hatte keine Ahnung, woher der Erzmagier so viel über diesen Ort wusste. Soweit Cidos es beurteilen konnte, hatten sie die halbe Welt durchquert und Orte gesehen, von denen er noch nie etwas gehört hatte – und doch plauderte Theimenes stets so beiläufig darüber, als würde er jährlich eine Vergnügungsreise dorthin unternehmen.

»Das ist sehr unterschiedlich«, erklärte der Erzmagier. »Er ist seicht am Rand, und am Nordufer fällt der Grund nur leicht ab. Doch in der Mitte gibt es im wahrsten Sinne des Wortes unvermessene Tiefen. Ich schätze, fünfzehn oder zwanzig Schritt im Durchschnitt kann man wohl ansetzen.«

»Der See interessiert mich gar nicht so«, sagte Helger, obwohl er gierig auf die Wasserfläche blickte. »Viel wichtiger ist doch, wie wir hier wieder wegkommen, wenn dieser Ort tatsächlich noch mitten in der Wüste liegt. Ihr habt die Reise nur bis zu dieser Oase bezahlt.«

»Wir trennen uns hier von der Karawane«, sagte Theimenes. »Wir werden einige Tage beschäftigt sein, und dann kommt auch schon die Gelegenheit zur Weiterreise.«

»Wie denn?«, fragte Helger neugierig. »Ein paar Tage kommen wir über die Runden. Aber ich glaube nicht, dass Ihr genug Geld übrig habt, um eine längere Reise zu bezahlen.«

»Wir warten auf einige Freunde«, erwiderte Theimenes.

»Freunde?«, fragte Helger. »Werden wir Dargei und Bahome treffen?«

Der Erzmagier richtete den Blick in die Ferne und sagte nichts mehr.

Sie kamen zum Rand der bewässerten Fläche. Hier wuchs

trockenes, struppiges Gras, dazwischen weideten einige Ziegen, die die Neuankömmlinge neugierig musterten. Weiter vorn waren auch Kamele und Pferde zu sehen.

Kleine Häuser standen entlang den Bewässerungsanlagen. An einer Schmalseite des Sees war ein größerer befestigter Bau zu erkennen, eine Mischung aus Wehrdorf und gedrungener Burg. Cidos blickte nach vorn zu ihren Führern, den Angehörigen eines Wüstenstammes.

»Man sollte meinen, dass diese Oase ständig umkämpft wäre«, warf er ein. »Ich meine, verglichen mit dem Land, mit dem sich die Stämme begnügen müssen, ist das hier ein einziger Lustgarten.«

»Shatwa ist zu wichtig für die Wüstenleute, als dass sie einen Überfall wagen würden«, sagte Theimenes. »Wenn die Oase durch einen Kampf verwüstet wird, werden viele Stämme sterben, die jetzt vom Handel leben.«

Er schaute zu der Wasserfläche, die im Sonnenlicht silbern glitzerte.

»Außerdem heißt es bei den Stämmen im Umland, dass unter der Wasseroberfläche ein Fluch lauere«, erzählte Theimenes weiter. »Nur die Söhne Xing Kahns können das Wasser der Oase nutzen; allen anderen bringt es den Tod.«

Ein kalter Schauer überlief Cidos.

»Die Söhne Xing Khans, damit ist die Sippe gemeint, der die Oase derzeit gehört«, ergänzte Theimenes überflüssigerweise.

»Aber wie ist das möglich!«, wandte Cidos ein. »Hier trinken gewiss Hunderte von Reisenden von dem Wasser. Und wir sind auch nicht verwandt mit diesem Xing Khan.«

»Ich habe nicht gesagt, dass man nicht von dem Wasser trinken darf«, belehrte Theimenes ihn. »Es geht nur darum, wer in dieser Oase lebt – genau genommen wohl nur darum, wer sie beherrscht. Ich möchte wetten, in der Zwischenzeit haben sich schon viele Fremde hier niedergelassen, ohne dass es ihnen schlecht erging.«

»Eine Geschichte also, um sich vor den Überfällen der Stämme zu schützen.« Helger dachte praktisch.

»Das mag sein«, sagte Theimenes. »Aber die Stämme glauben fest daran. Es gibt sogar mehrere Sagen, die in der Gegend verbreitet sind und die von Überfällen auf die Oase berichten, vor langer Zeit. Alle diese Sagen erzählen die gleiche Geschichte: Die wilden Stämme fallen über die Felder her, die Einheimischen fliehen in die Burg, und in der ersten Nacht der Belagerung kommt das Grauen aus dem Wasser und verschlingt die Angreifer.«

Schweigend wanderten sie nebeneinanderher. Das Gras an den Seiten wurde grüner. Brackiges Wasser lief durch Rinnen neben den Wegen.

Nach einigen Schritten blieb Theimenes kurz stehen, drehte sich zu seinen Begleitern um und schenkte ihnen ein Lächeln, das die Zähne zeigte.

»Aber natürlich kann es trotzdem sein, dass die ganze Sache nur eine überzeugende Erfindung der Nachkommen des Xing Khan ist. Eine Geschichte muss nicht wahr sein, um sich immer weiter zu verbreiten. Aber ob sie wahr ist oder nicht – wir werden in den nächsten Tagen sicher mehr darüber herausfinden!«

»Xing Khan spürte die Veränderung, denn er kannte die Wüste. Die Wadis waren wohlgefüllt mit reißenden Wassermassen, die vom fernen Gebirge heranstürzten und in der Wüste versickerten.

Es kam nicht oft vor, dass die Fluten Shatwa erreichten, und wenn es geschah, keimten an den Rändern der Wassergräben seltene Wüstenkräuter, und dann und wann wurden auch Dinge aus dem Westen herangetragen, die bei den Stämmen der Wüste selten und kostbar sind.

Also sattelte Xing Khan sein Pferd und brach auf, um die bekannten Wadis abzureiten und um einzusammeln, was die Götter ihn finden ließen. Denn Shatwa war damals nur eine unbedeutende Oase, und die Sippe Xing Khans war arm. Nur einen armseligen Brunnen gab es in unserem Tal, zwischen den

Häusern inmitten der Senke. Er reichte tief in den Boden, und doch verdunstete in langen Dürrezeiten das Wasser darin oft bis auf einen kleinen, bitteren Rest.

Xing Khan hatte also allen Grund, an Tagen wie diesem in die Wüste zu reiten und nach den Gaben des Wassers zu suchen, auch wenn er dabei sein einziges altes Pferd sehr beanspruchte und Gefahr lief, auch diesen Besitz noch zu verlieren.

Diesmal allerdings, als Xing Khan müde an den Wadis entlangritt und zum Schutz vor der Sonne die Kapuze seines Burnus tief ins Gesicht gezogen hatte, entdeckte er etwas Merkwürdiges. An einer Stelle in der Mitte des Grabens, wo der Sand feucht und dunkel war, hatte sich ein wenig Schlick gesammelt, der von den Strahlen des Taggestirns gnadenlos aufgesogen wurde. Und dort, in den letzten Spuren der Flut, regte sich etwas. Fast sah es so aus, als würde der Rest aus Wasser in mattem Herzschlag pulsieren.

Neugierig stieg Xing Khan ab und trat näher heran. Zwischen dem Schlick wölbte sich klares Wasser in einer ungewöhnlichen Form, und es sah wahrhaftig so aus wie das winzige durchscheinende Abbild einer wohlgestalten Frau.

›Was hat der Regen denn da herabgespült?‹, wunderte sich Xing Khan. Er betrachtete seinen Fund und überlegte sich, ob man ihn wohl nach Shatwa schaffen konnte und ob er für die Sippe von Wert war.

Da erhob das kleine Ding ein zierliches Köpfchen, und im Wasser öffnete sich ein Mund und sprach: ›Oh bitte, Fremder, helft mir! Ich schwamm mit den wilden Fluten von den Bergen herab in dieses trockene Land, und ehe ich mich's versah, war das Wasser versickert. Nun muss ich vergehen, wenn ich nicht bald wieder ein neues Heim in kühlem Nass finde.‹

›Beim sengenden Wüstenwind‹, entfuhr es Xing Khan. ›Was für ein Ding bist du denn?‹

›Ich bin ein Dschinn des Wassers‹, erwiderte das Geschöpf, ›und außerhalb des Wassers kann ich nicht sein.‹

Da erinnerte sich Xing Khan, dass er einen halb gefüllten Wasserschlauch aus Ziegenleder am Sattel trug, und rasch holte er ihn herbei. Er kniete sich neben die versiegende Wasserlache und öffnete den Verschluss. Er ließ ein wenig von dem bitteren Brunnenwasser aus dem Beutel herausrinnen, und der Dschinn kroch sogleich an dem Rinnsal entlang auf den Wasserschlauch zu.

Da aber legte Xing Khan den Daumen auf die Öffnung und sagte: ›Wir haben einen Brunnen bei mir zu Hause, aus dem dieses Wasser stammt. Wenn es dir behagt, magst du dort wohnen. Doch erst musst du schwören, dass du mir und den meinen stets zu Diensten sein wirst, wenn wir dir Zuflucht gewähren.‹

›Oh ja‹, sagte der Dschinn eifrig. ›Das schwöre ich! Lass mich nur ein!‹

›Ich bin Xing Khan‹, stellte Xing Khan sich vor. ›Schwöre bei meinem Namen und bei den Namen aller Götter.‹

›Ich schwöre bei allen Göttern, bei der Macht der Elemente und dem Zauberer, der über den Gipfeln der Berge wohnt, dass ich Xing Khan und den Seinen auf ewig zu Diensten sein werde, solange ich in seinem Brunnen wohne‹, schwor das Wesen.

Eifrig leckte sie an Xing Khans Daumen, doch der gab die Flasche noch immer nicht frei.

›Wie kannst du mir denn zu Diensten sein?‹, fragte er. ›Du bist nur ein sehr kleiner Dschinn.‹

›Ich bin so groß wie das Wasser, das mich nährt‹, verkündete das Geschöpf. ›Wenn euer Brunnen tief gegraben ist, dann kann ich das Wasser aus dem Herz der Welt heranziehen und mehren und euch im Überfluss daran teilhaben lassen.‹

Zweifelnd legte Xing Khan den Kopf schräg. ›In unserem Brunnen ist selten viel Wasser, und im Augenblick steht es kaum mehr als eine Handbreit tief. Aber wenn das Regenwasser aus den Wadis in der Erde versickert ist, wird es in den nächsten Tagen vielleicht ein wenig steigen.‹

Der Dschinn leckte immer noch um seine Hand und war ganz begierig, in die Flasche zu gelangen. Daher erklärte er dem Xing Khan bereitwillig ein großes Geheimnis: ›Wisse, Xing Khan, wie es sich mit den Elementen und mit der Welt verhält.

Das Feuer ist weit über uns, und es steht so hoch über der Luft, dass wir sein Herz sehen können.‹

Der Dschinn zeigte hinauf zur Sonne, deren Glanz ihm große Schmerzen bereitete. Dann fuhr er fort: ›Unter der Sonne ist die Luft. Und unter der Luft ist die Erde, auf der wir stehen. Unter der Erde jedoch, so weitab vom Feuer wie möglich, sammelt sich das Wasser. Das Herz des Wassers befindet sich unter der Erde, so wie das Herz des Feuers hoch oben am Himmel steht.

Wenn also euer Brunnen tief genug gegraben ist‹, so schloss der Dschinn seine Rede, ›dann reicht er vielleicht nah genug heran an das Herz des Wassers, dass ich das Wasser von dort holen kann. Dann ist es nicht wichtig, wie viel Wasser in eurem Brunnenschacht steht. Und je näher ich dem Herz bin und je mehr Wasser ich heraufhole, umso stärker werde ich.‹

Das hörte sich für Xing Khan vielversprechend an, und er nahm seinen Daumen von der Öffnung und ließ den Dschinn in die Flasche. Er ritt zurück nach Shatwa, so schnell sein altes Pferd ihn trug, und schüttete sein Wasser mitsamt dem Elementargeist in den Brunnen.

›Gib uns Wasser, Dschinn‹, rief er sodann in den Schacht.

Sogleich ertönte aus dem Brunnen ein Brausen und Gurgeln, wie es nie zuvor in der Oase vernommen worden war. Xing Khans ganze Sippe versammelte sich um den Brunnen, um zu sehen, was ihr Familienoberhaupt dort tat. Und sie hörten die Laute und fürchteten sich sehr.

Xing Khan aber sagte: ›Fürchtet euch nicht. Ich habe einen Dschinn des Wassers aus der Wüste gerettet, und zum Dank hat er mir und den Meinen Treue geschworen. Er bringt uns Wasser im Überfluss, und Shatwa wird reich und mächtig werden.‹

Und als die Sippe den Brunnen prüfte, da fand sie, dass das Wasser im Brunnenschacht viele Mannshöhen hoch stand.

In den nächsten Monaten war Xing Khan sehr zufrieden. Die Bewohner von Shatwa zogen das Wasser in großen Eimern herauf und bewässerten damit ihre Gärten, und die Früchte und das Wasser verkauften sie an andere Stämme und tauschten Tiere dafür ein.

Bald aber wurde es ihnen mühsam, für die vielen neuen Tiere das Wasser heraufzuziehen. Xing Khan überlegte sich, weitere Brunnen zu graben oder einen Weg zu finden, leichter an das Wasser zu gelangen.

Also trat er eines Tages an den Brunnen und rief den Dschinn.

›Dschinn, Dschinn‹, rief er. ›Wir brauchen mehr Wasser.‹

Und eine Stimme antwortete aus der Tiefe: ›Oh, ich bin schon sehr gewachsen in diesem Brunnen, und wenn ich weiter wachse, wird meine eigene Macht mich vielleicht eines Tages verzehren. Und das Herz des Wassers fordert einen Preis für das, was ich ihm nehme. Ist das Wasser all das wert?‹

›Wasser ist das Kostbarste in der Wüste‹, erwiderte Xing Khan. ›Was für einen Preis das Herz des Wassers auch immer fordert, die Söhne der Wüste werden ihn gerne bezahlen, wenn sie dafür Wasser im Überfluss bekommen. Möge deine Macht weiterwachsen!‹

Wieder ertönte ein Gurgeln und Brausen im Brunnen, und das Wasser stieg bis dicht unter den Rand, sodass Xing Khans Sippe mit bloßen Händen daraus schöpfen konnte.

Das freute den Xing Khan und seine Familie sehr. Sie konnten nun noch leichter ihre Gärten bewässern und ihre Tiere tränken, und bald zahlten andere Familien dafür, dass sie sich Xing Khans Sippe anschließen durften. Xing Khans Familie war bald die mächtigste des Stammes, und Xing Khan nannte schon vier edle Rösser sein Eigen. Doch Menschen und Tiere drängten sich um den einen Brunnen, und das Wasser in Shatwa war knapp, obwohl es in der Oase so reichlich floss wie nie zuvor.

Also ließ Xing Khan eine größere Umrandung um den alten Brunnen mauern. Dann trat er an den Brunnen und rief den Dschinn.

›Dschinn, Dschinn‹, rief er. ›Wir brauchen mehr Wasser.‹

Und eine Stimme antwortete aus der Tiefe: ›Oh, ich bin schon sehr gewachsen in diesem Brunnen, und wenn ich weiter wachse, wird meine eigene Macht mich vielleicht verzehren. Und das Herz des Wassers fordert einen Preis für das, was ich ihm nehme. Ist das Wasser all das wert?‹

›Wasser ist das Kostbarste in der Wüste‹, erwiderte Xing Khan. ›Was für einen Preis das Herz des Wassers auch immer fordert, die Söhne der Wüste werden ihn gerne bezahlen, wenn sie dafür Wasser im Überfluss bekommen. Möge deine Macht weiterwachsen!‹

Da sprudelte das Wasser reich über den Rand des alten Brunnens und füllte hüfthoch die neue Einfassung. Von da an stand ein großes Brunnenrund mitten im Dorf wie ein kleiner Teich. Das Wasser funkelte im Sonnenlicht wie ein Diamant, nur dass es ungleich kostbarer war.

Dieser Teich bot Raum für die Bewohner von Shatwa und all ihre Tiere und für alle Reisenden, die zugleich herantreten und Wasser im Überfluss schöpfen konnten. So war Shatwa bald eine bedeutende Oase, die sich mit den größten der Wüste messen konnte.

Im Laufe der Jahre wurde aus Xing Khans Dorf eine Stadt und eine Festung. Viele verwandte Sippen ließen sich im Schatten der Mauern nieder. Die Gärten wuchsen, und Herden drängten sich auf dem Land um den Brunnen.

So kam es, als Xing Khan schon alt war, dass das Wasser wieder knapp wurde, obwohl es doch in der Oase so reichlich floss wie noch nie. So viele Menschen lebten in Shatwa, und so zahlreich waren die Kinder der Sippe, dass die Gärten nicht mehr ausreichten. Wenn die Frauen mit großen Krügen ihre Pflanzen bewässern wollten, mussten sie das Wasser oft über weite Wege schleppen.

Da ließ Xing Khan lange Gräben ausheben, die vom Brunnen aus weit über das Dorf hinausreichten. Dann trat er erneut an den Brunnen und rief den Dschinn.

›Dschinn, Dschinn‹, rief er. ›Wir brauchen mehr Wasser.‹

Und eine Stimme antwortete aus der Tiefe: ›Oh, ich bin schon sehr gewachsen in diesem Brunnen, und wenn ich weiter wachse, wird meine eigene Macht mich verzehren. Und das

Herz des Wassers fordert einen Preis für das, was ich ihm nehme. Ist das Wasser all das wert?‹

›Wasser ist das Kostbarste in der Wüste‹, erwiderte Xing Khan. ›Was für einen Preis das Herz des Wassers auch immer fordert, die Söhne der Wüste werden ihn gerne bezahlen, wenn sie dafür Wasser im Überfluss bekommen. Möge deine Macht weiterwachsen!‹

Da ergoss sich das Wasser über den Rand des großen Brunnens hinaus. Es füllte die Kanäle und lief darin in alle Winkel der Oase. Doch wie der Dschinn gesagt hatte, dass die Macht des Wassers ihn verzehren mochte, so schien diese Macht bereits von der Oase Besitz zu ergreifen und sie auf immerdar zu verwandeln. Schneller noch, als das Wasser fließen konnte, strömten die Menschen herbei und ließen sich nieder.

Aus den Gärten wurden Felder, und die Herden brauchten Weiden. Neue Kanäle wurden gegraben, und das Wasser sprudelte immer rascher aus dem Brunnen und füllte sie. Shatwa wurde grün, und bald war es mehr als eine Oase. Es war eine Perle der Wüste.

Dann aber geschah es, dass die Kanäle bis an den Rand der Senke reichten. Als das Wasser versuchte, aus dem Talkessel emporzusteigen, da überflutete es die Kanäle, und überall in den reichen Gärten und Feldern und Weiden entstanden morastige Tümpel. Und das Wasser hielt nicht inne. Es füllte jeden Winkel, an den es gelangen konnte, und bald umspülte das Wasser die Mauern der Siedlung.

Xing Khan trat an den Brunnen. Er bat den Dschinn, das Wasser zu lenken und von den Häusern der Menschen fernzuhalten. Doch längst hatte die Menge des Wassers die Kraft des Dschinns überwältigt, und der konnte seine eigene Macht nicht mehr bändigen. Immerfort musste er neues Wasser heranholen und über das Land ausschütten.

Und mit jedem neuen Tümpel, mit jedem Strom steigerte sich noch seine Kraft, und das Wasser stieg schneller.

So kam es, dass die Sippe Xing Khans schließlich ihre Stadt aufgab. Sie zogen an den Hängen hinauf und weiter in die

Wüste. Die Mauern wurden von den Fluten verschluckt, und bald schauten nur noch die Dächer hervor, und dann gar nichts mehr.

Doch das Wasser machte nicht Halt bei den Häusern. Es verschlang die Kanäle und die Felder, die Weiden und die Haine. Xing Khan und seine Sippe wurden zu Nomaden in ihrer eigenen Oase. Sie konnten keine Häuser mehr bauen, sondern sie lebten in Zelten, die sie auf der Flucht vor dem Wasser mit jedem Jahr an einem anderen Ort errichteten. Und wenn sie Felder anlegten und bewässerten, konnten sie froh sein, wenn sie eine Ernte einbrachten, bevor die Fluten alles überdeckten und die Menschen weiterziehen mussten.

So trat Xing Khan, der schon ein Greis war und alles erlebt hatte – Armut, Reichtum und Veränderung –, eines Tages an den Rand des Sees. Er rief ein letztes Mal den Dschinn und fragte:

›Dschinn, ich bin ein alter Mann, und ich werde nicht mehr lange zu leben haben. Bitte sage mir doch, wie kann ich die Macht des Wassers wieder bändigen? Wird es steigen und steigen, bis es endlich die ganze Wüste überdeckt?‹

Da sprach der Dschinn mit einer donnernden Stimme – denn inzwischen war er über die Maßen gewachsen, und es war tatsächlich der ganze See, der mit einer Stimme sprach: ›Oh Xing Khan, mein Meister. Die Macht des Wassers hat mich längst überwältigt, und ich kann nicht anders, als immer weiter zu wachsen. Nur wenn das Herz des Wassers selbst mir den Zugang verwehrt, wird dieser See zum Stillstand kommen. Doch das Herz des Wassers ist zornig, weil die Söhne der Wüste ihm seinen Preis verweigern.‹

›Haben wir nicht jeden Preis bezahlt?‹, rief Xing Khan verzweifelt. ›Hat das Wasser nicht unsere Häuser verschlungen und unsere Felder? Ist das nicht Preis genug?‹

›Das Wasser schenkte euch Leben‹, sagte der Dschinn. ›Und Leben ist auch der Preis, den es fordert. Solange ihr selbst immer weiter vor dem Wasser zurückweicht, wird es euch folgen, und wenn es die ganze Wüste bedeckt.‹

Da ging Xing Khan in das Lager zurück, und er dachte lange über die Worte des Dschinns nach.

Schließlich rief er die Ältesten zusammen und alle, die sich dem Wohle der Sippe opfern wollten. Er beschloss, nicht länger vor dem Wasser zu fliehen, sondern ihm das eigene Leben anzubieten aus Dankbarkeit für das Leben der Sippe.

So gingen die Auserwählten Xing Khans ins Wasser. Aber das Wasser bringt Leben und nicht den Tod, und darum wollte es auch nicht den Tod der Söhne der Wüste, sondern deren Leben. Es geschah also, dass Xing Khan als Buße für seine Maßlosigkeit nicht etwa ertrank, sondern er und die Seinen verwandelten sich in Fische. Auf diese Weise kam das Leben ins Wasser, und das Herz des Wassers beruhigte sich. Seitdem liegt der See so ruhig in seinen Ufern, wie man ihn heute vor sich sieht.

Und die Kinder Xing Khans, die an Land geblieben waren, bauten sich eine neue Festung und neue Häuser, sie legten neue Gräben und Felder und Weiden an, neue Haine. Sie bauten feste Häuser, und Shatwa war mehr denn je eine Perle der Wüste.

Das ist die Geschichte von der Hybris des Xing Khans und von dem Preis, den er für das Wasser bezahlen musste. Weil aber auch die Fische im See also Söhne Xing Khans sind, die sich für die Sippe freiwillig geopfert haben, ist es verboten, im See mit Netzen zu fischen. Denn Netze fangen unterschiedslos alle Fische, ob sie willig und bereit sind oder nicht. Doch nur diejenigen Fische dürfen gefangen werden, die sich einzeln entscheiden und freiwillig an den Haken gehen, die ihr Leben geben als Opfer für die Söhne Xing Khans, die an Land geblieben sind.

Also denkt daran, wenn ihr einen Fisch esst: Dies ist das lebende Symbol für den Bund Xing Khans mit dem Wasser, für den Bund, der uns allen das Leben schenkt, doch nur, solange das Gleichgewicht gewahrt bleibt. Denn das Wasser kann uns das Leben nehmen, wenn es zurückweicht, doch ebenso gut kann es uns töten, wenn es sich nicht Einhalt gebieten lässt.«

Der alte Mann, der diese Sage erzählt hatte, beugte sich vor und teilte die Fische. Mit einem einzigen geschickten Schnitt und einer Drehung der Hand entfernte er die Gräten. Dann ließ er seinen Gästen den Vortritt, und jeder nahm sich einen halben Fisch zu dem Brot und den Datteln.

Die drei Reisenden waren bei einer einheimischen Familie untergekommen und erhielten gegen geringes Entgelt Kost und Herberge. Besonders wichtig war für Theimenes allerdings die Tatsache, dass die Familie ein Boot besaß und nur noch selten damit ausfuhr. Als er ihre Gastgeber gefragt hatte, ob er sich das Boot in den nächsten Tagen ausleihen dürfe, hatten sie keine Einwände erhoben. Sie schienen sogar sehr angetan von dem Gedanken, dass ihre Gäste zum Fischen auf den See fahren wollten.

Theimenes hatte die Stimmung sogleich genutzt, um die Einheimischen über den See auszufragen. So hatte der Großvater der Familie ihm gern die passende Legende zum Fischfang geboten, obwohl Theimenes natürlich nicht im Mindesten vorhatte, tatsächlich Fische zu fangen.

Helger hatte seinen Fisch im Nu verspeist, und das war der Teil der Mahlzeit gewesen, der ihm am meisten zugesagt hatte. Hungrig blickte er auf die leere Platte in der Mitte und hielt sich dann missmutig am Brot schadlos.

»Wie es scheint, sind nur die kleinen Fische opferbereit«, murmelte er.

Der aufmerksame Alte hörte ihn doch.

»Wie?«, fragte er.

Cidos blickte Theimenes Hilfe suchend an, aber der Erzmagier schwieg. Cidos übersetzte stockend und ein wenig beschönigend die Bemerkung seines Freundes. Es wäre unhöflich gewesen, nichts zu sagen, und für eine Lüge war Cidos nicht schlagfertig genug. Als die Übersetzung heraus war, fielen ihm allerdings hundert höflichere Kommentare ein, angefangen mit: »Mein Freund fand den Fisch ganz vorzüglich und bedankt sich für das Opfer der Söhne Xing Khans im See.«

Genau genommen wäre das nicht einmal eine Lüge gewesen.

Der Alte allerdings fasste Helgers Worte nicht als Beleidigung auf. Auch wenn seine Tochter und sein Schwiegersohn missbilligend dreinblickten, kicherte er nur und sagte:

»Ja, viel wirft der Fischfang nicht ab. Er bereichert den Geschmack der Mahlzeit, aber satt macht er nicht. Deshalb gelten die Fahrten auf den See eher als Muße denn als Arbeit. Meine Tochter ist gewiss froh darüber, dass ihr uns Männern diese Ausrede zum Müßiggang erst einmal nehmen werdet.«

Die Tochter schnappte nach Luft, aber sie antwortete nichts darauf. Der Alte lachte leise vor sich hin.

»Diese Fische kenne ich nicht«, warf Cidos ein, um die Stimmung aufzulockern. »Vielleicht werden sie nicht größer?«

»Oh doch«, sagte der alte Mann. »In meiner Jugend hat mein Nachbar einen gefangen, der war so groß wie ein kleines Kind. Aber so groß werden sie selten.«

»Weshalb nicht?«, fragte Cidos. »Sind sie so eifrig, schon in jungen Jahren an den Haken zu gehen?«

»Nimm die Legende nicht so ernst, Cidos«, tadelte Theimenes ihn mild.

Der Alte nickte. »Allerdings. Es gibt viele Legenden, und manchmal widersprechen sie sich. Aber jede davon hat ihre eigene Wahrheit. Manche kann man entdecken, wenn man lange genug lebt.«

»Was für Legenden?« Cidos beugte sich neugierig vor. Was er bisher über den See gehört hatte, beruhigte ihn nicht gerade, vor allem wenn er daran dachte, was Theimenes dort noch vorhaben mochte.

»Nun, eine erzählt davon, wie Xing Khan, nachdem er ins Wasser ging, den wunderschönen Dschinn zur Frau nahm«, sagte der Alte. Er zerdrückte seine Brotstücke auf einem flachen Teller mit Wasser, weil seine Zähne nicht mehr zum Kauen taugten. Helger, der die Worte des Einheimischen nicht verstehen konnte, konzentrierte sich gebannt auf dessen unangenehme Essgewohnheiten. Das führte sichtlich dazu, dass dem jungen Schmuggler sein Brot noch weniger schmeckte als ohnehin schon.

Ungerührt fuhr der Alte zwischen den Bissen mit seiner Geschichte fort. »Dieser Verbindung sollen allerhand Ungeheuer entsprungen sein, die den See noch heute bewohnen.«

»Ungeheuer!«, rief Cidos. »Und da wagt ihr euch mit dem Boot hinaus?«

»Was sagt er?«, fragte Helger atemlos. Cidos' Tonfall machte ihn neugierig.

Cidos forderte seinen Freund mit einer Handbewegung auf, zu schweigen, während er auf die Antwort des Alten wartete.

»Diese Ungeheuer sind ebenfalls Söhne Xing Khans«, meinte der Einheimische. »Weshalb sollten sie uns etwas tun? Obwohl manch einer sagt, dass sie der Grund dafür sind, dass es kaum größere Fische im See gibt.«

»Was erzählt er da?«, fragte Helger wiederum ungeduldig, und Cidos übersetzte kurz.

Dann fragte er den Alten: »Habt Ihr diese Ungeheuer schon einmal gesehen?«

Der Alte zuckte die Achseln. »Der See bewegt sich, und die Wellen zeichnen seltsame Schatten auf die Oberfläche. Wer weiß schon, was sich darunter verbirgt?«

Helger musterte Theimenes misstrauisch, aber der alte Erzmagier aß schweigend. Nur dann und wann umspielte ein leichtes Lächeln seine Mundwinkel.

»Warum werde ich das Gefühl nicht los«, stellte Helger mürrisch fest, »dass gerade der Teil mit den Ungeheuern mich am meisten interessieren sollte?«

Am nächsten Morgen fuhren sie früh auf den See hinaus. Noch hing dichter Dunst über dem Wasser, und es sah aus, als glitten sie durch ein Meer aus Wolken. Das Boot und die Wasseroberfläche waren unter dem Nebel verborgen, und Helger bewegte behutsam und misstrauisch die Ruder.

»Ich hoffe, hier gibt es keine Untiefen«, sagte er.

Theimenes schüttelte den Kopf. Er wies ihnen den Weg und führte das Boot ohne zu zögern weit auf den See hinaus. Immer häufiger teilte sich der Dunst zu trägen Fetzen, die wie Rauch über dem spiegelnden See trieben. Die Morgensonne funkelte auf dem Wasser. Helger blickte den Nebelstreifen missmutig nach.

Theimenes hatte die Angelschnüre mit Steinen beschwert. Gemeinsam mit Cidos ließ er sie ins Wasser, während Helger das Boot weiter nach seinen Anweisungen lenkte. Sie hatten keinen Köder am Haken, doch der Erzmagier fischte ohnehin nach anderer Beute. Sie ließen die Angeln wie Senkblei hinab, bis sie auf Grund stießen, und zogen sie wieder herauf. Helger ruderte weiter, und das Wasser unter dem Kiel wurde immer tiefer. Sie folgten dem Gefälle wie Hunde einer Blutspur bis zum angeschossenen Wild.

Dann brach die Spur ab. Die Angelschnüre maßen zwanzig Schritt ab, und dabei blieb es, ob sie sich nun nach Osten wandten, nach Westen, nach Norden oder nach Süden. Trotzdem arbeiteten sie weiter und loteten die Tiefen aus. Helger paddelte umher, die Sonne stieg höher und verschlang gierig den letzten Rest von feuchtem Dunst. Bald brannte sie ihnen wieder gnadenlos in den Nacken.

Helger murrte. »Was soll das? Wenn wir wenigstens Fische fangen würden.«

»Oh, wir fangen schon noch was«, murmelte Theimenes. »Einen dicken Fisch.«

Er ließ die Schnur zu Wasser. Cidos tat es ihm schweigend gleich. Sein Arm ließ wieder und wieder den Stein ins Wasser tauchen, bis er auf Grund stieß. Dann zog er ihn ein und maß die Länge. Seine Gedanken indes wanderten.

Wonach fischte Theimenes wohl, und was bedeutete das für ihn und Helger? Wie sollte Cidos sich verhalten, wenn eine Entscheidung anstand wie bei den beiden vorherigen Etappen der Reise? Er räusperte sich einige Male, um Theimenes eine Frage zu stellen, aber immer wieder blieben ihm die Worte im Hals stecken.

Der Erzmagier beachtete ihn gar nicht und nickte nur, wenn Cidos wieder eine Tiefe ansagte. An Helger richtete der Alte nur das Wort, um ihn ein Stück weiterrudern zu lassen.

»Es ist Mittag«, beschwerte sich Helger schließlich. »Wollen wir nicht zurückrudern und etwas essen?«

»Unsere Gastgeber werden uns nicht gern willkommen heißen, wenn wir den ganzen Tag ihr Boot entführt haben und nicht einmal Fische mit nach Hause bringen«, wandte Theimenes lächelnd ein.

»Ist das meine Schuld?«, erwiderte Helger. Er wies auf einen formlosen Ledersack auf dem Boden des Bootes. »Ich habe Durst. Der Wasserschlauch ist leer.«

Theimenes seufzte. Mit betont ausgeführten Bewegungen griff er nach dem Ledersack, hielt ihn über den Bootsrand und schwenkte ihn im See, bis er ihn voll und prall wieder herausziehen konnte. Er ließ ihn vor Helgers Füße platschen.

»Da kann man Abhilfe schaffen«, sagte er. »Wir sind hier mitten in der Trinkwasserquelle dieser Oase.«

Er wandte sich wieder der Angelschnur zu. Helger wurde so rot, dass man es trotz seiner sonnengebräunten Haut erkennen konnte. Er griff nach dem Wasserschlauch und stotterte: »Ich bin Seemann. Bin es nicht gewohnt, Trinkwasser unter dem Kiel zu haben ...«

Cidos kicherte leise. Sie waren monatelang über das Meer gefahren. Helger sogar schon seit Jahren. Es war sicher schwer, alte Gewohnheiten zu überwinden.

Alte Gewohnheiten ... Cidos' Blick wanderte zu Theimenes. Folgten sie ihm etwa auch nur aus Gewohnheit? Dem *ehemaligen* Erzmagier der Theokratie, einem abgesetzten Zauberer, einem flüchtigen Verbrecher? Cidos schüttelte den Kopf und kümmerte sich wieder um seine steinbeschwerte Leine.

Nein, er und Helger hatten eine Entscheidung getroffen. Sie würden Theimenes folgen, bis sie auf die anderen trafen. Sie *konnten* keine andere Entscheidung treffen.

Helger trank, sie arbeiteten weiter.

Und dann maß Cidos am Bug 28 Schritt Wassertiefe, während Theimenes im Heck nur 24 Schritt Leine einholte. Cidos mochte nicht an ein so plötzliches Gefälle glauben und wollte nachmessen, aber Theimenes wehrte ab und ließ Helger ein

Stück weiterfahren. Die nächste Messung ergab drei Schritt Unterschied, und bei einer dritten Messung blieb Cidos' Haken irgendwo am Grund hängen.

Fluchend zerrte er an der Schnur, bis Helger ihn am Arm fasste.

»Theimenes meint, du kannst es gut sein lassen. Wir sind da.« Helger hielt kurz inne und fügte hinzu: »Wo auch immer *da* ist.«

»Wir können jetzt noch ein wenig fischen«, verkündete Theimenes. Seine Augen waren auf das Ufer und das umliegende Tal gerichtet.

»Ist ja lustig.« Cidos zupfte an seiner Angelschnur.

»Mach dir deswegen keine Gedanken«, sagte Theimenes. »Wir müssen nur ein wenig Zeit überbrücken. Du kannst die Angel später wieder lösen.«

»Wie denn?«, erwiderte Cidos. »Sie hängt irgendwo am Grund fest. Ich glaube nicht, dass unsere Gastgeber sich freuen, wenn wir einen Haken verlieren.«

»Das wird nicht der erste sein«, sagte Theimenes. »Und noch ist er nicht verloren.«

Gleichmütig holte er seine eigene Angelschnur ein. Er löste den Stein und brachte stattdessen einen Schwimmer und einen Köder an. Dann ließ er den Haken zu Wasser. »Halte einfach nur das Boot an Ort und Stelle«, wies er Helger an.

»Warum?«

Theimenes schaute über den See. Einige weitere Fischerboote schaukelten ein Stück entfernt auf der ruhigen Oberfläche. Auf den gut bewässerten Feldern zwischen den Hütten arbeiteten die Einheimischen, und große Herden von Reit- und Packtieren lagerten vor der kleinen Festung. Die Menschen an Land wirkten so klein wie Ameisen, während sie dort ihrer täglichen Arbeit oder ihren Geschäften nachgingen.

»Es ist noch zu belebt«, entgegnete Theimenes. »Wir warten bis zur Abenddämmerung.«

»Aber weswegen warten wir?« Helger warf einen Blick auf Cidos, der hilflos dabeisaß und seine verhakte Angelschnur festhielt. Helger richtete sich auf, schob die Brust vor und funkelte Theimenes an. »Ich bin es leid, dass Ihr uns immer wieder üble Überraschungen bereitet. Ihr sagt uns jetzt, was Ihr vorhabt, oder ich rudere sofort wieder zurück.«

Theimenes seufzte. »Ist es nicht ganz offensichtlich, was ich vorhabe?«, sagte er in tadelndem Tonfall. »Nur die Narren sprechen ständig das Offensichtliche aus. Der Weise denkt sich seinen Teil und schweigt. Aber gut, wenn du reden willst: Wie du dir selbst denken kannst, suchen wir hier das dritte Siegel.«

Er klopfte auf seinen kleinen Rucksack mit den beiden Bleisiegeln, die er immer bei sich trug und die auch jetzt vor ihm auf dem Boden des Kahns lagen. »Und wie man sich denken kann, ruht das dritte Siegel auf dem Grund des Sees. Deswegen sind wir hier.«

»Auf dem Grund des Sees ...«, murmelte Cidos, aber Theimenes unterbrach ihn sofort.

»Keine Angst«, erklärte er. »Ich weiß, wie wir darankommen. Wir müssen nur warten, bis nicht mehr so viele Leute zuschauen.«

»Und welches Ungeheuer entfesseln wir diesmal, wenn wir das Siegel lösen?«, fragte Helger.

Theimenes seufzte wieder. »Unter dem ersten Siegel ruhte ein Ungeheuer, zugegeben, und es konnte sich schneller befreien, als ich erwartet hatte. Das war ein Unglück. Aber das bedeutet nicht, dass jedes Siegel mit einer solchen Gefahr verbunden ist. Bedenke, in TeiChu konnte man das Siegel ganz einfach lösen. Gefährlich wurde es nur, weil die Wachen zur Unzeit vorbeikamen. Ebendeshalb möchte ich gern abwarten, bis es am Ufer und auf dem See ein wenig ruhiger geworden ist.«

»Es war mehr als gefährlich«, sagte Helger düster. »Vor allem für Horgan.«

Theimenes zuckte die Achseln. »Gewiss. Aber was da geschehen ist, hatte nichts mit Zauberei oder mit dem magischen Siegel zu tun. Es waren Risiken, wie sie jedem Einbrecher bekannt sind, und jedem Schmuggler.« Er musterte Helger kühl. »Horgan kannte diese Gefahren. Und wenn ich mich recht entsinne, hat er solche Fährnisse in der Heimat immer wieder auf sich genommen. Genau wie du. Aus freien Stücken und ohne mein Zutun. Das Schicksal, das ihn in TeiChu eingeholt hat, war also eines, das er auch vorher immer wieder bereitwillig herausgefordert hat.«

»Dafür wird er seine Gründe gehabt haben«, warf Cidos vom Bug her ein. »Für ihn war der Schmuggel ein Geschäft, und für die Risiken erwartete er einen Gewinn. Ist es nicht an der Zeit, dass Ihr uns verratet, was für einen Gewinn wir erwarten können?«

»Es ist genau der Gewinn, den ich euch oft genug versprochen habe.« Theimenes blickte Cidos an, dann wieder Helger. »Wir können nach Hause, und unsere Verbrechen werden vergessen sein. Man wird uns sogar in Ehren empfangen. In den Händen eines ... Meisters sind diese Siegel ein Schatz und ein Schlüssel zu höchsten Gütern.«

»Auch in *Euren* Händen?« Cidos warf einen raschen Seitenblick zu Helger, der ja nicht wusste, was Theimenes Cidos gegenüber eingeräumt hatte.

»Gerade in meinen Händen«, sagte Theimenes. »Was glaubst du, warum ich diesen Weg gehe?«

Helger schüttelte zweifelnd den Kopf.

»Horgan wird nicht zurückkehren können«, meinte er schließlich nur.

»Das ist nicht gesagt«, widersprach Theimenes. »Wir wissen nicht, ob er wirklich tot ist. Wenn er noch lebt, verleihen diese Siegel uns genug Macht, um ihn noch zu retten.«

»Aber das gilt nicht für Bashi«, sagte Helger. »Oder wolltet Ihr das etwa auch behaupten, alter Mann?«

Theimenes hob eine Hand, als wolle er sie dem jungen Schmuggler auf den Arm legen. Dann aber überlegte er es sich anders und machte nur eine beschwichtigende Geste.

»Es tut mir leid«, sagte er überraschend sanft, »dass du dich in diese Coshi verliebt hast. Aber das war nicht vorherzusehen. Sie war nicht von unserem Blut, und die Theokratie hat schon vorher mitunter Barbaren aus den Bergen getötet, um ihre Ziele zu erreichen. Ich dachte nicht, dass es einen Unterschied macht.«

Er ließ den Kopf sinken und wirkte betroffen. Helger starrte ihn an, und seine Zähne knirschten aufeinander. Theimenes' Worte hatten ihn entwaffnet. Nach einer Weile starrte er auf das Wasser hinaus, und seine Schultern sanken herab.

Cidos kauerte sich am Bug zusammen. Er fragte sich, ob Theimenes tatsächlich betroffen war oder ob er nur von seiner eigenen Schuld ablenken wollte, indem er die Sitten und Gebräuche der Theokratie ins Spiel brachte. Wenn dem so war, hatte er sein Ziel erreicht.

Helger stellte keine weitere Frage, bis die Sonne den fernen Horizont küsste.

Die Sonne versank hinter den hohen Hügelkuppen in der Ferne, tiefe Schatten schoben sie über die Wasseroberfläche wie schmierige Streifen und löschten das Funkeln auf den Wellen aus. Dennoch wurde es nicht ganz dunkel. Hinter den Hügeln lag die Wüste noch im hellen Tageslicht, und der Widerschein im Tal reichte aus, um alles in ein mildes Zwielicht zu tauchen.

»Es ist so weit«, verkündete Theimenes.

Er ließ den Blick noch einmal über den See schweifen. Die meisten Fischerboote waren wieder am Ufer oder auf dem Weg dorthin. Die Menschen auf den Feldern strebten den Hütten zu, und die Karawanen entfachten in ihren Lagern das Feuer zum Abendessen.

Theimenes zog eine kleine Lampe aus seiner Tasche und gab den Rucksack dann an Cidos weiter. »Nimm du die Siegel«, sagte er. »Du wirst das Gewicht brauchen.«

Cidos legte die Ledertasche neben sich auf die Bank und betrachtete sie missmutig. »Das Gewicht brauchen? Wozu braucht man ein Gewicht?«

»Um besser unterzugehen, wenn man tauchen will«, sagte Theimenes.

Helger blickte auf das tintige Wasser und erschauerte. Cidos sah zu, wie Theimenes die Lampe entzündete.

»Tauchen?«, fragte er. »Ich soll in diesem See tauchen? Unter Wasser herrscht inzwischen schwärzeste Nacht. Oder soll ich etwa die Laterne mitnehmen?«

»Genau«, antwortete Theimenes ruhig. Er stellte die Lampe neben sich auf die Bank und schaute Cidos an. Der wiederum betrachtete einen Augenblick lang die unruhige offene Flamme und schüttelte den Kopf.

»Und wie bitte schön soll die Lampe unter Wasser brennen?«, fragte er gereizt.

Theimenes musterte ihn eindringlich. »Du hast lange geübt«, sagte er schließlich. »Was meinst du, weshalb ich dich während unserer ganzen Reise Windzauber habe sprechen lassen?«

»Damit wir vorankommen«, entgegnete Cidos störrisch. »Wir hatten es eilig. Und wir durften nicht abstürzen. Das habt Ihr selbst gesagt.«

»Ja«, sagte Theimenes. »Aber es gab noch einen weiteren Grund. Ich wusste, was uns bevorsteht. Du hattest Gelegenheit, die Luft zu beherrschen und ihre Eigenarten kennenzulernen. Tagelang und bis zur Erschöpfung hast du deine Kräfte auf dieses Ziel gerichtet, und nun bist du so weit und kannst dich an schwierigere Aufgaben wagen.«

»Kein Wind kann dieses Wasser teilen.« Cidos blickte in die undurchdringliche Tiefe.

»Nein«, sagte Theimenes. »Aber du kannst eine Blase aus Luft um uns herum schaffen. Wir werden unten auf dem Grund wandern und uns umsehen und ganz normal atmen.«

»Wir?«, fragte Helger misstrauisch.

»Wir gehen alle hinunter«, sagte Theimenes.

Cidos war erleichtert, denn für einen Augenblick hatte er schon befürchtet, dass Theimenes diese Aufgabe ihm ganz allein zugedacht hatte. Und so wenig er wusste, ob er tatsächlich leisten konnte, was der Erzmagier ihm zutraute, so wenig hatte er Lust, allein dreißig Schritt unter der Wasseroberfläche durch die Finsternis zu tauchen.

»Und die Ungeheuer?«, fragte Helger. »Und der Dschinn?«

»Das sind nur Märchen«, versetzte Theimenes unbeirrt. »Die einzige Magie in dieser Oase befindet sich in dem Siegel, das wir suchen. Und wenn doch mehr hinter diesen Geschichten steckt, müssen wir hoffen, dass sie uns nicht in die Quere kommen.«

»Ich geh da nicht runter«, verkündete Helger.

»Wir müssen zusammenarbeiten, um an das dritte Siegel zu gelangen«, sagte Theimenes. »Und ohne das dritte Siegel endet unsere Reise hier.«

Sie schwiegen eine Weile, dann fügte der Erzmagier hinzu: »Wenn wir das Siegel nicht holen, war alles vergebens, und all unsere Pläne haben sich zerschlagen. Wir werden nicht mehr nach Hause zurückkehren, und wir werden auch unsere verlorenen Freunde nicht wiedersehen. Und wenn das Geld aufgebraucht ist, mit dem wir jetzt unseren Lebensunterhalt bestreiten, dann wird es uns an diesem Ort weit schlimmer ergehen als bei dem, was ich von euch verlange. Und es gibt weit weniger Hoffnung.«

Helger krümmte sich und schlug wütend mit der Faust auf die Reling.

»Also gut«, zischte er. »An mir soll es nicht liegen.«

Er wechselte einen Blick mit Cidos, und der senkte schuldbewusst den Kopf. Dann sprang der junge Schmuggler über Bord. Das Boot schaukelte. Cidos und Theimenes saßen da und regten sich nicht.

»Was ist?«, rief Helger. Er ließ sich neben ihnen im Wasser dahintreiben und paddelte mit den Füßen. »Wenn wir schon runtermüssen, sollten wir es schnell hinter uns bringen. Damit wir wenigstens wieder zurück sind, bevor es ganz dunkel wird.«

Cidos warf Theimenes einen Blick zu und ließ sich selbst in den See gleiten. Verzweifelt klammerte er sich am Bootsrumpf fest.

»Es ist kalt«, keuchte er. »So kann ich mich nicht auf den Zauber konzentrieren.«

»Die Windzauber beherrschst du im Schlaf«, sagte Theimenes. »Sammle deine Gedanken, als würdest du den Wind rufen, und dann zwinge ihn in diese neue Form um dich herum. Es ist nur ein kleiner Schritt. Du musst hier nicht neu laufen lernen. Du musst nur lernen, beim Laufen die Zehen ein wenig anders zu bewegen.«

Cidos atmete tief ein und wieder aus. Er versuchte sich zu konzentrieren. Aber er spürte, wie das Wasser an seinen Beinen zerrte, und er konnte einfach nicht an den Wind denken. Nur an die Luft, die er zitternd in die Lungen sog und wieder ausstieß.

Ein, aus.

Mit jedem Atemzug fing er die Luft ein und entließ sie. Er konzentrierte sich ganz auf den Atem und erweiterte dann den Fokus.

Theimenes beugte sich über die Bootswand zu ihm hinab. In der Linken hielt er die Lampe, mit der Rechten schob er die Tasche auf der Bank näher zum Rand hin. Das Boot neigte sich ein wenig zu Cidos hin.

Der junge Magier spürte jetzt die Luft. Sie war ihm näher als das Wasser. Er fing sie ein, doch anders als beim Windzauber stieß er sie nicht fort. Er hielt sie fest und formte sie. Um ihn wölbte sich die Wasseroberfläche nach unten, als hätte jemand einen Glasboden dagegengedrückt.

Helger keuchte erschrocken und schwamm ein Stück zur Seite. Doch plötzlich trieb er auf einem sanft geneigten Hang aus Wasser und glitt langsam hinunter und wieder auf Cidos zu.

Cidos spürte mit einem Mal, wie er aus dem Wasser gehoben wurde. Langsam stieg er neben dem Boot in die Höhe. Es war ein prickelndes Gefühl.

»Ich fliege«, sagte er, halb erschrocken.

»Nein«, berichtigte Theimenes ihn. »Du bist im Zentrum einer Luftblase, die du selbst erzeugst. Sie schwimmt auf dem Wasser. Und während du die Luft nach allen Seiten von dir wegdrückst, drückst du dich mit derselben Kraft vom Wasser ab, und vom Rand deiner Blase. So wird die Luft stets versuchen, dich in der Mitte zu halten.«

»Also habe ich ein Schiff aus Luft geformt«, sagte Cidos. Ein Hochgefühl durchströmte ihn. Zum ersten Mal empfand er bei der Anwendung von Magie ein Gefühl der Macht. Bisher war es stets nur Arbeit gewesen und eine lästige Übung. Wenn er das tun konnte, wo lagen dann seine Grenzen?

»Nicht ganz«, sagte Theimenes. »Ein Schiff enthält Luft, die auf dem Wasser treibt, und es enthält zugleich Erde, die es stützt und einen Gegenpol zur Erde bildet, die es hinabzieht. Deine Luftblase ist nicht so fest. Sie kann dich nicht in ihrer Mitte halten, solange die anderen Elemente um dich her nicht in der Lage sind, dich im Gleichgewicht zu halten. Und das ist gut so.«

»Warum?«, fragte Cidos. Er spürte allmählich, wie der Zauber die Kräfte aus seinem Inneren sog, und er lernte, den Zufluss zu kontrollieren. Wenn er die Magie nicht in einen Kreislauf zwang, würde er schnell erschöpfen. Schon merkte er, wie er wieder hinabsank, in dem Augenblick, wo sein Zauber die größte Stärke erreicht hatte.

»Wäre deine Luftblase tatsächlich ein Schiff von entsprechender Größe, so hätten wir nicht genug Ballast dabei, um es unter Wasser zu drücken. So aber müssen wir nur die Nebenwirkung des Zaubers ausgleichen, die dich schweben lässt. Wenn du sinkst, wird die Luftblase dir folgen.«

Während Theimenes erklärte, verfeinerte Cidos seinen Zauber. Er presste die Luftkugel zusammen und sorgte dafür, dass sie von sich aus stabil blieb und er nicht beständig neue Luft von außen zuführen musste. Helger trieb indes neben ihnen und sah verständnislos zu.

Theimenes drückte Cidos die Lampe in die Hand und ließ sich ebenfalls ins Wasser gleiten. Als er neben Helger schwamm, Cidos' Füße auf Höhe seines Gesichts, ließ er sich die Lampe wieder herunterreichen.

Cidos sank weiter, und unter ihm drückte die Luft immer tiefer in den See. Doch schon merkte Cidos, wie die Bewegung nach unten langsamer wurde. Je mehr Wasser sein Zauber verdrängte, umso mehr drückte er Cidos in die Mitte der Blase.

Cidos schätzte, dass er und die Blase um ihn ganz zum Stillstand kommen würden, sobald sein Leib auf einer Höhe mit dem Wasserspiegel war. Sein Zauber ließ ihn also genau so tief in den See sinken, wie sein natürlicher Auftrieb es ohne die Luftblase bewirkt hätte!

»Nimm die Siegel«, forderte Theimenes ihn auf.

Cidos musste sich in das Boot hinabbeugen, um an die Tasche zu gelangen. Als er sie aufhob, zog das zusätzliche Gewicht ihn nach unten, zur Wasseroberfläche. Aber während er hinabglitt, wich das Wasser vor ihm zurück, und darin schwimmend sanken Theimenes und Helger ebenfalls mit nach unten.

»Das Boot!«, rief Theimenes. »Pass auf, dass du das Boot nicht mitreißt.«

Das Boot trieb schräg in die Blase. Der Rumpf krängte, und es drohte zu kentern. Cidos stieß sich von der Bordwand ab. Langsam, kaum merklich, trieben Boot und Blase auseinander. Das Boot schaukelte, drehte sich und kam zurück. Es kam auf die Kante zu, wo das Wasser an der Blase endete wie abgeschnitten, und schien darüberkippen zu wollen, genau auf Helger und Theimenes zu …

Aber die Blase versank, und die Öffnung, die sie in die Oberfläche schnitt, wurde immer kleiner. Schon entfernte sich die Kante von dem Rumpf, und das Boot lag mit einem Mal im glatten Wasser und kam zur Ruhe. Cidos schwebte nach unten und nahm die Blase mit sich, ohne dass der See davon aufgewühlt wurde.

Helger schrie auf, als die schräge Wasserwand an den Seiten immer höher über ihren Köpfen emporwuchs und sich schließlich nach innen wölbte, als wollte sie brechen. Er zog den Kopf ein und riss die Hände empor, aber das Wasser blieb dort oben.

Sie sanken einfach immer tiefer, und die Fluten schlugen über ihnen zusammen und bildeten eine vollkommene Kugel von acht Schritt Durchmesser rings um Cidos herum. Die Wasserfläche am Rand funkelte im tausendfach gebrochenen Licht der kleinen Laterne, und dahinter blieb es dunkel und trübe wie bei einem Blick durch dickes milchiges Glas.

»Das habe ich nicht bedacht«, murmelte Theimenes. »Die Suche könnte schwierig werden, wenn so wenig Licht nach außen gelangt.«

Er betrachtete die flackernde Kerzenflamme in ihrem kleinen Behälter und schaute zur Wand der Kugel.

»Halte die Oberfläche so glatt wie möglich«, forderte er von Cidos. »Je weniger Wellen du zulässt, umso besser können wir hindurchblicken.«

»Alles bewegt sich«, sagte Cidos. Seine Stimme klang verzückt, so als hätte er dem Erzmagier gar nicht zugehört. »Ich höre, wie das Wasser an uns vorüberbraust.«

Plötzlich fühlte Helger festen Boden unter den Füßen. Cidos und Theimenes, die nur einen Schritt neben ihm trieben, sanken weiter nach unten – und mit Cidos bewegte sich die Kugel aus Luft! Die gewölbte Wasserwand kam auf Helger zu und drohte ihn zu verschlingen, gemächlich, aber unaufhaltsam. Sie funkelte und gleißte im Licht der Laterne, bis der Erzmagier mitsamt der Lampe in einer Kluft verschwand und die Schatten höher wuchsen. Abfließendes Wasser gurgelte um Helgers Beine, hinter Cidos und Theimenes her. Helger riss die Arme hoch und schrie auf.

»Helger!«, rief Cidos. Der junge Magier versuchte, den Abstieg zu bremsen, bevor sein Freund in den Fluten verschwand. Aber die Bleisiegel zogen ihn hinab. Neben ihm wuchs unvermittelt eine steile, glatte Felswand empor, und Helger stand oben darauf und blieb zurück. Die Oberseite der Luftblase schien ihn zermalmen zu wollen.

Der Schmuggler taumelte zur Mitte der Luftkuppel. Schon stieß sein Kopf durch die so massiv wirkende Wasserwand. Nasse Rinnsale liefen ihm übers Gesicht. Dann kippte er über die Kante und stürzte hinter seinen Gefährten her.

Mit einem Platschen landete er gleich neben Theimenes, überraschend hart. Wasser spritzte auf, aber es war nur noch eine flache Pfütze, die immer flacher wurde und die Helgers Sturz kaum bremsen konnte. Theimenes und Cidos standen bereits auf festem Boden. Cidos kauerte sich nieder, bleich und erschrocken. Das Hochgefühl über die Macht seines Zaubers war verflogen.

Helger stöhnte.

»Halte den Zauber aufrecht«, mahnte der Erzmagier. »Wir sind gewiss dreißig Schritt unter der Wasseroberfläche. Wenn unsere Luftblase bricht, kann es übel ausgehen.«

»Helger!« Cidos berührte seinen Freund.

Helger stöhnte wieder und setzte sich auf. »Ich fühle mich, als wäre ich vom Mast aufs Deck gestürzt«, sagte er keuchend.

»Alles in Ordnung?«, fragte Cidos beunruhigt.

Helger antwortete nicht. Er drehte den Kopf und bewegte prüfend die Schultern. Nachdem er sich all seiner Gliedmaßen versichert hatte, kam er ächzend auf die Füße.

»Es geht schon«, sagte er. »Es hat mich nur ein wenig durchgeschüttelt. Warum ist der Boden hier so unregelmäßig? Woher kommen diesen glatten Felsen?«

Er musterte die steinerne Wand, die neben ihm durch die Luftblase schnitt und auf der er eben noch gestanden hatte. Die obere Kante war inzwischen im Wasser verschwunden.

»Glätte das Wasser«, sagte Theimenes. »Dann können wir besser sehen.«

Cidos blickte den Alten an und bewegte die Lippen. Mit einer hilflosen Geste wies er auf Helger, doch der beachtete ihn gar nicht. Cidos schüttelte den Kopf, schloss die Augen und konzentrierte sich.

Die Wellen und Ringe, die das Wasser am Rand ihrer Luftblase beständig erzittern ließen, wurden schwächer. Die Oberfläche bewegte sich so träge wie Öl, und immer deutlicher traten die Umrisse der Außenwelt im Lampenlicht hervor.

Cidos schlug die Augen wieder auf. »Besser geht es nicht«, stellte er fest.

Die drei blickten sich um.

Sie standen auf dem Grund des Sees. Rings um sie herum erstreckte sich eine Welt aus Licht und Schatten und tiefster Dunkelheit. Das Licht, das sie mitbrachten, erreichte das Wasser kaum. Nur ein trüber Schimmer verließ die Luftkuppel und enthüllte Formen, die träge mit der zitternden Wasserwand tanzten.

Überall ragten Felsen auf, mit erstaunlich glatten Flächen und in überraschendem Ebenmaß. Sie bildeten gerade Linien und rechte Winkel, die Cidos nie am Grund eines Sees erwartet hätte. Helger erkannte als Erster, was vor ihnen lag. »Das sind Häuser!«, rief er aus. Er war also gerade auf einem Dach gelandet, während seine Freunde weiter in die Straße daneben gesunken waren.

Theimenes nickte. »Das alte Shatwa«, verkündete er. »Die Stadt des Xing Khan.«

Helger erschauerte sichtlich. Cidos war zu betäubt, um auf die Worte zu achten. Die Sorge um den Freund hatte ihn erschreckt und ernüchtert, und die dauernde Anstrengung durch den Zauber, den er aufrechterhalten musste, machte ihn benommen. Er lief nur mit und schaute und lauschte, ohne etwas wahrzunehmen.

»Kommt«, befahl Theimenes. »Wir müssen den alten Brunnen finden.«

»Der Brunnen.« Helgers Missfallen klang deutlich heraus. »Ist das nicht der Ort, wohin der Dschinn gebannt wurde? Ich möchte hier unten nicht noch einem Ungeheuer begegnen.«

»Mit diesem Dschinn ist nichts weiter gemeint als die Wirkung des Siegels«, erklärte Theimenes. »Das Siegel des Wassers.«

Er ging voran, und Cidos lief hinterher. Helger musste folgen, wenn er nicht ins Wasser geraten wollte. Misstrauisch spähte er durch die trügerischen Straßen unter den Fluten, an den Wänden entlang, die scheinbar schwankten und wogten wie Seegras.

»Das gefällt mir gar nicht«, murmelte er.

Theimenes bewegte sich sicher und entschlossen über den trügerisch glitschigen Boden. Manchmal hielt er inne und schob tastend die Füße vor, als würde er sich mit den Zehen einen Weg suchen. Dann wählte er mitunter eine Abzweigung und wandte sich in eine andere Richtung.

Doch so überzeugt der Erzmagier auch wirkte: Helger hatte das Gefühl, dass sie sich im Kreis bewegten. Die Flamme zitterte und blakte.

»Zieh Luft aus dem Wasser und erneuere die Blase«, sagte Theimenes zu Cidos. »Wir brauchen regelmäßig frische Luft hier drin, denke daran.«

Cidos konzentrierte sich noch mehr auf den Zauber. Dann und wann taumelte er, drohte auszurutschen oder gegen eine der überfluteten Hauswände zu laufen. Helger war bald vollauf damit beschäftigt, seinen abgelenkten Freund zu stützen und zu führen.

»Wisst Ihr, wo es hingeht?«, fragte er mürrisch.

»Der Brunnenplatz dürfte der niedrigste Ort der Oase sein«, erwiderte Theimenes. »Ich versuche, möglichst bergab zu gehen.«

Sie wanderten eine Weile schweigend weiter. Helger und Theimenes hatten einander nichts zu sagen, und Cidos war zu sehr mit sich selbst und mit dem Zauber beschäftigt, der nun wieder bloße Arbeit war und keineswegs mehr berauschend.

Helger hatte das Gefühl, dass ihm die Luft in der Kehle schal wurde. Auch die Lampe wollte sich nicht recht erholen. Ein Schatten legte sich über sie. Die Welt jenseits der Luftblase wurde wieder trüber, und der Schmuggler glaubte, bizarr geformte Schemen durch das Wasser gleiten zu sehen.

Er dachte an die Ungeheuer, die hier im See hausen sollten, und legte den Kopf in den Nacken. Auch über ihnen war alles schwarz, kein verirrter Sonnenstrahl brachte ihm Trost hier unten. Was auch immer Theimenes vorhatte: Helger hoffte nur, dass der Alte rasch Erfolg hatte und sie bald wieder zu ihrem Boot zurückkehren konnten.

Das Wasser war ihm stets ein Freund gewesen, doch nun fragte er sich, ob er je wieder über das Meer segeln konnte, ohne sich Gedanken über die Welt unterhalb der sicheren Decksplanken zu machen.

Vor ihnen schälten sich Stufen aus dem Boden. Dann und wann ragten Steine als harte, glatte Kanten aus dem schlammigen Grund. Im düsteren Zwielicht ließ sich nur erahnen, dass die Häuser auf allen Seiten zurückgewichen waren und sie auf einem freien Platz standen. Der Platz fiel zur Mitte hin terrassenartig ab, und da, wo die Stufen vom weichen Grund des Sees bedeckt waren, bildeten sie nur ein sanftes Gefälle.

»Wir sind fast da«, murmelte Theimenes. Sein Blick war verbissen nach vorn gerichtet, und zugleich ging er dicht neben Cidos und krallte seine langen, knochigen Finger in die Tasche mit den Siegeln, die der jüngere Zauberer über der Schulter trug.

Das Blut pochte in Helgers Ohren. Die Häuser im Wasser waren unheimlich gewesen, doch hier, auf dem freien Platz, fühlte er sich noch schutzloser.

Unvermittelt ertönte vor ihnen ein Brausen. Die gemauerte Umrandung eines Brunnens drückte sich durch die Wasserwand in die Luftblase, und aus dem Brunnen schoss das Wasser empor, als sie herantraten, erst als gluckernder Schwall und dann als donnernde Wassersäule. Es war, als habe der Brunnen einen starken Arm erhoben, um die Eindringlinge zurückzuschlagen.

»Bei Eltars Gnade«, stieß Helger hervor. »Wie wollt Ihr in diesem aufgewühlten Wasser ein Siegel aus dem Brunnen holen?«

»Einfältiger Narr«, zischte Theimenes. Er drehte sich nicht einmal um zu Helger, sondern behielt unbeirrt sein Ziel im Auge. Dort fiel die Wassersäule wieder in sich zusammen. Ein Schauer aus schweren Tropfen prasselte auf ihre Köpfe und bildete Lachen auf dem Boden, die zum Rand der Luftblase krochen wie fremdartige, flache Tiere.

»Cidos' Luftblase dringt unter seinen Füßen durch die Erde, auch wenn wir nur das obere Halbrund davon sehen«, erläuterte der Erzmagier. »Und wenn Cidos auf den Brunnen zugeht, drückt sein Zauber natürlich das Wasser aus dem Schacht. Das ist alles. Keine Gefahr hier, nur unsere eigene Magie.«

Die Worte »unsere Magie«, betonte er so eigenartig, dass Helger überrascht aufblickte. Lag da ein Hauch von Sehnsucht in

Theimenes' Stimme, und von … Neid? Die stets spöttische Stimme des Erzmagiers hatte noch nie so viel Gefühl verraten, und Helger fragte sich, ob es diesmal echt gewesen war. Und was es bedeuten mochte.

Theimenes' nächste Worte rissen ihn aus seinen Gedanken. »Du wirst dort hinuntertauchen müssen!«

Der alte Erzmagier blickte in den Brunnenschacht hinab, und Helgers Herzschlag setzte aus. In einem Moment der Verwirrung blickte er sich um, ob vielleicht ein anderer gemeint sein konnte. Dann fragte er sich, ob er sich verhört hatte.

»Hinuntertauchen«, stotterte er. »In den … Brunnen? Aber …«

»Das Siegel dürfte in den Boden des Brunnens eingelassen sein«, sagte Theimenes.

»Es liegt schon seit Ewigkeiten am Grund des Sees«, wandte Helger ein. »Inzwischen ist es bestimmt unter Schlamm begraben.«

»Das glaube ich nicht«, sagte Theimenes. »Die Magie des Wassersiegels wird es nicht zulassen, dass sich Schlamm oder Sand darauf absetzt. Es wird frei im Wasser liegen, angebracht an einer Steinplatte. Du hast ein Messer. Tauche hinab und löse es heraus wie die anderen Siegel, die wir geholt haben.«

»Warum ich?«, fragte Helger. »Ich habe mit dem ganzen magischen Zeug nichts zu tun.«

Theimenes lachte trocken. »Du bist jung und gesund, und du bewegst dich im Wasser wie ein Fisch. Glaubst du, ich könnte selbst dorthinab? Oder willst du, dass Cidos geht und die Luftblase mit sich nimmt?«

Helger sah Cidos an. Der schaute mit abwesendem Blick in den See hinaus. Feine Schweißperlen glitzerten auf seinem Gesicht, anscheinend das einzige Wasser, das er mit seinem Luftzauber nicht von sich fortdrängen konnte.

Helger dachte an den Dschinn am Grunde des Brunnens und schüttelte den Kopf. »Aber wie soll ich dorthinunterkommen?«, sagte er laut. »Ihr habt selbst gesagt, dass unsere Luftblase bis in drei Schritt Tiefe alles Wasser aus dem Brunnen gedrückt hat. Soll ich in den engen Schacht springen? Wer weiß, wie tief er überhaupt ist.«

»Ich denke, wenn man die drei Schritte abzieht, ist das Wasser nicht tiefer, als du tauchen kannst«, sagte Theimenes ungerührt. »Und diese drei Schritte wirst du wohl klettern müssen. Das ist nichts, was deine Fähigkeiten übersteigt. Ich habe gesehen, wie gewandt du dich auf dem Schiff und am Mast bewegt hast.«

Helger stützte die Hände auf den Brunnenrand. Der Stein unter seinen Fingern fühlte sich glatt an und war doch so bizarr geformt, als hätte man ihn geschmolzen und im Augenblick der Verformung wieder erstarren lassen. Das Wasser des Sees hatte den Stein nicht nur geglättet, sondern im Laufe der Jahrhunderte ganz zerfressen. Aber vielleicht lag das auch an dem pelzigen Bewuchs aus Wasserpflanzen, der die Einfassung des Brunnens schwarz und glitschig machte.

»Ich weiß nicht, ob ich das schaffe«, sagte Helger. »Da sind Wölbungen und Löcher, die mir Halt geben, aber die Oberfläche ist wie mit Schleim überzogen.«

Er starrte hinab, und der Schacht blickte ihm entgegen wie ein finster drohendes Auge. Auch als Theimenes näher herantrat und mit der Lampe hinableuchtete, sah man unten kein Wasser glitzern.

»Ich komme vielleicht nicht mehr hoch«, sagte Helger. »Dann könntet Ihr lange warten auf Euer Siegel.«

Der Erzmagier schüttelte verächtlich den Kopf. »Hinunter kommst du auf jeden Fall. Und wenn du es nicht heraufschaffst, kann Cidos ein wenig zurücktreten. Der steigende Wasserspiegel wird dich emportragen.«

Helger erschauerte. Er war sich bewusst, dass in diesem Fall das Wasser mit derselben Kraft von oben auf ihn zukommen würde. Das wollte er nicht erleben.

»Hör zu.« Theimenes wurde ungeduldig. Seine Augen flackerten, und er sah Helger nicht an, während er mit ihm sprach. »Ich kann dich nicht zwingen, das Siegel für mich zu holen. Aber wie wir oben schon besprochen haben: Ohne das

Siegel kommen wir nicht fort. Dann war nicht nur alles vergebens, was wir bisher durchgemacht haben – auch dieser kleine Ausflug unter Wasser war völlig umsonst. Wenn du dich jetzt nicht entschließen kannst, so wirst du es schon sehr bald bereuen und wir müssen das alles noch einmal wiederholen.«

Helger hätte durchaus erwartet, dass der Erzmagier der Theokratie ihn dazu zwingen konnte. Oder dass ihm magische Möglichkeiten zu Gebote standen, um sich das Gewünschte selbst zu beschaffen. Aber Theimenes blieb sich treu. Er redete nur und ließ andere die Arbeit für sich machen.

Helger schob seufzend ein Bein über den Brunnenrand. Einen Augenblick lang saß er rittlings auf dem Stein. Er tastete mit den Zehen nach Halt, während er gleichzeitig die Finger fest um die Kante schloss. Dann erst schwang er sich endgültig in das finstere Loch und begann den Abstieg.

Er dachte an die Mauern in TeiChu, die er auf so spektakuläre Weise erstiegen hatte. Aber die waren wenigstens trocken gewesen, und er hatte sehen können, wohin er trat. An diesem Brunnen konnte man keine gewagten Sprünge machen, keine Abkürzungen nehmen ... Helger dachte kurz darüber nach, ob er sich einfach fallen lassen sollte. Das *wäre* eine Abkürzung, und immerhin hatte er hier Wasser unter sich und konnte sich allenfalls an der Wand des Schachts stoßen.

Er entschied sich dagegen, biss die Zähne zusammen und kletterte. Der Abstieg war die beste Möglichkeit, um auch den Weg für den Aufstieg zu erkunden. Und der würde ihm ohnehin nicht erspart bleiben.

Der Schacht war sehr eng. Es war der alte Brunnen der Oase, wenn man den Legenden glauben durfte, und der von Stufen umsäumte Platz war bald zum neuen Brunnen geworden, ein See mitten auf dem Marktplatz, der schließlich die ganze Stadt verschlungen hatte.

Aber der alte Brunnen war eng, und wenn Helger sich mit dem Rücken gegen die Wand drückte, konnte er mit den Füßen die gegenüberliegende Seite erreichen und sich selbst in dem Schacht verkeilen. Vorsichtig bewegte er die Hände seitlich an seinem Körper nach unten, tastete nach neuem Halt und drückte endlich seinen Rücken ganz leicht nach vorn, um seinen Oberkörper ein Stück weit abzusenken. Dann folgten die Füße, einer nach dem anderen, während nur die Kraft eines einzigen Beines für den notwendigen Gegendruck sorgte.

Es war leichter, für die Füße einen kleinen Spalt oder Vorsprung zu ertasten, als mit dem Rücken auf dem glitschigen Untergrund Halt zu finden. Immer wieder rutschte er mit dem Körper ein Stück ab, bevor er sich mit den Händen wieder fangen konnte. Diese ruckartigen Bewegungen zerrten schmerzhaft an seinen Beinmuskeln, und die Handflächen brannten, wo sie über den Stein geschabt waren.

Er hörte die Stimmen von Theimenes und Cidos durch den Schacht hallen. Sein Freund klang aufgeregt, aber die einzelnen Worte waren nicht zu unterscheiden. Helger dachte plötzlich, dass Cidos vielleicht erschöpft war und das Wasser jeden Augenblick von oben herabstürzen konnte wie eine alles zermalmende Wand, die ihn in den bodenlosen Schacht hinabdrückte.

»Cidos?«, rief er. »Alles in Ordnung bei euch?«

Er zwinkerte sich den Schweiß aus dem Auge und spähte hinauf. Trüb umriss der Lampenschein den Einstieg zum Brunnen, aber Cidos und Theimenes waren wohl einen Schritt zurückgetreten und nicht zu sehen.

Niemand antwortete auf sein Rufen.

Helger fluchte und kletterte weiter. Einen Augenblick später hing sein Gesäß im Wasser. Mit einem erleichterten Seufzer und einem Klatschen ließ er sich fallen und trieb eine Weile erschöpft im eisigen Wasser am Grunde des Brunnens.

Gut, dachte er. *Da sollte ich auch wieder hinaufkommen.*

Erst als er wieder etwas zu Atem gekommen war, erinnerte Helger sich an den Dschinn und die magischen Gefahren, die vielleicht unter seinen Füßen lauerten.

»Es ist nur ein Siegel«, murmelte er beschwörend vor sich hin. »Zwei davon haben wir schon geholt.«

Doch der Gedanke beruhigte ihn kaum. Das erste Siegel hatten sie geholt, und darunter war ein Ungeheuer zum Vorschein gekommen. Vielleicht war es hier ebenso. Hatte Theimenes ihn deswegen vorgeschickt?

Helger zog sein Messer und schwamm unschlüssig umher. Mit der Linken klammerte er sich an die Brunnenwand. Er konnte nicht einmal das Wasser sehen, in dem er trieb, und ihm graute davor, in die schwarze Tiefe zu tauchen und ein Siegel zu lösen, ohne irgendetwas zu sehen.

Dann aber dachte er daran, dass Cidos dort oben die Luft bereitstellte, die er hier unten atmete. Er dachte an das Gewölbe mit Wänden aus Wasser und an all das weitere Wasser, das darüber lastete. Dieser Zauber kam ihm so gewaltig vor, dass er sich nicht vorstellen konnte, wie irgendein Mensch dieses Wunder so lange aufrechterhalten sollte.

Selbst Cidos nicht, den man von der Straße weg für die Akademie von Tarsus ausgewählt hatte, dem die Zauberer und Würdenträger der Theokratie den Beinamen Eltairion verliehen hatten, bevor seine Ausbildung noch begonnen hatte, allein wegen der Macht, die sie in ihm zu erkennen glaubten. Der Erwählte Eltars, ausersehen für die höchsten Ränge unter den Zauberern, und vielleicht sogar, in vielen Jahrzehnten, der künftige Erzmagier der Theokratie.

So jedenfalls hatten es die Gerüchte behauptet, damals, nachdem sein Freund hinter den Mauern der Akademie verschwunden war, lange bevor Helger seine eigenen Träume begraben und sich damit abgefunden hatte, dass er Cidos niemals wiedersehen würde. Aber auch wenn Helger wusste, was man sich damals zugeraunt hatte, darüber, wie beeindruckt die Räte der Akademie gewesen waren und wie der Erzmagier persönlich den Jungen geprüft und ihm den Ehrentitel verliehen hatte: Erst heute, als er die Halle aus Wasser erblickt hatte, war ihm bewusst geworden, was die Macht seines Freundes wirklich bedeutete.

Vielleicht war das der Grund, warum Theimenes seine eigene Macht nicht offen zeigte: Weil er wusste, wie erbärmlich sie wirken würde, verglichen mit den Wundern, die er von seinem scheinbaren Schüler verlangte. Die er verlangen musste, weil er selbst nicht dazu in der Lage war!

Doch selbst im stärksten Mann konnte etwas zerbrechen, wenn er zu lange eine gewaltige Last schultern musste. Also musste Helger nun auch seinen Teil der Aufgabe rasch erfüllen, um seinem Freund zu helfen, damit sie an Land gehen konnten und Cidos nicht länger allein das ganze Wasser des Sees von ihnen fernhalten musste.

Er nahm die Klinge zwischen die Zähne, drehte sich und tauchte. *Jeder hat seine Last zu tragen,* dachte er und presste die Zähne auf den Stahl. Er konnte nichts sehen und stieß mit den rudernden Händen immer wieder gegen die Seitenwände.

Die Berührung war schmerzhaft, aber beruhigend. Sie zeigte ihm, dass er immer noch in dem engen Schacht war und zumindest den Weg nach oben nicht verfehlen konnte.

Dann kratzten seine Finger unten gegen ein Hindernis. Erschrocken zuckte Helger zurück, und der Auftrieb in seinen Lungen trug ihn wieder hinauf, fort von seinem Ziel.

Strampelnd kämpfte er sich wieder nach unten und atmete aus, damit er ein wenig leichter arbeiten konnte. Er tastete durch die Schwärze und spürte Stein vor sich, der den Brunnengrund abschloss. Tatsächlich hatte sich kaum Schlamm abgesetzt, und in der Mitte des Steins erfühlte Helger eine Aufwölbung, von der aus Stränge abgingen wie die Beine einer Spinne.

Er nahm das Messer aus dem Mund und versuchte, die Klinge unter eines dieser Beine zu schieben. Das ging leicht. Als Nächstes führte er das Messer unter dem Strang auf die Wölbung in der Mitte zu. Aber das Ding schien sich tief in den Stein gegraben zu haben. Helger kratzte, scharrte und drückte, während es in seinem Kopf dumpf wummerte und ihm allmählich schwindlig wurde. Dann verlor er das Messer.

Hastig fasste er nach und stieß es versehentlich noch weiter fort. Es verschwand in der undurchdringlichen Finsternis am Brunnengrund.

Helger ruderte hektisch mit den Armen. Er traf nur auf Stein und auf spitze Vorsprünge und schabte sich die Knöchel auf. Er verlor die Orientierung und geriet in Panik, und als er glaubte, die Wölbung des Siegels unter seinen Füßen zu fühlen, stieß er sich heftig ab und schoss nach oben.

Einen Augenblick später durchbrach er die Wasseroberfläche und schnappte nach Luft. Es dauerte eine ganze Weile, bis er am oberen Ende des Brunnens wieder den Schein der Lampe erkennen konnte.

»Alles in Ordnung da oben?«, stieß er atemlos hervor.

»Was treibst du da unten?«, hörte er Theimenes' Stimme.

»Ich habe es gefunden«, erwiderte Helger.

»Was?«, fragte Theimenes.

»Ge-fun-den!«, brüllte Helger abgehackt.

»Dann bring es herauf«, erwiderte Theimenes.

Helger wartete einen Augenblick, bevor er weitersprach. Es hatte keinen Sinn, solange er sich selbst kaum verstehen konnte.

»Es steckt fest«, rief er zu Theimenes empor.

»Du solltest dich lieber beeilen«, erwiderte der Erzmagier. Etwas an seiner ruhigen Stimme verriet Helger, dass er diesen Hinweis ernst nehmen sollte.

Er blickte im Dunkeln auf seine leeren Hände. Er hatte keine Ahnung, wie er das Siegel so herausbekommen sollte, und er wollte mit Theimenes darüber sprechen. Andererseits wusste er schon jetzt, dass der Erzmagier sich kaum um seine Probleme scheren würde.

Helger schüttelte den Kopf und tauchte erneut. Wenn er das Messer nicht wiederfand, würden sie die Sache abbrechen und es ein anderes Mal versuchen müssen. Er würde nur noch ein einziges Mal tauchen. Theimenes' Stimme machte ihm Sorgen. Er würde gewiss nicht zulassen, dass sein Freund sich mit seinem Zauber übernahm und das nächste Opfer des verrückten Alten wurde.

Am Boden des Brunnens spreizte er die Beine und verkeilte sich kopfunter im Brunnenschacht. Ihm wurde ganz leicht zumute, und er fühlte sich eigentümlich klar. Ob das eine Art Rausch war?

Aber der Brunnenschacht war hier unten genauso schmal wie oben, und seine tastenden Finger fanden das verlorene Messer rasch wieder. Helger konnte selbst nicht verstehen, warum es ihm eben so schwergefallen war. Er war wohl schon zu lange unten gewesen.

Er legte die Linke auf die Wölbung, die er für die Mitte des magischen Siegels hielt. Entschlossen stieß er die Messerklinge darunter. Das Siegel bewegte sich und löste sich vom Boden. Helger hatte das Bild einer Schnecke vor Augen, die am Untergrund haftete, den Händen des Sammlers letztendlich aber doch nicht widerstehen konnte.

Nur die Auswüchse steckten jetzt noch im Stein fest. Helger zerrte und zupfte beharrlich. Wieder wurde ihm die Luft knapp, und er hatte das Gefühl, dass es diesmal schneller ging als beim letzten Mal. Er verlor den Halt mit den Beinen. Gedanken an Dschinn und Ungeheuer tanzten wirr durch seinen Geist. Wieder entglitt das Messer seinen Fingern, doch es kümmerte ihn nicht. Mit beiden Händen umklammerte er das Siegel, drehte sich und stemmte die Füße gegen den Boden.

Und das Siegel gab nach.

Cidos bemerkte, wie Theimenes unruhig wurde. Im nächsten Augenblick spürte er selbst etwas. Cidos vermochte es nicht zu deuten.

»Was ist los?«, fragte er. Er hatte die letzten Augenblicke neben dem Brunnen verweilt und nicht einmal gefühlt, wie die Zeit verstrich. Es war fast so, als wäre er eingeschlafen gewesen, als hätte er sich in seinem eigenen Zauber verloren.

»Unsere Zeit läuft ab«, knurrte Theimenes.

»Was meint Ihr?«, fragte Cidos verwirrt. Es fiel ihm schwer, neben dem Zauber noch einen anderen Gedanken zu fassen. Die Luftblase, die er geschaffen hatte, blieb inzwischen zwar fast von selbst bestehen, aber die Magie, die er darauf verwandte, schien zugleich eine ebensolche Blase in seinem Kopf zu hinterlassen. Jeder andere Gedanke wurde davon zur Seite gedrängt.

Der Erzmagier antwortete nicht auf die letzte Frage. Cidos lauschte auf seinen eigenen Zauber und darauf, was dieser ihm verriet. »Da ist eine Unruhe im Wasser«, fügte er nach einigen Augenblicken hinzu.

»Ja«, erwiderte Theimenes knapp. »Es wird Zeit, dass dein Freund sich wieder blicken lässt.«

Angestrengt starrte der Alte in den Brunnen. Ein kratzendes Geräusch drang von unten herauf.

»Hast du das Siegel?«, brüllte Theimenes in das finstere Loch.

»Ich habe es«, ertönte die Antwort, dumpf und leise.

»Dann trödel nicht so lange herum«, befahl der Erzmagier.

Saugende und glitschige Geräusche kamen aus dem Brunnenschacht. Helger klang mürrisch, als er zu ihnen sprach. »Das Siegel ist verdammt schwer, vor allem, wenn man auch noch klettern muss. Ihr könnt gern runterkommen und es abholen, wenn ich Euch nicht schnell genug bin.«

Theimenes zappelte neben dem Brunnen herum und beugte sich vor, aber er machte keine Anstalten, Helgers Einladung Folge zu leisten.

»Da sind Schatten im Wasser.« Cidos kniff die Augen zusammen. Schlieren trieben in seinem Blickfeld, und das unruhige Lampenlicht tanzte auf der silbrigen Wand der Luftblase. Dennoch glaubte Cidos, dahinter etwas anderes wahrzunehmen.

»Ich weiß«, gab Theimenes leise zurück, ohne aufzublicken.

Allmählich kroch Helger in den erhellten Bereich des Schachts. Er stemmte sich mit dem Rücken gegen die Brunnenwand und mit den Füßen gegen die andere Seite. Handbreit um Handbreit schob er sich nach oben. Das Siegel hatte er sich auf den Schoß gelegt.

Theimenes beugte sich weit vor und streckte gierig die Hand aus. Helger starrte ihn misstrauisch an und kletterte weiter.

»Das Siegel! Das Siegel!«, drängte Theimenes.

Helger zögerte, und Cidos warf ein: »Gib es ihm. Du kannst dann leichter klettern, und ich werde nicht ohne dich von hier fortgehen.«

Damit war alles gesagt. Helger hielt das Bleisiegel vorsichtig mit einem ausgestreckten Arm nach oben. Er rutschte mit dem Rücken ein Stück weit an der Wand nach unten, und Theimenes griff hastig zu – nicht nach der Hand, nur nach dem Siegel.

Er legte den verschlungenen, zackigen Bleiklumpen in ein dünnes und eingeöltes Ledertuch, formte es zu einem Sack, blies es auf und verdrillte und verknotete die Öffnung. Cidos musterte ihn verständnislos. Von seiner Last befreit, überwand Helger das letzte Stück und rollte sich über den Brunnenrand. Erschöpft blieb er neben dem Brunnen auf dem Boden liegen.

»Weg hier!« Theimenes blickte sich gehetzt um.

Helger bemerkte die Unruhe des Erzmagiers sofort. Er erinnerte sich an das erste Siegel. Misstrauisch richtete er sich auf und starrte in den Brunnenschacht, aus dem er soeben gekrochen war. Aber dort unten blieb es still, und kein Ungeheuer kletterte ihm hinterher.

Die drei gingen langsam über den Platz im Herzen der versunkenen Stadt. Theimenes drückte Helger den aufgeblasenen Ledersack mit dem Siegel in die Hand. Dann nahm er die Wasserflasche, leerte sie, blies sie ebenfalls auf und verschloss sie wieder. Er nahm den Packen von Helger zurück und hielt nun zwei Luftsäcke in der Hand.

Der Schmuggler betrachtete ihn verständnislos. Cidos bekam nichts davon mit. »Da ... da stört etwas meinen Zauber«, stammelte er.

Schon standen sie wieder auf den Stufen des alten Marktplatzes – *auf den Stufen des großen Brunnens der alten Oase von Shatwa,* berichtigte sich Cidos in Gedanken. Eine dumpfe Müdigkeit kroch durch seinen Kopf. Etwas ließ seine Gedanken erzittern wie die unruhige Wasserwand, die er um sie herum errichtet hatte.

Cidos versuchte, das Wasser ruhig zu halten, damit sich das Lampenlicht nicht so vielfach darin brach und sie hindurchsehen konnten. Doch er schaffte es nicht. Die Wasserkuppel schlug Wellen wie die Oberfläche eines Sees, die von einem fallenden Stein aufgewühlt wird, dann von Dutzenden Steinen, und schließlich war es, als würde ein ganzer Platzregen von außen gegen die Grenzen des Zaubers schlagen.

Die Luftblase erzitterte.

Die drei Eindringlinge stolperten voran, und auch Helger erkannte nun, dass etwas ganz und gar nicht stimmte. Jenseits der Wasserwand war überhaupt nichts mehr zu erkennen. Die Überreste der alten Häuser sahen sie erst, wenn sie ganz nah herankamen und wenn die Wände in ihre Luftblase ragten.

»Wo ist die Straße?«, fragte Cidos.

»Warum tauchen wir nicht einfach auf?«, warf Helger ein. »Cidos' Zauber wird jeden Moment brechen!«

»Nein, das ist es nicht ...«, widersprach Cidos.

Theimenes presste seine beiden Bündel an seinen Körper. »Es ist besser, wir gehen wieder zu der Hausecke, an der deine Angelschnur hängt«, wandte er ein. »Ich möchte nur ungern oben in der Dunkelheit nach dem Boot suchen müssen.«

»Ich möchte nur ungern hier unten sein, wenn Cidos' Zauber endet«, murmelte Helger.

Da tat sich eine Lücke zwischen den überfluteten Häusern auf. Cidos war sich nicht sicher, ob das die Straße war, durch die sie gekommen waren, aber er hielt trotzdem darauf zu. Er war schon geneigt, Helger recht zu geben und einfach aufzutauchen – doch er wusste nicht, wie er das überhaupt anfangen sollte. Immerhin stand er hier auf dem Boden, die Luftblase folgte ihm, und in ihrem Inneren konnte er schlecht schwimmen.

Und den Zauber aufzulösen, dreißig Schritt unter Wasser, das wagte er auch nicht.

Er blickte zu Theimenes, in der Hoffnung, dass der Erzmagier einen Rat für ihn hatte. Der aber schob ihn einfach nur vorwärts und auf die Einmündung zu. Mit einem Mal blieb Cidos stehen, und der alte Mann an seiner Seite strauchelte.

Es fühlte sich an, als wäre seine Luftblase gegen ein Hindernis gestoßen. Cidos versuchte, einen weiteren Schritt zu tun, und er musste ankämpfen wie gegen eine Strömung. Er wusste nicht, was geschah, aber etwas zerrte vor ihm an den Rändern seines Zaubers. Plötzlich tat sich ein Riss auf, der durch das Wasser schnitt und gleichermaßen durch Cidos' Gedanken.

Helger trat an Cidos' Seite, als dieser langsamer wurde. Als die Wasserwand aufriss, keuchte er auf. Eine Hand schob sich vor ihnen aus dem Wasser, genau aus Richtung der Straße, die sie nehmen wollten. Die Hand wirkte schwarz im Lampenschein, und sie glitzerte feucht. Die Finger liefen so spitz zu wie Klauen, und Schwimmhäute spannten sich dazwischen.

Und dann schob sich das ganze Wesen hindurch und stand vor ihnen.

Helger wich entsetzt zurück. Theimenes und Cidos standen einfach nur da und starrten. Eine bizarre Mischung aus Mensch und Fisch versperrte ihnen den Weg. Das Geschöpf ragte höher auf als ein Mann, und im ersten Moment blieb die obere Hälfte des Körpers im Wasser verborgen. Aber es kam entschlossen auf sie zu, und mit jedem Schritt war mehr von der Kreatur zu sehen.

Schuppen glitzerten düster. Breite, krallenbewehrte Füße bohrten sich in den weichen Boden, der sich auf dem Steinpflaster des ehemaligen Marktplatzes abgesetzt hatte. Eine Mischung aus Mensch und Fisch, auf den ersten Blick – und zugleich hatte die Kreatur auch etwas Reptilienhaftes an sich.

»Die Söhne Xing Khans und des Wasserdschinns!«, rief Helger aus.

»Zurück!«, befahl Theimenes.

Cidos wich wieder zum Marktplatz zurück, aber er stieß gegen Helger, der hinter ihm stand.

»Da sind noch mehr«, sagte der Schmuggler mit vor Grauen verzerrter Stimme.

Cidos drehte sich langsam um, während er seitwärts ging. Die Fischmenschen kamen von allen Seiten, und jetzt, wo Cidos wusste, worauf er zu achten hatte, spürte er ihre Präsenz überall um sie herum im Wasser. Auch über ihnen schwammen sie. Cidos zog den Kopf ein und drückte sich gegen eine verfallene Hauswand, um zumindest nach einer Seite Schutz zu haben.

Theimenes hielt sich neben ihm. Helger bückte sich und hob

einen losen Pflasterstein auf. Mit dieser behelfsmäßigen Waffe trat er den Geschöpfen entgegen, die langsam und lautlos näher kamen, als wüssten sie, dass es für ihre Opfer kein Entkommen gab.

»Was wollen sie?«, fragte Helger verzweifelt. Er hob den Stein. »Theimenes, Ihr könnt mit ihnen reden!«

Er schleuderte seinen Stein auf eins der Wesen. Eine klauenartige Hand schoss vor, überraschend schnell, und fing das Wurfgeschoss auf. Dann beugte die Kreatur sich vor und legte den Stein behutsam auf den Boden.

Helger hatte schon einen weiteren Pflasterstein in der Hand.

Immer mehr Geschöpfe traten in die Luftblase. Sie machten keine Anstalten, die drei Menschen anzugreifen. Sie versammelten sich einfach und bildeten einen Kreis um ihre Opfer.

»Jetzt müssen wir handeln«, flüsterte Theimenes Cidos ins Ohr.

»Handeln? Wie?«, fragte Cidos. Er schaffte es nicht, seine Stimme so zu dämpfen wie der Erzmagier. Helger wandte sich zu seinem Freund um und richtete den Blick rasch wieder auf die Fischmenschen.

Die hatten sich nicht bewegt.

»Schnell«, flüsterte Theimenes. »Die Kreaturen sind dem Wasser geweiht, und das Wasser ist träge. Das gibt uns etwas Zeit. Aber so unaufhaltsam wie das Wasser werden sie über uns herfallen, wenn wir nichts tun.«

»Was sollen wir tun?«, fragte Cidos verzweifelt.

Helger nickte zustimmend. »Lasst euch etwas einfallen«, brummte er. Die Worte erstarben in seiner Kehle, er verstummte und stand da wie erstarrt. Jede plötzliche Bewegung, vielleicht sogar jedes laute Wort mochte die Wasserwesen zum Angriff reizen.

»Wir sollten auftauchen.« Theimenes streckte Cidos ruhig die Hand entgegen.

»Auftauchen?«, sagte Cidos. »Aber wie?« Hilflos bewegte er die Hände. »Es ist ja nicht so, dass ich in der Luft schwimmen könnte.«

»Gib mir einfach das Bleigewicht, das dich am Boden hält«, schlug Theimenes vor.

»Oh«, sagte Cidos. Er nahm den schweren Rucksack von der Schulter und reichte ihn dem Erzmagier, der ihm seinerseits die Lampe in die Hand drückte. Augenblicklich stieg Cidos empor und riss die Luftblase mit sich. Wasser floss gurgelnd von der Wand der Blase her über den Boden. Es umspülte die Füße der abwartend dastehenden Fischmenschen und erreichte Helger, schließlich auch Theimenes.

Cidos sah nach unten und beobachtete, wie seine Freunde zurückblieben und von den Fluten verschlungen wurden.

»Bei Eltar«, rief er erschrocken. »Was geschieht mit euch?«

»Ich hoffe, wir schwimmen«, gab Theimenes trocken zurück. Hastig band er den Rucksack an den inzwischen mit Luft gefüllten Wasserschlauch und knotete das Ganze mit dem Lederbeutel zusammen, der das dritte Siegel enthielt.

Helger blickte ängstlich zu Cidos empor und ließ den Stein fallen. Die Fischmenschen waren plötzlich verschwunden, aber das beruhigte keinen der drei.

Cidos stieg weiter auf, und mit ihm stieg das Wasser um seine beiden Freunde. Es reichte ihnen bald bis zur Hüfte, dann bis zur Brust, und dann mussten sie schwimmen. Theimenes trat heftig Wasser, denn trotz der luftgefüllten Ledersäcke fiel es ihm schwer, das Gewicht der Bleisiegel auszugleichen. Die Hauswände der versunkenen Stadt glitten an ihnen vorüber und blieben in den Tiefen des Sees zurück.

Helger versuchte, zu dem Erzmagier hinzuschwimmen, aber der Alte fuhr ihn an: »Bleib weg! Wir sollten nicht zu dicht beieinander schwimmen.«

Helgers Gesicht war verzerrt vor Sorge. Seine Hand schlug auf die Wasseroberfläche. »Sie sind überall um uns herum«, rief er. »Wir werden das Boot niemals erreichen.«

»Zugegeben, wenn wir uns an der Angelschnur orientieren könnten, wäre es leichter. So müssen wir eine Weile schwimmen. Unsere Gegner sind nicht schnell von Entschluss, aber sie werden uns auch nicht einfach entkommen lassen.«

»Ihr wusstet das«, brüllte Helger. »Ihr wusstet es, und Ihr habt es schon wieder getan!«

»Es lief nicht ideal«, räumte Theimenes keuchend ein. »Aber vielleicht holen sich die Fischmenschen erst nur ein Opfer, um sich mit ihrem Feind vertraut zu machen. In der Zeit können wir anderen aus der Oase entkommen. Sie können sich nicht zu weit vom See entfernen.«

»Ein Opfer?«, rief Cidos herab. Obwohl er als Einziger nicht im Wasser trieb, drang ihm plötzliche Kälte in die Glieder.

»Ja«, sagte der Erzmagier. »Den Zauber können sie vermutlich wahrnehmen, aber sie wissen nicht, dass du dafür verantwortlich bist. Also werden sie ohne Zweifel zunächst Helger angreifen, weil er am stärksten ist und als die größte Gefahr erscheinen muss.«

»Was?« Helger hielt kurz mit seinen Schwimmbewegungen inne. Fassungslos starrte er Theimenes an, und das Wasser schlug über seinem Kopf zusammen. Er kam wieder nach oben und schwamm auf den Erzmagier zu. »Du ...«

»Halt«, befahl Theimenes. Er kämpfte heftig mit seinem Gepäck, und atemlos, wie er war, fiel es ihm schwer, seiner Stimme die übliche Autorität zu verleihen. »Ich habe euch vorher auch versprochen, dass es keine weiteren Opfer geben *muss*, wenn niemand von uns einen Fehler macht. Helgers Opfer ist nur die eine Möglichkeit – aber du, Cidos, hast die Macht, uns hier alle herauszubringen.«

»Wie?«, fragte Cidos knapp.

»Bedenke, dass ich dich die Luftzauber üben ließ«, erklärte Theimenes hastig. »Eine solche Blase im Wasser ist nur der erste Schritt. Lass die gesamte Luft im Wasser lebendig werden, überall um uns herum und zur gleichen Zeit! Wecke die Luft und drücke sie von dir fort durch den See.«

Cidos starrte Theimenes verständnislos an. Während er über die Worte des Erzmagiers nachdachte, merkte er schon, wie er die Herrschaft über seinen Zauber verlor. Die Luftblase, in der sie alle trieben, erzitterte und verformte sich. Er konnte nicht gleichzeitig diesen Zauber aufrechterhalten und über einen neuen, noch nie erprobten Spruch nachdenken. »Wie ...«, setzte er noch einmal hilflos an.

»Das ist doch nur Geschwätz«, fuhr Helger dazwischen. »Wenn ich ein Opfer sein soll, nehme ich Euch diesmal mit. Cidos ist allein besser dran als wir alle in Eurer Begleitung!«

Er schwamm auf den Erzmagier zu und streckte die Hand nach ihm aus. Theimenes schob die luftgefüllten Lederbehälter ein Stück weg und versuchte, die magischen Siegel zu schützen.

»Warte ...«, keuchte er.

Da tauchte eine schwarz glitzernde Gestalt zwischen ihnen auf. Der Fischmensch hob einen Arm und stieß mit der Klauenhand nach Helger. Die Bewegung wirkte langsam, fast beiläufig, aber Helger trieb hilflos im Wasser und konnte nicht ausweichen.

Ohne sichtbaren Widerstand stachen die Krallen in seine Brust. Das Ungeheuer bohrte seine Finger tief in Helgers Muskeln und schloss sie dann. Helger schrie und schlug hilflos auf das Wasser ein. Gurgelnd ging er unter, kam wieder an die Oberfläche der Blase.

Der Fischmensch schwamm ruhig neben ihm her und betrachtete sein zappelndes Opfer. Er ließ Helger nicht los. Blut floss in hellen Strömen, und Helgers hilfloses Strampeln verrührte es mit dem Wasser des Sees zu rötlichem Schaum.

»Tu es jetzt«, brüllte Theimenes mit aller Kraft, die er aufbringen konnte. »Lass eine Welle aus Luft durch das Wasser rasen. Schneller als der Wind, so schnell wie dein Gedanke. So schnell, wie nur die Kraft deines Zaubers wirken kann!«

Helger schlug nach dem Angreifer. Er schürfte sich an der schuppigen, gepanzerten Haut die Hand auf. Er stieß mit dem Finger nach dem Auge des Fischmenschen, aber eine Nickhaut glitt herab, und Helgers Finger knickte um, als hätte er ihn gegen einen Stein gestoßen.

Helger schrie. Er klammerte sich an die Kreatur, aber es war, als kämpfte er gegen eine Statue, nur dass diese Statue mühelos im Wasser schwamm.

Cidos versuchte zu tun, was Theimenes ihm sagte.

Die Luftblase, in der sie alle trieben, erzitterte wieder. Kegel aus Wasser wuchsen in sie hinein. Der Zauber löste sich auf.

Cidos drängte den Gedanken daran beiseite. Seine Gedanken tasteten nach der Luft, nach der Luft in der Blase, aber auch nach der Luft, die ringsum im Wasser war. Es war so viel Luft hier. Genug Luft für einen mächtigen Zauber. Genug Luft, um etwas in Bewegung zu setzen.

So schnell wie ein Gedanke.

Der Fischmensch neben Helger ging unter. Seine Klauen waren immer noch in Helgers Brust geschlagen, und erbarmungslos zerrte er ihn mit hinab. Helger wehrte sich verzweifelt. Einen Augenblick lang schaffte er es sogar, selbst das zusätzliche Gewicht des Fischmenschen an der Oberfläche der Luftblase zu halten, die um sie alle zusammenbrach. Sein Gesicht war verzerrt vor Schmerz und Entsetzen, die Welt um sie brodelte.

Dann machte sein Gegner eine Schwimmbewegung. Die Krallen wühlten in Helgers Brust, und es gab nichts mehr, was der Schmuggler dieser Kraft entgegensetzen konnte.

Cidos versuchte nicht länger, die Wirkung seines Zaubers zu verstehen. Wie auch immer dieser Zauber sie vor den Fischmenschen schützen sollte – er musste es einfach tun. Sonst waren sie alle verloren. Helger war verloren, und das durfte nicht geschehen!

Der Zauber war groß. Und doch war es nur ein weiterer Luftzauber, und die hatte Cidos während dieser Reise zur Genüge studiert.

Mit einem einzigen Gedanken packte er die Luft und stieß sie durch das Wasser. Rings um sie erschienen Tropfen aus dem Nichts. Die Blase füllte sich mit Wasser, und alles vermengte sich zu einem sprudelnden Inferno. Dabei war dieser Ort noch die ruhigste Stelle im See.

Cidos spürte ringsum die Wirkung seines Zaubers. Die Luft raste durch das Wasser wie eine Welle und schob es beiseite. Der Nachhall eines Donners drang an Cidos' Ohr, und dann trieb er frei im See und hatte nichts als Wasser um sich. Er konnte nicht mehr sagen, was außen war und was in seinem Kopf.

Er wollte schwimmen, aber was, wenn er die falsche Richtung einschlug? Die Wasseroberfläche konnte nicht mehr weit sein. Cidos hoffte, dass die Luft in seinem Inneren ihn ganz von selbst nach oben tragen würde.

Der Atem ging ihm aus, doch es ließ ihn seltsam unberührt. Eine schwer fassbare Müdigkeit zerrte an seinem Geist, und er fühlte sich wie in Trance. Er versank wie in einem Zauber, nur dass da kein Zauber war, auf den er sich konzentrierte. Es war nichts da außer Schwärze und Vergessen.

Statt aufwärts zu treiben, hatte er das Gefühl zu fallen.

Und der Abgrund verschlang ihn.

Cidos wachte auf. Er zitterte. Ein kalter Wind strich über seinen Körper, und der Boden unter ihm wankte. Er wollte sich aufrichten, aber er fand nicht die Kraft dazu. Er fühlte sich so, als wäre ihm das Wasser in die Glieder gesickert und hätte seinen ganzen Leib mit eisiger Schwere erfüllt.

Theimenes beugte sich über ihn.

»Was ist geschehen?«, hauchte Cidos. »Wir sind ... an Land?«

»Nein«, erwiderte Theimenes. »Wir sind wieder im Boot, und das ist gut genug.«

Cidos schaffte es endlich, sich aufzurichten.

»Wo sind die Ungeheuer?« Er blickte sich um.

Helger saß am Bug und presste sich ein Stück Stoff auf die verletzte Brust. Das schwache Sternenlicht schluckte alle Farben, aber das Tuch sah ganz dunkel aus und war kein heller Fleck in der Finsternis wie die Kleidung, die sie sonst am Leib trugen.

»Helger ...«, sagte Cidos. Der Schmuggler nickte nur und blickte zur Seite, auf den See hinaus.

»Helger ist in Ordnung«, sagte Theimenes. »Die Kreatur hat ihm übel die Brust zerfleischt, aber der Knochen darunter ist unversehrt. Er wird durchhalten, bis du die Kraft findest, ihn zu heilen.«

Heilzauber zählten zum Ersten, was die Adepten der Theokratie lernten. Keine andere Form der Magie wurde so häufig gebraucht, und ihr Studium schärfte den Blick für das Leben und bereitete auf andere Zauber vor. Außerhalb der Schule hatte Cidos erst einmal einen Heilzauber gewirkt, bei der Cohoni Bashi. Aber am Ende war sie trotzdem gestorben.

Cidos richtete sich auf. Alles drehte sich um ihn, und rote Blitze zuckten vor seinen Augen. Helger blickte ihn an und schien etwas sagen zu wollen. Dann aber verzog er das Gesicht vor Schmerz und presste das Tuch fester auf seine Wunde.

Mit einem Seufzer griff Theimenes endlich nach dem Ruder und lenkte das Boot zum Ufer.

Cidos' Blick klärte sich. Angespannt sah er über das Wasser und hielt Ausschau nach den Fischmenschen. Ein lebloser Körper trieb am Rumpf vorüber, ein übermenschengroßer Schatten über den dunklen Tiefen. Cidos zuckte zusammen. Er schaute zu Theimenes und wies auf den Leib, der von den Wellen getragen wurde wie ein Ertrunkener. »Was ist das? Einer von ... denen?«

Theimenes nickte.

»Wie ist er gestorben?«, fragte Cidos überrascht. »*Ist* er gestorben?«

»Du hast ihn getötet. Ihn und seine Brüder«, erklärte Theimenes ruhig. »Vielleicht sogar alle Ungeheuer im See.«

»Getötet?«

Cidos verstand es nicht. Er hatte doch nur Luft durch das Wasser gepresst. Wie sollte die Luft jemanden töten? Fische konnten in der Luft nicht leben, aber die Fischmenschen hatten seine Luftblase betreten, und angeblich konnten sie sich sogar an Land bewegen. Außerdem hatte der Luftzauber im Wasser nicht einmal einen Wimpernschlag lang gedauert.

Wie sollte er mit so einem einfachen Zauber – so kraftvoll er auch gewesen sein mochte – Hunderte dieser Ungeheuer getötet haben? Das war unmöglich!

Dennoch trieben sie da. Jetzt, wo Cidos wusste, wonach er Ausschau halten musste, sah er sie überall. Reglose Leiber zeichneten sich auf dem Wasser ab wie Wolken im Spiegelbild der Sterne. Zwischen den größeren Umrissen gab es viele kleinere – Fische, die im Tod an die Oberfläche getragen worden waren.

Cidos erschauderte. Er bemerkte, dass Helgers Augen starr auf die toten Leiber gerichtet waren. Die Kiefer des Schmugglers mahlten aufeinander. Er wirkte schmerzerfüllt und auch erschüttert und verstört.

»Die Ungeheuer haben eine Schwachstelle«, erläuterte Theimenes ungerührt. »Sie sind den Fischen zu ähnlich. Eine solche Schwankung im Druck vertragen sie nicht. Es hat sie inwendig zerrissen, und sie sind zugrunde gegangen.«

Cidos sah ihn fragend an, und der alte Erzmagier zuckte die Achseln.

»Genaueres weiß ich auch nicht. Ein Heilkundiger mag es dir erklären können – vielleicht. Ein Heilkundiger für Fische.« Seine Zähne blitzten auf in der Dunkelheit. Es war ein hartes, trockenes Lächeln.

Eine Weile saßen sie schweigend beieinander. Cidos dachte an das Ausmaß an Tod, das sein Zauber gebracht hatte. Und er dachte an die Gefahren.

»Wie konntet Ihr vorher wissen, dass es funktioniert?«

»Es hat funktioniert, und wir sind alle entkommen. Mit dem dritten Siegel.« Theimenes ließ die Ruder nicht los, deutete mit einer Bewegung des Kopfes auf den Sack zu seinen Füßen. Er war nun nicht mehr aufgeblasen, ebenso wenig wie der Wasserschlauch. Cidos zweifelte nicht daran, dass sich inzwischen drei Bleiklumpen darin befanden: das magische Siegel der Erde, das der Luft und nun das des Wassers.

»Wenn mir der Zauber nicht gelungen wäre, wie hättet Ihr dann entkommen wollen?«, fragte Cidos.

Der Erzmagier gab keine Antwort.

»Hättet Ihr dieses Mal Helger geopfert, wie Bashi damals und zuletzt Horgan?«, bohrte Cidos weiter.

Theimenes seufzte. »Es ist alles so gekommen, wie ich es geplant habe«, sagte er schließlich. »Ich hatte Vertrauen in deine Fähigkeiten. Ich war schon immer überzeugt davon, dass ein Schüler am schnellsten lernt, wenn etwas auf dem Spiel steht, was ihm am Herzen liegt.«

Er nickte in Helgers Richtung. Dann sah er wieder Cidos an.

»Ich wusste, du würdest deinen Freund niemals sterben lassen. Solange ich euch beide also bei mir hatte, konnten wir nicht scheitern.«

»Danke, dass ich von Nutzen sein durfte«, murmelte Helger.

Theimenes lachte. »Jeder hat seinen Teil beigetragen. Aber wenn mein Plan am Ende gelingt, wer will darüber klagen? Und als Nächstes werden wir unsere Freunde wiedertreffen, ganz so, wie ich es versprochen habe. Was grübelst du also über Dinge, die hätten geschehen können, die aber nie geschehen sind? Über Gefahren, die wir überstanden haben?«

»Unsere Freunde«, warf Helger zwischen zusammengebissenen Zähnen ein. »Außer Horgan und Bashi.«

Wieder herrschte Stille im Boot.

Drei Siegel hatten sie, und vier Elemente gab es, sann Cidos. Gab es noch ein Siegel des Feuers? Und was wollte Theimenes damit? Der Erzmagier tat so, als wüsste er alles. Dennoch enthüllte er immer nur den nächsten Schritt. Und jedes Mal verschwieg er die unangenehme Überraschung, die am Ende stets auf sie wartete.

Cidos sah zu Helger hinüber. Er fragte sich, ob dessen Wunde noch blutete. Er hätte ihn gern geheilt, doch er fühlte sich müde und innerlich leer. Die Magie hatte ihn ausgebrannt. Er konnte sich nicht vorstellen, dass er sich je wieder erholen würde.

Cidos machte sich Sorgen um Helger, doch in diesem Augenblick wurde ihm bewusst, dass auch er selbst von Mal zu Mal weiter über seine Grenzen hinausgetrieben wurde. Was, wenn nicht nur Helger als Opfer ausersehen war, sondern längst auch Cidos selbst? Was, wenn der Erzmagier ihn tatsächlich ausbrannte? Vielleicht sollte er sich Sorgen um sein eigenes Schicksal machen.

Er sah Theimenes an, ihre Blicke kreuzten sich. In ganz nüchternem Tonfall stellte der Erzmagier fest: »Wir sind zu lange auf dem See geblieben, und in der Dunkelheit ist unser Boot gekentert. Helger hat sich dabei an einer Dolle verletzt.«

»Was?«, fragte Cidos verwirrt.

»Na, wir müssen ja eine Geschichte für unsere Gastgeber haben«, erklärte Theimenes, »um unsere nasse Kleidung und Helgers Verletzung zu erklären. Ich will ihnen ungern berichten müssen, dass wir Xing Khans Wassersiegel gestohlen und seine Söhne getötet haben.«

»Haben wir das?«, fragte Cidos. Seine Gedanken waren so träge. Es musste an der Erschöpfung liegen. Er versuchte, die Geschehnisse des Abends mit den Legenden der Einheimischen in Einklang zu bringen. Was folgte daraus?

»Werden sie nicht ohnehin etwas merken?«, fragte er dann. »Die toten Fische und die Fischmenschen dürften ihnen auffallen.«

»Ich hoffe, dass die meisten davon bis zum Morgengrauen wieder versunken sind«, sagte Theimenes. »Wenn der eine oder andere Kadaver an Land gespült wird, werden die Bewohner von Shatwa sich zunächst nicht viel dabei denken. Immerhin sind die alten Geschichten auch für sie nur noch Legenden. Alle werden glauben, dass zu den merkwürdigen Geschichten über den See nun eben eine weitere hinzukommt. Bis sie zu dem Schluss kommen, dass mehr dahintersteckt, und bevor sie eine Verbindung zu uns herstellen, sind wir hoffentlich schon weitergezogen.«

Sie blieben noch drei Tage in Shatwa, ehe sich eine Gelegenheit zur Weiterreise bot. Ein seltsamer Fremder kam mit zwei Führern in die Oase, und Theimenes kannte die Worte, die ihnen die Hilfe des Fremden sicherten.

Er war ein Mitglied der Zauberbruderschaft der Roten Hand, so erklärte der Erzmagier ihnen in einem ungestörten Augenblick. Ein Magus, unterwegs zu einem Treffen der Bruderschaft im Westen. Es war dieselbe Bruderschaft, bei der sie in TeiChu untergekommen waren. Die Bruderschaft, bei der Dargei und Bahome Zuflucht suchen sollten, wenn sie getrennt wurden. War das etwa der Weg, auf dem Theimenes sie alle wieder zusammenbringen wollte? Hatte er schon in TeiChu so weit vorausgeplant?

»Seid Ihr denn ein Mitglied dieser Bruderschaft?«, fragte Cidos.

Theimenes schüttelte den Kopf. »Nein«, sagte er nur.

»Woher kennt Ihr dann die geheimen Worte? Und weshalb helfen diese Leute Euch?«

»Sie helfen mir, weil ich die richtigen Worte kenne. Darum *glauben* sie, ich wäre ein Meister ihres Ordens.« Theimenes lächelte. »Und ich kenne die Worte, weil ich mich beizeiten darüber kundig gemacht habe. Die Rote Hand ist eine Geheimgesellschaft, und der Vorzug bei geheimen Gesellschaften ist, dass man sich recht leicht einschleichen kann, wenn man nur einige ihrer Geheimnisse kennt und auftreten kann wie ein Eingeweihter.«

Theimenes hatte dem fremden Meister der Roten Hand erzählt, dass sie unterwegs zum selben Treffen der Bruderschaft seien, dass aber ein verräterischer Führer ihnen nach der Ankunft in der Oase die Packtiere und alles Geld gestohlen hätte. So zahlte ihr »Mitbruder« bereitwillig für ihre weitere Reise – und Theimenes versprach ihm einen großzügigen Ausgleich, wenn er erst wieder auf die Reichtümer seines eigenen Ordenshauses zurückgreifen konnte.

Cidos dachte an alles, was Theimenes ihnen versprochen hatte, dass sein Weg sie alle zurück nach Hause und wieder in Amt und Würden führen werde. Er fragte sich, ob Theimenes tatsächlich vorhatte, den Bruder der Roten Hand zu belohnen, sobald er wieder Erzmagier der Theokratie war, oder was auch immer er sich erhoffte. Hatte der alte Mann ernsthaft vor, dem betrogenen Magier seine Hilfe zu vergelten? Oder war das ein Beweis dafür, dass Theimenes durchaus auch offene Lügen aussprach?

Cidos nahm an, dass auch dieser unfreiwillige Helfer als bloßer »Barbar« angesehen werden konnte, genau wie die Coshi damals in Jofiro. Ein Mensch, der nach Theimenes' Worten »nicht vom selben Blut« war und der daher beiläufig ausgenutzt und vergessen werden konnte. Das war die freundlichere Annahme. Genauso gut war es möglich, dass Theimenes einfach jeden auf diese Weise behandelte und seine Entschuldigung für Bashis Tod nur eine Lüge und eine Ausrede gewesen war.

Das zumindest war es, was Helger annahm.

Dann waren auch Theimenes' sonstige Versprechungen nicht viel wert. Aber sie hatten keine Wahl, als auch diesmal mit ihm zu gehen, denn in Shatwa konnten sie nicht bleiben.

Drei Tage waren seit ihren Erlebnissen unter Wasser vergangen. Cidos hatte die Kraft gefunden, die Wunden seines Freundes zu schließen. Andere Dinge ließen sich nicht heilen. Sie schwärten und wucherten weiter und zogen mit jedem Tag neue Kreise.

Ein paar der toten Fischmenschen waren gefunden worden, und die Einheimischen erzählten sich Geschichten. Widersprüchliche Geschichten, und niemand erhob Anklage gegen die Fremden. Noch hatten die Einheimischen keinen konkreten Anlass zur Sorge, zu Zorn oder Misstrauen. Aber wenn sich daran etwas änderte, würde es die Fremden zuerst treffen. Alle Fremden, vermutete Cidos, und womöglich würde der eine oder andere sogar auf die Idee kommen, dass alle Veränderungen mit dem nächtlichen Ausflug dreier Gäste auf dem See ihren Anfang genommen hatten.

Und dass die Stimmung in der Oase sich noch ändern würde, davon war Cidos überzeugt. Ihn beunruhigten nicht sosehr die Geschichten, die Unruhe in der Oase oder die toten Wasserbewohner. Es war der See selbst, der ihm Sorge bereitete.

Am Tag vor dem Aufbruch nach Westen mussten ihre Gastgeber das Boot schon ganz aus dem Wasser ziehen, um den Pflock zu erreichen, an dem es befestigt war. Ein verfärbter Streifen von mehr als zwei Schritt Breite zeigte an, wo wenige Tage zuvor die Wasserlinie verlaufen war. Bei seinem letzten Gang zum

Ufer schätzte Cidos, dass der Wasserspiegel um einen Fuß gesunken war.

Der Großvater der Familie hatte in seiner Legende von einem Wasserdschinn gesprochen, den Xing Khan in den Brunnen von Shatwa gebracht hatte. Theimenes hingegen sprach von Xing Khans Siegel. Was auch immer es war: Sie hatten es heraufgeholt, und Shatwas Wasser versickerte im Wüstensand.

5.
Der Ring der Elemente

Trockene Büsche ragten aus dem Wüstensand. Sie sahen aus wie ausgedörrte, bizarre Meerestiere, an den Strand gespült und der Sonne anheimgefallen. Der Sand wich einem rotbraunen Staub, der bald in festgebackene Erde überging. Hie und da zeigten sich dürre braune Grashalme. In der Ferne thronten Berggipfel, und der Anblick flirrte in der Hitze so trügerisch wie eine Fata Morgana.

»Wir lassen die Wüste hinter uns«, bemerkte Cidos hoffnungsvoll.

Seine Begleiter schwiegen. Ein jeder hing seinen eigenen Gedanken nach. Die beiden Führer waren die ganze Reise über unter sich geblieben und gaben sich wortkarg. Wenn sie sprachen, dann mit ihrem eigentlichen Auftraggeber, dem fremden Meister Iame, und nicht mit den drei Mitreisenden, die sich seit Shatwa ihren Platz in der kleinen Karawane erschnorrt hatten.

Der Meister der Roten Hand, unter dessen Obhut sie reisten, hatte kaum einen Blick übrig für die beiden Diener oder Novizen, als die er Helger und Cidos ansah. Er unterhielt sich gelegentlich mit Theimenes, meist über zauberische Dinge, und er verstummte immer dann, wenn ein anderer in ihre Nähe kam. Theimenes wusste das zu seinem Vorteil zu nutzen. Sobald Iame nämlich auf Mitbrüder des Ordens zu sprechen kam und in die Einzelheiten ging, warf Theimenes Cidos einen verstohlenen Blick zu, und der junge Magier wusste, dass er herankommen und etwas sagen sollte, um den fremden Meister vom Thema abzubringen.

Vermutlich verhielt sich Theimenes ebendeshalb besonders schweigsam: Die Lage, in der sie sich alle befanden, war heikel.

Theimenes wusste viel über die Rote Hand, aber er war nicht wirklich ein Mitglied des Ordens. Ein unbedachtes Wort mochte ihn verraten und konnte sie alle in Gefahr bringen.

Andererseits, wer konnte schon sagen, was der Erzmagier wirklich dachte und was er wusste?

Helger schwieg nicht aus einem äußeren Anlass; bei ihm saß der Grund tief in seinem Inneren. Es war ein brütendes, versunkenes Schweigen, in dem er gefangen war. Cidos teilte so manche seiner Sorgen. Würden sie am Ende dieser Reise Bahome und Dargei wiederfinden? Konnten sie dann Theimenes tatsächlich verlassen? Cidos hatte Zweifel, und Helger ging es vermutlich nicht anders. Aber es gab auch Sorgen, die Helger allein trug.

Immer wieder legte er eine Hand auf seine Brust, obwohl die Wunde unter seinem Hemd dank Cidos' Zauberkraft längst geheilt war. Die Blicke, die er Theimenes dabei zuwarf, waren nunmehr von tiefem Hass erfüllt.

»Ich hätte in Shatwa sterben sollen«, hatte er Cidos in einer Nacht anvertraut. »Für Theimenes bin ich seither nur noch ein Klumpen totes Fleisch, den er widerstrebend mitschleppt. Ich war nur ein Opfer für ihn, wie Bashi.«

Vielleicht hatte er damit recht.

Cidos gefiel es trotzdem nicht, dass sein Freund anscheinend an nichts anderes mehr denken konnte.

Selbst wenn Helger recht hatte, warum sollte es dann so wichtig sein, was Theimenes darüber dachte? Helgers Leben war darum ja nicht weniger wert, nur weil es seinen Zweck für den Erzmagier erfüllt hatte. Im Gegenteil, sie hatten allen Grund, sich zu freuen. Cidos hatte ihn gerettet und damit bewiesen, dass die Opfer, die Theimenes erwartete, nicht unausweichlich waren. Wenn Cidos dieses Opfer verhindert hatte, so versprach das auch Hoffnung für alle anderen.

Außerdem bedeutete das auch, dass Helger erst einmal in Sicherheit war. Denn wenn Theimenes ihn als Opfer in Shatwa vorgesehen hatte, konnte man davon ausgehen, dass nicht irgendeine fest eingeplante Gefahr in Zukunft auf ihn lauerte.

Doch Helger verhielt sich so, als wäre der Tauchgang in Shatwa tatsächlich der letzte Augenblick in seinem Leben gewesen. Wann immer Cidos während der Reise mit ihm sprach, kam Helger unweigerlich auf seine Begegnung mit den Fischmenschen zu sprechen, als gäbe es seither nichts Wichtigeres mehr für ihn.

Cidos hätte ihn am liebsten gepackt und geschüttelt. *Ich habe dich gerettet, damit du weiterlebst,* wollte er ihn anschreien. *Nun lass diesen Augenblick hinter dir, damit ich auch weiß, wofür ich es getan habe!*

Manchmal hätte er seiner Verzweiflung gern auf diese Weise Luft gemacht, doch er tat es nicht. Er wusste auch so, warum er Helger geholfen hatte: Helger war sein Freund, und das war Grund genug.

Als sie an diesem Abend Rast machten, nahm Theimenes Cidos beiseite. Ihre Führer und Helger kümmerten sich um die Tiere, Meister Iame war mit seinem Gepäck beschäftigt.

»Morgen erreichen wir Tar-hei«, flüsterte Theimenes mit einem verstohlenen Seitenblick zu den anderen. »Heute Nacht müssen wir handeln.«

»Tar-hei?«, fragte Cidos leise. »Ich habe nicht die geringste Ahnung, wovon Ihr sprecht.«

»Die Stadt im Fleisch der blutigen Erde«, erwiderte Theimenes. »Doch darüber können wir reden, wenn wir ungestört sind. Und genau dafür müssen wir sorgen, in den stillen Stunden bei Morgengrauen. Du wirst mir helfen müssen, unsere Führer und Meister Iame aus dem Weg zu räumen.«

»Was?« Cidos vergaß zu flüstern, trotzdem achtete niemand auf sie. Meister Iame schien es gleichgültig zu sein, was der »Lehrling« trieb, und die drei anderen hatten zu viel zu tun, um einem Gespräch unter Zauberern zu lauschen.

»Es ist unumgänglich«, erklärte Theimenes. »Wenn wir Tarhei erreichen, wird Iame mit mir zum Haus der Bruderschaft gehen wollen. Dort sind viele Meister versammelt, und einer von ihnen oder sie alle gemeinsam werden meine Tarnung unweigerlich durchschauen. Meine Kenntnisse von der Roten

Hand reichen allenfalls, um einen einzelnen Meister zu täuschen, der auf sich gestellt ist und keine Rücksprache halten kann. Doch wenn wir morgen vor der versammelten Bruderschaft erscheinen, werden wir sterben.«

»Dann trennen wir uns von Meister Iame«, sagte Cidos. »Wenn wir so nah bei der Stadt sind, schaffen wir das letzte Wegstück auch allein.«

Theimenes schüttelte den Kopf. »Cidos Eltairion, du weißt genau, dass es nicht so einfach ist. Sobald Iame die Stadt erreicht, ob mit uns oder ohne uns, sind wir durchschaut und unser Plan ist gescheitert.«

»Unser Plan?«, hielt Cidos ihm entgegen. »Es ist nicht mein Plan. Und wenn es zu Eurem Plan gehört, dass wir die Männer ermorden, die uns geholfen und die uns durch die Wüste gebracht haben, dann will ich nicht daran beteiligt sein.«

Der alte Magier lachte leise. »Mein Plan ist es, Dargei und Bahome zurückzuholen. Hast du das schon vergessen? Sollte ich wirklich der Einzige sein, der daran noch Interesse hat?«

»Es muss einen anderen Weg geben.« Cidos blickte sich gehetzt um. Meister Iame stand neben seinen Packkisten und wartete ungeduldig darauf, dass die Führer mit den Tieren fertig wurden und sein Zelt aufstellten.

»Das glaube ich kaum«, erklärte Theimenes. »Zudem sind es keine Unschuldigen, gegen die wir uns wenden. Meister Iame mag uns geholfen haben, aber nur, weil er uns für seinesgleichen hält. Und seinesgleichen, die Bruderschaft der Roten Hand, das sind kaltblütige Mörder und gottlose Hexenmeister.

Alle paar Jahre kommen sie an diesem entlegenen Ort zusammen und erneuern ihren Pakt mit den Dämonen der Hölle. Wenn sie Dargei und Bahome hierher gebracht haben, werden die beiden zu den ersten Opfern zählen. Diese Männer, Eltairion, deren Leben du heute schonen willst, sie werden morgen deine Freunde ermorden.«

Cidos überlief es kalt, trotz der Wüstenhitze.

»Das habt Ihr gewusst, als Ihr Dargei und Bahome dorthin geschickt habt.«

Der Erzmagier zuckte die Achseln. »Ich wusste auch, dass wir rechtzeitig hier sein werden, um es zu verhindern. Aber mein Plan kann nur dann gelingen, wenn wir unerkannt in die Stadt gelangen und die Bruderschaft uns nicht gleich nachstellt.«

Cidos' Gedanken wirbelten durcheinander. Er suchte verzweifelt nach einem Ausweg. »Aber«, stammelte er, »aber *ich* bin kein kaltblütiger Mörder!«

Theimenes schmunzelte. »Mein lieber Eltairion, ich fürchte fast, daheim in Tarsus wird man sich etwas anderes über dich erzählen. Jedenfalls dann, wenn irgendwelche Spuren deiner Tat in dem ganzen Durcheinander überdauert haben.«

Cidos lief rot an. »Das war Eure Tat!«, rief er. »Ihr habt mich dazu gebracht. Ich ... ich wollte das alles nicht.«

Theimenes schüttelte bedächtig den Kopf. »Nein, Eltairion, das war *dein* Werk. Ich mag dafür gesorgt haben, dass du zu jener Zeit an diesem Ort warst, aber es war deine Hand, die die Tat ausführte, und es war dein Herz, das den Antrieb lieferte.

Aus Stolz und Eitelkeit und einem aufbrausenden Wesen heraus hast du den armen alten Kalairan ermordet. Das muss ich dir leider sagen. Denn diese Dunkelheit, die dich dazu getrieben hat, sie steckt immer noch in deinem Inneren. Sie wird wieder hervorbrechen, irgendwann. Es ist besser, du weckst sie jetzt, wo sie uns und deinen Freunden zum Guten gereichen kann.«

Cidos wich langsam vor Theimenes zurück. »Nein«, sagte er. »So bin ich nicht. Ich habe es bereut. Vielleicht habe ich mich damals vom Zorn hinreißen lassen, aber ich habe daraus gelernt und ...«

Theimenes schnitt ihm das Wort mit einer Geste ab. »Du musst keine Entschuldigungen vorbringen, nicht mir gegenüber. Der Gouverneur war ein treuloser Esel, und er hat sein Schicksal verdient. Und je eher du deine kindischen Skrupel überwindest und wieder deinem Herzen folgst, umso mächtiger wirst du als Zauberer werden. Du musst dich nicht bei mir entschuldigen, denn ich wäre der Letzte, der dir einen Vorwurf macht.

Nein, ich offenbare dir nur eine Wahrheit über dich, damit die Selbsttäuschung dir nicht im Wege steht und dich nicht weiter ins Unglück führt. Du hast gelernt, sagst du? Diese eine Tat hat dich so erschüttert, dass du dein Verhalten verändert hast und ein ganz anderer Mensch geworden bist?«

Theimenes ging ihm nach. Ganz dicht schob sich der alte Mann heran, sodass Cidos seinen Atem riechen konnte. »Wenn diese Tat das alles bewirkt hat«, wisperte er, »dann überlege dir, was es in Zukunft aus dir machen wird, wenn du jetzt *nicht* tust, was ich dir sage.

Ich will dich nicht anlügen, ich will dir nicht drohen und ich werde dich nicht zwingen. Ich sage es dir ganz offen, Eltairion: Du kannst dich mir widersetzen. Du kannst einfach gehen und mich hier stehen lassen. Du bist unerfahren, aber du bist ein starker Zauberer. Du kannst nicht in unsere Heimat zurückkehren, aber ich bin überzeugt, du wirst dich irgendwo durchschlagen, ein neues Zuhause finden, dich niederlassen.

Aber an jedem Tag deines neuen Lebens wirst du dich daran erinnern, dass du heute zu schwach warst. Dass deine Freunde sterben mussten, nur weil du dich heute geweigert hast, eine harte Entscheidung zu treffen.«

»Nein.« Cidos schüttelte wild den Kopf. »Nein.«

Aber er wusste, dass der Erzmagier recht hatte. Ob er tatsächlich so gut allein zurechtkam, wie Theimenes behauptete, das wusste er zwar nicht. Aber wenn er überlebte, wenn er von Theimenes fortging und Bahome und Dargei damit im Stich ließ – wie sollte er das jemals vergessen?

»Und nun denk an die dunkle Seite in deinem Herzen, Eltairion«, fuhr Theimenes leise fort. »Die Seite, die du in Tarsus erlebt hast. Was glaubst du, wie sehr es sie nähren und stärken wird, wenn du immer darüber grübeln musst, dass deine Freunde starben, weil du dich gegen diese dunkle Seite gewehrt hast?

Wenn ich dich jetzt davongehen sehe, dann sehe ich einen Magier, der in dreißig Jahren alt und verbittert in irgendeinem Turm hockt und der sein Leben lang versucht hat, wiedergutzumachen, was er heute versäumt hat. Wenn du heute Skrupel zeigst und diejenigen darunter leiden, die dir vertrauen, dann wirst du es bald bereuen. Und dann wirst du zu einem Zauberer werden, der niemals wieder einen Gegner schonen kann, einfach deshalb, weil du viel zu sehr unter deinem heutigen Fehler leiden wirst und ihn niemals wiederholen möchtest.

Wenn du jetzt nicht tust, was getan werden muss, Eltairion, wirst du in Zukunft umso mehr werden wie ich. Alles, was dafür nötig ist, steckt in dir. Du wirst zu dem werden, was du verabscheust – nur deine Freunde, die wirst du damit nicht mehr retten können.«

Cidos war bleich geworden. Die Hitze der Wüste drang nicht zu ihm, sein Inneres fühlte sich an wie eingefroren. Er schaute zu Helger hinüber, der sich um die Tiere kümmerte. Theimenes hatte gesagt, dass er, Cidos, überleben würde. Aber war er stark genug, um Helger zu schützen, wenn er jetzt davonging? In TeiChu hatte er Horgan nicht beschützen können, und es ging nicht nur um Dargeis und Bahomes Leben, sondern immer auch um Helger. Wenn er überlebte, wie Theimenes sagte, und wenn er *allein* überlebte ... Cidos mochte sich nicht vorstellen, wie seine Zukunft dann aussehen würde.

»Ich bin trotzdem kein Mörder«, sagte er kraftlos. »Ihr könnt das nicht von mir verlangen.«

»Keine Sorge«, erwiderte Theimenes. »Ich verlange nichts von dir, was einem Weisen Eltars nicht angemessen wäre. Du musst nur einen Zauber wirken. Helger und ich werden die Klinge führen.«

Cidos zuckte zusammen. »Helger wird es nicht tun«, sagte er. »Nicht für Euch!«

»Es geht nicht um mich«, sagte Theimenes. »Ich habe dir aufgezählt, was alles auf dem Spiel steht. Du wirst einen Weg finden, um deinen Freund zu überzeugen.«

»Helger ... Helger ist auch kein Mörder«, wandte Cidos ein. »Nicht Helger!«

»Nun, im Grunde ist es ja kein Mord.« Theimenes beugte sich wieder verschwörerisch zu ihm hin. »Es ist ein Kampf – wir oder sie. Und meinst du nicht, dein Schmugglerfreund, der kein Mörder ist, wäre nicht bereit, ein wenig Blut zu vergießen, wenn das Leben seiner Freunde davon abhängt?«

Nur bis wir Dargei und Bahome wiedergefunden haben. Cidos erinnerte sich daran, was er und Helger beschlossen hatten. Was, wenn der Preis vorher bereits zu hoch war? Wie weit würde Helger gehen?

Andererseits, der Meister der Roten Hand und die beiden Wüstenräuber, die ihn begleiteten, waren vermutlich wirklich nicht die unschuldigsten Opfer auf dieser Reise. Und sie hatten schon so vieles auf sich genommen, um Helgers Freunde zu retten ...

Die beiden Führer hatten inzwischen die Tiere angebunden und versorgt. Nun gingen sie mit den zusammengerollten Zeltplanen zu Meister Iame, während Helger sich Theimenes und Cidos anschloss. Er hielt den Kopf gesenkt und stellte sich so hin, dass Cidos zwischen ihm und Theimenes stand.

»Was soll ich also tun?«, fragte Cidos verzagt. »Bisher habe ich kaum mehr studiert als einige Windzauber.«

»Genau die brauchen wir jetzt«, entgegnete Theimenes gut gelaunt. »So viel Vertrauen in meine Voraussicht solltest du schon haben, dass ich dich die Fertigkeiten üben lasse, die dir von Nutzen sind. Bei den Fischmenschen hast du eine Blase aus Luft erzeugt und stabil gehalten. Nun erwarte ich etwas Ähnliches von dir, und es ist sogar noch einfacher, weil du nicht gegen das Wasser ankämpfen musst: Sorge morgen früh dafür, dass Helger und ich bei jeder unserer Bewegungen von einer Blase aus Luft umgeben sind, von der kein Lufthauch, nicht die leiseste Regung nach außen dringt. Es muss so sein, als wäre zwischen uns und der Welt außerhalb der Blase eine Wand, die so undurchdringlich für jede Luftbewegung ist wie eine doppelte Festungsmauer.«

»Was nutzt das?«, wollte Cidos wissen, während Helger ihn überrascht anschaute.

»Helger und ich werden von Schweigen umhüllt sein. Niemand kann hören, wie wir uns anschleichen, und wenn du die

Luftblase in der richtigen Form hältst, hört auch niemand die Geräusche, die wir oder die Führer sonst noch verursachen.«

»Was meint er?«, fragte Helger misstrauisch.

»Erkläre du es ihm«, forderte Theimenes, »und mache ihm die Dringlichkeit unserer Lage bewusst.«

Der Erzmagier wandte sich ab und ging auf Meister Iame zu, ein liebenswürdiges Lächeln auf seinem Gesicht.

Helger hockte da und sah auf das krumme Messer mit der breiten Klinge hinab, das er in der Hand hielt. Er kratzte mit dem Fingernagel über die Schneide.

»Was meinst du, Helger?«, fragte Cidos.

Die beiden saßen unter einem einsamen Findling. Der Wind säuselte an den schrundigen Flanken des Steins, und die Abendsonne warf einen langen Schatten. Helger und Cidos kauerten an der Grenze von Licht und Dunkelheit. Theimenes war zu Iame hinübergegangen und unterhielt sich mit ihm.

»Wie lange noch?«, fragte Helger. Seine Stimme klang fremd.

»Bis Bahome und Dargei wieder bei uns sind«, sagte Cidos. »Danach ... müssen wir es allein schaffen.«

»Ja«, sagte Helger. »Allein.« Er sah zu Theimenes hinüber, dessen Robe im Abendrot schimmerte, und stieß den Dolch in den Sand.

Cidos wand sich unbehaglich.

»Wir sind allein in einem fremden Land«, sagte Helger. »Wir fühlen uns verloren, aber Theimenes scheint uns mit solcher Gewissheit durch diese Fremde zu führen, dass es verlockend erscheint, ihm zu folgen. Aber die meisten Schwierigkeiten, die wir hier hatten, verdanken wir ihm. Ist da eine unsichere Zukunft nicht besser als ein sicherer Weg ins Unglück?

Damals, auf der Straße, bevor sie dich in die Akademie der Magier aufgenommen haben, da sind wir auch allein zurechtgekommen. Vielleicht sollten wir uns jetzt von Theimenes trennen und es einfach darauf ankommen lassen, was wir ohne ihn erreichen, anstatt auf eine günstige Gelegenheit zu warten, die vielleicht niemals kommen wird.«

»Aber ohne Theimenes können wir unsere Freunde nicht befreien«, erwiderte Cidos. »Vermutlich würden wir nicht einmal diese Stadt finden, so nah sie auch sein mag. Solange wir es zu deinen Freunde schaffen müssen, reicht es nicht, wenn wir uns einfach irgendwie durchschlagen – wir müssen den richtigen Weg finden, und Theimenes ist der Einzige, der ihn kennt.«

»Ich verstehe«, sagte Helger. »Bis Dargei und Bahome wieder bei uns sind, folgen wir diesem Weg. Wohin auch immer er uns führen mag und wie auch immer unsere Aussichten dabei sind. Wir müssen es auf jeden Fall versuchen, für Horgan, weil auch der alles für seine Schiffskameraden gegeben hat. Aber nicht einen Augenblick länger. Wenn wir Dargei und Bahome sehen, werde ich diesem Erzmagier keine weitere Gelegenheit geben, uns ins Unglück zu stürzen. Von da an tun wir das, was wir für richtig halten, auch wenn es so *aussehen* mag, als könnte seine Hilfe uns nützlich sein.«

Helger steckte das Messer in seinen Gürtel und zog die Decke zu sich hin.

»Wenn es überhaupt gut geht bis dahin«, fügte er hinzu. »Wenn er uns tatsächlich zu unseren Freunden führt. Aber um ihretwillen ... werde ich es versuchen.«

Er rollte sich in seine Decke, schmiegte sich an den warmen Felsen, der die Hitze des Tages aufgenommen hatte, und schlief ein. Jedenfalls regte er sich nicht und atmete gleichmäßig. Cidos wusste nicht, ob Helger nicht einfach nur ein weiteres Gespräch vermeiden wollte.

Seufzend nahm er seine eigene Decke. Halb sitzend lehnte er sich an den Stein. Er beobachtete Theimenes, bis ihm die Augen zufielen.

Im nächsten Augenblick schrak er wieder auf. Da war eine Berührung in seinem Gesicht! Jemand hielt ihm den Mund zu. Cidos wand sich, aber eine Hand lag auf seiner Brust und drückte ihn hinunter.

»Pssst!«, zischelte es leise.

Cidos blinzelte. Schemenhaft erkannte er Theimenes' Gesicht, das über seinem schwebte. Es war dunkel geworden. Kalt glitzerte das Sternenlicht über der Wüste, und die Schatten hauchten den Formen, die sie bei Tageslicht gesehen hatten, ein bedrohliches Leben ein. Die Ahnung eines Lichtschleiers lag über dem östlichen Horizont. Cidos musste länger geschlafen haben, als er gedacht hatte.

»Dein Zauber«, hauchte Theimenes ihm ins Ohr. »Jetzt.«

Er ließ Cidos los, und der richtete sich schlaftrunken auf. Helger lag noch da, in seine Decke gewickelt, und rührte sich nicht. Ein paar Schritte abseits ragte das Zelt des Meisters auf, ein Umriss in der Nacht wie von einem Drachenmaul, das aus dem Boden wuchs. Die beiden Führer blieben unsichtbar im Dunkel. Wenn einer von ihnen wach war und in ihre Richtung sah, war alle Magie vergebens. Cidos wusste nicht, ob Theimenes sich darum bereits gekümmert hatte oder ob er es darauf ankommen ließ.

Er wartete einige Augenblicke, wischte sich den Schlaf aus den Augen. Der Sand klebte überall an ihm. Als sein Geist sich ein wenig geklärt hatte, senkte er den Kopf. Er griff nach der Luft um sich her, fasste sie mit seinen Gedanken, wie er es in Shatwa gelernt hatte. Er verband sie zu einer Kugel um sich, unterbrach die Ströme, die von innen nach außen führten; dann trat er mit Theimenes näher an Helger heran, und das Feld umschloss sie alle.

»Es ist getan«, sagte er zu Theimenes. »Was auch immer hier drin nun geschieht, es wird kein Laut nach außen dringen. Glaube ich.«

»Du solltest dir lieber sicher sein«, gab Theimenes zurück. »Denn andernfalls wird sich bald zeigen, ob diese Wüstensöhne flinker sind mit dem Messer als ein alter Mann und ein junger Schmuggler.«

Helger regte sich neben ihnen. Bei dem Zelt des Meisters der Roten Hand blieb alles still. Cidos wurde erst jetzt bewusst, dass sie ihre Gegner genauso wenig hören konnten wie diese sie.

Helger setzte sich auf und lockerte seine Glieder. »Ein alter Mann und ein Schmuggler«, brummte er. »Ihr wisst, dass Euer Plan scheitern wird?«

»Nicht so skeptisch, junger Mann«, sagte Theimenes. »Sie werden uns nicht einmal bemerken. Was also sollen sie tun?«

»Ich hab das alles schon einmal erlebt«, sagte Helger. »In TeiChu wollte ich ein paar Schmuggler unter einem Netz fangen und sie niederschlagen, solange sie hilflos sind. Das ging nicht so einfach, wie ich es mir vorgestellt hatte. Das tut es nie.«

»TeiChu?«, fragte der Erzmagier. »Wenn ich mich recht entsinne, hast du bei dieser Gelegenheit ein Schiff gewonnen.«

»Ich bin gerade noch mit dem Leben davongekommen«, gab Helger zurück.

Theimenes antwortete ihm mit einer wegwerfenden Geste. »Vergleiche nicht meine Pläne mit deinen planlosen Unternehmungen. Du warst allein gegen einen Haufen Halunken. Jetzt sind die Zahlen ausgeglichen, und wir können uns unsere Gegner der Reihe nach vornehmen.«

»Ich sage nur, es wird hässlich werden«, stellte Helger fest. »Die Feinde bewegen sich, und sie tun niemals das, was man von ihnen erwartet. So viel habe ich in TeiChu gelernt. Wie viel Erfahrung im Kampf könnt Ihr dagegen vorweisen?«

Theimenes zuckte die Achseln. »Oh ja, es ist eine hässliche Sache«, räumte er ein. »Habe ich je etwas anderes behauptet? Nur wird am Ende das dabei herauskommen, was ich mir vorgenommen habe. Und das ist alles, was zählt.«

»Können wir anfangen?«, murmelte Cidos. »Ich konzentriere mich ... schon.«

Theimenes sah ihn an. Dann zog er einen der Krummdolche, die sie sich auf der Reise besorgt hatten. »Bereit?«, fragte er Helger. »Wie es scheint, kann dein Freund seinen Zauber nicht beliebig lange aufrechterhalten.«

»Oh ja«, sagte Helger. »Mehr als bereit.« Er funkelte Theimenes an und zog sein eigenes Messer.

Der Erzmagier nickte nur und setzte sich in Bewegung. Helger folgte ihm in einem halben Schritt Abstand. Er ging leicht gebeugt. Etwas in seiner Haltung drückte Mordlust aus. Cidos wusste nicht genau, woran er diesen Eindruck festmachte. Aber er wusste, dass sein Freund am liebsten den Mann umgebracht hätte, dem er folgte – nicht die Opfer, die Theimenes im Sinn hatte. Cidos hoffte, Helger würde vernünftig bleiben … wenn man überhaupt von Vernunft sprechen konnte bei dem, was sie taten.

Einen Wimpernschlag lang stand er da und sah seine Freunde davongehen. Sollte er ihnen folgen oder sollte er versuchen, seinen Zauber von außen aufrechtzuerhalten? Aber das hatte er noch nie getan, und Cidos entschied, keine zusätzlichen Wagnisse einzugehen. Er ging mit und führte die Blase aus kontrollierter Luft so mit sich, dass sie alle drei umgab und dicht vor Theimenes und Helger endete.

Es war eigenartig, auf diese Weise zu schleichen. Sie hätten plaudern können, rufen, ohne dass jemand dort draußen sie hörte. Dennoch bewegten sie sich bedächtig. Helger zuckte zusammen, wann immer seine Füße gegen einen Stein stießen. Cidos hätte am liebsten den Atem angehalten.

Im Schatten des Zeltes erkannten sie einen Wüstenreiter, der zusammengerollt vor dem Eingang lag.

»Was nun?«, flüsterte Helger.

»Erst ihn«, sagte Theimenes. Er ging einen weiteren Schritt auf den Schlafenden zu.

»Wir könnten erst um das Zelt herumgehen und sehen, wo der andere ist.«

Theimenes schüttelte den Kopf. »Wenn wir dabei auffallen, haben wir es mit zwei Gegnern zu tun. Besser, wir erledigen erst einmal den, den wir sicher haben. Cidos, wenn wir bereit sind, dann erweitere das Feld so um uns alle, dass keine Schreie nach außen dringen.«

Er stellte sich links neben den schlafenden Führer und winkte Helger auf die andere Seite. Dann bückte er sich und hob den Dolch.

Cidos kniff die Augen zusammen und führte die Luftblase sachte mit Helger mit – so, dass sein Freund sich in ihrem

Schutz bewegte, aber der Kopf ihres Opfers draußen blieb. Wieder stolperte Helger über eine Bodenfurche. Er fluchte unterdrückt.

»Pssst!« Theimenes warf Cidos einen Blick zu und entspannte sich wieder. »Selbst wenn der Bursche uns nicht hören kann, so kann er doch die Steine spüren, die du gegen ihn trittst.«

Helger sagte nichts. Er stellte sich neben den schlafenden Wüstenreiter, hob das Messer, sah Cidos an. Der dehnte die Blase ein wenig aus, sodass nun alle vier umschlossen waren. Jetzt lag kein unsichtbarer Wall mehr zwischen ihnen und ihrem Opfer – aber es war auch keine weitere Bewegung mehr nötig als ein Stoß ihrer Messer.

Cidos nickte.

Theimenes stach sofort zu und rammte dem Schläfer seinen Krummdolch in die Brust. Der Mann fuhr hoch. Theimenes hielt das Heft der Waffe fest und drückte sein Opfer wieder nach unten. Der Wüstenreiter gab gurgelnde Laute von sich. Helger stieß zu und zog dem Mann die Klinge über den Hals. Blut quoll aus der Wunde, aus beiden Wunden, durchtränkte seinen Kittel. Der Führer zuckte und schlug um sich. Sein Handrücken traf den alten Erzmagier, und Theimenes kippte nach hinten. Helger ließ das Messer los. Er packte den Verletzten bei den Armen und hielt ihn fest, bis die Bewegungen schwächer wurden. Das Blut war überall, es lief über Helgers Arme und färbte sein Gewand. Feucht und dunkel schimmerte es im Sternenlicht.

Theimenes rappelte sich auf.

»Und jetzt ...«, setzte er an.

Der zweite Mann kam um das Zelt herum. Er tauchte auf wie aus dem Nichts, kein Laut hatte ihn angekündigt. Cidos zuckte zusammen, starrte ihn an. Der Wüstenreiter selbst starrte auf die Szene vor ihm, seine Augen weiteten sich. Dann öffnete er den Mund zu einem Schrei und riss die eigene Waffe aus dem Gürtel.

Cidos erweiterte schnell das Feld, das sie von der Außenwelt abschirmte. Der Stammeskrieger stürzte brüllend auf die Fremden zu, die seinen Gefährten ermordet hatten. Theimenes rollte sich zur Seite. Helger ließ den Sterbenden los und sprang auf die Füße. Der Wüstenkrieger sprang über den Alten hinweg, schwang seinen Dolch gegen den Schmuggler. Helger wich zurück, er stolperte und streckte abwehrend die Hände aus. Seine eigene Waffe lag neben dem Hals des ersten Opfers, wo er sie hatte fallen lassen.

Cidos schaute in Panik von einem zum anderen und wusste nicht, was er tun sollte.

Die Klinge blitzte im Sternenlicht. Helger schrie auf. Cidos konnte nicht sehen, ob und wie schwer sein Freund getroffen war. Helgers Arme waren ohnehin schon mit Blut bedeckt. Aber der Schmuggler wich weiter zurück und hatte nichts als seine Arme, die er schützend vor den Leib hielt. Sein Gegner folgte ihm und stieg über den Körper des niedergestreckten Gefährten hinweg.

Da wand sich Theimenes auf dem Boden, geschickt wie eine Schlange. Er bog seinen Leib, wie man es dem Alten niemals zugetraut hätte, und mit seinen dürren Armen fasste er an die Brust des ersten Opfers. Blitzschnell riss er den Dolch heraus und hieb damit nach der Ferse des Wüstensohnes. Der schrie gellend auf und strauchelte.

»Los, Mann«, rief Theimenes Helger zu. »Tritt ihn um!«

Helger blickte auf seine Arme, das Gesicht verzerrt vor Schmerzen, und wich weiter zurück.

Sein Gegner kam taumelnd hinter ihm her, aber der verletzte Fuß knickte unter ihm weg. Er konnte sich nicht auf den Beinen halten und fiel hin. Er wälzte sich auf dem Boden und fing Theimenes' Arm mit der Linken ab, gerade als der Erzmagier ein weiteres Mal zustechen wollte.

Sein Arm mit dem Messer aber war durch den eigenen Körper blockiert, und so konnte der Mann nicht selbst zustechen. Er verdrehte dem alten Erzmagier das Handgelenk, sodass der das Messer fallen lassen musste. Im Liegen rangen sie miteinander. Theimenes trat seinem Gegner gegen das Schienbein, aber der schien es gar nicht zu bemerken. Er richtete sich halb auf, stieß zischend die Luft aus, als sein verletzter Fuß über den Boden scharrte – dann hatte er die Hand mit dem Messer wieder frei.

Er holte zu einem Stoß gegen Theimenes aus.

Im selben Moment sprang Cidos vor. Er riss sein eigenes Messer aus dem Gürtel, an das er bisher gar nicht gedacht hatte ... *Ich bin nur der Zauberer hier. Ich kämpfe nicht!*

Blindlings stach er mit dem Stahl auf den Wüstenkrieger ein, der vor ihm kauerte.

Der Mann bäumte sich auf und fuhr herum. Cidos spürte das Heft unter seinen Fingern vibrieren, als die Klinge über den Knochen schabte. Das Messer wurde ihm aus der Hand gerissen. Er sprang zurück.

Der Wüstenkrieger kniete auf seinem gesunden Bein und stach nach Cidos. Mitten in der Bewegung hielt er inne, schrie auf und krümmte sich. Cidos sah Theimenes, der das Messer gepackt hatte, das im Körper des Mannes steckte, und es herumdrehte.

Als sein Gegner sich krümmte, riss Theimenes das Messer heraus und stach erneut zu. Und dann war auch Helger da und trat dem Mann auf den verletzten Fuß.

Der Wüstenkrieger schrie markerschütternd auf. Der eigene Dolch entglitt seinen Fingern. Theimenes stach wieder zu, und dann hatte auch Helger eine Waffe aufgehoben – seine eigene, die von Theimenes, die, die sein Feind eben erst verloren hatte ... in dem Getümmel konnte Cidos es nicht so genau erkennen.

Er wich zurück, einen Schritt, zwei Schritte, und konzentrierte sich wieder auf seinen Zauber. Theimenes und Helger hackten jetzt mit den Klingen auf den verletzten Gegner ein, bis der keinen Laut mehr von sich gab und seine Bewegungen erstarben, bis nur noch ihre eigenen keuchenden Atemzüge zu hören waren.

»Ein ... verfluchter ... verfluchter ... Plan«, stieß Helger hervor. Er hielt inne und richtete sich auf, mit dem gekrümmten, vor Blut triefenden Messer in der Hand. »So schmutzig und verflucht wie alle deine Pläne, alter Zauberer.«

Theimenes lachte krächzend. »Sag ich doch. Meine Pläne laufen nicht immer so sauber, wie man sich das vorstellt. Aber am Ende kommt doch das heraus, was ich erreichen wollte.«

Er stand ebenfalls auf. Die freie Hand presste er fest auf den Leib und verzog die Lippen vor Schmerzen.

»Da ist noch der Meister«, sagte Cidos. Er schaute zu dem Zelt und versuchte, mehr zu erkennen in der Dunkelheit. »Ich weiß nicht, ob der zweite Mann die ganze Zeit in meinem Schutzkreis stand, als er geschrien hat. Vielleicht gab es Lücken in meinem Luftwall, als ich nach dem Messer greifen musste.«

»Stimmt«, sagte Theimenes. »Wir sind noch nicht fertig heute Nacht.«

Er wandte sich dem Zelt zu.

Helger war über und über mit Blut bespritzt. Cidos sah immer noch nicht, was davon Helgers eigenes Blut war. Er sah nur, dass die Arme seines Freundes zitterten, als er versuchte, den Dolch zu umklammern.

»Ich weiß nicht, wie wir unbemerkt ins Zelt gelangen sollen«, sagte er.

»Oh«, murmelte Theimenes. »Das wird nicht nötig sein, glaube ich.«

Die Plane des Zeltes wölbte sich von innen. Die Klappe am Eingang bewegte sich.

»Halte ihn auf«, rief Theimenes Helger zu. »Er darf keine Gelegenheit zum Zaubern bekommen. Halte die Zeltklappe fest!«

Er selbst bückte sich blitzschnell und durchtrennte mit dem Dolch die nächste Zeltschnur.

Helger verstand. Er versuchte gar nicht erst, nach der Plane zu greifen. Er sprang einfach vor, warf sich mit kurzem Anlauf gegen den Zelteingang. Mit einem dumpfen Laut traf er den Stoff und das, was dahinterstand. Er taumelte wieder zurück. Aber auch der Mann auf der anderen Seite wurde zurückgestoßen und verschwand wieder im Inneren des Zeltes.

All das vollzog sich in einer unheimlichen Stille. Cidos bemerkte erst jetzt, dass er noch immer die Luftblase aufrechterhielt und der Kampf sich heraus verlagert hatte. Zwei ihrer drei Gegner waren tot, der dritte war gewarnt, es gab keinen Grund mehr für Heimlichkeit.

Cidos löste den Zauber. Sofort hörte er ein wütendes Fluchen aus dem Zelt.

Helger lief erneut auf den Eingang zu. Kurz davor blieb er stehen, bückte sich und schnitt eine weitere Schnur durch. Dann trat er gegen die Zeltstange. Er und Theimenes liefen um das Zelt herum, jeweils in die andere Richtung, und sie schnitten eine Schnur nach der anderen durch. Die Plane sank in sich zusammen. Meister Iame fluchte und schimpfte, und man sah, wie sein Körper sich unter der Plane wand. Er versuchte, aus dem zusammenfallenden Zelt herauszukommen.

Helger und Theimenes liefen dorthin, wo Iame sich bewegte. Sie packten die Plane und versuchten, sie um den gefangenen Meister zusammenzuziehen. Der aber riss die Arme empor, und mit einem Mal blähte die Zeltplane sich auf. Sie flog hoch in die Luft, Helger und Theimenes konnten sie nicht mehr halten. Von einem unnatürlichen Wind erfasst, schwebte sie über die Wüste davon und verschwand in der Nacht.

Iame stand im Freien, mitten zwischen seinen Reisemöbeln und seinem Gepäck. Er bückte sich, und als er sich wieder aufrichtete, hielt er einen breiten Säbel in der Hand.

»Ihr Verräter!«, rief er Theimenes zu. »Ich wusste, dass mit Euch nicht alles geheuer ist, ›Meister‹ Theimenes. Ich werde Bortan Euer Blut opfern, und …«

Cidos riss die Hände empor.

Licht, dachte er.

Ein gleißender Blitz fuhr von seinen Fingern geradenwegs in das Gesicht des fremden Meisters. Der riss die Arme hoch, doch zu spät. Er taumelte, ließ die Waffe wieder sinken, fuchtelte blind damit umher. Aber Helger und Theimenes kamen von beiden Seiten, wichen seiner Klinge aus und stießen ihm ihre Dolche zwischen die Rippen.

Cidos ließ die Hände sinken. Seine Lippen bebten.

Als es vorbei war, kam Theimenes auf ihn zu. Er hielt immer noch die Hand an den Leib gepresst, die der Wüstenkrieger ihm verdreht hatte, und bei jeder Bewegung verzog er das Gesicht. Er atmete schwer. Aber er grinste.

»Cidos Eltairion«, sagte er. »Ich hatte feinere Anwendungen im Sinn, als ich mit dir Lichtzauber studierte. Aber das war gut. Du bist ein starker Zauberer, das habe ich immer gewusst.«

Helger schloss sich ihm an. »Danke«, sagte er. »Du hast uns sehr geholfen. Es wäre sonst schwer geworden, mit den Messern gegen diesen Säbel.«

Cidos stand wieder zwischen seinen beiden Begleitern. Helger warf Theimenes einen bösen Blick zu.

Der fing den Blick auf und schüttelte den Kopf. »Gebt nicht mir die Schuld. Es war das Beste, was wir versuchen konnten. Aber beim nächsten Mal werde ich darauf achten, dass ich einen anständigen Krieger dabeihabe und nicht nur einen Schmugglergesellen. Dann wird es nicht so ein wildes Durcheinander.«

»Ein nächstes Mal gibt es nicht«, erwiderte Helger. »Wir gehen in diese Stadt, holen Dargei und Bahome, und dann verschwinden wir. Keine Kämpfe mehr, keine Hinterhalte, keine Winkelzüge.«

Die Berge, die sie in der Ferne gesehen hatten, waren immer noch fern, als sie Tar-hei erreichten; gewaltige Berge, die scheinbar den Himmel aufrissen und verglichen mit denen die Gebirge auf ihrem bisherigen Weg, der Cojon und der Tar-Hajad, wie ein beschauliches Hügelland wirkten. Die Spitzen und Flanken glitzerten weiß, als hätte ein Gott sein Salzfass darüber ausgeschüttet.

Die Stadt, zu der Theimenes sie führte, lag in den Vorbergen, den Ausläufern des Ekotschi-Tar. Durch ein schmales Tal zwischen Hügeln wanderten sie darauf zu. Tar-hei war in einen Berg gemeißelt, den Cidos selbst als beachtlich bezeichnet hätte, hätten die Gipfel dahinter ihn nicht so unscheinbar wirken lassen.

Die Mauer vor der Stadt war breit und kaum schulterhoch, und sie hatte kein Tor. Cidos und seine Gefährten ritten einfach durch eine Lücke hindurch, und sie standen an dem Ort, wo die Bruderschaft der Roten Hand sich versammeln sollte. Wie die Mauer waren auch die wenigen Bauwerke in dieser Stadt aus rotem Granit herausgemeißelt. Ein paar Felszacken erhoben sich auf der Ebene, ausgehöhlt als Häuser und mit Kammern versehen. Im Hintergrund, an der Bergflanke selbst, klafften zahllose kleine und größere Löcher, von denen manche bewacht waren. Der ganze übrige Raum zwischen Berg und Mauer war frei, und dort herrschte im Augenblick reges Treiben.

Menschen lagerten auf dem Platz neben den vereinzelten Felsenhäusern, dazu Tiere – Kamele, Dromedare, Esel und Pferde; überall standen Zelte, waren Decken ausgebreitet. Tarhei war ein einziger großer Markt.

Helger sah sich um. Er hielt sich dicht bei seinem Dromedar und umklammerte den Zügel.

»Was ist das für ein Ort?«

»Tar-hei, die Stadt im Fleisch der blutigen Erde«, erklärte Theimenes leise. »Die meiste Zeit über lebt hier kaum jemand. Doch alle vier Jahre kommen die Wüstenstämme zusammen, tauschen Waren und Frauen, und die Rote Hand hält hier ihre Versammlung ab. Wir sollten nicht so viel reden. Es geht munter zu an diesem Ort, und die Anhänger der Roten Hand kommen aus allen Winkeln der Welt. Dennoch sind wir ein wenig fremder als die meisten, und wir sollten die Aufmerksamkeit nicht mehr als nötig auf uns lenken.«

Helger, Theimenes und Cidos führten einen kleinen Zug von Packtieren mit sich. Durch die Morde in der Wüste waren sie zu einigem Wohlstand gekommen. Ersatz für die blutbefleckten Gewänder hatten sie rasch gefunden, in den Truhen von Meister Iame. Und mit all den Dingen, die der Meister und seine beiden Führer mitgeführt hatten, besaßen sie nun genug, um sogar Handel zu treiben.

Theimenes sprach mit einigen Einheimischen; oder jedenfalls mit ein paar Männern, die so aussahen, als würden sie das bunte Treiben in der Stadt ordnen. Er gab Geschenke und erhielt einen Platz im Schatten einer schlanken Felsnadel. Eine winzige Höhle darin sollte ihre Unterkunft sein, und auf dem Platz darum herum luden sie ihre Tiere ab. Sie banden die Kamele auf der einen Seite an und breiteten auf der anderen die Dinge aus, die sie zum Verkauf anbieten wollten.

»Eine ganz hervorragende Tarnung«, sagte Theimenes. »Und wenn wir diese nutzlosen Klappstühle von Meister Iame zu Silber machen können, wird uns das helfen.«

»Helfen wobei?«, antwortete Helger mürrisch. »Wie wollen wir Bahome und Dargei finden? Wisst Ihr, wo sie sind?«

Missmutig strich er sich immer wieder über seine Unterarme. Cidos hatte die tiefen Schnitte geheilt, die dort geklafft hatten, doch mit all seiner Macht hatte er die Wunden nicht schließen können, ohne dass hässliche Narben zurückblieben. Und wahrscheinlich war darunter auch nicht alles richtig zusammengewachsen. Cidos hatte das Gefühl, dass sein Freund immer noch Schmerzen litt. Aber Helger sprach nicht darüber, und er wehrte Fragen ab.

Cidos betastete die Granitsäule, in der sie wohnen sollten. Er duckte sich unter dem niedrigen Türsturz hindurch und spähte in den Raum hinein. Es war schattig und kühl. Auch wenn die Kammern in dieser Stadt alle so winzig waren, konnte Cidos sich doch kaum vorstellen, wie die Menschen diese ganze Siedlung in so harten Fels hatten treiben können.

»Alles Gute kommt zu dem, der warten kann«, sagte Theimenes. »Ich bin mir sicher, wir werden schon bald einen Hinweis erhalten.«

In dieser Nacht schliefen sie alle in dem winzigen Loch in der Felssäule. Cidos träumte von dem vorangegangenen Morgen und dem Kampf gegen Meister Iame und die beiden Führer. Messer blitzten auf, Blut floss. Es war ein wirrer, ein wilder

Traum. Genau wie die Wirklichkeit. Wie leicht war es im Vergleich dazu gewesen, den Statthalter in Tarsus zu ermorden.

Helger war misstrauisch. Er hatte eine Kiste und einen Stuhl vor den Eingang gelegt und beides mit einem Seil gesichert, damit keiner unbemerkt eindringen oder ihren Türersatz fortschleppen konnte. Aber nichts geschah mit ihnen in dieser Nacht. Selbst die Tiere, die nur angeleint neben ihrer Unterkunft standen, blieben unangetastet.

Theimenes hatte viel über die räuberischen Stämme der Wüste gesprochen. Aber hier in Tar-hei, wo sie sich trafen, herrschte anscheinend ein Frieden, an den alle sich hielten.

Am nächsten Vormittag hütete Theimenes ihren behelfsmäßigen Marktstand. Helger und Cidos schlenderten durch das Treiben zwischen den Granitsäulen. Sie musterten die Menschen vor den Höhlen.

»Ich warte immer darauf, dass jemand die Kamele unserer Führer erkennt«, sagte Cidos.

»Bah«, antwortete Helger. »Die Viecher sehen doch alle gleich aus. Und Brandzeichen habe ich keine gesehen.«

»Wenn die Wüstenstämme hier zusammenkommen«, sagte Cidos, »dann sind vermutlich auch die Verwandten der Toten hier. Es gefällt mir nicht, dass Theimenes alles zur Schau stellt, was wir geraubt haben.«

»Na«, sagte Helger, »das meiste hat ohnehin dieser Zauberer von der Roten Hand mitgebracht. Jedenfalls von den Sachen, die sich verkaufen lassen. Und diese Bruderschaft ist nicht so vertraut untereinander. Sonst hätte unser alter Erzschurke sich kaum so leicht bei ihnen einschleichen können.«

Cidos nickte. Misstrauisch spähte er den Gestalten nach, die sich außer ihnen auf dem Markt bewegten. Viele verbargen das Gesicht hinter einem Schleier oder Tuch, kaum einer ging unverhüllt. Cidos und Helger hatten sich selbst ein weißes Tuch um Kopf und Schultern gewickelt, dennoch fühlte Cidos sich fremd in dieser Stadt. Von den Gesprächen der Einheimischen verstand er nur einzelne Wörter.

Er betrachtete die große rote Felswand, die das hintere Ende der Stadt begrenzte. Eine stumme Bedrohung ging von ihr aus, als würden tausend Augen sie aus all den schwarzen Löchern darin beobachten. Die beiden hielten Abstand davon und blieben auf dem freien Platz zwischen der Mauer und dem Berg mit den vielen Zelten und den wenigen ausgehöhlten Felshäusern.

»Außerdem hat Meister Iame diese Führer mitgebracht«, sagte Helger, »von wo auch immer er hergekommen ist. Vom anderen Ende der Wüste. Ich glaube nicht, dass diese Herumtreiber hier viele Angehörige haben.«

»Vermutlich«, sagte Cidos. »Theimenes würde nicht so einen Fehler machen.«

»Das ist wahr.« Helger klang bitter. »Theimenes macht keine Fehler. Wenn er uns in Gefahr bringt, dann tut er es mit Bedacht.«

Cidos hielt inne und fasste Helger am Arm. »Denk an das, was wir besprochen haben«, sagte er. »Theimenes wird uns mit Bahome und Dargei zusammenbringen. Und bis wir die Gelegenheit bekommen, deine Freunde zu retten, dürfen wir uns nicht gegen ihn stellen!«

Helger lachte leise. »Weißt du, am Anfang habe ich davon geträumt, dass Theimenes alles wieder richtet, dass seine Pläne uns bis nach Hause führen. Ich war bereit, mein Leben dafür zu wagen. Es vielleicht sogar zu geben, damit meine Freunde in Sicherheit sind. Aber jetzt ... jetzt will ich nur noch Bahome und Dargei wieder bei uns haben, und dann setzen wir uns ab und dieser Erzmagier kann seine alten Knochen allein in die Hölle schleppen. Oder heimwärts ... Hey!« Helger stutzte. Sein Tonfall änderte sich.

Er knuffte Cidos in die Seite. »Also, wie du gesagt hast: Bis wir Dargei und Bahome gefunden haben! Dann bleiben wir keinen Augenblick länger bei Theimenes. Wir lassen uns auf keinen seiner Pläne mehr ein. Wir hören auf nichts mehr, was dieser Magier uns sagt. Wir gehen unseren eigenen Weg und tun, was nötig ist, damit Theimenes uns nicht mehr in Gefahr bringen kann. Kann ich mich da auf dich verlassen, Cidos?«

Cidos fühlte sich bedrängt. Das war eine Entscheidung, die

man am besten an Ort und Stelle traf, wenn es so weit war und wenn man alle Umstände kannte. Trotzdem bekräftigte er sein Versprechen: »Ja, ich bin an deiner Seite, wenn es so weit ist. Du weißt, dass du dich auf mich verlassen kannst. Aber …«

Helger fiel ihm ins Wort. »Vielleicht ist es früher so weit, als wir dachten.« Seine Stimme klang angespannt. Cidos schrak auf bei dem Tonfall und folgte seinem Blick.

Sie standen in einer Art Gasse, die zu beiden Seiten gesäumt war von Ständen mit Datteln und getrockneten Früchten, von Körben und Säcken und losen Haufen von Gewürzen. Laut feilschende Wüstensöhne drängten sich bei den Händlern, andere schlenderten umher, spähten zu den Waren.

Helger schaute an all diesen Menschen vorbei in Richtung der Felswand, und dort, auf halbem Wege die Gasse entlang, sah Cidos einen Bewaffneten, der ihm bekannt vorkam. Er zuckte zusammen, suchte nach Zaubern, versuchte sich zu erinnern, wo er den Krieger schon einmal gesehen hatte – da sie sich bisher auf ihrer Reise überall Feinde gemacht hatten, konnte die Begegnung nichts Gutes bedeuten.

Der Mann trug eine Rüstung, wie Cidos sie bei den Wachen vor den großen Höhlen an der Felswand schon öfter gesehen hatte: einen schwarzen Brustpanzer und einen ebenso dunklen, spitz zulaufenden Eisenhut. Einen weißen Mantel darüber, einen Säbel am Gürtel und einen Speer in der Hand. Der Krieger wirkte jung, das Gesicht rundlich, beinahe kindlich. Er bewegte sich ein wenig unbeholfen …

»Das ist Dargei!«, rief Cidos aus, gedämpft durch das Tuch vor dem Gesicht, dann, leiser: »Dargei! Was macht er in diesen Waffen? Hat Theimenes nicht gesagt, dass die Rote Hand die Fremden opfern würde?«

»Finden wir es heraus«, sagte Helger. Entschlossen ging er auf seinen früheren Schiffskameraden zu.

Cidos hielt ihn zurück. »Nein, warte! Die Rote Hand, das sind Zauberer. Sie haben ihn womöglich zu einem Sklaven gemacht und beherrschen seinen Willen.«

Helger schnaubte. »Dann schauen wir mal, ob eine Faust im

Gesicht ihn wieder aufweckt. Cidos, Mann, das ist *Dargei*! Meinst du, ich hab Angst vor dem Kleinen, nur weil er jetzt einen Speer in der Hand hält?«

Er stürmte los, und Cidos folgte ihm zweifelnd.

»Sei wenigstens vorsichtig«, sagte er.

»Oh, keine Sorge«, antwortete Helger. »Aber wir schnappen ihn uns, ob er will oder nicht. Wenn er unter einem Bann steht, soll Theimenes sich nützlich machen.«

Er zog sein Gesichtstuch zurecht. Unauffällig gingen sie an den Ständen entlang, sodass Dargei nicht gleich bemerkte, dass sie auf ihn zuhielten. Dargei seinerseits bewegte sich unsicher über den Markt. Er sah sich um, betrachtete die Waren, nahm an einem Stand ein paar Früchte in die Hand und schien nach den richtigen Worten zu suchen, um mit einem Händler zu sprechen.

Er mochte gekleidet sein wie die Wächter vor den Höhlen, aber er bewegte sich immer noch wie ein Fremder an diesem Ort und so unbeholfen wie der Jüngling, den sie kannten.

Sie gingen auf der anderen Seite der Gasse an ihm vorüber, machten dann kehrt und kamen in einem Bogen von hinten auf ihn zu. Wenige Schritte, dann standen sie links und rechts von ihm. Helger hielt wie beiläufig die Hand so, dass er Dargeis Speerarm blockte.

»Dargei«, murmelte er ihm ins Ohr.

Der Junge zuckte zusammen und sprang einen Schritt zurück. Cidos trat ihm in den Weg und sorgte dafür, dass er zwischen ihm und Helger stand.

»Hel... Helger!«, stotterte Dargei. »Was ... was macht ihr denn hier?«

Ängstlich schaute er von einem zum anderen und dann über ihre Schultern hinweg, als würde er Feinde hinter ihnen vermuten.

»Das wollten wir dich gerade fragen«, sagte Helger. »Wir dachten, wir müssten dich retten. Und siehe da, der Kleine ist erwachsen geworden und läuft selbst als ein Held in schimmernder Rüstung durch die Gegend!«

Dargeis Haut war noch eine Spur dunkler geworden hier in der Wüste. Dennoch erahnte Cidos eine Spur von Röte auf seinen Wangen. Dargei stotterte unsicher. Alles in allem wirkte er nicht verzaubert, sondern genauso wie der Junge, den sie in TeiChu zurückgelassen hatten.

Nein, nicht genauso.

Wenn er genauer hinsah, bemerkte Cidos Linien in Dargeis Gesicht, die zuvor nicht da gewesen waren. Schatten lagen unter seinen Augen, Furchen durchzogen seine Stirn. Das Antlitz war immer noch rundlich, jung, aber ein hagerer Zug hatte sich ausgebildet, der Kinn und Wangenknochen klarer hervortreten ließ. Auch der Leib unter der Rüstung und den fließenden Gewändern wirkte schlanker; Dargeis Bewegungen verrieten ein paar Muskeln, die er in TeiChu nicht gehabt hatte.

In seinen Augen lag eine dumpfe Leere, eine Verzweiflung, die nichts mit einem Zauber zu tun hatte, sondern von Angst und Leid und Verlorenheit zeugte.

»Die Waffen ...« Dargei hob hilflos den Speer ein Stück. »Ich stehe jetzt als Wache vor einem von den Tunnels da drüben.« Er wies auf die Felswand.

»Na immerhin«, sagte Helger. »Theimenes hatte weit Schlimmeres befürchtet.«

»Was weiß der alte Sack schon, was schlimm ist?« Dargei fuhr zornig auf. »Er hat uns in dieser verfluchten Stadt *zurückgelassen*!« Wütend funkelte er Cidos an, als wäre der eine Zauberer für den anderen verantwortlich. »Im Haus von diesen Hexenmeistern! Ja, die haben uns eine Menge Fragen gestellt, als unser Meister nicht zurückkehrte und allerhand Gerüchte von Diebstahl und Freveltaten bei diesen Schlitzaugen in Umlauf waren. Aber wir konnten ihnen nicht viel sagen, was sie hören wollten, und sie konnten nicht viel mit uns anfangen. Ich weiß ja bis heute nicht, ob Theimenes wirklich zu diesem Orden gehört oder nicht.«

»Nein«, sagte Helger. »Das kann man inzwischen wohl ausschließen. Aber er weiß genug über die Rote Hand, um den einen oder anderen ihrer Meister zu täuschen. Für eine kleine Weile.«

Cidos dachte an die Toten in der Wüste, die sie eine Tagesreise von hier begraben hatten.

»Ja«, sagte Dargei. »Vielleicht. Bahome und ich haben natürlich alles getan, damit die Leute wenigstens glauben, dass wir zu einem von ihnen gehören. Soweit wir überhaupt etwas tun konnten – wir sprechen ja ihre verdammte Sprache nicht! Und der Meister hat auch nicht eben viel Interesse gezeigt, mit uns zu reden. Der Meister von diesem Haus, wo Theimenes uns zurückgelassen hat, meine ich.«

Wieder sah Dargei sich um, als würden sie beobachtet. Dann senkte er die Stimme.

»Jedenfalls, er hat es wohl hingenommen, dass wir die Diener eines anderen Meisters sind. Darum hat er uns erst einmal unter seine Obhut genommen. Mich hat er zu einer seiner Wachen gemacht – und ich sage dir, Helger, das war kein Spaß! Die Reise hierher war hart, aber ich war froh, als es losging, weil der Hauptmann von Meister WaLeng mich dann nicht mehr jeden Tag zu seinen verfluchten Übungen schleifen konnte …«

»Und Bahome?«, fragte Cidos. »Ist sie auch hier? Geht es ihr gut?«

Dargei zuckte die Achseln. »WaLeng hat sie zu seinen Dienern gebracht. Sie ist mit hierhergekommen, aber seitdem habe ich sie nicht mehr gesehen. Ich darf nur am Außentor Wache stehen, aber sie ist beim Meister selbst. Tief drinnen im Berg.«

Cidos schluckte. »Hat er … Ich meine, tut er …«, stammelte er.

Dargei starrte ihn an, dann verstand er und schüttelte den Kopf. »Nein«, sagte er. »Ich glaube nicht, dass WaLeng *solche* Interessen bei seinen Dienerinnen verfolgt. Aber … er ist kein angenehmer Meister, und Bahome ist ihm näher, als ich es gewesen bin.« Er spuckte auf den Boden. »Dieser verfluchte Zauberer.«

Cidos fragte sich, ob Dargei damit Theimenes meinte oder

den Meister der Roten Hand, dem er diente. Vermutlich meinte er *alle* Zauberer und Cidos ebenfalls.

Helger atmete vernehmlich auf. »Na, das klingt im Großen und Ganzen doch besser, als zu erwarten war. Und das Beste: Es geht ganz ohne den alten Zauberer weiter! – Dargei«, wandte er sich an den Jungen, »sieh zu, dass du irgendwie zu Bahome gelangst. Wenn sie es irgendwie herausschafft, treffen wir uns alle hier. Dann können wir einfach verschwinden, und diese ganzen Zauberer sollen allein in der Sonne verschmoren.«

Cidos wand sich unbehaglich.

Dargei lachte bitter. »So einfach stellt ihr euch das vor. Aber dieser Orden heißt die Rote Hand, weil sie ihre Hände in Blut tauchen. Ich habe gesehen, wie Meister WaLeng Dinge getan hat … unaussprechliche Dinge …« Dargeis Stimme brach ab, sie erstickte in einem Schluchzer. Wieder sah er sich ängstlich um. Dann nahm er sich zusammen.

»Wie auch immer, sie werden uns nicht so einfach gehen lassen. Ich komme nicht einmal an Bahome heran. Sie ist im inneren Teil der Höhlen, mit den Meistern, und ich darf nur außen an den Eingängen Wache stehen. Sie würden mich nie weiter hineinlassen, nicht ohne den Befehl eines Meisters.«

»Ach«, sagte Helger, »stell dich nicht so an. Es geht um Bahome, Mann! Wir waren Schmuggler in Tarsus, wir finden auch hier einen Weg.«

»Es wäre besser, wenn wir noch warten würden«, sagte Dargei. »In drei Tagen ist die Versammlung vorüber, und wir werden zurück nach TeiChu reisen. Unterwegs ist es leicht, sich von der Gruppe abzusetzen. Und Bahome kann sich frei bewegen unter den anderen; ich habe es auf der Hinreise erlebt.«

»Und den Meister der Roten Hand fürchtest du dann nicht mehr?«, fragte Cidos spöttisch.

Dargei zog den Kopf ein. »Vielleicht ist es ihm ja egal, wenn wir fort sind. Zwei Esser weniger. Ich weiß es nicht. Vielleicht schickt er uns seine Dämonen hinterher – aber wenigstens müssen wir uns vorher nicht an seinen Wachen vorbei bis in die innersten Höhlen durchkämpfen, um Bahome zu befreien. Wir hätten eine *Chance*!«

Helger kratzte sich nachdenklich am Kinn. »Womöglich ist das der klügste Weg. Aber Theimenes wird kaum so lange warten wollen. Wir müssen uns also überlegen, wie wir mit ihm verbleiben.«

»Theimenes«, stieß Dargei hervor. »Die Meister der Roten Hand sind unheimliche Gesellen, aber Theimenes ist keinen Deut besser. Kein Wunder, dass der Alte sich so leicht dort einschleichen konnte. Es würde mich nicht wundern, wenn dieser Erzmagier tatsächlich insgeheim auch ein Meister der Roten Hand wäre ...!«

»Nein.« Cidos dachte kurz darüber nach. Er dachte an den Mord, an die blutige Nacht in der Wüste. »Nein«, wiederholte er, »das ist er nicht. Und wenn er je ein Mitglied dieses Ordens war, dann will er seine Mitbrüder nun ebenso betrügen wie alle anderen.«

Er wandte sich an Helger. »Aber das ist vielleicht eine Gelegenheit für uns. Theimenes hat gewiss einen Plan, wie er in die Höhlen der Bruderschaft und zu Bahome gelangt. Wir sollten uns an unsere ursprüngliche Verabredung halten und mit Theimenes sprechen.«

»Nein«, sagte Helger. »Wenn wir mit Theimenes gehen, findet er nur einen neuen Weg, uns in Gefahr zu bringen. Aber wenn wir nur drei Tage warten, dann können wir auf eigene Faust entfliehen! Warum sollten wir uns mehr als nötig auf diesen alten Betrüger einlassen?«

»Wer weiß, was in den drei Tagen geschieht«, gab Cidos zu bedenken. »Ich bin mir sicher, Theimenes hatte einen Grund, dass er es hier versuchen wollte.«

»Oh ja«, sagte Helger. »Das glaube ich gern. Aber ob das auch ein Grund für uns sein muss ...«

»Er sprach von einem Opfer.« Cidos nickte in Dargeis Richtung. »Und nur weil Dargei im Augenblick außer Gefahr scheint, heißt das nicht, dass auch Bahome in Sicherheit ist. Du hast mir ein Versprechen abgenommen, Helger: Wir trennen uns von Theimenes, sobald wir Dargei *und* Bahome gefunden haben. Nun halte dich selbst daran. Noch sind wir nicht mit all unseren Gefährten vereint.«

»Und das werden wir auch nicht sein«, sagte Dargei düster. »Horgan ist niemals zurückgekehrt von eurer Unternehmung. Und als von der Schändung des Tempels der Winde gesprochen wurde, da hieß es auch, dass ein Fremder erschlagen worden sei. Helger, wir haben Horgans Leiche *gesehen*! Sie war auf dem Tempelplatz aufgespießt, noch Tage später, als ich das erste Mal wieder Meister WaLengs Haus verlassen und in die Stadt gehen durfte. Dieser Erzmagier hat ihn im Stich gelassen und ihm den Tod gebracht. Und Horgan ist ihm immer treu gefolgt.«

Helger fluchte unterdrückt. »Ich weiß. Aber Cidos hat recht. Es kommt zu viel zusammen. Theimenes wird auf jeden Fall nicht die Füße stillhalten. Wenn wir ihn jetzt verlassen, wird er trotzdem etwas tun, und wir wissen dann nicht einmal, was. Und was die Rote Hand in den drei Tagen anstellt, können wir auch nur vermuten ... Nein, wir sollten Theimenes zumindest noch einmal aufsuchen, wir alle gemeinsam. Hören wir uns an, was er zu deiner Geschichte sagt, Dargei, und was für einen Plan er vorschlägt.«

»Gewiss, gewiss habe ich einen Plan«, beteuerte Theimenes, als sie ihn alle gemeinsam aufsuchten.

Der alte Zauberer hatte die Dinge ausgebreitet, die sie geraubt hatten: Klappstühle, Tischchen, Kannen, Krüge, Geschirr; auf den Tischen lagen weitere Güter: Vorräte, Kleidungsstücke, Werkzeuge. Meister Iame hatte auf der Reise an Begleitern gespart, aber nicht an Besitztümern.

Theimenes bot die Kamele feil, ebenso das Geschirr und die Packtaschen. Er saß inmitten all seiner Waren auf dem Boden wie irgendein Händler auf dem Markt in der Stadt im Fleisch der blutigen Erde. Helger und Cidos hockten neben ihm, Dargei stand auf der anderen Seite eines Tisches wie ein ganz gewöhnlicher Kunde.

Einheimische gingen vorüber, beschauten, betasteten die Waren. Vor allem interessierten sie sich für die Tiere. Aber Theimenes und seine Begleiter waren fremd hier. Ihnen fehlten die Stammkunden, die langjährigen Partnerschaften, die sich zwischen den Stämmen bei ihren Treffen hier entwickelt hatten. Darum ging es an ihrem Stand vor der kleinen Granitsäule ruhiger zu als anderswo in der Stadt.

»Das wird nicht reichen«, sagte Helger. »Wir gehen nicht mehr mit dir, nur weil du behauptest, dass du schon weißt, wo's langgeht. Wir wollen jeden deiner Schritte im Voraus wissen, damit wir uns entscheiden können.«

»Oho!« Theimenes grinste spöttisch. »Eine kleine Meuterei etwa, unter Schmugglern?«

»Worauf du dich verlassen kannst, alter Mann.« Dargei umklammerte den Speer und blickte finster unter dem Helm hervor. »Du hast uns schon einmal zurückgelassen, und Horgan ... bei Horgan hast du noch etwas Schlimmeres getan. Ich habe selbst einen Plan, und ich brauche einen guten Grund, damit ich deinen vorziehe.«

Theimenes hob die Hände. »Kinder!«, sagte er. »Ihr wisst gar nicht, wovon ihr redet. Horgan ... das war bedauerlich. Aber habe ich nicht für eure Reise und eure Sicherheit Sorge getragen, Dargei, mein Junge? Der Weg hierher war mühsam, und mit euch beiden hätten wir es womöglich nicht geschafft. Aber ich wusste, dieser Meister der Roten Hand würde euch herbringen, so sicher und bequem, wie man es nur einrichten kann. Es war für alle am besten so.«

Er legte den Kopf schräg, schaute Dargei an. »Auch wenn du das nicht glauben magst. Darum war es klug von mir, dass ich Tatsachen geschaffen und euch nicht vorher gefragt habe. Ihr hättet euch nicht von uns trennen wollen, und am Ende wären wir dann alle vier zugrunde gegangen, anstatt wie jetzt sicher wieder vereint zu sein. Kinder ...«

Seine Stimme erstarb in einem Murmeln.

»Spart Euch die falschen Tränen«, sagte Helger entschlossen. »Wir reden nicht über die Vergangenheit, sondern über die

Zukunft. Noch sind wir nicht alle vereint. Ihr habt uns noch immer nicht erklärt, wie Ihr das zuwege bringen wollt.«

»Das liegt doch auf der Hand.« Theimenes kicherte. Er berührte einen kleinen Stapel aus feinen Gewändern, den er neben sich in eine offene Kiste gelegt hatte. »Auf der *Roten* Hand, sozusagen.«

Die drei jüngeren Begleiter starrten den Alten an, als wäre er jetzt völlig senil geworden.

Theimenes räusperte sich und schaute zu ihnen hoch. »Ich werde mich natürlich ein weiteres Mal meiner Maskerade bedienen und als Mitglied und Meister dieses Bundes auftreten. Dargei lassen sie womöglich nicht in die inneren Räumlichkeiten der Bruderschaft hinein. Aber wenn ich mich als Meister ausgebe und euch beide als meine Bediensteten, und wenn Dargei dann als Wache in meiner Begleitung auftaucht ... Ich bin überzeugt, man wird uns nicht aufhalten.«

»Habt Ihr nicht gesagt«, wandte Cidos ein, »dass Ihr allenfalls einen einzelnen Meister täuschen könnt, aber nicht die ganze versammelte Bruderschaft?«

»Wenn es so läuft, wie ich es mir denke«, erwiderte Theimenes, »werden wir nicht einmal einem Meister über den Weg laufen. Ich muss nur die Wachen vor dem inneren Kreis täuschen. Da gebe ich mich als ein weiterer Meister aus, der soeben eingetroffen ist und an der Zeremonie teilnehmen möchte. Das sollte zu schaffen sein.«

»Es ist nie so gelaufen, wie Ihr es Euch gedacht habt«, sagte Helger. »Jedenfalls nie so, wie wir uns vorgestellt haben, dass es gedacht *war*!«

»Was auch immer geschieht – wir stecken gemeinsam drin.«

»... wie im See von Shatwa«, murmelte Cidos.

Theimenes bedachte ihn mit einem missbilligenden Blick und fuhr dann fort: »Natürlich müssen wir uns vorher genau überlegen, wo wir uns hinbegeben und welchen Zeitpunkt wir wählen. Wir können Bahome unmöglich aus den Unterkünften der Meister holen. Dort laufen viel zu viele Menschen herum, die Fragen stellen könnten.«

»Klar«, warf Dargei sarkastisch ein. »Wir könnten uns auch einen Flecken in der Wüste aussuchen. Da ist wenig los. Nur, da ist Bahome nun mal nicht. Nur ein Zauberer kann einen Menschen anderswo abholen als an dem Ort, wo er sich gerade aufhält.«

»Na.« Theimenes lächelte. »Zufällig bin ich ein Zauberer. Und ich weiß, wo Bahome zu einem gewissen Zeitpunkt sein wird.« Sein Lächeln wurde zu einem triumphierenden Grinsen, und er hob belehrend den Zeigefinger.

»Der beste Zeitpunkt, um zuzuschlagen, ist übermorgen, vor dem letzten Ritual der Roten Hand. Sie werden Bahome in die Halle der Anrufung bringen. Wenn wir vorher dort eindringen, am Nachmittag, während alle Meister anderweitig beschäftigt sind, dann können wir dort auf sie warten.«

»Die Halle der Anrufung, ich vergaß«, stellte Helger fest. Er nickte in Richtung von Dargeis gerüsteter Gestalt. »Sie wollten Bahome und Dargei ja opfern.«

Theimenes blieb ernst. »Womöglich habe ich da ein wenig dramatisiert. Aber zweifelt nicht daran: Es wird ein Opfer geben. Der Meister von TeiChu muss in diesem Jahr ein Mitglied seines Hausstandes darbieten, und er wird ohne Zweifel die Fremde wählen, die erst seit Kurzem bei ihm ist und die ohnehin seine Sprache kaum versteht. Für Dargei mag er eine bessere Verwendung gefunden haben, aber die Rote Hand wird in zwei Tagen Blut vergießen. Ich weiß, wovon ich rede.«

»Und Ihr wusstet es in TeiChu«, sagte Helger bitter, »als Ihr Bahome und Dargei diesen *sicheren* Zufluchtsort empfohlen habt.«

»Aber ja«, erwiderte Theimenes, »und jetzt sind wir hier und werden es verhindern. Auch das habe ich von Anfang an so geplant. Also, was willst du mir vorwerfen?«

»Aber was habt Ihr davon?«, fragte Cidos.

»Was?«, gab Theimenes zurück.

»Ihr habt das alles geplant – aber gewiss nicht nur, damit wir Bahome und Dargei aus dem Berg herausholen. Was versprecht Ihr Euch davon? Ein weiteres Siegel?«

»Nein.« Theimenes tätschelte den Beutel, der zu seinen Füßen lag. »Ich habe, was ich brauche.«

»Drei Siegel haben wir geholt«, sagte Cidos. »Erde, Luft und Wasser. Ich glaube nicht, dass das alles ist. Oder habt Ihr das Siegel des Feuers schon vorher entwendet? War das Feuer, das vor Tarsus erwacht ist, bereits die Folge eines ersten Diebstahls? Habt Ihr Eure Fahrt begonnen, indem Ihr ein magisches Siegel des Feuers mitgenommen habt, das bis dahin den Aspagos bannte?«

Theimenes lächelte spöttisch. »Du bist schlau, mein Schüler«, sagte er. »Aber nein. Dass unsere Fahrt mit Feuer begonnen hat, so wie sie auch mit Feuer enden wird, das war nur ein Zufall. Doch es war ein guter Beginn, das muss ich gestehen, denn so schließt sich der Kreis, und solche Symbole haben Macht in der jenseitigen Welt. Es wird unseren Erfolg beflügeln.«

»Ein guter Beginn?« Cidos dachte an das, was in Tarsus geschehen war und was der Stadt gedroht hatte, als sie abgereist waren. An die Verwüstung, die selbst noch die Gestade des Cojon erfasst hatte. Diese Ungeheuerlichkeit verschlug ihm den Atem, und er wusste nichts mehr darauf zu sagen.

»Moment, was wird im Feuer enden?« Dargei mischte sich ein. »Was habt Ihr diesmal vor?«

Helger machte eine unwillige Handbewegung. »Das ist doch alles nur Geschwätz. Ich will nichts hören von Magie und Symbolen. Ich will wissen, wie wir Bahome herausholen und was uns dabei erwartet!«

Theimenes seufzte. »Geduld, meine Freunde«, sagte er. »Das will ich ja eben erklären. Eltairion hat recht: Natürlich gibt es ein viertes Siegel. Das Siegel des Feuers ruht im Beschwörungsraum der Roten Hand ...«

»Aha!« Helger fuhr auf. »Das ist es. Ihr wollt ein viertes Siegel stehlen! Und welches Unglück wird diesmal geschehen? Feuer?« Er schüttelte den Kopf. »Vergesst es. Ich werde nicht zulassen, dass Ihr einen weiteren Bann löst. Wer weiß, was Ihr damit entfesselt!«

»Du weißt gar nichts«, fuhr Theimenes ihn an. »Unterbrich mich nicht immerzu. Wir werden kein weiteres Siegel stehlen. Das Siegel des Feuers ist genau an dem Platz, an dem es sein soll. Wir werden die drei anderen Siegel *dorthin bringen.* Das ist der Abschluss unserer Reise, und das Einzige, was wir dort entfesseln, wird genau die Macht sein, die wir brauchen, um all unsere Wünsche zu erfüllen.

Jetzt hört meinen Plan: Wir dringen am Nachmittag in den Hort der Roten Hand ein. Dargei wird uns durch das äußere Tor lassen und uns begleiten. Im Raum der Anrufung werde ich dann unsere drei Siegel verbergen und den Ring der Elemente vollkommen machen, bevor das Ritual der Roten Hand beginnt. Wir selbst verstecken uns auch. Wenn die Meister der Roten Hand schließlich erscheinen und die Mächte herbeirufen ... Nun, sie werden die Macht *aller* Elemente wecken statt nur des einen, und sie werden nicht den Zauber sprechen, den sie zu sprechen glauben, sondern denjenigen, den *ich* dort vorbereitet habe. Wenn das geschieht, dann steht mir der Weg offen zu aller Macht, die ich anstrebe. Mehr Macht, als ich jemals in Tarsus zurückgelassen habe. Die Meister der Roten Hand werden etwas anderes zu tun haben, als sich uns in den Weg zu stellen. Und wir alle nehmen uns einfach, was uns zusteht. War das nun eine hinreichend ausführliche Darlegung meiner Pläne, Meister Helger?«

»Das gefällt mir nicht«, sagte Helger. »Ihr wollt die Meister erst ihr Ritual durchführen lassen, und dann können wir Bahome befreien? Was soll uns das nutzen, wenn sie geopfert wurde?«

Theimenes grinste. »Die Meister der Roten Hand brauchen kein Opfer, um die Macht der Siegel zu wecken. Sie brauchen eines, um das zu besänftigen, was durch die Macht des Siegels erscheinen soll. Wir werden schneller sein.«

Helger ballte die Faust. »Nun gut«, sagte er. »Wir werden schneller sein.« Er sah den Erzmagier an, und Cidos wusste genau, was er dachte.

Wir werden nicht warten, bis Ihr bereit seid.

Sobald sie zu Bahome gelangt waren, würden sie zuschlagen,

ob es Theimenes gefiel oder nicht. Sie würden auch nicht darauf warten, dass die Rote Hand die Macht der Siegel weckte und Theimenes' Plan seinen Fortgang nahm.

Die vier schauten einander an, als versuchten sie, die Gedanken des jeweils anderen zu ergründen. Was Helger im Sinn hatte, war Cidos klar. Doch zu gern hätte er gewusst, was Theimenes dachte und was er nicht ausgesprochen hatte.

»Ich muss zurück«, stieß Dargei hervor. »Die Ruhezeit für meinen Marktbesuch ist fast vorüber.«

»Wir begleiten dich ein Stück«, sagte Helger, und dann, an Theimenes gewandt: »Er kann uns gleich zeigen, wo der Eingang ist, den er bewacht und durch den er uns übermorgen einlassen wird.«

Theimenes nickte, und zu dritt schlenderten sie zwischen den Händlern hindurch auf die durchlöcherte Felswand am Ende des Tales zu. Dargei wirkte schweigsam und verbissen, Helger versuchte, ihm alles zu erklären, was er und Cidos in den letzten Tagen beredet hatten, wie sie versuchen wollten, dem Erzmagier diesmal zuvorzukommen, selbst die Initiative zu ergreifen, bevor Theimenes sie durch eine unerwartete Wendung in Gefahr bringen konnte.

»Und wir tun nichts von dem, was er sagt«, sagte Helger, »wenn es nicht unmittelbar zu dem Plan gehört, den er uns enthüllt hat. Wenn es nicht Bahomes Befreiung dient.«

»In der Halle der Anrufung«, sagte Dargei finster und wog den Speer in der Hand. »Wenn ein Opfer nötig sein sollte, um zu entkommen, dann werde ich dafür sorgen, dass es diesmal der Alte ist.«

Er trennte sich von den beiden anderen. Helger und Cidos sahen ihm nach, bis er vor einer Öffnung der Felswand von anderen Bewaffneten in ähnlicher Rüstung begrüßt wurde. Dann gingen sie zurück.

Unterwegs hielt Helger Cidos noch einmal auf. »Was ist mit dir?«, fragte er. »Du bist so schweigsam, seit Theimenes seinen Plan enthüllt hat, und doch habe ich die ganze Zeit das Gefühl, dass du mir etwas sagen willst.«

Cidos rang mit sich selbst. Zu viel Misstrauen konnte ihre Pläne gefährden, und Helger war ohnehin schon voller Misstrauen gegen Theimenes. Wenn er dieses Misstrauen noch schürte und es entlud sich zur falschen Zeit und führte zu einem Fehler ...

»Ich weiß nicht recht«, sagte er, und dann, noch bevor er die Worte zurückhalten konnte, quollen seine Bedenken aus ihm hervor: »Ich muss nur immerzu daran denken, was *genau* Theimenes mit diesen drei Siegeln vorhat. Ich meine, wenn es nur um ein Ritual geht, das die Meister der Roten Hand ablenkt und durch das er selbst neue Macht gewinnt, woraufhin wir alle aus den Höhlen fliehen und glücklich heimkehren können – warum verkauft er dann alle unsere Packtiere, unser gesamtes Gepäck und sogar die Vorräte, die wir hervorragend gebrauchen können, wenn wir von hier wieder aufbrechen?«

Zwei Tage darauf, am späten Nachmittag, schritt ein Meister der Roten Hand mit zwei dicht verhüllten Wüstensöhnen in seinem Gefolge auf die Räumlichkeiten der Bruderschaft zu. Es war Theimenes, der sich mit Iames Gewand zurechtgemacht hatte, einer gelben Robe mit einem schweren Saum aus Goldbrokat und einer Haube aus weißem Samt.

Ein halbes Dutzend Wächter trieben sich vor der großen Höhlenöffnung in der Granitwand herum. Es war eines der auffälligsten Löcher im Fels, hoch oben gelegen und nur über Holzleitern zu erreichen. Es gab sogar ein zweiflügeliges Tor, mit Bronze beschlagen, das jetzt offen stand. Dahinter verlor sich ein breiter Gang im Zwielicht des Berges – wo der blendende Lichtkegel, der von außen einfiel, endete, war nichts mehr zu erkennen.

»Meister Theimenes von Tarsus.« Theimenes hob die Hand zu einem kunstvollen Fingergruß. »Angereist zum Ritual.«

Einer der Posten löste sich von der Felswand, an der er gelehnt hatte. Es war ein Mann in den Vierzigern, mit sonnenverbranntem Gesicht und einem buschigen schwarzen Bart. Er strahlte eine gewisse Autorität aus und diente anscheinend als Hauptmann der Torwache. Der Mann musterte Theimenes misstrauisch.

»Ihr kommt spät ... Meister Theimenes«, sagte er.

»Aber rechtzeitig«, sagte Theimenes. »Mein Weg war lang. Nun bring mich zu den Unterkünften, damit ich mich frisch machen kann für den Abend.

Dargei kam eilfertig herbei. »Ich kenne den Meister«, sagte er zu dem Hauptmann. Dann wandte er sich an Theimenes. »Erlaubt, dass ich Euch zu Euren Räumen führe.«

Er klang ein wenig mürrisch dabei, aber er beherrschte die Sprache der Einheimischen ohnehin nur holprig. Der Akzent machte es unwahrscheinlich, dass jemand die Mängel in seiner Schauspielkunst bemerkte.

Der Hauptmann beäugte ihn unwillig. »Dein Meister hat dich als Wache hierhin gestellt, nicht als Führer für Fremde.«

»Du hast den Jungen gehört, Bursche«, fuhr Theimenes ihn an. »Er kennt mich. Ich bin nicht fremd. Wenn ihr hier ein paar Spielchen unter Kriegern um den Rang treiben wollt, dann wartet, bis ihr keinen Meister damit belästigt.«

Herrisch winkte er Dargei zu sich, und der Hauptmann wagte keine Einwände mehr. Helger und Cidos folgten Theimenes und Dargei. Sie schleppten kleine Truhen, vermeintlich mit dem Gepäck des Meisters – eine Tarnung; dennoch waren die Kisten nicht leer. Theimenes hatte ein paar Werkzeuge für Steinhauer in der Stadt erworben, dazu Silberdraht und Säuren bei einem Alchemisten. Das hatte fast so viel Geld gekostet, wie sie in den letzten Tagen eingenommen hatten. Jetzt trugen sie alles mit sich, verpackt mit viel Stroh und alten Lumpen, damit keine der Flaschen beschädigt wurde und nichts verdächtig schepperte.

Sie traten in den Tunnel. Das gleißende Tageslicht blieb hinter ihnen zurück, und sie erkannten schwach blakende Öllämpchen, die den Gang erleuchteten. Der rote Granit schluckte den Flammenschein und tauchte ihren Weg in ein kränkliches Licht. Es war kühl und schattig unter dem Berg. Cidos fröstelte nach der Sonnenglut vor dem Tor.

»Na, frech kommt weiter«, bemerkte Helger. Die Erleichterung war aus seiner Stimme herauszuhören.

Theimenes zischte ihn an: »Still, du Narr! Wer weiß, wo der nächste Lauscher lauert. Es muss nicht jeder hören, wie fremd wir alle sind.«

Schweigend schritten sie weiter. Cidos hauchte in die Luft. Er glaubte, Atemwölkchen vor seinem Gesicht zu sehen.

Dargei kannte sich ein wenig in den Gängen aus. Er führte sie den breiten Tunnel entlang, vorbei an Abzweigen, die teils erleuchtet, teils dunkel waren. Cidos hatte die Stadt Tar-hei von Anfang an bewundert, all die Kammern, die in das harte Gestein getrieben worden waren. Dabei hatte er bislang nur winzige Gänge und Räumlichkeiten gesehen.

Das Refugium der Roten Hand hingegen schien ein wahrer Irrgarten unter dem Berg zu sein. Wer hatte all diese Tunnel durch den Stein gegraben? Die Wände wirkten zur Gänze glatt und behauen. War es eine natürliche Höhle, die man nur bearbeitet hatte, oder war tatsächlich jedes Wegstück, jeder Raum hier unten dem Berg mühsam abgerungen worden?

Sie kamen an ein zweites Tor. Es war verschlossen, und davor standen noch mehr Wachen. Misstrauisch beäugten sie die Neuankömmlinge.

»Ein weiterer Meister ist eingetroffen«, rief Dargei ihnen zu. »Öffnet das Tor.«

Die Krieger traten ihnen entgegen. Ein Graubart musterte sie aus blassen Augen. »Seit drei Jahrzehnten komme ich mit meinem Meister hierher«, sagte er. »Aber Euch hab ich noch nie gesehen.«

»Meister Theimenes von Tarsus.« Theimenes trat vor und stellte sich so dicht vor den Krieger, dass dessen Nase fast an seine Brust stieß. Theimenes war dünn, aber lang, und er überragte den Wachposten fast um zwei Köpfe. Unwillkürlich trat der Mann einen Schritt zurück.

»Und dein Gedächtnis ist nicht so gut, wie du glaubst«, fuhr Theimenes fort. »Die Rote Hand ist überall, und nicht jeder Meister kann jedes Mal anreisen. Ich war nicht mehr hier, seit

Meister Xalme bei der Zeremonie gestorben ist. Doch in jenem Jahr hättest du mich bemerken müssen.«

Er sah auf den Mann hinab, der verlegen den Blick abwandte. »Is' eine Weile her mit Meister Xalme. Womöglich hatten wir alle damals noch mehr Farbe in den Haaren.«

Er schlug mit dem Lanzenschaft gegen das Tor, und die Flügel schwangen auf. Die vier schritten hindurch, an weiteren Bewaffneten vorbei.

Die Gänge hinter den inneren Toren waren heller erleuchtet. Offene Flammen loderten in Felsnischen. Die Wände waren so glatt poliert, dass sie wie Marmor schimmerten. Seitengänge gingen ab, die mit Teppichen ausgelegt waren. In einem Gang sahen sie in der Ferne Gestalten, die auf dem Flur standen, miteinander sprachen und kurz zu ihnen herüberschauten. Theimenes ging weiter, und bald blieb das Tor hinter ihnen zurück.

Als es so aussah, als wären sie allein, atmete Helger vernehmlich durch. »Wie lange wird das noch gut gehen?«, fragte er.

»Nur die Ruhe«, raunte Theimenes. »Ich muss den Wachen nicht beweisen, dass ich ein Meister der Roten Hand bin. Es reicht, wenn ich keinen Fehler bei den Fingerzeichen mache. Alles andere ist ohne Belang. Sie mögen Fragen stellen, vielleicht sogar Zweifel haben. Aber allein deswegen werden sie es nicht wagen, einen Meister der Roten Hand aufzuhalten.«

»Ihr wisst viel über die Rote Hand«, stellte Cidos fest. »Über diesen Meister Xame.«

»Xalme«, berichtigte Theimenes ihn. »Bekannte Anekdoten schaffen Vertraulichkeit. Auch wenn sie viel leichter zu erfahren sind als die Geheimnisse dieses Ordens, die mir sonst noch bekannt sind.«

Helger blieb stehen. »Dargei«, sagte er. »Wo ist Bahome? Vielleicht können wir sie gleich abholen, ohne einen Umweg über diesen Beschwörungssaal zu riskieren.«

Er sah Theimenes herausfordernd an. Der verschränkte die Arme, grinste selbstgefällig und sagte nichts.

Dargei druckste herum. »Ich, äh … Hier drinnen kenne ich mich auch nicht so gut aus.

»Du wirst doch wohl wissen, wo dein Meister untergebracht ist?«

»Nun.« Dargei sah verlegen zu Boden. »Er hat mich nie in den inneren Bereich mitgenommen. Er hat mich gleich draußen bei den Wachen zurückgelassen. Ich bin noch nicht lang genug bei ihm, um sein Vertrauen zu genießen.«

Theimenes mischte sich in ihr Gespräch. »Nur zu«, sagte er liebenswürdig. »Plaudert ein wenig. Vielleicht wollt ihr ja gern ziellos durch die Gänge streifen und suchen?«

Helger bedachte ihn mit einem bösen Blick.

Theimenes zuckte gleichmütig die Achseln. »Wenn ihr mich jetzt verlassen wollt, ich halte euch nicht auf. Dargei war mir eine Hilfe, um hier hereinzukommen. Er machte die Tarnung perfekt. Nun bin ich an dem Ort, wo ich hinwollte, und ich brauche eure Gesellschaft nicht mehr.

Ob ihr mitkommt, mir noch ein wenig zur Hand geht und euren Lohn abholt oder ob ihr lieber allein in den Gängen herumstrolcht, euch erwischen lasst und für eine nützliche Ablenkung sorgt, das ist mir gleich. Was mir zu tun bleibt, schaffe ich allein. Es ist eure Entscheidung, wenn ihr glaubt, dass ihr es allein besser schafft als mit meinem Plan.«

Seine drei Begleiter sahen einander betroffen an. Dargei wurde knallrot und zog den Kopf ein, als trüge er die ganze Verantwortung. »Also gut«, zischte Helger. »Wir folgen Eurem Weg. Bis wir Bahome gefunden haben.«

Theimenes sah Dargei an. »Wenn das so ist. Zur Halle der Anrufung, Soldat. Du wolltest mich doch führen?« Seine Stimme triefte vor Spott.

Dargei knirschte mit den Zähnen. »Ich kenne mich hier unten überhaupt nicht aus«, gab er kleinlaut zu.

Helger funkelte Theimenes an. »Was wollt Ihr noch. Ihr habt uns gezeigt, was Ihr uns zeigen wolltet. Wir können weitergehen.«

Theimenes nickte. Er lächelte unbeirrt weiter. »Nachdem das also geklärt ist …« Er setzte sich an die Spitze der Gruppe.

Die anderen schauten ihn an.

»Nun«, sagte der Erzmagier. »Alles weiß ich auch nicht über die Rote Hand. Wir müssen aufmerksam sein. Die Halle der Anrufung ist ein bedeutsamer Ort. Sie wird an einem breiten und gut erleuchteten Gang liegen. Wenn wir also die düsteren Abzweige meiden und alle, die so aussehen, als würden sie in die bewohnten Quartiere führen, sollten wir schnell und ohne Irrwege dorthin gelangen.«

Sie wanderten weiter, gemessenen Schrittes und schweigsam. Dann und wann trafen sie weitere Wachen oder Bedienstete. Theimenes hielt den Kopf hoch erhoben, die Übrigen zeigten eine entschlossene Miene und traten zielstrebig auf, und all die Unterlinge, die sie trafen, schlugen die Augen nieder und grüßten unterwürfig.

Einmal trafen sie auch einen Meister, und mit dem sprach Theimenes so schnell, dass die anderen nicht folgen konnten.

»Er ist unterwegs zu einer Unterredung mit einem anderen Meister«, murmelte Theimenes, als sie wieder unter sich waren. »Solche Begegnungen sollten wir vermeiden. Ich hoffe, wir finden die Halle schnell.«

Doch die Wege waren lang und schienen sich durch den ganzen Berg zu erstrecken. Cidos beugte sich zu Helger hinüber und wisperte: »Das hätte ich gern gesehen, wie Theimenes all die Kisten allein weiterschleppt!«

Einmal endete der Korridor, dem sie folgten, in der Dunkelheit – der Gang ging weiter, aber vor ihnen brannten keine Feuer in den Nischen. Ein Geruch von Moder und Verlassenheit schlug ihnen entgegen, und sie kehrten um. Als sie ein zweites Mal an den vorangegangenen Einmündungen vorübergingen, hielt Cidos verlegen den Kopf gesenkt. Er hatte das Gefühl, jedem musste auffallen, wie ziellos sie umherirrten.

»Wenn es so läuft«, sagte Helger leise zu dem Erzmagier, »können wir uns genauso gut allein unseren Weg suchen. Wir sind Euch gefolgt, damit wir uns *nicht* verlaufen!«

»Was beklagst du dich?«, gab Theimenes zurück. »Wann immer ich fehlgehe, bekommst du die Chance, dass wir doch vorzeitig über deine gute Freundin stolpern.«

Dargei war zurückgefallen, seit sich Theimenes an die Spitze gesetzt hatte. Immer wieder stieß sein langer Speer klirrend gegen die Tunnelwand. Da wurde Theimenes langsamer. Er wandte sich halb zu ihnen um und flüsterte: »Da vorn muss es sein. Wenn nicht, mein lieber Cidos, wirst du bald Grund haben, peinlich berührt dreinzublicken.«

»Habt Ihr keinen Zauber, der uns führt?«, fragte Dargei von hinten.

Theimenes bedeutete ihm zu schweigen und schritt wieder forsch voran. Sie gingen auf ein drittes Tor zu. Die Flügel wirkten massiver als die anderen Tore, die Bronze so rötlich und so schwer wie der Granit, der sie umgab. Ein wulstiges Relief, wie aus Schlangenleibern geformt, zog sich über die Oberfläche. Cidos sah die Schuppen darauf, aber keine Köpfe, keine Augen, kein erkennbares Muster.

Zwei Krieger standen davor. Theimenes wedelte mit der Hand, und die Männer blickten überrascht auf.

»Was ...«, setzte der eine an, besann sich und fuhr höflicher fort: »Was führt Euch her, Meister, zu dieser frühen Stunde?«

»Wir haben Vorbereitungen zu treffen«, sagte Cidos. »Öffnet das Tor.«

»Das ist ... ungewöhnlich«, sagte der Krieger.

»Oh ja«, erwiderte Theimenes nur und lächelte wissend.

Die Wachen schauten einander an, dann schüttelten sie den Kopf und zogen das Tor auf. Es bestand tatsächlich aus massiver Bronze und bewegte sich träge in den Angeln. Cidos hörte die Wachen untereinander tuscheln, als sie die Flügel hinter den Besuchern wieder zuschoben.

Nun standen die vier in einer runden Halle, die fünfzig Schritt oder mehr durchmessen mochte. Es war hell hier drin. Überall an den Wänden tanzten flackernde Flammen, wie ein wildes Feuer, das den ganzen Raum erfasst hatte. Aber wenn Cidos genau hinsah, konnte er ein Muster darin erkennen, und die Luft war gut und die Hitze nicht unangenehm. Es musste einen Abzug oben unter dem Kuppeldach geben.

In die Außenwand waren regelmäßige flache Nischen eingearbeitet, und der Granit, der die Nischen voneinander trennte, war halb gerundet, sodass er aussah wie eine Säule. Jeder dieser Alkoven war zwölf Schritt hoch, aber nur einen Schritt tief. Nach oben hin liefen sie spitz zu. An einer Seite der Halle, rechts vom Eingang und drei Schritt von der Wand entfernt, befand sich ein einzelner Felsbrocken, der an eine unförmige Schildkröte erinnerte. Er schimmerte schwarz.

Der Boden war mit weißen Platten ausgelegt, in die Glyphen und Linien geschnitten und mit Gold ausgegossen waren. Ein goldener Kreis umschloss einen weiten Bereich der Halle und lief unter dem Altar zusammen. Überall schimmerte es. Die Flammen spiegelten sich auf dem Gold, und es sah aus, als würden kleinere Flämmchen über den Boden tanzen.

Davon abgesehen war die Halle leer.

Theimenes befahl ihnen, die Kisten abzustellen. »Dargei, da sind Halterungen an der Tür. Steck deinen Speer als Riegel hindurch und sorg dafür, dass niemand hereinkommt. Cidos, leg deinen Luftzauber vor die Türe. Hier drin könnte es gleich laut werden. Helger, du kommst mit mir.«

Helger und der Erzmagier packten die Kisten aus. Dann führte Theimenes den Schmuggler durch die Halle und zeigte ihm, wo er mit einem Stemmeisen die Bodenplatten anheben sollte. Das nahm viel Zeit in Anspruch. Theimenes ging langsam über den reich verzierten Boden. Er studierte die Muster genau, seine Lippen bewegten sich lautlos. Wann immer er die richtige Stelle gefunden hatte, setzte Helger sein Werkzeug an, und Cidos hörte, wie Theimenes ihn anwies.

»Vorsicht, es darf kein Symbol beschädigt werden!«

Cidos hatte viel Muße. Es fiel ihm leicht, den Zauber aufrechtzuerhalten. Inzwischen hatte er ihn oft geübt und bereits unter schwierigeren Umständen gewoben. Er beobachtete Dargei, der am Tor stand, mit einer Hand den Speer an seinem Platz hielt und ansonsten Theimenes und Helger beobachtete.

Cidos selbst ließ den Blick über die Nischen schweifen. Er schlenderte ein wenig an der Wand entlang. Auf Höhe seiner Hüfte sah er in jeder Nische drei Metallringe, und er fragte sich, wozu die wohl benutzt wurden. Und wo wollten sie sich verstecken, wenn es so weit war? Ihr Plan sah vor, dass sie eingriffen, sobald die Meister der Roten Hand mit ihrer Beschwörung begonnen hatten. Aber hier in der Halle gab es keine Verstecke, wo sie abwarten konnten. Die Nischen waren nicht tief genug, und die Flammen an den Wänden machten es unmöglich, sich im Schatten der Säulen zu verstecken ... zum einen gab es keinen Schatten, zum anderen wurde es schnell heiß, wenn man näher als einen Schritt an die Seitenwand herankam.

Helger war bald schweißüberströmt. Die Bodenplatten waren schwer und saßen dicht beieinander. Er musste sie vorsichtig mit dem Stemmeisen und mit kleinen Meißeln und Hebeln lösen und anheben.

Theimenes bog inzwischen den Silberdraht zurecht. Er formte eigentümliche Muster und Figuren daraus, die er unter den Steinkacheln auslegte. Mit der Säure ätzte er eigene Glyphen auf die Unterseite der Bodenplatten. Er wickelte jedes Bleisiegel in ein beschriftetes Pergament, bevor er es im Boden versenkte. Dazu hoben sie Kies und Sand aus, die als Untergrund unter den Platten lagen, und Theimenes verstreute den Schmutz in der weitläufigen Halle, damit keine allzu auffälligen Spuren zurückblieben. Dann deckten sie mit den Bodenkacheln alles wieder zu, und nichts verriet mehr, was er getan hatte.

Zuletzt stemmte er mit Helger auch noch den gewölbten Altar beiseite und legte ein weiteres Pergament darunter. Cidos vermutete, dass dort das vierte Siegel lag, das Siegel des Feuers. Erleichtert atmete er auf. Bis zum letzten Augenblick hatte er sich gefragt, ob Theimenes tatsächlich wie abgesprochen seine drei Siegel hier ablegen würde, um den Zauber der Roten Hand zu stören, oder ob er nicht in Wahrheit vorhatte, auch noch das vierte Siegel zu stehlen und zu welchem Zweck auch immer fortzuschleppen.

»Fertig?«, rief Cidos durch die Halle.

»Da ist etwas«, rief Dargei. Er klang angespannt. Cidos sah zu ihm hin und bemerkte, dass die Tür sich leicht bewegte. Dargei hielt seinen Speer fest, der in der Halterung erzitterte. Die Türflügel schwangen einige Fingerbreit auf, der Speer bog sich, dann fielen die bronzenen Türflügel wieder zu. Das alles vollzog sich in gespenstischer Stille, da Cidos' Zauber immer noch über der Tür lag und keine Geräusche nach außen dringen ließ, aber auch keinen Laut von der Tür in die Halle.

»Fertig?«, wiederholte Cidos besorgt. »Da ist jemand an der Türe, glaube ich!«

Theimenes schaute in seine Richtung. Er wischte sich die Finger an seiner Robe ab.

»Sorg dafür, dass der Altar wieder richtig steht!«, rief er Helger zu. »Schnell. Und dann nimm das Eisen und komm zu den Kisten.«

Er selbst lief auf Cidos zu. Der fühlte sich gefangen, genau wie auf dem Turm in TeiChu. Auch Theimenes wirkte mit einem Mal hektisch, aber nicht so, als wäre ihre Lage aussichtslos. Er sah aus wie ein Mann, der genau wusste, was er tat, der ein Ziel vor Augen hatte – dem aber die Zeit davonlief!

»Wir müssen uns verstecken«, sagte er.

»Verstecken?« Cidos sah sich um. »Aber wo?«

»Die Frage ist, wer!«, gab Theimenes zurück. »Vermutlich sollte ich sagen: Du musst uns verstecken.«

Er fasste Cidos beim Arm und führte ihn in eine der Nischen schräg gegenüber der Tür.

»Wa...was?«, stammelte Cidos. »Wie soll ich ...?«

»Der Lichtzauber, den ich dich studieren ließ«, sagte Theimenes. »Ich hoffe, du hast ein feines Gespür dafür entwickelt, denn das wirst du jetzt brauchen.«

Verzweifelt suchte Cidos nach einem besseren Versteck, nach einem besseren Versteck als dem winzigen Altar oder den flachen, breiten Nischen. »Wie soll ich uns hier mit einem Lichtzauber verbergen?«, fragte er. »Ich kann einen Schatten um uns werfen, aber dann wird man den Schatten bemerken!«

»Ich sprach von einem feinen Lichtzauber«, sagte Theimenes. »Du musst einen Kokon von Magie um uns weben, der das

Licht von der einen Seite fängt und es genau gegenüber wieder entlässt. Der das Licht um uns herumleitet.«

»Und das ... wird uns verbergen?«, fragte Cidos.

»Gewiss«, sagte Theimenes. »Es ist das Licht, das Bilder an unsere Augen heranträgt. Wenn du das Licht um uns herumleitest und es auf der anderen Seite so ankommt, als wäre es durch uns hindurchgegangen, dann wird auch kein Beobachter uns wahrnehmen können.«

Cidos schluckte. »Aber das kann ich nicht. Das ist ... Es ist einfach zu viel.«

Theimenes winkte ab. »Das hast du in TeiChu bei dem Fluggerät auch gesagt. Und bei der Luftblase in Shatwa. Doch am Ende hast du die Herausforderung gemeistert, und du wirst es auch dieses Mal schaffen.«

Cidos hörte ein Krachen von der Tür her. Erst jetzt erinnerte er sich wieder an den Zauber der Stille – und erkannte, dass er seine Konzentration verlor. Theimenes folgte seinem Blick.

»Vergiss den Lärm«, sagte er. »Konzentrier dich auf das Licht!«

»Mein Speer bricht!« Dargei klang verzweifelt. »Da rüttelt wirklich jemand heftig an der Tür.«

»Bleib hier stehen und verschleiere dich selbst«, flüsterte Theimenes Cidos hastig zu. »Ich kümmere mich derweil um andere Dinge. Später komme ich zurück, dann kannst du deinen Zauber langsam auf uns andere erweitern.«

Er lief los. »Nun komm schon, Helger«, rief er. »Ich brauche dich hier.«

»Der Altar ... ist schwer!«, gab Helger keuchend zurück.

Theimenes kam zu dem Bronzetor, gerade als der Speerschaft nachgab. Er riss den Säbel aus Dargeis Gürtel.

»He!«, schrie Dargei empört.

Die Tür schwang auf. Theimenes hieb die Klinge in die Halterungen für den Riegel, und sie war eben lang genug, um die Tür zu blockieren. Die Flügel hatten durch die schmale Klinge ein wenig mehr Spiel. Sie schwangen eine Handbreit auf. Der Stahl bog sich, federte zurück, und die Türflügel schlugen mit einem dumpfen Glockenlaut wieder zu.

»Ha!«, rief Theimenes triumphierend. »Jetzt müssen sie den Stahl zerbrechen! Halt den Säbel an Ort und Stelle, Junge.«

Der Erzmagier lief weiter zu den Kisten, und inzwischen kam auch Helger mit dem Stemmeisen. Cidos hörte nicht, was sie redeten. Im nächsten Moment aber sah er, wie sie mit dem Eisen und einem großen Hammer die Steine am Rand der Halle bearbeiteten. Sie schlugen die Goldornamente heraus!

Cidos wob weiter an seinem Zauber, und der Anblick verschwamm, nur den Lärm hörte er immer noch, ein Hämmern und Schaben von Helger und Theimenes, ein Poltern und Klingen und wilde Rufe von der Türe her.

Die Welt um ihn her verschwand in einem Nebel. Sie wurde grau, dann immer dunkler. Cidos keuchte, und er glaubte, er müsse ersticken; doch es war das Licht und nicht die Luft, was er von sich ausschloss.

Cidos trat ein wenig dichter an die Nische heran. Er fühlte die Flammen, doch so eigentümlich gedämpft, als würde mit dem Licht auch die Wärme ausgeschlossen. Dann verschob er die Richtung des Zaubers – und er sah wieder klar!

Cidos triumphierte. Natürlich musste er das Licht nur in einer Richtung umlenken, nämlich das Licht, das aus der Nische herausgetragen wurde und ihn verraten konnte. Wenn er den Weg frei ließ für das Licht, das in die Nische einfiel, dann sparte er seine Kräfte und konnte selbst weiterhin sehen, was um ihn vorging.

Dann überfielen ihn Zweifel. Hielt der Zauber wirklich? All seine magischen Sinne sagten ihm, dass er das Licht aus der einen Richtung ergriff und umlenkte. Aber es fiel schwer, sich vorzustellen, dass man unsichtbar sein sollte, während man gleichzeitig frei in der Halle stand und selbst alles wahrnahm.

An der Tür bog sich gerade wieder der Säbel, als von der anderen Seite jemand zog. Die Flügel schlugen zurück, die Klinge sprang von der eigenen Spannung geschleudert hoch. Dargei griff danach, um sie zurückzudrücken. Er schnitt sich, und Blut lief ihm über die Finger.

»Verflucht!« Er presste die verletzte Hand gegen den Mund.

»Wie soll ich das halten?« Hilfe suchend sah er sich nach Theimenes um.

Der löste sich von Helger und rannte zu Dargei zurück. Helger arbeitete allein weiter und stemmte weiterhin mit dem Eisen das Gold aus dem Boden.

»Nimm den Griff«, rief Theimenes Dargei zu.

Dargei packte den Griff seines Säbels und setzte sein ganzes Körpergewicht ein, um den federnden Stahl in der Führung für den Riegel zu halten. Auf der anderen Seite wurde so heftig gerüttelt, dass der Säbel sprang und zitterte.

»Cidos?« Theimenes kam atemlos wieder zu der Nische gerannt. Er sprach zu einem Punkt, der eine Armlänge von Cidos entfernt lag. »Wie ich sehe, hast du den Zauber heraus!«

Er tastete mit den Armen, und Cidos zuckte zusammen, als der Erzmagier ihn berührte. Er mochte unsichtbar sein, aber nicht unerreichbar.

Theimenes trat dichter an ihn heran. »Und jetzt erweitere deinen Kokon. Lass ihn mich aufnehmen, ganz behutsam.«

Theimenes wartete unruhig. »Cidos?«, fragte er.

»Es geht schon«, sagte der. »Ich glaube ... ich habe Euch.«

»Aber ich sehe noch ...«, sagte Theimenes. Dann grinste er. »Ah, ich verstehe. So ist es natürlich besser. Bist du sicher, dass der Schleier hält?«

»Wie kann ich sicher sein?«, gab Cidos zurück. »Ihr habt mich nicht gesehen, als Ihr gekommen seid?«

Cidos verfolgte, wie Helger auf sie zulief. Kurz vor der Nische blieb er verwirrt stehen.

»Hier ... hier!«, rief Cidos ihm zu.

»Pssst«, sagte Theimenes.

Cidos erstarrte.

»Ihr seid hier?« Helger suchte mit den Augen die Nische ab. Sein Blick glitt über sie hinweg. »Ich habe gesehen, wie Theimenes langsam verschwunden ist. Ich dachte, er wollte sich wieder allein absetzen und uns alle im Stich lassen. Aber ... ihr seid hier!«

Er klang überrascht.

»Ich kann uns unsichtbar machen«, sagte Cidos. »Du musst nur zu uns treten.«

»Das«, sagte Theimenes, »ist keine gute Idee.«

»Was soll das heißen?«, fragte Cidos empört.

»Der Zauber ist neu für dich«, sagte Theimenes. »Und er ist kompliziert. Du kannst dich tarnen, und vielleicht auch mich. Aber wenn das Feld zu groß ist, wird es Lücken bekommen. Wenn du uns alle hinter deinen Schleier nimmst, wird am Ende keiner entkommen.«

»Oh nein.« Cidos streckte den Arm aus. Er packte Helger und zog ihn zu sich. »Nicht noch einmal. Nicht ohne Helger!«

Er konzentrierte sich. Er konnte spüren, wie der Schleier riss, als er ihn ausdehnte, aber Cidos gab sich mehr Mühe. Er erneuerte den Zauber, ergänzte ihn und legte ihn um sie alle.

Helger lachte plötzlich auf. »Ich komme mir vor, als wäre ich verrückt. Wir stehen einfach so am Rand der Halle.« Er sah sich um.

»Jetzt ... Dargei«, presste Cidos hervor.

Theimenes schüttelte den Kopf. »Unmöglich«, sagte er. »Das schaffst du nie.«

»Dann werfe ich Euch hier hinaus«, sagte Helger. »Wenn ich es richtig verstehe, hat Cidos dann unter seiner Tarnkappe Platz genug für Dargei!«

Theimenes lachte trocken auf. »Du vergisst eines: Wenn wir jetzt einfach verschwinden, hat Dargei keine Erklärung dafür und kann uns nicht verraten. Wenn Ihr mich hinauswerft, weiß ich genau, wo Ihr seid. Verlass dich lieber nicht darauf, dass ich selbstlos genug bin, um es für mich zu behalten.«

Helger packte den Erzmagier bei den Armen. »Ihr seid wirklich ein mieser ...«

»Nein«, flüsterte Cidos. »Nicht ... streiten. Wir gehen alle. Alle oder keiner. Ruf Dargei!«

»Nicht zu laut!«, zischte Theimenes. »Wenn du den Leuten hinter der Tür verrätst, wo wir sind, brauchen wir uns gar keine Mühe mehr zu geben.«

»Dargei!«, rief Helger gepresst.

Dargei, der sich immer noch gegen den Säbel stemmte, drehte sich um. Verwirrt flog sein Blick durch die leere Halle. Da schwangen die schweren bronzenen Türflügel ein weiteres Mal auf, der Säbel bog sich und sprang aus der Halterung.

Dargei taumelte zurück.

Ein halbes Dutzend Bewaffnete stürmten in den Raum. Dargeis Hand fuhr zum Gürtel, doch sein Säbel steckte dort nicht mehr. Die Krieger umringten ihn, trieben ihn mit ihren Speeren in einen Winkel. Dargei schrie auf und hob die Hände, als er den flammenden Wänden zu nahe kam.

Die Krieger packten ihn und rissen ihn zu Boden.

Zwei Meister der Roten Hand traten hinter ihnen in den Raum. Sie schauten den Gefangenen an, dann ließen sie den Blick durch den Saal schweifen.

»Wo sind die anderen?«, fragte einer der Wachsoldaten. Cidos erkannte einen der Posten wieder, die bei ihrer Ankunft vor der Halle gestanden hatten. »Sie waren zu viert!«

»Fesselt ihn!«, befahl einer der Meister, eine hagere Figur mit schütterem langen Kinnbart und einer blau karierten Robe.

Die Krieger gehorchten. Sie banden Dargei mit seinem eigenen Gürtel, dann zerrten sie ihn auf die Füße und hielten ihn vor dem Meister der Roten Hand fest. Der betrachtete ihn und strich sich über den Bart.

»Mein Neuzugang«, sagte er. »Hast du nicht einem Meister Theimenes gedient? Das war der Name, der in meinem Haus in TeiChu genannt wurde, und soweit ich es verstanden habe, ist dieser Name auch hier gefallen.

Dein Meister Theimenes, scheint mir, hat ein besonderes Talent zu verschwinden.«

»Meister WaLeng.« Dargei schaute auf. Hilfe suchend blickte er in der Halle umher, und Cidos bemerkte, dass Tränen in seinen Augen glitzerten. Seine Stimme war von Panik erfüllt. »Ich weiß nicht, wo er hin ist. Ich weiß nicht, wo sie alle hin sind!«

»Das wäre schade«, antwortete Meister WaLeng. Er zog einen schmalen Dolch aus einer verborgenen Tasche. Ein Rubin glitzerte am Knauf, die Klinge schimmerte scharf. »Denn was immer du weißt, das werden wir auch erfahren. Spätestens heute Abend beim Ritual. Und ich bin sehr neugierig.«

»Das reicht«, sagte Cidos.

Theimenes machte hektische Handbewegungen, um ihn zum Schweigen zu bringen. »Bist du verrückt?«, zischte er.

Cidos fühlte sich ruhig. Cidos fühlte sich stark. Magie pulste in ihm, trug ihn voran. Es war so, als hätte der Zauber alles aus ihm herausgebrannt, was menschlich war, alles außer den klaren, einfachen Gedanken.

»Keine Sorge«, sagte er. »Ich habe einen Schleier der Stille zu dem Schleier des Lichts gewoben. Wir können reden. Wir können handeln.«

Er glaubte, in Theimenes' Augen so etwas wie Triumph aufblitzen zu sehen. Konnte es sein, dass der alte Zauberer bei all seinem Eigennutz tatsächlich so etwas wie Stolz auf seinen Schüler empfand?

Cidos wusste, der Zauber, wie er ihn jetzt wirkte, verausgabte ihn. Er konnte ihn nicht lange durchhalten. Aber sie gingen alle, oder es ging keiner. Er würde dieses Mal niemanden zurücklassen. Dafür würde er so weit gehen, wie er nur konnte.

»Helger«, sagte er und staunte selbst, wie kalt und leer seine Stimme dabei klang. Sein Körper fühlte sich an wie eine Hülle, die sein Geist aus der Ferne steuerte. »Wir können uns den Feinden nähern, ungehört und ungesehen. Wir können sie überraschen und Dargei herausholen. Das muss reichen. Aber schnell. Meine Kraft lässt nach.«

Er setzte sich langsam in Bewegung. Seine beiden Gefährten folgten ihm notgedrungen. Aber es war Helger, der protestierte, nicht Theimenes.

»Wir müssen überlegen«, sagte er. »Das können wir nicht schaffen. Denk an den Kampf in der Wüste. Hier sind es ein halbes Dutzend bewaffnete Gegner.«

»Wir schleichen uns an«, sagte Cidos. »Dann stürmen wir gemeinsam los. Wir rennen sie um, wir packen Dargei, wir rennen hinaus. Die Tür geht nach außen auf, und wir können sie vielleicht blockieren und einen Vorsprung gewinnen. Wir können nicht kämpfen, aber wenn wir schnell sind, reicht vielleicht die Überraschung.«

Sie waren halb durch die Halle und fast bei dem Winkel neben der Tür, wo die Schergen der Roten Hand sich um Dargei versammelt hatten. Da bemerkte Cidos, dass der zweite Meister in ihre Richtung blickte.

Erschrocken hielt er inne.

Ein Zufall. Konnte das sein ...?

Die Lippen des Meisters bewegten sich lautlos.

Etwas traf Cidos. Es war eine fremde Magie, die er nicht verstand. Sie bohrte sich in seinen Geist wie lauter Würmer, und Cidos würgte vor Übelkeit. Er brach in die Knie, und mit ihm brach sein Zauber. Von Grauen überwältigt, schlug er den Kopf auf den Boden und flehte um eine Ohnmacht, weil die Geister der Hölle in seinem Kopf waren und seine Gedanken zerfetzten und seinen Geist davontrugen ...

Als Cidos' Geist sich wieder klärte, lag er auf dem Bauch. Theimenes und Helger standen neben ihm. Die Bewaffneten hatten sie umringt. Helger hob das Stemmeisen wie eine Waffe. Zwei Speere richteten sich auf ihn. Cidos erhob sich langsam wieder. Er fühlte sich steif und müde, und er wusste nicht, was davon auf seinen eigenen Zauber zurückzuführen war und was auf den Meister der Roten Hand, der seinen Zauber gebrochen hatte.

Dieser andere Meister stand einfach nur unbewegt da und behielt sie im Auge. Aber WaLeng hatte von Dargei abgelassen und trat auf sie zu. Cidos und Helger beachtete er gar nicht, sondern er sprach gleich den Ältesten aus ihrer Gruppe an.

»Meister Theimenes, wenn ich raten darf«, sagte er.

Theimenes richtete sich würdevoll auf. Er strich das brokatgesäumte Gewand glatt. »Allerdings«, sagte er. »Was soll dieser Überfall?«

WaLeng schnaubte belustigt. Er sah sich vielsagend in der Halle um. »Wenn sich ein paar Fremde in der Halle der Anrufung einschließen und wir sie dann dabei ertappen, wie sie das Gold aus dem Boden kratzen – das würde mancher schon als guten Grund ansehen, ein paar Fragen zu stellen.

Wenn wir sie dann erwischen, wie sie unsichtbar herumschleichen, erübrigen sich die Fragen beinahe schon. Ein bemerkenswerter Zauber, im Übrigen. Doch Ihr hättet ihn nicht Eurem Schüler überlassen sollen.«

Theimenes warf Cidos einen Blick zu und hob die Augenbrauen. Der senkte den Kopf. Theimenes hatte recht gehabt, er hatte es nicht geschafft. Er hatte den Zauber nicht über so viele Menschen ausdehnen, sich dann noch bewegen und einen Zauber der Stille gleichzeitig weben können. Aber schlimmer als sein Versagen war, dass er seine Freunde nicht retten konnte.

Er überlegte fieberhaft, ob es noch einen anderen Ausweg gab. War er stark genug für einen weiteren Zauber? Konnte er die Meister der Roten Hand noch einmal überlisten? Aber Theimenes bedeutete ihm mit einer Geste, er solle sich zurückhalten.

»Ich bin der Meister des Ordenshauses von Tarsus«, sagte Theimenes. »Das liegt auf einer Insel abseits vom Festland, und darum habe ich selten Gelegenheit, auf diesen Versammlungen zu erscheinen, aber ich bin kein Fremder.«

»Bitte.« WaLeng lächelte überlegen. »Erspart mir das.«

Er wandte sich an seine Krieger. »Werft sie zu Boden und bindet sie!«

Helger wehrte sich und bekam die flache Seite eines Säbels gegen die Schläfe. Er brach blutend zusammen. Theimenes fügte sich, und Cidos fühlte sich ohnehin zu schwach für einen Kampf. Im nächsten Augenblick lagen sie auf dem Bauch, mit den Stiefeln der Soldaten im Rücken. Die beiden Meister traten auf sie zu und blieben neben Theimenes und Cidos stehen. Sie beugten sich hinab und legten die Finger auf deren Köpfe.

»Widersetzt euch nicht«, sagte WaLeng, »sonst werden meine Krieger euch gleich den Kopf abschlagen.«

Er murmelte fremdartige Silben, und Cidos spürte, wie etwas zwischen seine Gedanken kroch, ein zähes Netz, das sich um Teile seines Verstandes legte und sie ins Vergessen riss. Hilflos ballte er die Fäuste. Seine Wange lag auf dem kalten Steinboden, das Gold vor Augen, und nicht weit von sich konnte er Theimenes ausmachen.

Er sah ein Grinsen auf dem Gesicht des alten Erzmagiers, als der Meister der Roten Hand über ihm denselben Zauber wob. Cidos wunderte sich. Ob Theimenes' spöttisches Lächeln darauf hindeutete, dass die Meister der Roten Hand einen Fehler machten und gar nichts erreichten? Oder taten sie genau das, was Theimenes erwartet hatte, und lieferten dem Erzmagier die Kraft für einen Zauber, den er allein nicht wirken konnte, der ihnen aber zur Flucht verhelfen würde?

Aber nichts geschah, weder zum Guten noch zum Schlechten. Cidos wusste nicht genau, was diese Magie bewirken sollte, er fühlte sich am Ende nicht viel anders als vorher. WaLeng befahl, seine Gefangenen wieder auf die Füße zu stellen. Die Wachen hatten ihnen die Hände auf den Rücken gebunden, und da die Krieger keine Stricke mitgebracht hatten, benutzten sie, wie bei Dargei, was gerade bei der Hand war: die Gürtel ihrer Gefangenen oder Stoffstreifen, die sie aus deren Gewändern geschnitten hatten.

WaLeng stellte sich vor Theimenes. Er musterte ihn von oben bis unten. »Wer Ihr seid und was Ihr seid, das wird bald genug klar werden.«

»Ich bin ...«, setzte Theimenes an, aber WaLeng schnitt ihm mit einer Geste das Wort ab.

»Ich muss mir Eure Lügen nicht anhören. Euer Leben ist ohnehin verwirkt, warum also Zeit verschwenden? Wir können Eure Seele an einen Dämon verfüttern, und der wird uns berichten, was es zu wissen gibt.

Einstweilen ... Ihr mögt nur ein Dieb sein, oder ein Spion oder was auch immer, im Augenblick seid Ihr auf jeden Fall ein Gefangener. Es ist an der Zeit, dass Ihr Euch angemessen kleidet und Euch nicht länger mit den Insignien eines Meisters schmückt.«

Er setzte den Dolch an Theimenes' Kragen an und durchschnitt ihm die Robe, bis die Klinge unten im Goldbrokat hängen blieb. Mit zwei weiteren Schnitten trennte er die Ärmel ab, und Theimenes stand da in der langen weißen Tunika, die er darunter trug, mit einem blutigen Riss am rechten Arm, wo WaLeng nachlässig gewesen war.

»So ist es besser«, sagte der Meister der Roten Hand.

Er wandte sich an seinen Begleiter. »Seirik, schau du dir noch einmal die Halle an. Wie es aussieht, haben diese Diebe nur den unwichtigen Zierrat am Rand erwischt. Aber wir müssen sicher sein, dass alle bedeutsamen Symbole unbeschädigt sind, bevor der Abend dämmert. Ich kümmere mich um die Gefangenen.«

Er drehte sich auf dem Absatz um, winkte den Wachen, ihm zu folgen, und ging Richtung Eingang. Als er an Dargei vorüberkam, hielt er noch einmal inne und wandte sich ihm zu. Er kratzte mit dem Rubin an seinem Dolch über Dargeis Brustpanzer.

»Wir haben deinen Meister gefunden«, sagte er. »Ich brauche deine Hilfe nicht mehr. Du warst einer von meinen Kriegern – es ist bedauerlich, dass du mich verraten hast.«

Mit einer blitzschnellen Bewegung riss er den Dolch hoch und fuhr damit über Dargeis Kehle. Die Klinge schnitt durch Haut und Sehnen und Adern und durchtrennte den halben Hals. Dargeis Arme zuckten, aber sie waren auf den Rücken gebunden, und er konnte sie nicht auf die Wunde pressen. Helles Blut spritzte heraus. Dargei gab einen gurgelnden Laut von sich und brach zusammen.

Auf wundersame Weise war kein Blutspritzer auf WaLengs Kleidung zu sehen. Der Meister der Roten Hand war geschmeidig ausgewichen. Nun sah er angewidert auf seinen Dolch und ließ ihn auf den Toten fallen.

»Ich schicke jemanden zum Saubermachen«, sagte er. Dann ging er hinaus, und seine Soldaten schleiften die drei Überlebenden hinterher.

Sie fanden sich in einer Kammer wieder, die Cidos als *Sklavenpferch* beschrieben hätte. Es war ein kahler Raum mit rauen Granitwänden, der zehn mal zehn Schritt groß war und kaum hoch genug, dass man stehen konnte. Sie waren nicht allein hier. Mindestes zwanzig weitere Gestalten waren neben ihnen an die Wände gekettet, junge Knaben zumeist, die nur ein Tuch um die Hüften trugen. Die Wachen hatten ihnen die behelfsmäßigen Fesseln abgenommen und stattdessen eiserne Schellen um ihre Füße gelegt, wie bei allen Übrigen auch.

Es war fast völlig dunkel in dem Raum. Sie hatten die Einzelheiten erkannt, als man sie hereingebracht hatte. Nun fiel nur noch ein schmaler Streifen Licht durch den Türspalt vom Gang herein, gerade genug, dass Cidos die schemenhaften Umrisse einiger Köpfe in seiner Nähe sehen konnte. Wenigstens wusste er, welcher davon zu Theimenes gehörte und welcher zu Helger.

»Was ist schiefgelaufen?«, flüsterte Cidos. »Warum sind diese beiden Meister plötzlich aufgetaucht?«

»Das war zu erwarten«, sagte Theimenes gleichmütig. »Irgendwann musste jemand erscheinen. Schiefgelaufen ist es nur, weil du dich nicht an meinen Plan gehalten hast.«

»Euer Plan!« Cidos fuhr empört auf. »Euer Plan sah wieder einmal vor, dass wir unsere Freunde im Stich lassen. Ihr wolltet ja nicht einmal Helger mit uns verbergen!«

Cidos tastete nach seinem Freund. Helger war auf dem Weg zu diesem Kerker mit glasigen Augen zwischen ihnen gegangen. Er hatte bis jetzt kein Wort mehr gesagt, aber er war bei Bewusstsein. Er fasste nach Cidos' Hand, als der ihn berührte, und drückte sie kurz. Cidos tastete weiter zu Helgers Kopf.

»Ah.« Theimenes' Stimme war voll leisem Spott. »Und das hat deinen Freunden sehr geholfen, dass du es anders gemacht hast, nicht wahr? Nein, Dargei ist nicht gestorben, weil ich ihn im Stich lassen wollte. Er starb, weil du versucht hast, ihn zur Unzeit zu retten. Zur Unzeit und gegen meinen Rat.

Du hast diesen Meister gehört: Wären wir nicht plötzlich wieder aufgetaucht, hätten sie Dargei einfach so gefangen genommen wie uns jetzt. Zum Ritual hätten sie ihn wieder in die Halle gebracht. Genau wie Helger, wäre er mit Dargei zurückgeblieben, und wie eure Freundin Bahome. Wir waren ohnehin da, um sie zu retten. Es hätte überhaupt keinen Unterschied gemacht, bei dem Ritual noch zwei Leute mehr zu befreien. Nein, Eltairion. Wären wir einfach meinem Plan gefolgt, so wäre keinem etwas geschehen.«

»Warum habt Ihr uns das nicht früher erklärt?«, fragte Cidos. »Wenn das von Anfang an Euer Plan gewesen ist?«

Theimenes schnalzte mit der Zunge. »Na. Du willst doch nicht etwa behaupten, dann wäret Ihr mir brav gefolgt? Wenn ich Euch vorher erklärt hätte, dass Dargei und Helger sich gefangen nehmen lassen müssen, dass das aber schon in Ordnung sei, weil ich sie wieder raushole? Nein, Ihr wäret gar nicht erst mitgekommen, hätte ich meinen Plan auf diese Weise erläutert. Es fehlt euch einfach an Vertrauen in meine Voraussicht. Das wurde eurem Freund zum Verhängnis, und gar nichts sonst.«

Cidos berührte Helgers Wange, und seine Finger fühlten etwas Klebriges. Blut lief dort herab und trocknete schon. Cidos ertastete die Platzwunde und stellte fest, dass die Blutung bereits nachgelassen hatte. Die Wunde selbst war nicht tief, aber Helger musste zumindest eine Gehirnerschütterung haben, wenn nicht etwas Schlimmeres.

»Warte, Helger. Ich helfe dir«, murmelte Cidos.

Er fasste seinen Freund am Kopf und konzentrierte sich.

»Das wird nicht klappen«, warf Theimenes ein. »Sie haben unsere Magie blockiert.«

»Was?« Cidos schrak auf.

Es stimmte.

Er bekam keinen Zauber zu fassen. Wann immer er es versuchte, es geschah ... *nichts*!

Es war, als hätte er niemals einen Zauber gelernt, als wüsste er gar nicht mehr, was dafür nötig war. Er spürte die Kraft in seinem Inneren nicht mehr, aber wenn er darüber nachdachte, musste er erkennen, dass er nicht einmal mehr wusste, wie sich diese Kraft anfühlen sollte.

Das war es also gewesen, was die Zauberer der Roten Hand

mit ihnen angestellt hatten. So gründlich, dass Cidos danach nicht einmal gemerkt hatte, was ihm fehlte.

»Was hat dieser Zauber bei Euch bewirkt?«, fragte er Theimenes. »Habt Ihr darum geschmunzelt, als diese Leute Eure Magie blockieren wollten? Weil der Zauber an Euch verschwendet war?«

Der Erzmagier lachte trocken. »Nein«, sagte er. »Ich habe gelächelt, weil der Zauber so dilettantisch war. Bei uns in der Theokratie gibt es ein Ritual, das die Magie fast zur Gänze ausbrennt, selbst bei dem stärksten Meister. Was diese Burschen von der Roten Hand gemacht haben, das hält kaum einen Tag. Nur einmal gut und fest schlafen, und alles ist wieder wie zuvor.«

»Wir werden womöglich keine Nacht Schlaf bekommen!«, rief Cidos verzweifelt. »Das große Ritual dieser Bruderschaft ist heute Abend.«

»Sei ganz ruhig, Cidos Eltairion«, sagte Theimenes. »Wir brauchen heute keine Magie mehr. Alle Siegel sind gelegt. Was ich den Mächten der Unterwelt zu sagen habe, ist auf Pergament festgehalten. Die Meister der Roten Hand werden es mit ihrer eigenen Kraft erwecken, sobald sie das Portal öffnen. Wir können ruhig abwarten und sie die Arbeit tun lassen.«

»Ruhig abwarten?«, fragte Cidos. »Wir könnten heute Nacht die Opfer sein!«

»Darauf müssen wir sogar hoffen«, sagte Theimenes. »Das ist die einzige Schwachstelle in meinem Plan. Denn wenn wir heute Nacht nicht als Opfer in die Halle gebracht werden und dort zugegen sind, dann war alles vergebens.«

»Die Schwachstelle in Eurem Plan?«

Das war Helgers Stimme, kratzig, schwach. Der Schmuggler erhob sich mit einem Ächzen. »Aber Euer Plan ist gescheitert. Wir waren dabei, als er in Fetzen ging.«

»Na, na«, sagte Theimenes. »Nun dramatisierst du aber. Es gab eine kleine Wendung. Aber wären meine Pläne so eng gestrickt, dass sie derlei nicht verkraften können, dann wären wir jetzt nicht hier.« Cidos sah, wie Theimenes' Kopf sich bewegte, als blicke er sich in ihrem Kerker um. Der Erzmagier klang belustigt, als er hinzufügte: »Ich sollte lieber sagen, dann wären wir gar nicht erst mit den Siegeln nach Tar-hei gekommen. Meine erste Formulierung war wohl ein wenig missverständlich in Anbetracht der Lage.«

Ketten klirrten. Helger bewegte sich. Cidos sah, wie Helgers schemenhafte Gestalt sich halb erhob. »Das alles gehörte noch zu Eurem Plan? Dass wir gefangen werden. Dass Dargei stirbt? Das war nur eine kleine, aber schon vorausbedachte Wendung? Ist das alles nur ein Spiel für Euch, Mann?«

»Keineswegs«, erwiderte Theimenes. »Und Dargeis Tod kannst du mir kaum anlasten. Das war eine Wendung, die ihr herbeigeführt habt. Willst du mir vorwerfen, dass ich meinen Plan so bedachtsam gestrickt habe, dass er selbst eure Fehler übersteht? Oh nein, mein Freund. Dargeis Tod, das war eine Folge eurer Tat. Dass es trotzdem weitergeht, das ist eine Folge meiner guten Planung. Ich habe es euch bereits in Shatwa gesagt, und ihr hättet besser zuhören sollen: Niemand muss sterben, wenn keiner von euch einen Fehler macht.

Ich hoffe, ihr habt diese Lektion nun gelernt, bevor es heute Abend wirklich darauf ankommt.«

Sie verbrachten Stunden in dem überfüllten Kerker, eingezwängt zwischen all den Jünglingen, deren Sprache sie nicht verstanden. Cidos versuchte, mit ihnen zu sprechen, aber er kannte keinen der Dialekte. Einige der Gefangenen schienen zu den Wüstenstämmen zu gehören. Cidos schnappte das eine oder andere Wort auf, das er auf der Reise gelernt hatte. Aber auch diese Mitgefangenen mussten aus ganz abgelegenen Regionen des weiten Wüstenlandes stammen, und die meisten sprachen ohnehin eine völlig unbekannte Sprache. Es war schwer genug, die verängstigten jungen Männer überhaupt zum Reden zu bringen.

»Die Meister der Roten Hand bringen diese Opfer nicht selbst mit«, erklärte Theimenes, der Cidos' Bemühungen verfolgte und ansonsten unbeteiligt blieb. »Sie kaufen sie bei den Stämmen hier in Tar-hei, und die Zauberer bezahlen gut. Also haben inzwischen ein paar der Wüstenräuber die Sklavenjagd zu einem einträglichen Zubrot gemacht. Sie fangen die Jungen am Rande der Wüste oder bei Scharmützeln mit Stämmen, die weit entfernt siedeln. Immerhin will niemand Gefahr laufen, dass der ein oder andere Verwandte hier auftaucht und es auf dem Markt einen Skandal gibt.«

»Wo ist Bahome?«, frage Cidos. »Hier ist sie nicht. Oder war das auch nur eine Lüge, dass sie als Opfer gedacht ist?«

Helger sagte nichts mehr. Seit er ein letztes Mal aufgebraust und mit dem Erzmagier in Streit geraten war, ging es ihm viel schlechter. Er hatte sich auf den Boden übergeben, und der Gestank hing immer noch im Raum. Er konnte sich kaum noch bewegen vor Kopfschmerzen. Cidos hatte ihm die Platzwunde mit Streifen von seinem Gewand verbunden, auch wenn er nicht glaubte, dass er damit viel bewirkte.

Die Wunde war längst nicht mehr das Problem. Die eigentlichen Verletzungen lagen tiefer, und die konnte er ohne seine Magie nicht erreichen. Ruhe hätte geholfen, aber Cidos rechnete nicht damit, dass sie lange Zeit zur Erholung bekommen würden.

»Keine Sorge«, erwiderte Theimenes leichthin. »Bahome wird da sein. Die Rote Hand braucht viele Opfer, um all das schlechte Karma für ihre üblen Taten zu tilgen. Junge Seelen, die sie heute in den Abgrund schicken wollen.

Aber die Tradition verlangt, dass als erstes Opfer nach der Anrufung eine Jungfrau dargebracht wird; kein gekauftes Opfer ohne Bedeutung, sondern das Mitglied eines Haushalts des Bundes. Dieses Mal wurde WaLengs Haus ausgewählt, und der Meister von TeiChu wird sich die Gelegenheit nicht entgehen lassen, seiner Verpflichtung auf so billige Weise nachzukommen.«

»Eine Jungfrau und viele Jünglinge ... hat das Opfer einer Jungfrau tatsächlich eine so besondere Wirkung auf die Kreaturen der Hölle?«

Theimenes lachte. »Den Dämonen zählt jede Seele gleich. Es sind die Menschen in dieser Gegend, die eine Jungfrau als besonders teuer schätzen und die mit diesem Opfer ihre besondere Ehrerbietung ausdrücken wollen. Aber diese Ehrerbietung gilt nicht dem Dämon, den sie rufen.

Das erste Opfer des Abends bringt die Rote Hand ihrem wahren Meister dar – Bortan! Auch wenn der es vermutlich nicht einmal bemerkt und die Seele letztendlich unbeachtet in dieselbe Hölle wandert wie alle anderen.«

»Bortan – ist das ihr Gott oder das Oberhaupt des Ordens?«, fragte Cidos. Er erinnerte sich vage, dass er diesen Namen schon einmal gehört hatte, doch er konnte nichts damit verbinden.

»Weder noch«, sagte Theimenes. »Man kann Bortan wohl als den Gründer der Roten Hand bezeichnen, auch wenn er selbst nicht zu dem Orden gehört. Er benutzt ihn dann und wann, wenn es ihm geboten erscheint. Doch ich denke, er hat ihm schon seit Jahren keine Beachtung mehr geschenkt.«

»Der Gründer?« Cidos war überrascht. »Ich dachte, dieser Geheimbund der Roten Hand wäre alt! Wenn er sich bereits in so vielen Winkeln der Welt verbreitet hat, wie kann es dann sein, dass der Begründer noch immer lebt?«

»Der Begründer ist Bortan. Seine Freunde nennen ihn den ewig Jungen, aber er hat keine Freunde. Darum heißt er überall nur Bortan der Alte, bei jenen, die überhaupt so viel über ihn wissen. Er ist ein Zauberer, der mächtigste dieser Welt. Es gibt, so weit ein Mensch reist und so weit ein Schiff fährt, nichts von Bedeutung, was er nicht begründet hätte und was er nicht beherrscht. Er ist der Himmelskaiser der Bartai, der Fürst der untoten Korsaren, und auf den Inseln der Theokratie nennen wir ihn Eltar.«

Diese Worte erreichten selbst Helger in seiner Benommenheit. Cidos hörte einen scharfen Atemzug von der Stelle, wo sein Freund lag. Ihm selbst blieb fast das Herz stehen bei der Lästerung, die der Erzmagier da aussprach.

»Aber ...«, stammelte er. »Eltar ist ein Gott! Und wir verehren niemals denselben Herrn wie die Bartai. Sie sind unsere erbittertsten Feinde.«

»Ja«, sagte Theimenes. »Die Inseln der Theokratie, Bartai Lûn, die abergläubischen Kulte des Cojon, die Rote Hand und was weiß ich noch – Bortan hat ein feines Netz über alle Länder gelegt im Laufe der Jahrtausende. So viele Völker und Götter und Geheimbünde, die sich in gegenseitiger Feindschaft aufreiben und beschäftigen, jedoch nur so, wie er selbst es inszeniert, damit seine Macht erhalten bleibt.«

»Aber ich bin Cidos Eltairion«, sagte Cidos. Ein schriller Ton schlich sich in seine Stimme. »Eltar muss ein Gott sein! Er selbst hat mich erwählt, als ich in den Orden gekommen bin. Ich sollte Eltars Erwählter sein, von dem er Großes erwartete. Eltar ist mehr als ein intriganter alter Zauberer.«

»Sei nicht dumm, Cidos«, tadelte Theimenes ihn. »Ich war der Erzmagier von Tarsus, als du in den Orden aufgenommen wurdest. Ich habe dich geprüft und dir diesen Titel verliehen, in Eltars Namen, wie es mein Recht war. Doch der echte Eltar hatte gar nichts damit zu tun. Ich habe dir diesen Titel verliehen, weil du das Zeug dazu hast, ein mächtiger Zauberer zu werden. Vor allem aber deswegen, weil du derjenige sein solltest, der mich zu Eltars Thron bringt. *Ich* habe dich auserwählt, Cidos Eltairion, und indem ich dir deinen Beinamen gab, habe ich allen meinen Mitbrüdern offen ins Gesicht gesagt, was ich vorhabe. Und keiner dieser Dummköpfe hat es verstanden.«

Theimenes kicherte. »Ah, was hat dieser Rat der Geistlosen mit mir diskutiert, über ganz belanglose Nebensächlichkeiten. Ob ich das Recht hätte, in dieser Weise für Eltar zu sprechen. Ob es wohl angemessen sei, einen so jungen Schüler derart herauszuheben, oder ob es nicht dessen Charakter verderben könne. Pah! *Es* sollte deinen Charakter *formen* für die Aufgaben, die vor dir liegen!

So viel haben sie geredet, und doch hat niemand das Offensichtliche gesehen. Sie haben noch zwölf weitere Jahre gebraucht, bevor sie mein wahres Streben erkannten. Und da war es zu spät, um mich aufzuhalten ...«

»Nein«, stieß Cidos hervor. Die Worte des Erzmagiers rauschten an seinen Ohren vorbei. »Nein. Das kann nicht sein. Eltar ist mehr als das. Eltar bestimmt mein Schicksal, nicht ein alter, verstoßener Zauberer!«

Cidos war immer noch erschüttert, als die Wachen ihn holten. Sein ganzes Leben lang, von seiner Aufnahme in die Schule an, hatte er zuversichtlich nach vorn geschaut. Sein Schicksal schien ihm vorbestimmt. Selbst nach der Flucht aus Tarsus, nach allem, was sie mit Theimenes erlebt hatten, war Cidos davon überzeugt gewesen, dass sich alles zum Guten wenden würde. Dass er, irgendwann, die richtige Entscheidung träfe, dass die Prüfungen ein Ende fänden und er seine Berufung erfüllte. So aussichtslos die Gegenwart auch erscheinen mochte, so war er sich doch stets der großen Zukunft sicher gewesen, die vor ihm lag – was auch immer er auf dem Weg dorthin erdulden musste.

Jetzt war die Prophezeiung, die sein Leben begleitete, nichts mehr wert. Es war nichts weiter als die Laune des Erzmagiers gewesen, die ihn auf seinen Weg gesetzt hatte, eine der Launen, die sie auf dieser Reise immer tiefer ins Verderben und jetzt sogar in den Kerker geführt hatten.

Mit einem Mal fühlte Cidos sich allein und auf sich gestellt. Er stützte Helger, als sie aus dem Verlies hinausgingen, und hätte doch selbst Halt gebraucht.

Theimenes ging voraus, die Jünglinge folgten ihnen. Cidos zählte insgesamt um die vierzig, die über den Korridor in die Halle der Anrufung geführt wurden. Er blinzelte, als er das dunkle Gefängnis verließ. Die Höhlen, die ihm zuvor auf ihrem Weg so düster vorgekommen waren, schienen nun zu strahlen. Immer heller wurde es, von den schwachen Laternen auf dem kleinen Flur vor dem Sklavenpferch über die größeren Lampen im Hauptkorridor bis hin zur gleißenden Kammer selbst, mit den Flammenwänden und den schimmernden Einlegearbeiten.

Langsam und mit tränenden Augen trotteten die Gefangenen ihrem Schicksal entgegen. Die Ketten an ihren Füßen klirrten bei jedem Schritt, Bewaffnete hielten die Enden fest.

Als sie in die Halle kamen, war kein Meister zu sehen. Cidos konnte kaum abschätzen, wie viel Zeit vergangen, wie spät es inzwischen war. Der Wechsel von Tag und Nacht erreichte die Höhlen nicht.

Die Krieger befestigten die Ketten an den Ringen, die in den Nischen angebracht waren. Nur wenige Augenblicke lang traten sie an den feurigen Vorhang, zwischen die zahllosen winzigen Flammen, die an der Hallenwand brannten. Als sie ihre Arbeit getan hatten und wieder fortgingen, waren ihre Gesichter gerötet und der Schweiß stand ihnen auf der Stirn.

Die Fesseln waren so kurz, dass die Gefangenen sich nicht aus den Nischen herausbewegen konnten. Sie zerrten an den Ketten, rückten so weit von der Feuerwand ab wie möglich. Aber das waren kaum zwei Schritt, und so mussten sie die Hitze erdulden, die ihnen von hinten entgegenschlug, nur mit einem gelegentlichen kühlen Hauch, der ihnen aus den Tiefen der Halle über das Gesicht strich. Ganz nah an den Ringen brannten keine Feuer, dennoch hatte Cidos das Gefühl, dass die Hitze über das Eisen bis in ihre Fußfesseln kroch.

Wie lange würde es dauern, bis die Eisenringe ihnen die Knöchel verbrannten?

Er beugte sich hinunter und schob die Fesseln nervös hin und her. Helger legte sich auf den Boden. Er würgte nach dem Marsch durch die Höhlen, aber sein Magen war längst leer.

»Was nun?« Zum ersten Mal seit der Enthüllung über Bortan und Eltar richtete Cidos wieder das Wort an den Erzmagier. Er war völlig verzweifelt. Er versuchte sich an seiner Magie, wollte die Feuer an den Wänden ausblasen. Aber was auch immer die Meister der Roten Hand mit ihm angestellt hatten, es hielt an.

»Wir warten«, sagte Theimenes. »Auf den rechten Zeitpunkt.«

»Aber was ...«, fing Cidos an. Theimenes brachte ihn mit

einem Blick und einer Geste zum Schweigen. Er hockte sich einfach hin und schien zu meditieren. Cidos tat es ihm gleich. Es wurde still in der Halle, abgesehen von einem gelegentlichen Schlagen der Ketten oder dem Stöhnen der Gefangenen. Einige der Jünglinge, die geopfert werden sollten, sahen krank aus, sie wirkten alle abgemagert und blass. Manche beschatteten jetzt noch die Augen und konnten die strahlenden Wände nicht ansehen. Cidos fragte sich, wie lange sie im Dunkeln eingesperrt gewesen waren.

Alle saßen, hockten oder lagen inzwischen auf dem Boden. Cidos musterte die goldenen Symbole zu seinen Füßen und fragte sich, was ihn als Nächstes erwartete.

Die Türen schwangen auf. Die Meister traten ein. Cidos hatte bisher drei Meister der Roten Hand gesehen, die allesamt vornehme Roben von unterschiedlicher Machart bevorzugt hatten. Doch zu dem Anlass, der sie hier zusammenführte, waren sie alle gleich gekleidet. Sie trugen weiße, fließende Gewänder, auf denen ein rotsilbriger Schimmer lag, wenn sie sich bewegten. Der Widerschein der Flammen floss über ihre Kutten wie Wasser.

Auf dem Kopf trugen sie eine hohe rote Haube. Vorn an der Brust prangte das Symbol einer roten Hand, die Finger weit gespreizt und auf die Kehle gerichtet. Nach unten lief die Hand in einem unregelmäßigen Streifen aus, der wie eine Blutspur bis zum Gewandsaum reichte. Der Saum der Roben wischte über den glatten Boden.

Der letzte Meister, der die Halle betrat, trug einen silbernen Riegel bei sich, der mit Mustern und Ornamenten verziert war. Cidos konnte die Einzelheiten aus dieser Entfernung nicht erkennen, aber er hatte den Eindruck, dass beide Enden in einer Art Drachenkopf ausliefen. Als die bronzenen Türflügel sich schlossen, legte der Meister den Riegel feierlich in die Halterungen und reihte sich bei seinen Gefährten ein.

Einige von ihnen schritten in einer Gruppe zum anderen Ende der Halle, hinter den Altar. Als sie dort auseinandertraten, sah Cidos, dass sie eine Frau in ihrer Mitte führten –

Bahome, in einem matt weißen Gewand und mit geglättetem Haar. Es war ungewohnt, die Schmugglerin so zurechtgemacht zu sehen.

Cidos zog an seinen Ketten, aber sie waren schon bis zum Äußersten gespannt. Er sah keine Wachen mehr in dem Raum, nur etwa drei Dutzend Meister der Roten Hand. Dennoch gab es nichts, was er tun konnte.

Vier der Magier setzten Bahome auf den gerundeten Altar, die übrigen verteilten sich gleichmäßig entlang des goldenen Kreises, der in den Hallenboden eingelassen war. Nur am Altar selbst blieb eine Lücke, links und rechts von Bahome und den Zauberern, die gleich bei ihr standen.

Auch Meister WaLeng war dort. Er führte Bahome sanft, und sie legte sich auf den Rücken. Sie sah aus, als wäre sie in Trance. Cidos wollte ihr etwas zurufen, aber er wagte es nicht. Seine Kehle war wie zugeschnürt. Er sah Theimenes an, doch der schüttelte den Kopf.

Die Magier der Roten Hand stimmten einen Gesang an. Cidos lauschte, aber er verstand kein Wort davon. Es war keine Sprache, kein Ritual, das auf den Inseln geläufig war.

»Was tun wir jetzt?«, flüsterte er Theimenes zu.

»Geduld«, sagte der und beobachtete die Meister.

Die schienen, einer nach dem anderen, selbst in Trance zu fallen und in den Abläufen ihres Rituals zu versinken. Aus dem Chor wurde ein Sprechgesang, bei dem Worte und Silben um den Kreis liefen. Nur die Magier am Altar waren daran nicht beteiligt; sie schienen in der Welt zu verbleiben, aber ihre Aufmerksamkeit galt Bahome.

Theimenes wand sich. Er griff unter seine Tunika und nestelte umständlich dort herum. Cidos rutschte ein wenig näher an ihn heran, um ihm Deckung zu geben. Dann aber hielt er inne, aus Sorge, dass seine Bewegung erst recht die Aufmerksamkeit auf sie lenken könne.

Aber die Magier der Roten Hand schauten nicht zu den Gefangenen und künftigen Opfern, die hinter ihnen an die Wand gekettet waren. Ihre Aufmerksamkeit schien in der Mitte des Kreises zusammenzulaufen, aber ihr Blick war leer und auf etwas gerichtet, das nicht in dieser Welt zu finden war.

Cidos fühlte sich immer unbehaglicher. Die Flammen tanzten an den Wänden, auf den Gewändern der Meister und über den goldenen Zeichen. Der Glanz schien ein eigentümliches Leben zu erwecken in allem, was er berührte. Cidos hatte das Gefühl, dass die Glyphen am Boden sich bewegten, dass sie ineinanderflossen, sich zu einem neuen und ganz eigenen Bild vereinigten.

Cidos starrte in die Mitte des Kreises, wo das Muster seinen Anfang nahm. Fast, fast konnte er es erkennen …

Er schrak zusammen, als eine Hand ihn an der Schulter berührte.

»Cidos, träum nicht«, zischte der Erzmagier ihm zu. Er drückte ihm eine kleine Zange in die Hand.

»Was … was …«, stammelte Cidos. Er starrte das Werkzeug an.

»Nun dreh schon deine Fußschelle auf«, flüsterte Theimenes. »Oder soll ich dich auch noch bedienen?«

Cidos sah ihn an und bemerkte, dass Theimenes seine eigene Fessel bereits gelöst hatte. Die Kette mit dem Ring lag hinter ihm auf dem Boden. Cidos fragte sich, wie lange er weggetreten gewesen war, hypnotisiert von der Anrufung der Roten Hand.

»Wo …«, fragte er, »… wo habt Ihr die Zange her?«

»Hab ich in meinem Leibwickel versteckt, an einer gut geschützten Falte. Und jetzt mach, oder gib sie Helger.«

Cidos schüttelte sich. Diese Worte brachten ihn vollends zu sich. Auf manche Fragen wollte man die Antwort gar nicht hören.

Er warf noch einen kurzen Blick auf die Zange, verzog das Gesicht und setzte sie an. Wenn er das spitze Ende in den Verschluss steckte und die beiden gebogenen Seiten so weit wie möglich auseinanderzog, konnte er den Bolzen herausdrehen. Der saß allerdings fest, und der Hebel war ungünstig. Cidos rutschte immer wieder ab und musste sich mühsam weiterkämpfen.

»Woher habt Ihr das gewusst?«, flüsterte er Theimenes zu. Die Beschwörungen der Roten Hand stiegen indes immer lauter zur Kuppel des Gewölbes empor und füllten den ganzen Raum mit hohlen, verzerrt wirkenden Echos. »Ich meine, woher wusstet Ihr, dass wir ausgerechnet eine Zange brauchen können?«

»Ich dachte mir, sie nehmen die einfache und billige Lösung, um die Ketten zu sichern«, gab Theimenes zurück. »Und das sind halt Bolzen zum Drehen.«

Auch Helger war inzwischen zu ihnen gekrochen. »Wenn sie die Bolzen heiß mit dem Hammer eingeschlagen hätten, hättet ihr Euch die Zange sonst wohin schieben können, Zauberer«, brummte er.

»Hm, unwahrscheinlich.« Theimenes blickte an Cidos vorbei auf die Zauberer in der Halle. »Sie müssen uns losmachen können, wenn sie uns opfern wollen.«

»Sie hätten ganz einfach Schlösser nehmen können«, sagte Cidos.

»Das ist wahr. Für diesen Fall habe ich einen gewieften Einbrecher mitgenommen.« Theimenes wies auf Helger. Dann legte er bedeutungsvoll die Hand auf die Hüfte. »Und einen steifen Draht, der zum Öffnen von Schlössern taugt, hab ich mir auch noch in den Lendenwickel geschnürt.«

Cidos ließ seine Fessel leise zu Boden gleiten und reichte die Zange an Helger weiter. Als der danach griff, sah Cidos, wie die Fingerspitzen seines Freundes zitterten. Helgers Gesicht wirkte fahl im rötlichen Flammenschein. Cidos schüttelte den Kopf, kauerte sich zusammen und schraubte die Fessel seines Freundes selbst auf.

»Wenn Ihr Euch da mal nicht getäuscht hättet, alter Mann«, murmelte er. »Dafür, dass Ihr auf dem Weg hierher gesagt habt, Ihr braucht uns gar nicht mehr, habt Ihr Euren Plan doch sehr auf unsere Hilfe aufgebaut.«

»Ah ja, das.« Theimenes zuckte die Achseln. »Das war eine Notlüge. Mein Plan drohte an der Dummheit meiner Verbündeten zu scheitern, da musste ich mir etwas einfallen lassen.

Natürlich habe ich eure Hilfe noch gebraucht – ich dachte mir nur, ich bekomme diese Hilfe bereitwilliger, wenn euch eure Bedeutung nicht zu Kopfe steigt.«

»Die Zange ... der Draht«, sagte Helger. »Ihr habt Euch sehr gut vorbereitet. Ihr wusstet von Anfang an, dass wir hier in Ketten enden. Alles andere war nur ... was? Eine Ablenkung? Ein Schauspiel?«

Theimenes verzog die Lippen in gespielter Entrüstung. »Das war alles reiner Zufall. Ich mache meine Unterwäsche eben gern mit Draht fest. Und die Zange ... muss wohl stecken geblieben sein, als ich mich draufgesetzt habe. Ich weiß ja, dass meine Voraussicht nicht geschätzt wird und dass ihr Glück und Zufall als die einzig ehrbaren Voraussetzungen für einen Plan anseht.«

Sie schwiegen wieder. Der Gesang der Zauberer schlich sich in Cidos' Ohr. Immer verzerrter hallten die Stimmen durch den Raum. Sie schienen nicht länger aus der großen, aber überschaubaren Halle zu kommen, sondern von *irgendwoher.* Es klang, als kämen sie aus einem tiefen Schlund heraus, und plötzlich hatte Cidos den Drang, sich einfach umzuwenden und sich zu vergewissern, dass es *tatsächlich* noch die Meister der Roten Hand waren, die da sangen, und nicht etwas anderes, was auf den Gesang *antwortete.*

»Pssst«, zischte Theimenes.

Cidos blickte auf. Der Boden unter seinen Füßen vibrierte. Theimenes hob die Hand zu einer beruhigenden Geste und duckte sich. Cidos bemerkte, dass der Sprechgesang der Magier mit einem Mal verstummt war, und er selbst hielt inne und kauerte sich zusammen, um keine Aufmerksamkeit zu erregen.

Der Boden bebte heftiger. Die Steinplatten schlugen aneinander. Einige der Ketten klirrten leise, wo sie an der Wand befestigt waren. Die Meister der Roten Hand schauten einander an. Von der Mitte der Halle stieg ein Brausen auf, und darin gefangen die Echos ihrer Beschwörungen.

Dann gab es ein gewaltiges Krachen. An vier Stellen im Raum riss der Boden auf. Der Altar, auf dem Bahome lag, barst der

Länge nach, und sie rollte herab. Die vier Magier ringsum wurden zu Boden geworfen. Zwei weitere Magier entflammten in einer Feuersäule, und auch andere fielen zu Boden. Überall, wo die Gefährten am Nachmittag die Siegel untergebracht hatten, klafften nun Lücken im Kreis.

Risse liefen von dort aus durch die ganze Halle, verästelten sich. Steine stellten sich auf. Etwas bog sich mitten im Saal, und es schien die Wirklichkeit selbst zu sein, die sich verdrehte. Es war kein Rauch, kein Nebel, Cidos konnte hindurchschauen und immer noch die Überreste des Altars auf der anderen Seite ausmachen. Aber alles, was man durch die Störung hindurch sah, wirkte auf eine unfassbare Weise *falsch.* Und die Störung breitete sich von der Mitte der Halle her aus und verschlang die Welt, wie Cidos sie kannte.

Er musste den Blick abwenden. Ihm wurde übel.

Die Meister der Roten Hand schrien durcheinander. Einige liefen davon, zwei machten sich schon an dem Riegel zu schaffen. Andere riefen scharfe Befehle, und die Magier sammelten sich wieder, schlossen den Kreis und murmelten neue Zauber.

»Weiter jetzt«, murmelte Theimenes.

Cidos nahm seine Arbeit an dem Bolzen wieder auf, und bald war Helger frei.

»Was geht hier vor?«, fragte er.

»Ein Tor in die zweite Hölle des Abgrunds wurde geöffnet«, antwortete Theimenes. Dann fügte er, an Cidos gewandt, hinzu: »Eltairion, befreie noch ein oder zwei Gefangene und nimm sie mit.«

»Warum ...« Cidos schaute ihn an. Er ahnte, was Theimenes dachte. »Oh nein«, sagte er. »Wir gehen sofort zu Bahome, und wir gehen allein. Ihr werdet keine möglichen Opfer mitnehmen, und wir werden auch nicht länger warten!«

Auf der anderen Seite der Halle scharten sich einige Meister zusammen. Sie zerrten Bahome wieder auf die Füße und legten sie über die Trümmer des Altars. In dem Tor zur Hölle, das in der Mitte des Raumes aufschwang, regte sich etwas und verdeckte allmählich den Blick auf die andere Seite.

Theimenes zuckte die Achseln. »Wenn du meinst«, sagte er nur und richtete sich auf. »Folgt mir.«

Cidos blickte über die Gefangenen hinweg, die apathisch oder verängstigt neben ihnen kauerten. Manche von ihnen waren vor dem, was in der Halle geschah, so weit bis an die brennenden Wände zurückgewichen, dass Cidos ihr versengtes Fleisch riechen konnte. Sie wimmerten leise.

Cidos suchte sich einen Jüngling aus, der wacher dreinblickte und bei Verstand zu sein schien. Diesem drückte er Theimenes' kleine Zange in die Hand.

»Hier. Löse deine Fesseln. Hilf deinen Kameraden. Vielleicht könnt ihr fliehen, wenn die Zauberer abgelenkt sind.«

Er folgte Theimenes und schlich mit Helger an den Hallenwänden entlang. Sie hielten sich fern von der Tür und nahmen die andere Seite, denn womöglich liebäugelte noch immer der ein oder andere Meister mit diesem Fluchtweg, anstatt sich den Gefahren der Hölle zu stellen. Außerdem klang gedämpfter Lärm durch die Bronzeflügel, Rufe und ein leises Klopfen – gewiss Wachen, die bemerkt hatten, dass in der Halle etwas Ungewöhnliches vorging.

Cidos und seine Gefährten eilten gebückt weiter, nur wenige Schritte hinter den Magiern, ohne dass jemand auf sie achtete. Die Meister der Roten Hand waren wieder in ihre Beschwörungen versunken. Cidos schaute kurz in die Hallenmitte. Er sah Licht. Kurz gewann er den Eindruck eines gewaltigen Raumes, dann wandte er den Blick wieder ab.

Die Zauberer an Bahomes Seite starrten angespannt auf die Erscheinung. Sie hielten die Frau in ihrer Mitte fest. Einer hatte einen langen Dolch in der Hand. Mitunter riefen sie ihren Mitbrüdern Anweisungen zu und lenkten die Beschwörung. Aus den Augenwinkeln sah Cidos eine Bewegung, als würden die Bodenplatten am Rand des Höllenschlundes verwittern, sich zusammenfalten und zu etwas Neuem formen.

Die drei hatten den Altar beinahe erreicht.

»Wir laufen zu Bahome und dann weiter durch die Mitte der Halle«, zischte Theimenes. »Jetzt!«

»Durch die Halle?«, flüsterte Cidos entsetzt.

Aber Helger und Theimenes stürmten los, und Cidos folgte ihnen.

Die Magier der Roten Hand, die ihnen am nächsten standen, hatten ihnen den Rücken zugewandt. Auch Meister WaLeng war darunter. Aber ein Zauberer auf der anderen Seite des zertrümmerten Altars bemerkte sie und stieß einen Warnruf aus. WaLeng drehte sich um, aber es war zu spät. In vollem Lauf sprang Helger ihm in den Rücken. Der Meister aus TeiChu kippte nach vorn auf die Steine des Altars.

Helger brüllte, halb vor Schmerz, halb vor Wut. Er war blass. Unwillkürlich fuhr er sich mit einer Hand an den Kopf, an den Verband. Aber gleichzeitig trat er dem gestrauchelten Magier auf den Hinterkopf, immer wieder, und jedes Mal krachte WaLengs Schädel unter seinem Fuß vernehmlich gegen den Stein.

Ein weiterer Meister stand Helger gegenüber, nur einen Schritt entfernt. Seine Augen waren weit aufgerissen, und er zögerte, sich dem Rasenden entgegenzustellen.

Der Magier der Roten Hand neben ihm griff an seine Kutte und zog ein Messer hervor. Cidos stieß ihm eine Lichtlanze ins Gesicht, wie er es schon bei Meister Iame in der Wüste getan hatte. Aber der Blitz blendete nicht. Der getroffene Meister ließ das Messer fallen, schlug die Arme vors Gesicht und kreischte kurz auf. Dann kippte er hintenüber. Rauch quoll aus seinen verbrannten Augenhöhlen.

Cidos schaute erschrocken auf seine Hände. Er hatte ganz vergessen, dass er vergessen hatte, wie man zauberte, und es war fast ohne sein Zutun geschehen. Etwas ging vor sich in dieser Halle, etwas Fremdes brachte alle ätherischen Ebenen zum Schwingen. Es kroch in seinen Kopf und formte seine Zauber und machte ihn stärker. Cidos sah Helger an, und ihm wurde klar, dass dessen Raserei mehr war als bloße Wut. Das war nicht mehr sein Freund; etwas hatte Besitz ergriffen von Helger! Und entsetzt erkannte Cidos, was auch immer Helger befallen hatte, es wirkte auch auf ihn.

Theimenes rang mit dem vierten der Meister. Mit einem Triumphschrei entriss er ihm den Dolch und stieß den Mann weg. Der dürre Greis wirkte mit einem Mal so stark wie ein Wiedergänger aus dem Grab, und Wahnsinn glühte in seinen Augen.

Zwei weitere Magier der Roten Hand lösten sich aus dem Kreis und wollten ihren Gefährten am Altar beistehen. Aber etwas kam aus dem Tor, eine Bewegung wie von unsichtbaren Schlangen. Es traf die Meister, die den Kreis verließen und ihre Beschwörungen unterbrochen hatten, mitten in die Brust. Ihre Haut färbte sich schwarz, es knisterte. Sie öffneten den Mund zu einem lautlosen Schrei. Cidos sah mit anderen Sinnen als mit seinen Augen, wie etwas aus ihren Mündern herausquoll, wie es umschlungen wurde von der Bewegung aus dem Höllentor und fortgerissen wurde.

Die Körper der Meister sanken zu Boden und wurden zu Asche.

Theimenes wankte mit dem Dolch auf Bahome zu und riss sie am Arm mit sich. »Kommt«, rief er. »Weiter in die Halle hinein.«

»Aber das Tor!«, antwortete Cidos. Hilflos zeigte er auf den Riss in der Wirklichkeit. Das schlängelnde *Etwas* verschwand darin und zerrte die noch immer zuckenden Essenzen der toten Magier mit sich auf die andere Seite. »Die Hölle!«

»Vertrau mir«, sagte Theimenes. »Ich habe dem Hüter dieses Tores meine Botschaft übermittelt, auf den Pergamenten an den Siegeln. Ich habe die Geister gerufen, die uns den Weg bereiten. Und diese Narren von der Roten Hand haben all meine Glyphen zum Leben erweckt. Ich habe den Ring der Elemente geschlossen und uns eine Pforte geschaffen!«

Bahome kroch benommen neben ihm vorwärts. Sie konnte sich nicht aufrichten.

»Bahome.« Helger ließ von seinem Opfer ab. Den letzten überlebenden Meister am Altar stieß er achtlos zur Seite, und behutsam beugte er sich zu seiner Gefährtin hinab. »Wir retten dich.«

Er fasste ihre Hand und zog sie auf die Füße. Gemeinsam mit

Theimenes nahm er die halb betäubte Schmugglerin in die Mitte und stützte sie. Sie traten in den Kreis, auf den Rand der wabernden Störung zu. Einige der Beschwörer waren nun verstummt und schaute ihnen nach. Keiner schritt ein. Cidos sah einige von ihnen, die wieder zum Ausgang liefen und den Riegel zurückschoben.

Zögernd folgte er seinen Gefährten.

Gleich vor dem Höllentor, als die Steinfliesen vor seinen Füßen bereits verwitterten, hielt Theimenes inne. Er fuhr herum und stieß Bahome den Dolch ins Herz. Dann rief er mit weit hallender Stimme:

»*El Durelonen durelol, Ah-Thot!*«

Es war Cidos, der Bahome auffing, als sie nach hinten sank. Er war wie vor den Kopf geschlagen. Bahomes Arm löste sich von Helgers Schulter, und Helger schaute verständnislos auf das Messer, das aus ihrer Brust ragte. Dann aber fuhr sein Kopf hoch, und mit einem Schrei ging er auf Theimenes los und packte ihn an der Kehle.

Cidos hielt den schlaffen Leib mit beiden Händen fest. Ein Blutfleck breitete sich auf Bahomes Kittel aus, und mit einem Mal erinnerte ihn das an die Roben, die die Meister der Roten Hand trugen. Helger und Theimenes rangen vor ihm, und der alte Magier wand sich überraschend geschickt aus dem Griff des kräftigen Schmugglers. Er schien immer noch von jener unheiligen Kraft durchdrungen zu sein, die seine Begleiter inzwischen verlassen hatte.

»Das reicht«, rief Helger. »Du wirst nie wieder Gelegenheit bekommen, noch weiteres Unheil anzurichten!«

Theimenes wich aus und brachte sich hinter Cidos in Sicherheit. »Das ist jetzt wirklich nicht der richtige Zeitpunkt für einen Streit«, sagte er.

»Es ist *nie* der richtige Zeitpunkt!«, sagte Helger. »Aber du wirst *jetzt* für deine Taten bezahlen ...«

»Helger«, flüsterte Cidos. Er ließ Bahome zu Boden sinken.

»Halte mich nicht auf.« Helger warf ihm einen kurzen Blick zu. »Ich habe mich lange genug hinhalten lassen, aber dieser Zauberer tut nichts für uns. Er ist eine Gefahr!«

»Helger«, sagte Cidos. »Schau, wo wir sind!«

Ihre Umgebung hatte sich verändert. Nichts war geblieben von der Halle der Anrufung, in der sie eben noch gestanden hatten. Unter ihren Füßen verlief eine Straße aus hellgrauen Steinplatten, die sich in der Unendlichkeit verlor. Die Straße war breit und von Säulen gesäumt. Hinter den Säulen brannten Feuer in der Dunkelheit, oder es waren Bäume mit rotem und gelbem Laub, die beständig unter einem Windhauch erzitterten. Ein Rauschen erfüllte die Luft wie tausend flüsternde Stimmen.

Helger blickte sich um und erstarrte. Seine Hände waren noch immer gekrümmt und nach vorn ausgestreckt, als wollte er Theimenes würgen, aber er bewegte sich nicht mehr. Theimenes hielt sich hinter Cidos und schaute über dessen Schulter.

»Dieser Weg führt mitten durch die Höllen«, sagte er. »Und dort sind wir nun. Wenn du mich hier tötest, wird der Fürst dieses Ortes meine Seele womöglich erfreut in Empfang nehmen – und eure gleich dazu. Oder vielleicht wird er mich wieder hinausbringen und nur euch behalten. Denn niemand stirbt hier, wenn Ah-Thot es nicht will.«

»Ah-Thot«, wiederholte Cidos tonlos.

Er verstand die Sprache der Macht, die Theimenes gebraucht hatte, als Bahome starb. *Ah-Thot, öffne das Tor,* hatte der Erzmagier gerufen, in jener Sprache, die alle Dämonen verstanden.

»Er herrscht hier.« Theimenes senkte die Stimme. »Ah-Thot, der Sammler der Seelen. Das war der Fluchtweg, den ich uns bereitet habe – durch seine Domäne. Denn in Tar-hei hätten wir der Roten Hand niemals entkommen können. Aber wenn ihr nicht in den tiefsten Höllen zurückbleiben wollt, dann müsst ihr euch von mir hinausführen lassen.«

»Das ist mir gleich«, sagte Helger unbeirrt. »Lieber bleibe ich mit Euch hier in der Hölle, als dass Ihr entkommt und einen anderen Grund findet, warum wir Euch *gerade jetzt* nicht aufhalten können. Es muss irgendwann ein Ende haben.«

Aber er regte sich nicht. Wie hypnotisiert starrte er auf den Wald aus Feuer, der jenseits der Säulenreihe wogte.

Cidos schaute sich um. Ganz in der Ferne vermeinte er immer noch die schimmernde Halle der Roten Hand zu erkennen. Sie lag am Ende des Weges oder überlagerte sich am Horizont mit diesem. Cidos kniff die Augen zusammen, aber das Bild blieb verschwommen.

»Werden die Meister der Roten Hand uns nicht folgen?«, fragte er.

Theimenes lachte. »Nein, wohl kaum. Es ist teuer, auf Ah-Thots Pfaden zu wandeln. Und auch wenn sie es versuchen – es gibt keine Gewähr, dass sie das Ziel erreichen, das sie im Auge haben. Wenn Ah-Thot es nicht will, werden sie uns auf diesem Pfad ohnehin nicht einholen, und das wissen sie.«

AH-THOT.

Der Name hallte durch die Luft wie ein schweres Echo.

Cidos fuhr wieder herum. Vor ihnen hatte sich das Bild abermals verändert. Etwas anderes hatte sich in ihren Weg geschoben, ein gewaltiges Gebäude mit Säulen und Erkern, mit Freitreppen und Türmen und weitläufigen Flügeln. Es war fast schon eine eigene Stadt, die sich über den ganzen Horizont erstreckte und deren Hallen und Höfe den Feuerwald auslöschten und die lebenden Flammenblätter erstickten. Der Palast war grau, ein Grau, das Cidos frösteln ließ und das Kälte in sein Herz schickte.

Der Weg endete nicht vor dem weitläufigen Bau; es war, als führte er vielmehr auf merkwürdige Weise durch die Gebäude hindurch. Beides schien sich irgendwie zu überlagern.

Eine Gestalt hockte davor, gewaltig, beherrschend. Es war ein fetter grauer Mann, dessen Speckfalten über den Bund seiner Hose quollen und die bunte Seide zu verschlingen schienen. Er saß mit übergeschlagenen Beinen da, umwimmelt von kleinen Gestalten, die geisterhaft unscharf wirkten.

Cidos schaute an dem Hünen hinauf, und dann kreuzten sich

ihre Blicke. Die Augen des Riesen waren schwarz wie Abgründe, und als Cidos ihn ansah, schienen ihm diese Augen groß genug zu sein, um die Straße, den Palast und die ganze feurige Hölle selbst zu verschlingen. In Wahrheit waren diese Augen alles, ihre Leere war die Hölle und der Rest nur eine Illusion, die daraus hervorgekommen war.

AH-THOT.

»Ah-Thot.« Theimenes verbeugte sich. »Ich begrüße Euch, oh Meister dieser Domäne. Danke, dass Ihr uns Einlass gewährt habt.«

DU HAST FÜR DEN EINTRITT BEZAHLT. DOCH WAS IST DER PREIS, DAMIT ICH DICH GEHEN LASSE?

Schneller, als Cidos ihm zugetraut hatte, fuhr der alte Magier herum. Überhaupt schien Theimenes, seit er das Ritual der Roten Hand an sich gerissen hatte, wie verjüngt zu sein. Jetzt packte er Helger am Hemd. Der Schmuggler starrte immer noch wie gebannt auf das Bild vor ihm. Theimenes riss ihn zu sich heran und stieß ihn auf den Dämon zu.

»Das ist mein Gastgeschenk für freies Geleit«, rief er.

»Nein!« Cidos sprang vor und streckte die Hand nach seinem Freund aus.

So flink Theimenes sich auf einmal auch bewegte, er war doch ein alter Mann. Helger war kräftig gebaut und schwer, und die entbehrungsreiche Reise hatte daran wenig geändert. Der Stoß des alten Zauberers ließ ihn gerade mal ein, zwei Schritte vorwärtstaumeln …

… und doch war es so, als würde er ganz von selbst in einen Abgrund stürzen.

Von einem Moment zum nächsten entfernte er sich von seinen Gefährten. Cidos' Finger griffen ins Leere, und jetzt war es Theimenes, der ihn festhielt.

»Lasst mich los!«, brüllte Cidos. »Lasst mich los! Ich will zu ihm. Zahlt Ihr den Preis dafür, dass Ihr uns hergeführt habt.«

Mit aller Kraft wollte er sich von Theimenes losreißen.

Der fasste noch einmal nach, beugte sich zu Cidos hin und flüsterte ihm ins Ohr: »Bleib hier, du Narr! Ah-Thot wird dich auch nehmen, aber Helger wird er gewiss nicht wieder gehen lassen.«

Helger war so weit fort von ihnen, dass Cidos ihn kaum noch sehen konnte. Er verschwand in dem Gewimmel zu Füßen des Dämons. Cidos erkannte, wie gewaltig Ah-Thot war. Seine Stimme klang so laut, und der Palast hinter ihm wirkte so klein im Vergleich zu seiner massigen Gestalt, dass Cidos geglaubt hatte, der Dämon wäre ihnen näher.

Aber als Helger so klein wie eine Ameise zu Ah-Thots Füßen stand, wusste Cidos, dass die Größe des Dämons ihn die Entfernung falsch hatte einschätzen lassen oder dass der Raum in dieser fremdartigen Welt selbst eine trügerische Größe darstellte.

Er glaubte, Helger zappeln zu sehen, sah seinen Mund geöffnet zu einem Schrei, der aus der Ferne nicht mehr an sein Ohr drang. Dann war er fort, mitgerissen vom Wogen der kleinen Dämonen und Geister, die Ah-Thots Beine umschwirrten wie eine Wolke von Insekten.

Cidos wurden die Knie weich. Er sank zu Boden und heulte auf. Verzweiflung überkam ihn.

LASS IHN GEHEN, hörte er Ah-Thots Stimme.

»Nein«, antwortete Theimenes. »Ihn brauche ich für meine Pläne. Ich habe einen Preis bezahlt – lass uns weiterziehen.«

EINE SEELE BEKOMME ICH, ZWEI SOLL ICH ZIEHEN LASSEN?

»Es klingt wie ein schlechter Tausch, gewiss.« Theimenes' Stimme bekam plötzlich einen schmeichlerischen Klang. Cidos schluchzte derweil zu seinen Füßen. Er erhob sich halb, wollte zu dem Dämon gehen und seinem Freund folgen. Aber er hatte nicht mehr die Kraft, sich gegen Theimenes' Griff zu wehren.

»Aber Ihr wisst, dass Ihr dadurch auf lange Sicht mehr gewinnen werdet«, fuhr Theimenes fort.

DU WARST EIN TREUER LIEFERANT. ABER DEINE GABEN WAREN IMMER SO KNAUSRIG WIE HEUTE. WARUM SOLLTE ICH DIR EINE BESONDERE GUNST ERWEISEN?

»Das war den Umständen geschuldet, wie Ihr wisst«, sagte Theimenes. Er schacherte mit dem Dämon wie ein Marktweib. »Auf den Inseln war es schwer, Euch zu dienen. Nun aber strebe ich nach dem höchsten Thron, und meine Mittel, Euch Geschenke zu geben, werden ins Unermessliche wachsen. Ihr wisst, wohin dieser Pfad führt, den die Rote Hand angelegt hat?«

OH JA, klang Ah-Thots Stimme durch die Unterwelt. *NOCH NIE BEKAM ICH GESCHENKE VON DORT.*

»Das wird sich bald ändern.«

WENN IHR ERFOLG HABT.

»Seht mich an.« Theimenes richtete sich auf. »Ich bin vom Feuer zur Erde gegangen, von der Erde zur Luft, von der Luft zum Wasser und zurück zum Feuer. Der Kreis ist geschlossen, und ich bin vollkommen. Die Mächte der höheren Welt haben meine Seele gezeichnet. Wer kann daran zweifeln, dass die stoffliche Welt folgen wird?«

ICH SEHE EUREN PFAD, dröhnte die Stimme des Dämons. *UND ER IST VOLLKOMMEN. ABER EUER GEAS WIRKT SCHWERER.*

»Ich weiß.« Theimenes seufzte. »Ich verfüge nicht annähernd über die Mittel, es zu lösen. Und ich verlange es auch nicht von Euch. Aber wenn ich Erfolg habe, wird es keine Rolle mehr spielen. Aber dazu muss der Junge bei mir bleiben. Ich habe ihn selbst geschult für dieses Unternehmen.«

Mit einem Mal fühlte Cidos die Aufmerksamkeit des Höllenfürsten auf sich lasten. Seine Tränen versiegten. Der Wirrwarr von Gefühlen in seinem Inneren, Trauer, Selbstmitleid, Schuld und Zorn auf Theimenes, alles erstarb in einem Augenblick. Er richtete sich auf wie eine Puppe, an deren Schnüren gezogen wurde.

Kein Wort wurde gewechselt. Aber Cidos fühlte, wie der Dämon ihn wog, und er fühlte das Urteil. Und Theimenes fühlte es auch, denn er antwortete gleich darauf:

»Ich weiß, er macht nicht viel her. Aber Ihr macht Eure Geschäfte ja mit mir, und er ist nur mein Helfer. Ich weiß wohl, dass Ihr keine kostenlosen Gefallen erweist. Aber die Passage für so einen unbedeutenden Begleiter ist ja nur eine geringe Anzahlung.

Eine Anzahlung für Seelen. Einen so endlosen Strom von Seelen, wie ich allein ihn Euch schicken kann, wenn Ihr uns beide dorthin lasst, wohin ich will.« Theimenes schmatzte genießerisch mit den Lippen, und tatsächlich kam ein ähnlicher Laut von dem Dämon wie ein vielfach verstärktes Echo.

SEELEN. DIE SAMMLUNG EINES GOTTES.

»Komm«, flüsterte Theimenes Cidos zu.

Cidos kam taumelnd auf die Beine. Er blickte auf.

Der Dämon war fort, und mit ihm sein Palast. Vor ihnen erstreckte sich die gepflasterte Straße durch die Hölle und verlor sich in der Ferne. Rote Flammen hinter den Säulen. Verlorene Seelen.

Cidos war wie betäubt.

Er tat einen Schritt nach vorn, aber da war kein Ziel zu sehen. Seine Beine waren schon jetzt ganz schwer.

»Wohin?«, fragte er.

»Aber das weißt du doch, Cidos Eltairion«, tadelte Theimenes ihn. »Zu Eltars Haus!«

»Was?«

»Habe ich dir nicht gesagt, dass die Bruderschaft der Roten Hand Eltar dient? Oder Bortan, oder welchen Namen er sich auch immer gegeben hat? Und sie haben eine Verbindung zu seinem Palast. Alle vier Jahre rufen sie ihn, auch wenn er schon seit langer Zeit nicht mehr geantwortet hat.

Aber die Verbindung besteht, und ich habe diesen Weg mit den gesammelten Siegeln so verstärkt und erweitert, dass man nicht nur rufen kann, sondern ihn auch beschreiten. Wir werden in Bortans wohlbehütetes Heim eindringen, auf diesem geheimen Weg, von dem er nichts ahnt, gerade weil er ihn selbst geschaffen hat und nicht damit rechnet, dass er für diesen Zweck gebraucht werden kann. Und dann werden wir diesem alten, mächtigen Zauberer, dem mächtigsten aller Magier, seine Macht rauben. Ich werde seine Macht rauben, und du wirst an meiner Seite sein. Am Ende ...«

Er beugte sich zu Cidos hin und flüsterte ihm ins Ohr: »Am Ende werde ich auf Eltars Thron sitzen – und dich, wenn ich dich ausgebildet und dir gesagt habe, was du wissen musst, schicke ich zurück in die Theokratie. Als meinen Propheten und meinen Statthalter. Als den ersten von vielen Gesandten, die meine Macht verkünden und verbreiten werden.

Die Macht von Theimenes, dem Herrn von Bartai Lûn und allen angrenzenden Landen. Dem Gottzauberer auf dem Himmelsthron.«

Er richtete sich auf und strahlte über das ganze Gesicht.

Cidos wich von ihm weg.

»Nein«, sagte er. »Nein ... nicht mit mir!«

»Sei kein Dummkopf«, sagte Theimenes. »Ohne dich geht es nicht. Und du wirst genug dafür bekommen. Du wirst heimkehren können und mächtig sein. Du wirst der nächste Erzmagier der gesamten Theokratie sein. Das ist ein reicher Lohn für einen Handlanger und für ein halbes Jahr Reise quer durch das Land.«

»Und Helger?«, rief Cidos. »Euer Lohn interessiert mich nicht. Ich habe den Freund verloren, um dessentwillen ich überhaupt auf diese Reise gegangen bin. Ich werde euch niemals wieder helfen, und sei es nur aus Rache für meinen Freund!«

»Ach, um den Schmuggler geht es dir.« Theimenes machte eine wegwerfende Handbewegung. Verstohlen blickte er sich um. Er senkte die Stimme. »Wenn es das ist, was dir Sorgen bereitet – nun, es ist noch ein wenig zu früh, um sich von deinem Freund abzuwenden. Du kannst ihn retten.«

»Retten?« Cidos schaute die Straße entlang, wo der Dämon und der Palast, bei dem er Helger zum letzten Male gesehen hatte, verschwunden war. Nur ein endloser Weg, nur ein endloser Wald. Es gab nicht einmal einen Ort, wo er nach seinem Freund hätte suchen können. Und als er das letzte Mal versucht hatte, Helger zurückzuholen, da hatte Theimenes ihn aufgehalten.

»Denk nach, Cidos Eltairion!« Theimenes seufzte. »Habe ich etwa einen Dummkopf als Schüler? Ah-Thot hat viele Seelen gesammelt. Aber Helger ist lebend in die Unterwelt gekommen. Ah-Thot wird ihn festhalten, an einem Ort jenseits der Zeit. Wenn ein Magier mächtig genug ist ... wenn ein Magier *sehr* mächtig ist ...«

Er legte nachdenklich die Stirn in Falten, ging um Cidos herum und musterte ihn. »Ein mächtiger Magier könnte jedenfalls *versuchen*, aus eigener Kraft in die Höllen zurückzukehren, Helger aufzuspüren und ihn aus Ah-Thots Hallen zu entführen. Dazu gehört einiges. Ich war leider niemals stark genug für so etwas, niemals stark genug, um einen Höllenfürsten zu unterwerfen. Ich konnte nur einen Pakt mit ihm schließen und für seine Dienste bezahlen.

Aber Eltar, so heißt es, Eltar bezahlt die Dämonen nicht. Er *befiehlt* ihnen. Und Eltars Macht ist es, nach der wir streben. Du hast die Kraft, ein machtvoller Magier zu werden. Wenn es dir nur um diesen Schmuggler geht, dann hole dir Eltars Geheimnisse und lass mich dich lehren, deine Macht zu gebrauchen. Wenn du ein Meister bist, dann hole deinen Freund zurück.

Oder räche dich an mir und verweigere mir deine Hilfe. Und lass Helger in der Hölle zurück, in die du ihn gemeinsam mit mir geführt hast.«

Cidos starrte Theimenes an. Er wollte aufbrausen, wollte dem Erzmagier ins Gesicht schreien, dass er allein sie *alle* hierher geführt hatte. Aber er brachte es nicht über die Lippen. Er fühlte sich schuldig. Er hatte Helger zugeredet, den Erzmagier zu begleiten, er trug Verantwortung. Aber woher wusste Theimenes, dass er so dachte?

Der Erzmagier grinste, als hätte Cidos all diese Gedanken laut ausgesprochen.

»Und denke daran«, fügte Theimenes hinzu. »*Ich* wollte ein paar Sklaven als Opfer und Wegezoll mitnehmen, aber du hast mich daran gehindert. Du wolltest dir wieder einmal nicht die Finger schmutzig machen, dir konnte es gar nicht schnell genug gehen. Also, wer ist schuld daran, dass ich nur Bahome und Helger bei mir hatte, als ich den Preis für unsere Flucht zahlen musste?«

Cidos starrte auf seine Finger, als könnte er das Blut daran sehen. Er ballte sie zur Faust. »Zwei Sklaven«, stieß er hervor. »Du hättest einfach ein paar andere Menschen ermordet und ihre Seele geopfert anstelle von Bahome und Helger. Das hätte ich also zulassen sollen? Was für einen Unterschied macht das?«

»Frage dich selbst«, sagte Theimenes. »Frage dich selbst, ob es für dich einen Unterschied macht, ob du deinen Freund Helger verlierst oder irgendwelche namenlosen Jünglinge, die ohnehin dem Tod geweiht waren.«

»Ich weiß, was mir mehr bedeutet«, sagte Cidos. »Aber das heißt nicht, dass es recht ist, andere für meinen Willen zu opfern. Was Ihr tut, ist falsch. Ihr könnt nicht alles nach Eurem Willen zurechtbiegen!«

Theimenes fuhr auf. Er fasste Cidos am Kragen. »Du neunmalkluger junger Gernegroß«, schrie er ihn an. »Ich kann deine dumme Selbstgerechtigkeit kaum noch ertragen. Wo warst du, als diese Reise begann? Auf einem Kriegsschiff der Flotte? Dein Kapitän dort hat mehr Menschen ermordet, als du mir jemals vorwerfen kannst.

Habe ich dich damals etwa gehört, wie du durch die Stadt gezogen bist und geklagt hast? ›*Oh, der böse Kapitän. Jemand muss ihn aufhalten. Ich kann mich an seinen Verbrechen nicht beteiligen. Bitte steckt mich doch in das Haus der Heilung, wo ich den Rest meines Lebens in demütigem Dienst an den Kranken verbringen will.*‹

Nein, das habe ich *nicht* gehört von dem großen Cidos Eltairion.« Er funkelte Cidos an. »Der Eltairion, den ich kenne, wäre diesem Kapitän gerne gefolgt. Er hätte ihm einen günstigen Wind in die Segel geschickt, damit sein Schiff den Feind auf den Grund des Meeres rammt, mitsamt allen Seeleuten, den angeketteten Sklaven und wem auch immer.

Der große Cidos Eltairion hätte das Feuer auf die Feinde der Theokratie herabgerufen, sobald er dazu in der Lage gewesen wäre. Er wäre ohne Bedenken mit der Flotte in den Krieg gezogen und hätte Hunderte, Tausende Menschen getötet, solange sie nur auf der anderen Seite des Schiffsrumpfs stehen und er sie nicht kennt. Solange sein geliebter *Helger* nicht dabei ist!

Und du machst mir Vorwürfe?«

Cidos versuchte kraftlos, sich dem Griff des Erzmagiers zu entwinden. »Aber«, stammelte er. »Das war etwas anderes. Das war ein Krieg. Das waren Feinde. Jemand muss unsere Heimat verteidigen ... sonst töten die Bartai und ihre Flotte uns.«

»Ah, der Krieg und die Heimat.« Theimenes lachte. »Du hättest also gemordet, um die Theokratie zu verteidigen. Diese armseligen kleinen Inseln, die ihren Wohlstand allein dadurch gewinnen, dass sie an den Küsten von Bartai Lûn nach Herzenslust plündern und brandschatzen. Noch mehr Mord und Blut, das dein feines Leben im Orden und in der Flotte finanziert hätte. Um *das* weiterhin möglich zu machen, wärest du also bereit gewesen, Krieger in die Schlacht zu führen und ihr Leben aufs Spiel zu setzen und selbst zu töten? Oh, wie ehrbar und tugendhaft!

Das Königspaar, das in Eltars Namen regiert, beraten vom Orden der Weisen, der allein Eltars Willen zu deuten vermag – diese hochgestellten Persönlichkeiten opfern jeden Tag Schiffe und Krieger für diesen Zweck. Sie lassen Fremde ermorden, die sich ihnen in den Weg stellen, weil sie selbst ihre Heimat verteidigen wollen. Habe ich den großen Eltairion damals etwa klagen hören? ›*Oh weh, die grausamen Majestäten. Jemand muss sich ihrem schändlichen Treiben in den Weg stellen!*‹

Nein, mein Freund. Wie alle anderen hast du demütig vor ihrem Thron gelegen und warst jederzeit bereit, ihnen zu dienen und ihre Verbrechen zu unterstützen. Nein, mein Freund, ich sage dir: Alle Könige und alle Herren sind so. Alle Länder und alle Reiche. Sie führen Kriege und opfern Hunderte von Kriegern für ein einziges Dorf. Jahrhundertelang, an allen Grenzen. Sie ermorden die Feinde im Innern, die sich ihnen entgegenstellen, und warum? Für ein bisschen Gold, für einen unbedeutenden Flecken Land, oft nur für den Anspruch auf eine Quadratmeile öden Wassers. Ich bin nicht besser und nicht schlechter als sie alle.

Im Krieg ist es etwas anderes, sagst du? Das hier ist ein Krieg! Ich bin ausgezogen, um ein Reich zu erobern. Das größte aller Reiche. Und ich habe nichts mitgenommen, als eine Hand voll Getreue, und mehr Opfer habe ich nicht verlangt. Nur eine Hand voll Kämpfer, die für diese größte aller Eroberungen ihr Leben lassen mussten.

Das ist ein Krieg, mein Junge, und ein Krieg fordert Opfer. Und mir wird schlecht, wenn ich deine kindischen Vorwürfe höre. Wenn ich höre, wie du mir diese wenigen Opfer und die harten Entscheidungen vorwirfst und dich in deiner Ehrbarkeit sonnst, während du sonst nur allzu gern bereit bist, dich zu den Füßen jedes gekrönten und mit Rang und Namen versehenen Massenmörders zu suhlen und ihm die Füße zu küssen. Wach endlich auf, Eltairion, und sieh die Welt, wie sie wirklich ist.

Nie zuvor wurde eine Eroberung, wie ich sie plane, mit so wenigen Verlusten erreicht. Ich habe meine Leute nicht blindlings in den Tod geschickt, wie andere Könige und Fürsten und Herren es tun. Ich bin besser als sie alle. Ich habe sorgsam geplant und nur die Leben aufs Spiel gesetzt, die unbedingt notwendig waren. Die Welt wird besser dran sein, wenn ich auf Bortans Thron sitze und die Geschicke der Welt auf meine Weise lenke.«

Er stieß Cidos weg und wandte sich um. »Also, frage dich selbst«, rief er über die Schulter zurück. »Ob du bereit bist, ein Opfer zu bringen, um Helger zu retten, oder ob es dir egal ist, was mit deinem Freund passiert, solange du nur anständig bleibst und nichts mit meinen schmutzigen Geschäften zu tun hast.

Wenn es dir nicht egal ist, dann folge mir.«

Cidos Kopf schwirrte von den Vorwürfen. Er biss die Zähne aufeinander.

Theimenes ging ein paar Schritte von ihm weg, und in diesem Augenblick erinnerte sich Cidos daran, wie Helger verschwunden war, wie er nach zwei Schritten unerreichbar fern gewesen war. Er erwartete jeden Augenblick, dass Theimenes auf dieselbe Weise verschwand und ihn allein in der Hölle zurückließ.

Allein bei Helger, aber ohne die Macht, ihn zu retten oder sonst irgendetwas zu tun.

Da bekam Cidos es plötzlich mit der Angst zu tun, und er lief hinter Theimenes her.

»Brav«, sagte der Erzmagier und lächelte.

Und im nächsten Augenblick war der Säulengang verschwunden, und sie standen in vollkommener Dunkelheit. Cidos prallte gegen Theimenes, der unvermittelt stehen geblieben war. Er spürte die eisige Kälte einer Höhle, hörte den Hall eines natürlichen steinernen Raumes, und er wusste, dass sie *irgendwo* angekommen waren.

6.
Eltairion

Es war kalt, dort wo sie waren, und die Luft roch abgestanden. Cidos fühlte Staub unter seinen Füßen. Sie standen einen Augenblick lang da und lauschten. Cidos spürte, wie die Erschöpfung in ihm aufstieg.

Schließlich brach Theimenes das Schweigen. »Ah. Bortan hat auch diesmal den Ruf seiner Gläubigen nicht empfangen. Das ist gut so, denn andernfalls hätte unser kleiner Ausflug hier ein Ende finden können.«

»Was … was nun?«, fragte Cidos. Er streckte die Hand aus, um sich irgendwo festzuhalten, aber es gab nichts, das ihm Halt bot. Er ließ sich einfach auf den Boden sinken.

»Du brauchst Ruhe«, sagte Theimenes. »Ich brauche dich stark und erholt.«

»Ein Strom von Seelen«, flüsterte Cidos.

»Was?«, fragte Theimenes.

»Ihr behauptet, Ihr würdet einen besseren Herrscher abgeben als Eltar und alle Könige. Und doch habt Ihr Ah-Thot das Versprechen gegeben, ihm einen Strom von Seelen zu schicken. Wie könnt Ihr glauben, dass ich Euch je zu dieser Macht verhelfen werde?«

Der Raum fühlte sich an wie eine Gruft, dachte Cidos. Und das war der richtige Ort für ihn. Er konnte sich hier ausstrecken und liegen bleiben und alles vergessen. Seine Glieder waren so schwach, als wäre der Tod bereits hineingekrochen. Er konnte die Magie nicht mehr fühlen, die in der Halle der Anrufungen kurz in ihm aufgeflackert war. Und sein Geist sehnte sich nach dem Vergessen.

»Das Versprechen … Was zählt schon das Versprechen an

einen Dämon?«, sagte Theimenes wegwerfend. »Wenn Ah-Thot dumm und eitel genug ist, darauf zu vertrauen, dann ist das nicht mein Problem. Ich werde ihm gewiss keine Opfer bringen, wenn ich mit Bortans Macht meine Ziele selbst erreichen kann. Sei ganz unbesorgt.«

»Ihr habt ihm geopfert«, flüsterte Cidos. »Ihr habt ihm Helger ausgeliefert!«

Cidos hörte, wie Theimenes sich neben ihm niedersetzte. »Der Verlust schmerzt dich«, raunte der Erzmagier. »Das kann ich verstehen. Aber bald wird es dir besser gehen. Mitunter muss man das Alte zerstören, um etwas Neues und Stärkeres aufzubauen. Du hast alles verloren, was dich an diese Welt gebunden hat. Doch das heißt nur, dass der schwache Mensch in dir ausgebrannt ist; die alten Fehler sind bedeutungslos, und es ist der Raum entstanden, den ein großer Magier zum Wachsen braucht. Ich kann deine Leere füllen und dich neu aufbauen, dich in eine Welt ganz ohne Schmerz führen. Du glaubst es noch nicht, doch irgendwann wirst du mir dankbar sein.«

»Wie könnte ich?«, sagte Cidos. »Wie könnte ich den Schmerz vergessen? Ich vergesse nie, was Ihr Helger angetan habt.« Seine Gedanken entglitten ihm. Er hatte viele Zauber gewirkt, er hatte viel getan, er war durch die Hölle gegangen. Und in der Dunkelheit um ihn her gab es nichts, was seinem Geist einen Halt bot. Nichts außer der Stimme des Erzmagiers, und dieser Stimme wäre er am liebsten entkommen.

»Du hast als Kind deine Eltern verloren«, sagte Theimenes sanft. »Lange bevor wir uns begegnet sind. Dieser Verlust muss genauso in dir gebrannt haben wie das, was du heute empfindest. Damals hast du Helger kennengelernt, und er hat die Lücke gefüllt. Du warst noch immer ein trauriges Kind, als du in den Orden aufgenommen wurdest. Doch heute, wie oft denkst du noch an deine Eltern?

Sie sind kaum mehr als ein Schatten in deiner Erinnerung. Du bist darüber hinweggekommen. Du wirst über Helger hinwegkommen, und erst recht über jene Schmuggler, die du nur flüchtig kennengelernt hast. Etwas anderes wird an deren Stelle treten, und du wirst stärker werden durch den Verlust.

Schlaf jetzt, Eltairion. Ich brauche dich frisch und neu für das, was noch vor uns liegt.«

»Eltairion, Licht!«, befahl Theimenes.

»Wa... was?«, Cidos fuhr hoch und wusste im ersten Augenblick nicht mehr, wo er war.

»Tu es einfach«, sagte Theimenes.

Cidos ließ ein feines Licht über seiner Hand schimmern, nicht mehr als die Flamme einer Kerze. Zum ersten Mal sahen sie, wo sie sich befanden.

Theimenes stand über ihm und nickte erfreut. »Da bist du also wieder«, stellte er fest.

Cidos hatte gehorcht, noch bevor er ganz erwacht war, und im selben Moment ärgerte er sich darüber. Doch es wäre dumm gewesen, aus purem Trotz wieder im Dunkeln zu stehen. Er erhob sich langsam, bemüht, die Flamme nicht zu verlieren.

Der Raum, in dem sie sich befanden, durchmaß nur wenige Schritte. Die Wände waren aus bloßen Steinquadern gefügt; an der einen Seite stand ein Regal mit Gläsern, einem Gebilde aus Draht, einer kleinen Statuette. Alles sah aus, als hätte man es dort vergessen.

Hinter ihnen stand ein Spiegel aus Bronze. Die glatte Fläche wurde von einem Rankenmuster umrahmt. Die Linien vereinten sich fast zu Symbolen, die sich jedoch dem Blick entzogen, wenn man direkt daraufschaute. Das musste der diesseitige Anker der Verbindung sein, die in der Halle der Anrufung in Tar-hei ihren Anfang nahm, auch wenn der Spiegel viel zu klein wirkte, als dass Theimenes und Cidos ihn als Tor hätten benutzen können. Der Spiegel war blind vom Staub.

»Da hatten wir wohl Glück«, sagte Cidos. Seine Stimme schien ihm in der Kehle feststecken zu wollen. Er musste schlucken und erneut ansetzen. »Eine leere Kammer und keine unangenehme Überraschung.«

Theimenes zuckte die Achseln. »Das war nur der erste Schritt in Bortans Palast. Wir haben noch einen langen Weg vor uns. Komm.« Er ging auf die einzige Tür zu, die aus dem Zimmer hinausführte.

Cidos blieb stocksteif stehen. Er legte die Handflächen aneinander, sodass das Licht über seinen Fingerkuppen schwebte. »Euer Plan ist dünn geworden«, sagte er trotzig.

Theimenes hielt vor der Tür inne. »Wie?«

»Ich weiß noch genau, was ihr gestern gesagt habt«, fuhr Cidos fort. »Dass wir Glück hatten, weil Bortan hier nicht auf uns gewartet hat. Also hing Euer ganzer Plan an einem winzigen Zufall? Das kommt mir ein wenig dünn vor, nachdem Ihr gestern noch stolz behauptet habt, dass Eure guten Überlegungen die zufälligen Opfer verhindern, die schlechtere Führer in Kauf nehmen.«

»Es ist interessant«, knurrte Theimenes, »an welche meiner Worte du dich noch erinnerst und in welcher Weise.« Er seufzte, und endlich, als er einsah, dass sein Begleiter ihm nicht folgen würde, wandte er sich wieder um. Er verzog die Lippen und blickte zur Decke empor.

»Also gut«, fuhr er fort. »Wir sind sicher hierhergekommen, und das hatte nichts mit Zufall zu tun. Ich habe mich vorher kundig gemacht und festgestellt, dass Bortan schon lange nicht mehr geantwortet hat. Er kümmert sich nicht mehr um die Rituale der Roten Hand, und darum konnten wir damit rechnen, dass wir in irgendeiner vergessenen Kammer seines Refugiums herauskommen.«

»Dennoch«, sagte Cidos. »Mit jedem Schritt, den wir uns von der Theokratie entfernen, scheint mir Euer Plan dünner zu werden, und die Zufälle häufen sich. Wie lange wird es dauern, bis der Pfad, auf dem Ihr Euch bewegt, so dünn ist, dass Ihr einbrecht?«

»Meinetwegen, ja!« Theimenes klang gereizt. »Mein Plan ist dünn geworden. Ich plane das alles seit Jahrzehnten. Für alles habe ich Vorkehrungen getroffen: für den Fall, dass ich von den anderen Meistern entdeckt werde und mich befreien muss, für meine Flucht. Ich habe die Sitten und Gebräuche aller Länder von Bartai Lûn studiert, ihre Sprachen, ihre Geheimnisse. Ich habe Bortan studiert, seine Schwächen, die Wege zu ihm – alles, was ich in den geheimsten Schriften der Theokratie und anderswo finden konnte.

Aber Bortan hütet seine Geheimnisse, und je mehr es ihn selbst betrifft, umso weniger kann man herausfinden. Ich habe die Wege bis hierher enträtselt, diese Hintertür aufgetan. Aber jetzt, wo wir hier sind und nur noch den letzten Schritt zu tun haben, da gebe ich gern zu: Von allem, was ich mir überlegt hatte, um diesen letzten Angriff zu führen, bist nur noch du übrig. Du bist meine einzige und letzte Waffe.

Wir beide vereint zum letzten Schlag, das war mein bester Plan. Er ist gefährlich, gewiss, aber wenn ich dir sage, was du zu tun hast ...«

Cidos fiel ihm ins Wort. »Ihr habt gesagt, Ihr spielt nicht mit dem Leben Eurer Getreuen wie die schlechteren Herren. Ihr opfert niemanden, nur um herauszufinden, wie weit Ihr kommt. Und doch erscheint es mir genau so: ein verzweifelter Versuch, für den Ihr alle und jeden in Gefahr bringt.

Wie ein Bettler ohne Macht tretet Ihr in den Palast des mächtigsten Magiers der Welt ein, wie Ihr selbst ihn genannt habt, mit nichts weiter als einem Schüler an Eurer Seite. Was für eine klägliche Eroberung soll das sein? Und was bleibt dann von Euren hehren Worten in Ah-Thots Reich, außer den rücksichtslosen Verbrechen eines kleinen, verbissenen Schurken? Ihr seid kein König auf einem Kriegszug, Theimenes. Ihr seid einfach nur ein Einbrecher, ein Räuber und ein Herumtreiber, der seine Gefährten ermordet hat wegen der bloßen Hoffnung auf einen Profit.«

»Oh, ich habe schon ein wenig mehr vorzuweisen«, entgegnete Theimenes. »Ich habe dich aus einem bestimmten Grund ausgewählt. Gewiss, du bist nur ein Schüler. Doch ich habe dich genau die Fähigkeiten gelehrt, die du hier brauchen wirst. Aber noch viel bedeutsamer für mich ist eine ganz besondere Fertigkeit, die du von Geburt an hast, die spezielle Art deiner Magie.«

Cidos spürte ein Prickeln auf seiner Haut, eine Erwartung. Er versuchte, diese Empfindung zu unterdrücken. Zu lange war er blind hinter dem Erzmagier hergelaufen, weil er sich als Auserwählter gefühlt hatte. Er wollte sich nicht noch einmal so etwas einreden lassen.

»Weißt du«, fuhr Theimenes fort, und seine Stimme schien sich in Erinnerungen zu verlieren. »Du warst ungefähr sechs, als wir auf dich aufmerksam wurden, wegen einiger kleiner Dinge, die du getan hast, wegen Ereignissen in deiner Umgebung. Also hat ein Mitglied des Ordens dich geprüft, und so entdeckten wir dein magisches Talent.«

»Das weiß ich alles«, antwortete Cidos ungeduldig.

»Es ist nicht üblich«, erklärte Theimenes, »dass wir jedes Straßenkind in die Akademie aufnehmen, wenn es nur etwas Talent zeigt. Das bringt mehr Ärger als Nutzen – wie der Rat der Weisen, falls irgendwer in Tarsus Aspargos' Wüten überlebt hat, zweifelsfrei inzwischen auch in deinem Fall festgestellt haben dürfte.«

Cidos zog den Kopf ein. Gewiss waren viele gestorben, viele verschwunden, als der Vulkan ausgebrochen war. Wusste überhaupt jemand, dass er den Gouverneur ermordet, sich dessen Befehlen widersetzt hatte und geflohen war?

»Es ist die Erziehung dieser Kinder, oder vielmehr die fehlende Erziehung. Der schlechte Umgang«, sagte Theimenes. »Wenn jemand aus diesem Stand ein Talent zeigt, das ihm nicht zusteht, sorgen wir üblicherweise dafür, dass er keinen Schaden damit anrichten kann.«

Cidos biss die Zähne aufeinander. *Helger* war damals sein Umgang gewesen! Dabei sollte der Rat der Weisen sich zuallererst an die eigene Nase fassen, was den Umgang betraf. Wer konnte da schlimmer sein als der Erzmagier Theimenes selbst?

»In deinem Falle hätten wir vielleicht eine Ausnahme gemacht, allein wegen der Stärke deiner Magie, die damals schon zu erkennen war. Du hättest ein großer Zauberer werden können. Das mag den Rat schon in Versuchung führen, denn unser Orden verzichtet nur ungern auf solche Macht. Doch andererseits … So viel Macht in den Händen eines Unwürdigen, eine solche Vorstellung hätte die Meister womöglich noch mehr verschreckt, und sie hätten erst recht darauf gedrängt, dich aus dem Weg zu räumen.

Aber ich habe mich für dich eingesetzt. Ich habe es nicht so deutlich gezeigt, ich habe lieber ganz nüchtern auf deine Stärke verwiesen, auf deinen Nutzen für den Orden. Doch was für mich in Wahrheit den Ausschlag gab, war eine andere Sache, die unser Bote über dich zu erzählen wusste.

Du hattest alle Prüfungen bestanden; noch nie hat ein unwissendes Kind so viel Magie gezeigt wie du. Unser Bote konnte die Wirkung sehen – aber er konnte diese Magie nicht *spüren*! Verstehst du, Eltairion, jeder Magier spürt die spirituellen Kräfte, wenn er sich darauf konzentriert. Manche haben sogar ein derart feines Gespür für Magie, dass sie jeden Zauber unweigerlich bemerken, selbst wenn sie abgelenkt sind.

Aber ein Zauber, der von dir gewirkt wird, der bleibt den Sinnen eines jeden anderen Magiers verborgen. Wenn du ein magisches Licht wirkst, sieht man es leuchten. Dein magischer Wind füllt die Segel eines Schiffes. Wer diese Wirkung aber nicht sieht, der weiß auch nicht, dass du zauberst. Auf der astralen Ebene bleibt dein Wirken unsichtbar.

Darum gab ich dir den Beinamen Eltairion, weil ich den übrigen Meistern einredete, es wäre gar keine Magie, wozu du imstande bist, sondern eine göttliche Gabe! Etwas weit Feineres und Größeres als die grobe Magie, die Menschen wirken und wahrnehmen können.

In Wahrheit dachte ich mir damals schon: Du kannst dich in die Nähe eines jeden Zauberers begeben und dort Magie wirken. *Unbemerkt.* Du bist der perfekte Schutz und Schirm, wenn ich mich Eltar nähern möchte.«

Cidos schnaubte. »Ihr wollt mir nun wieder erzählen, dass Ihr genau das hier schon vor Jahren geplant habt?«

Theimenes schüttelte den Kopf. »Du warst nur eines von vielen Werkzeugen, die ich ins Auge gefasst habe. Aber du bist ein gutes Werkzeug, nicht nur ein verzweifelter Versuch. Wir können Erfolg haben. Und alles, was geschehen ist, jedes Opfer, war wirklich notwendig, um uns beide und vor allem dich so weit zu bringen.«

Theimenes sah zu Cidos auf und schien förmlich zu *betteln.* »Ich habe dir beigebracht, die Luft zu beherrschen, damit kein Geräusch und kein Geruch uns verraten kann. Ich habe dich gelehrt, das Licht zu beherrschen und unsichtbar zu werden. Bei jenem unglücklichen Scharmützel, als Dargei ums Leben kam, hast du gelernt, all diese Zauber gemeinsam und kontrolliert anzuwenden.

Wäre all das, was geschehen ist, nicht geschehen, dann hättest du all diese Zauber, ihre Abwandlungen und ihr Zusammenspiel, womöglich zu kompliziert gefunden und wärest gescheitert, wenn es darauf ankommt. Aber damals stand das Leben deiner Freunde auf dem Spiel, und darum hast du die Hürde leicht übersprungen.

Wie ich dir schon einmal erklärt habe: Man lernt besser und schneller, wenn der Anreiz da ist und wenn etwas auf dem Spiel steht, was einem am Herzen liegt. Besser jedenfalls, als wenn ich es mit dir nur in einer ruhigen Kammer einstudiert hätte, wenn ich dich sicher hierher geführt hätte und deine Fähigkeiten erst in dem Augenblick auf die Probe gestellt worden wären, da wir Bortan gegenüberstehen und es um das geht, was *mir* am Herzen liegt.

Wenn wir Bortan nun ausfindig machen, musst du nur noch tun, was du schon einmal getan hast. Du musst es gut tun – aber du wirst es gut tun, weil wiederum etwas auf dem Spiel steht, was dir am Herzen liegt. Denn wenn du deinen Freund jemals aus den Höllen befreien willst, dann darfst du nicht scheitern!

Du siehst, ich habe nichts sinnlos getan, und ich verlasse mich nicht auf den Zufall. Selbst das Opfer deines Freundes war nicht leichtfertig – wir müssen nun beide nach etwas Großem streben, und es ist zum Greifen nah! Und am Ende, davon bin ich überzeugt, wird es dir leichter fallen als der Anschlag auf den Meister Iame, bei dem ich mit dir erprobt habe, was uns hier erwartet.«

Theimenes bettelte, aber Cidos erinnerte sich noch zu genau an das verräterische Wort, das vorhin gefallen war. Ein *Werkzeug*! Mehr war Cidos nicht für ihn, und wenn Theimenes sich unterwürfig zeigte, war das nur ein weiterer Versuch, das zu bekommen, was er begehrte.

»Ein Mord«, sagte Cidos. »An einem Mann, der in unserer Heimat als Gott verehrt wird, wie Ihr selbst gesagt habt. Ihr verlangt viel von mir, und schon bei Meister Iame wären wir beinahe gescheitert. Und Ihr redet mir ein, ich soll es für Helger tun, der gleichfalls im Glauben an Eltar aufgewachsen ist und diese Tat kaum gutheißen würde?«

»Ein Mord!« Theimenes spie die Worte hervor. »An einem Tyrannen! Dein Freund Helger wollte mich umbringen für meine Taten, schon wegen dieser einen Coshi. Und du verurteilst mich ebenfalls. Aber glaubst du, Meister Bortan wäre in irgendeiner Hinsicht besser als ich? Glaubst du, er hat durch Sanftheit und Güte die Herrschaft über den Kontinent an sich gerissen und jahrhundertelang ausgeübt? Wenn du dich also gegen mich stellen willst, hast du bei Bortan umso mehr Grund dazu. Du gewinnst nichts, wenn du mich für meine angeblichen Taten bestrafst. Aber wenn du dich gegen Bortan entscheidest, erwartet dich dafür jeder Gewinn und jede Belohnung, die du dir nur vorstellen kannst.«

Cidos schüttelte den Kopf. Theimenes fuhr fort.

»Helger wollte mich umbringen, weil er mich für den Tod dieser Coshi verantwortlich gemacht hat. Aber hast du jemals darüber nachgedacht, wer den Dämon, der sie tötete, dorthin geschickt hat? Du erinnerst dich an die Legende der Coshi, dass dieser Dämon die Strafe war, weil sie den Propheten eines neuen Gottes getötet hatten? Nun, dieser neue Gott war Bortan. Wenn ich die Schuld an dem Tod des Mädchens trage, dann trägt Bortan dieselbe Verantwortung – und die Verantwortung für viele Tode mehr, die sein Dämon verursacht hat, bevor er vor langer Zeit unter die Erde verbannt wurde. Würde Helger es nicht gutheißen, wenn du den Mann tötest, der den Dämon schickte, der Bashi ermordet hat?

Du meinst, ich wäre verwerflich, weil ich Bahome geopfert habe und weil ich Helger bei dem Dämon zurückließ? Weil ich überlegt habe, stattdessen zwei Sklaven zu opfern, und weil Dargei ums Leben kam, als die Meister der Roten Hand uns gefangen nahmen? Nun, die Meister der Roten Hand haben Dargei ermordet, und sie wollten auch Bahome opfern und all die Jünglinge, die mit uns in Ketten lagen. Und das tun sie alle vier Jahre, und schon seit Jahrhunderten – und es war Bortan, der diesen Orden begründet hat mit all seinen Verbrechen und seinem schändlichen Treiben.

Was ich getan habe, hat Bortan tausendfach getan. Es wäre lächerlich, wenn du dich von mir nun deswegen abwenden möchtest und Skrupel bekommst, dich gegen Bortan zu stellen. Wenn du alle Opfer fortwirfst, die wir auf dem Weg hierher gebracht haben, und alles, was wir noch erreichen können, nur weil du *mich* aufhalten möchtest.«

»Alle Herrscher sind so«, murmelte Cidos. »Und alle Magier. Das habt Ihr mir einmal gesagt, nicht wahr? Jeder Zauberer muss irgendwann lernen, dass Opfer nötig sind, damit er sein Ziel erreicht.«

»Ja, genau!«, rief Theimenes erfreut. »Und Bortan hat in dieser Hinsicht sogar noch einiges mehr auf dem Gewissen. Auf diesem letzten Schritt unseres Weges kommt wirklich kein Unschuldiger mehr zu Schaden. Und es ist ein kleiner Schritt auf einem Weg, den du schon sehr lange gegangen bist und den du ohnehin irgendwann gehen musst, um ein Magier zu sein.

Es ist ein Schritt, den du tun musst, wenn irgendwann einmal etwas nach deinem Willen geschehen soll. Wenn du dich nicht dein ganzes Leben lang führen lassen willst, wie ich dich bisher geführt habe. Gerade wenn du das hasst, was ich dich tun ließ, und wenn du selbst die Geschehnisse lenken willst, dann musst du irgendwann diesen Schritt tun und entschlossen nach der Macht greifen, die sich dir bietet. Du musst selbst zum Meister werden.

Nur dann kannst du in Zukunft deine Freunde retten und deinen Feinden schaden. Als Magier kannst du entweder wählen, wer Opfer sein soll – oder selbst Opfer sein. Wenn du das auf unserer Reise gelernt hast, dann wird diese Erfahrung dir nützlicher sein als die Luft- und die Lichtzauber, die ich dich üben ließ.«

»Also gut«, sagte Cidos. »Diesen letzten Schritt noch … und dann werden wir weitersehen. Wir sind schon zu weit gegangen, als dass ich jetzt stehen bleiben könnte. Selbst wenn ich einen anderen Weg einschlagen will, muss ich einen Schritt noch tun. Also, suchen wir diesen Bortan und bringen wir es zu Ende, alter Zauberer.«

Sie verließen den kleinen Kellerraum mit dem magischen Spiegel und traten hinaus auf einen Flur. Der Korridor war lang, lief aus dem Lichtkreis hinaus und hatte Abzweigungen und weitere Türen an der Seite.

»Wohin?«, fragte Cidos.

Theimenes zuckte die Achseln. »Über die genaue Anlage dieses Ortes weiß ich so wenig wie du. Wir werden suchen müssen, bis wir Bortan über den Weg laufen.«

»Dann sollten wir jetzt die Zauber wirken und uns verbergen.«

»Ich weiß nicht.« Der alte Erzmagier spielte nervös mit seinem langen weißen Haar. »Ich glaube nicht, dass Bortan allein in seinem Palast im Dunkeln herumläuft. Solange wir kein Licht sehen, sind wir vermutlich allein. Und da er gewiss nicht so zurückhaltend mit der Beleuchtung ist wie wir, dürften wir ihn vorher bemerken, wenn er hier unten in unsere Nähe kommt.«

Cidos sah sich in den finsteren Gewölben um und antwortete: »Selbst wenn der Herr dieser Hallen nicht selbst hier herumläuft – wer weiß, womit wir sonst noch rechnen müssen. Wachen und Fallen und anderes, womit Bortan sich umgibt, damit niemand zu ihm vordringt. Ich denke, wir sollten auf jedem Stück des Weges vorsichtig sein.«

Theimenes nickte zögernd. »Also gut«, sagte er. »Webe deine Zauber. Aber gib rechtzeitig Bescheid, wenn du müde bist, dann suchen wir einen Platz zum Rasten. Es mag mehrere Tage dauern, bis wir Bortan finden.«

Der Lichtzauber für die Unsichtbarkeit war kompliziert, und weil sie nicht wussten, wo die Gefahr lauerte, musste Cidos den magischen Schleier rings um sich schließen. Theimenes trat von ihm weg und überwachte von außen, ob Cidos tatsächlich unsichtbar wurde.

Cidos' Geist tauchte in die ätherische Ebene ein, und er sah die Welt von der anderen Seite. Von hier aus war es ein Leichtes, die Struktur des Lichtes zu durchschauen, die einzelnen Stränge zu ergreifen, sie zu verbiegen oder zu vervielfachen, sie umzulenken und zu brechen. Er wob einen feinen Kokon um seinen Leib, der alle nichtstofflichen Kräfte um ihn her so lenkte, dass sie ihn verbargen. Es war einfacher als beim ersten Mal, weil er wusste, worauf es ankam.

Als er fertig war, schaffte er es sogar, den Zauber in einem Winkel seines Verstandes beständig zu erhalten. Er wandte seine Aufmerksamkeit wieder dem Korridor in der grobstofflichen Welt zu.

»Und, wie ist es?«, fragte er Theimenes.

»Ich sehe dich nicht mehr«, sagte der Erzmagier.

»Gut«, sagte Cidos.

»Gar nicht gut«, sagte Theimenes. »Ich sehe das Licht nicht mehr, das du in der Hand hältst. Ich stehe im Dunkeln.«

»Das heißt aber doch, dass der Zauber wirkt«, sagte Cidos. »Und ich glaube, ich kann die Magie sogar so angleichen, dass das Licht herumgeleitet wird *und* in das Innere fällt, ohne dass etwas davon herauskommt. Dann können wir auch sehen.«

»Wie willst du sehen, wenn kein Licht nach außen gelangt? Es ist dunkel im Gang. Und wie willst du unsichtbar bleiben, wenn du Licht nach außen lässt, um etwas sehen zu können?«

»Oh.« Cidos dachte nach. »Wir nehmen den Zauber erst einmal so, wie er ist. Vielleicht finden wir noch eine Lösung.«

»Mir wäre es lieb, wenn wir eine Waffe finden«, brummte Theimenes. »Ich kann Bortan nicht mit bloßen Händen erwürgen. Wo bist du, Eltairion?«

Cidos hörte ihn unsicher auf dem Steinboden umhertappen.

»Hier«, sagte Cidos.

Theimenes fand ihn und stellte sich unter Cidos' magischen Schleier. Cidos betrachtete den Erzmagier von der Seite. »Ihr könnt keine Magie mehr wirken«, sagte er. »Was nutzt Euch Bortans Thron, wenn Ihr seine Macht niemals gebrauchen könnt?«

»Bortan war nicht immer so mächtig wie heute«, sagte Theimenes. »Ich habe alte Berichte gefunden. Bortan war einst nur ein schlichter Zauberschüler. Durch einen Unfall landete er in jenen Hallen, die heute den Keller seines Palastes bilden, und er war hier eingeschlossen, viele Jahre lang. Dabei fand er etwas, eine ältere Macht, die ihn zu dem gemacht hat, was er heute ist – Bortan, der Unsterbliche, der Herr und Gott von Bartai Lûn.

Wenn wir Bortan aus dem Weg geräumt haben, gehört dieser Quell der Macht uns. Und all die magischen Schätze, das magische Wissen, das Bortan seither noch zusätzlich angehäuft hat. Verglichen mit den Weisen des Rates von Tarsus ist Bortan ein Gott, und ich zweifle nicht daran, dass ich in seinen Hallen alle Magie finden werde, die nötig ist, um einen bloßen Bann der Theokratie zu entfernen. Es geht nur darum, diese Macht ihrem rechtmäßigen Besitzer zu entreißen.«

Sie bewegten sich im Inneren einer Kugel, an deren Grenzen die Schatten so fest wirkten wie eine Wand. Sie fühlten sich unbehaglich, ganz so, als stünden sie selbst in einem Lichtkreis auf dem Präsentierteller, während alles um sie herum unsichtbar war.

»So«, stellte Cidos fest, »hatte ich mir den Zauber nicht vorgestellt.«

»Oh ja«, sagte Theimenes. »Ich hatte dir gesagt, du sollst deine Magie nicht schon hier unten verschwenden.«

Sie kamen an einigen Türen vorbei, die sie stets erst im letzten Augenblick sahen – immer dann, wenn sie unmittelbar davorstanden und das Holz in ihren Lichtkreis geriet. Ansonsten, weil sie den Verlauf des Ganges nicht abschätzen konnten, irrten sie in leichten Schlenkern durch die Finsternis, als wären sie betrunken.

Sie öffneten vorsichtig die Türen und spähten hinein.

»Soll ich den Zauber lösen?«, fragte Cidos schließlich.

»Nein … nein«, erwiderte Theimenes nachdenklich. »Noch nicht. Aber füge noch deinen Zauber der Stille hinzu, damit man uns auch nicht hören kann.«

Kurz darauf fanden sie Kerzen in einer winzigen Kammer, die kaum mehr war als ein Wandschrank. Das Wachs wirkte uralt, die Kerzen klebten aneinander und hatten ihre Form verloren. Aber Theimenes war zufrieden. Er nahm eine Hand voll heraus und ließ Cidos die erste anzünden.

»Also gut«, sagte er. »Jetzt habe ich Licht. Ich trete aus dem Kreis heraus und prüfe deinen Zauber.«

»Warum?«, fragte Cidos. »Ihr habt ihn doch soeben geprüft und von außen kein Licht gesehen. Das beweist doch, dass alles im Kreis unsichtbar ist.«

»Es beweist nur, dass kein Licht nach außen dringt«, sagte Theimenes. »Es beweist nicht, dass man ungehindert sehen kann, was *hinter* der Kugel liegt. Und das ist genauso wichtig, wenn niemand auf uns aufmerksam werden soll.«

Theimenes entzündete draußen weitere Kerzen und stellte sie auf den Boden. Cidos bewegte sich, Theimenes selbst ging um ihn herum und gab Anweisungen, wie er seinen Zauber korrigieren sollte. Am Ende war er zufrieden.

»Ich weiß immer noch nicht, wie es bei Tageslicht wirkt. Aber merke dir erst einmal, was du jetzt erreicht hast – dann gehen wir ohne deinen Zauber weiter. Ich denke, hier unten im Keller sind wir sicherer, wenn wir selbst besser sehen.«

Cidos folgte dem Rat gern. Es war sein Vorschlag gewesen, aber er hatte genug davon, durch diese verstörende Kugel aus Dunkelheit zu eilen. Und er wusste wirklich nicht, wie lange er den Zauber durchhalten würde.

Sie löschten die Kerzen und stellten sie wieder weg. Cidos entzündete sein magisches Licht. Es reichte nicht weit, aber wenigstens endete es nicht mehr wie abgeschnitten. Es beließ eine weite Zone von Schatten um sie her, in denen sie zumindest Bewegungen und Umrisse wahrnehmen konnten. Und wenn es nötig war, konnte er das Licht verstärken und einen breiten Strahl gezielt irgendwohin schicken.

»Wir sollten einen Weg nach oben suchen«, sagte Theimenes. »Wenn ich die Schilderungen richtig gedeutet habe, war Bortan eine ganze Weile hier unten eingeschlossen. Aber dann erbaute er sich einen Palast über den Gewölben, in denen er seine Macht erwarb, und ich denke nicht, dass dieser Palast so dunkel und fensterlos ist wie diese Gänge. Bortan wird oben sein, und wir werden es bemerken, wenn wir in die belebten Teile seines Refugiums vordringen.«

Es sah tatsächlich nicht so aus, als käme Bortan oft hierher, oder sonst irgendwer. Sie fanden Staub und Spinnweben. Davon abgesehen wirkten die Kammern wie leer geräumt, als wäre alles Wichtige vor langer Zeit fortgetragen worden. Die dicke Staubschicht auf Regalen und Schränken verriet, dass sie schon lange leer standen, und das Holz war morsch. Selbst einzelne Türen hatte man entfernt, und nur rostige Angeln und die Nuten von Riegeln und Schlössern waren an den Rahmen verblieben.

»Man könnte meinen«, stellte Theimenes fest, »jemand war vor uns hier und hat geplündert.« Sorgenvoll starrte er auf einen leeren Türrahmen.

»Wenn Bortan tatsächlich durch einen Unfall in diese Gewölbe gelangt ist und jahrelang eingeschlossen war, dann kann ich mir vorstellen, dass er nicht gern wieder hierherkommt. Vermutlich hat er diesen Teil seines Anwesens irgendwann ganz verlassen und geräumt.«

»Ja.« Theimenes kicherte. »Man wundert sich, was es über die Bruderschaft der Roten Hand und ihre Bedeutung aussagt, dass ihr Spiegel hier unten zurückgeblieben ist. Das ist fast erheiternd, wenn man überlegt, wie wichtig sie sich selbst gern nehmen.«

Die Kellerräume waren weitläufig, man konnte sich regelrecht verirren darin. Mitunter stießen sie auf eine Treppe, die ein Stockwerk nach oben führte. Manchmal erwies sich ein Geschoss als Sackgasse, und sie mussten doch wieder hinabsteigen und einen anderen Weg wählen.

Sie kamen durch leere Hallen und vorbei an winzigen Kammern. Theimenes bewaffnete sich erst mit einem scharfkantigen Kerzenständer, schließlich fand er ein altes rostiges Messer.

»Ich hätte den Dolch nicht stecken lassen sollen in der Halle der Anrufung«, brummte er.

In Bahome, erinnerte sich Cidos.

Keiner von beiden sprach es aus, aber Theimenes wurde sich wohl bewusst, dass er ein heikles Thema angeschnitten hatte. Er räusperte sich und schwieg.

Cidos fragte sich, wie die Pläne des Erzmagiers für die Zukunft aussahen. Ob er überhaupt Pläne hatte, die über den Augenblick des Triumphs hinausreichten.

Cidos und Theimenes suchten stundenlang in den Gängen, doch sie fanden nichts. Keine Bedrohung, aber auch keinen Weg, der zu Bortan führte. Als sie das Gefühl hatten, dass der Tag zu Ende ging, beschlossen sie, einige Stunden zu schlafen. Sie wollten ihrem Gegner nicht entkräftet entgegentreten.

In einer ruhigen Kammer kauerten sie sich an der Wand nieder. Sie hatten keine Decken gefunden, kein Lager, und der Steinboden war unbequem und zog ihnen die Wärme aus dem Leib. Cidos wollte nicht noch eine Nacht hier verbringen, er wollte eine *Entscheidung.*

Sein Magen knurrte. Theimenes hörte es.

»Wir hätten uns überlegen müssen, wie wir Vorräte mitbringen«, sagte er missmutig. »Aber ich hatte nicht gedacht, dass uns noch eine lange Wanderung bevorsteht, wenn wir erst einmal in Bortans Palast sind. Ich hatte ...« Er räusperte sich wieder. »Ich hatte wohl zu wenig nachgedacht über das, was wir hier vorfinden könnten.«

Cidos sagte nichts. Er rollte sich auf dem Boden zusammen und schlief ein. Das Letzte, was er hörte, war das Kratzen, mit dem Theimenes an den Mauersteinen sein rostiges Messer schliff. Und dann träumte er wieder von den Ereignissen des letzten Tages, von dem Moment, als Dargei gestorben war; nur dass im Traum Theimenes sehr über den Verlust ihres Gefährten klagte, den er doch als Wegzehrung für die letzte Etappe vorgesehen hatte …

Nach einem kurzen, unruhigen Schlaf zogen sie weiter. Cidos' Hunger war zu einem dumpfen Druck im Magen herabgesunken. Vor weniger als einem Jahr noch, in Tarsus, hätte er sich nach nur einer ausgelassenen Mahlzeit schon schwächer gefühlt. Inzwischen hatte er Schlimmeres erlebt und sich daran gewöhnt. Er würde eine Weile durchhalten, bevor er sich ernsthaft beeinträchtigt fühlte.

»Meister Theimenes«, sagte er. »Seid Ihr sicher, dass wir am Ziel sind?«

»Was meinst du?« Der Erzmagier klang gereizt. »Natürlich sind wird das. Jedenfalls beinahe – wir müssen nur noch den Hausherrn finden.«

»Das meine ich«, sagte Cidos. »Ihr seid bisher davon ausgegangen, dass Ihr eine Hintertür zu Bortans Palast entdeckt habt. Aber was, wenn dies ein Ort ist, den Bortan nur benutzt, wenn er mit der Roten Hand in Verbindung treten will – genau so, wie die Rote Hand ihre Hallen in Tar-hei auch nur einmal alle vier Jahre aufsucht, während die Meister sonst ganz woanders wohnen.«

»Das …«, knurrte Theimenes. Dann verstummte er. »Das ist unmöglich«, setzte er schließlich entschieden hinzu.

Sie gingen weiter durch die verlassenen, kühlen Hallen tief unter der Erde … oder wo auch immer diese lagen. Doch allmählich gelangten sie höher hinauf. Sie fanden weitere Stiegen, und schließlich, als sie eine Tür öffneten, funkelten Gold und Silber, Gemmen und blanker Stahl unter Cidos' Zauberlicht.

Sie standen in einem weitläufigen Raum, der angefüllt war

mit Schätzen, mit Edelsteinen, die lose in Regalen lagen oder auf Kissen, oder die in Diademen, Armreifen oder Halsketten eingearbeitet waren. Es gab Skulpturen aus Glas und Kristall, genauso wie einfache geometrische Figuren aus denselben Materialien; Astrolabien und ein Ding, das so aussah wie ein Baum mit Ästen aus Silberdraht und Früchten von Adamant. Und zwischen all diesen Schätzen reihten sich Waffen aller Art: reich verzierte Dolche und Schwerter, Speere mit einem Schaft aus schwarzem Holz und mit eingeschnittenen Runen, Schilde und Bögen und Köcher mit Pfeilen aus Gold und vieles mehr.

Theimenes stieß einen triumphierenden Ruf aus, dann trat er über die Schwelle. Cidos hielt ihn zurück. »Wartet«, sagte er. »Ich fühle Magie. Diese Schatzkammer ist womöglich nicht unbewacht.«

Theimenes hielt inne und kniff die Augen zusammen. Auch Cidos konzentrierte sich. Die magischen Kräfte umwaberten alles in diesem Raum wie ein Nebel, doch sie ruhten. Auch Theimenes kam zu diesem Schluss.

»Ich will mir nur eine bessere Waffe holen«, sagte er.

»Ihr habt mich ausgewählt, weil niemand meine Magie aufspüren kann«, sagte Cidos. »Wäre es klug, wenn Ihr nun eine magische Waffe zu Bortan mitnehmt?«

Theimenes schaute auf seinen rostigen Dolch und verzog das Gesicht. »Aber ich würde mich wohler fühlen, wenn ich etwas Besseres hätte als das hier. Eine ganz normale, aber scharfe Klinge würde mir schon reichen.«

Cidos schüttelte den Kopf. »Hier gibt es nichts ohne Magie.«

Murrend zog Theimenes sich zurück. Sie schlossen die Tür zu der Schatzkammer wieder. Cidos nahm sich einen Augenblick Zeit und prüfte noch einmal, ob der Zugang womöglich mit einem Alarm versehen war oder ob sich sonst irgendetwas auf dem Flur verändert hatte.

Theimenes stand neben ihm, und mit einem Mal lächelte er wieder. »Sei's drum!«, rief er aus. »Du weißt, was das hier bedeutet, Eltairion? Wir haben die abgelegenen Keller hinter uns gelassen! Hier verwahrt Bortan echte Schätze, also kommen wir dem Herzen seines Palastes näher.«

Sie gingen weiter, vorsichtiger nun. Immer wieder lauschten sie, und Cidos streckte seine magischen Sinne aus und spürte, was vor ihnen lag. Auch das war eine neue Erfahrung für ihn.

Etwas zerrte am Rand seiner Wahrnehmung. Er konnte nicht recht ausmachen, was es sein mochte, doch er fühlte keine Bedrohung darin. Er dämpfte sein Licht, und tatsächlich glaubte er, dass die Schatten in einer Richtung nicht mehr so dunkel waren wie zuvor.

»Ich möchte etwas ausprobieren«, sagte er und ließ das Zauberlicht ganz erlöschen.

Einige Augenblicke standen sie im Dunkeln.

»Was ist?«, flüsterte Theimenes angespannt.

Aber Cidos sah immer deutlicher, was er zuvor schon erahnt hatte: Ein Licht, kaum mehr als die Spur eines Schimmers, fiel vor ihm in den Gang, leckte wie eine Zunge an der Finsternis und dünnte sie ein wenig aus.

»Dort vorn ist ein Ausgang … glaube ich!«

Vorsichtig ließ er das Licht über seiner Hand wieder aufflammen. Sie schlichen weiter und gelangten an ein letztes Treppenhaus. Über ihnen war der Schein nun deutlich zu erkennen. Er fiel unter einer Türritze hindurch, ein Streifen Licht, schmal, aber ungewöhnlich hell.

»Wir sind da!« Theimenes flüsterte immer noch, aber mit so viel Freude, Aufregung und Erwartung in der Stimme, dass der alte Erzmagier fast wirkte wie ein Kind.

Cidos nahm sich Zeit, all seine Zauber wieder zu weben. Er spann seinen Tarnmantel, der das Licht umlenkte und kontrollierte, und er holte Theimenes zu sich in den Kreis. Er zog die Grenze des magischen Feldes eng um sie herum, damit es sie nicht verriet, wenn der Zauber versehentlich etwas außerhalb Befindliches erfasste, und er teilte die Durchlässigkeit so, dass er sehen konnte und selbst nicht gesehen wurde.

Dann grenzte er auch die Luft ab, und die beiden bewegten

sich in einem gänzlich abgeschiedenen Bereich, aus dem nichts mehr nach außen drang.

Die beiden Zauber zerrten viel mehr an Cidos' Kräften als das kleine Zauberlicht, das er über die letzten Stunden aufrechterhalten hatte. Es kostete ihn beständige Konzentration, denn immer wieder musste er die Ausdehnung seiner Zauber nachbessern, die Magie erneuern, Störungen darin glätten ...

So fein und komplex war sein Zauber diesmal geraten, dass Cidos kaum noch an etwas anderes denken konnte. Er ließ sich von Theimenes führen und versuchte nur, an dem festzuhalten, was er sich zuvor überlegt hatte, an seinem eigenen Plan.

Das Licht ließ er aus. Er tastete sich vorsichtig über die Stufen voran bis zur Tür und blieb davor stehen.

»Wir wissen nicht, was uns dahinter erwartet«, wisperte er.

»Wir können normal reden«, sagte Theimenes. »Dein Zauber lässt doch keinen Laut nach außen dringen, und wenn er versagt, ist ohnehin alles verloren.«

Der alte Mann legte die Hand an die Tür und verharrte. Das Licht, das darunter hervordrang, war hell genug, dass sie Umrisse erkennen konnten – die Umrisse der Tür, die Stufen, ein wenig von der Oberfläche. Aber sie sahen keine Farben und keine Feinheiten. Dennoch hatte Cidos das Gefühl, dass sie hier nicht vor einer gewöhnlichen Kellertüre standen. Als er die Hand darübergleiten ließ, fühlte er Metall auf dem Holz. Er sah ein leichtes Glitzern – wertvolle Beschläge, vermutete er – und ein feines Schloss mit einem Griff.

»Wir müssen es wagen«, sagte Theimenes. »Versuch, ob du sie öffnen kannst.«

Cidos drehte sacht an dem Griff. Der bewegte sich weich und gut geölt, und Cidos spürte keine Magie daran. Anscheinend fürchtete Bortan keine Gefahren, die aus seinem Keller kamen.

Behutsam drückte Cidos die Tür einen Spalt auf, und der Anblick dahinter war atemberaubend.

Hinter der Kellertür verlief ein marmorgetäfelter Wandelgang. Eine offene Fensterfront lag gegenüber. Die großen Fenster waren durch säulenartige Mauerstücke getrennt, die geformt waren wie Bäume. Sie wuchsen aus der Grundmauer und verästelten sich nach oben, von Blattmustern gesäumt. Als Relief liefen diese Ornamente weiter an den Spitzbögen über den Fenstern entlang.

Jenseits der Fenster schwebte ein feiner Dunst, die obersten Ausläufer einer Wolkendecke. Wo sie aufriss, in der Ferne, erhoben sich schneebedeckte Gipfel. Die Berge verloren sich am Horizont, schroffe Zacken und eisglänzende Höhen mit dunklen Tälern so tief darunter, dass der Blick sich in den Schatten verlor. Vom Erdboden war kaum etwas zu sehen, weil sich die Wolken zwischen den Bergen dahinwälzten wie Flüsse und Ozeane aus Weiß und sich nur dann und wann eine trügerische Lücke bis zum Grund auftat. War das ein Wald, tief unten an einer Bergflanke, der sich durch einen feinen Spalt in den Wolkentürmen zeigte, oder war es nur ein Schatten auf weiteren Wolken?

Cidos streckte den Kopf durch den Türspalt und versuchte, mehr zu sehen.

Zu einer Seite strahlte die Sonne, grell und klar, wie sie sie selbst in den heißesten Stunden auf dem Meer niemals erlebt hatten. Der Himmel darüber wölbte sich mehr schwarz als blau, und an manchen Stellen, wenn er von der Sonne wegblickte, glaubte Cidos sogar, am hellen Tag den einen oder anderen Stern aufblitzen zu sehen.

»Unmöglich ...«, hauchte Theimenes. Er drängte gleichfalls durch die Kellertür, und gemeinsam gingen sie über den Korridor bis zu den Fenstern und blickten hinaus.

Gleich unter den Fensteröffnungen schmiegte sich ein prachtvoller Garten an das Gebäude. Er war von einer Mauer umgeben. Sie sahen Wiesen, Beete mit bunten Blüten, die in farbenfrohen Mustern angelegt waren; Bäume und Hecken, die in Form geschnitten waren oder bei denen die Stämme selbst in ebenmäßigen Spiralen oder Kreisbögen wuchsen. Weiße Kieswege schimmerten zwischen dem Grün, Figuren von Tieren standen auf kurzen Säulenstümpfen an den Biegungen des Weges.

Wenige Schritte entfernt im Wandelgang führte ein Torbogen hinaus in den Garten. In beide Richtungen lief der Gang weiter und endete jeweils an einem Durchgang, der zu einem weiteren Gebäudeflügel führte.

»Wir sind viel zu hoch.« Theimenes beugte sich aus dem Fenster. Er blickte in den Garten hinaus und dann über die Mauern hinweg auf die Berglandschaft dahinter. »Die Luft in dieser Höhe muss zu dünn sein zum Atmen, und doch merke ich gar nichts. Bortans Macht erhält diesen Ort!«

»Wenn wir ihn töten«, sagte Cidos, »wird dann nicht der Zauber zusammenfallen, und wir werden mit ihm sterben?«

»Ich glaube nicht«, sagte Theimenes, »dass der Alte den Zauber selbst erhält. Er wird ihn fest an etwas gebunden haben.«

Es klang wie eine Vermutung.

Cidos verfolgte den Flug der Vögel über dem Park. Eine schillernde Libelle surrte dicht am Fenster vorbei. Cidos sah dem Tier nach, bis es über einer breiten Wasserschale schwebte.

»Außerdem«, merkte Theimenes an, »was haben wir zu verlieren? Der Tod holt uns ohnehin, wenn wir scheitern.«

Er zupfte an Cidos' Gewand, und der wandte sich widerstrebend von dem Anblick ab und zum Korridor hin.

»Wir müssen uns entscheiden, wo wir zuerst nach Bortan suchen«, sagte Theimenes. »Gehen wir links, oder gehen wir ...«

Er verstummte jäh. Cidos folgte seinem Blick.

Die Kellerpforte, durch die sie getreten waren, stand immer noch halb offen. Jetzt, im hellen Tageslicht auf dieser Seite, sah Cidos deutlich die Ornamente und Beschläge. Gold und Silber und sonnenfarbene Bronze bedeckten das ganze Holz mit einem floralen Muster. Alles zusammen wirkte wie ein Ausschnitt aus einem Wald, ohne dass man konkret einen Baum oder eine Pflanze ausmachen konnte, nicht einmal einen einzelnen Ast. Durch das Bild zogen sich harte, glatte Linien, die das lebendige Muster störten und den Eindruck erweckten, als sähe man die ganze Szene durch ein unregelmäßiges Fenstergitter.

Und diese schmalen, dunklen Metallstreifen bewegten sich nun vor ihren Augen.

Vorsichtig wie ein Fühler hob sich ein langer dünner Streifen ab und streckte sich in den Raum hinein. Das Ende zitterte. Dann folgte ein weiteres, längeres Stück. Es schob sich so bedächtig aus dem Türschmuck heraus wie das Bein eines Insekts und senkte sich auf den Boden.

Nach und nach entfaltete sich ein ganzes Gestell aus fingerdicken Eisenstäben, die sich verbogen und krümmten, bis das ganze Gitter sich schließlich von der Tür gelöst hatte und als bizarrer Körper auf fast drei Schritt langen Spinnenbeinen über den Flur stakte. Bei jeder Bewegung zitterte das Konstrukt. Das Geflecht an der Oberseite pulsierte und neigte sich, die Beine streckten sich mal in die eine, mal in die andere Richtung. In leichten Schlenkern streifte es über die Marmorfliesen.

»Es sucht uns«, stellte Theimenes fest.

Ganz still und steif standen die beiden da, geschützt in ihrer Blase, die sie vor der Entdeckung bewahrte und die anscheinend auch die Sinne des magischen Eisenstabinsekts störte, obwohl Cidos keine Augen, keine Nase und keine Ohren daran erkennen konnte.

»Wonach sucht es?«, fragte er.

»Nach uns, das sagte ich doch«, gab Theimenes unwirsch zurück. Er wandte keinen Blick von dem Ding. Dann, verspätet, verstand er den Sinn der Frage. »Ich weiß nicht genau. Vielleicht fühlt es Magie, aber da sind wir sicher. Bortan wird ihm auch andere Sinne mit auf den Weg gegeben haben. Zieh dein magisches Netz so fest wie möglich und achte darauf, dass gar nichts von uns nach außen dringt.«

»Was sollen wir jetzt tun?« Cidos senkte unwillkürlich die Stimme. Er tauchte noch einmal in seine Zauber ein und passte sie an. Er war überzeugt, dass er an alles gedacht hatte, was Mensch und Tier ihre Anwesenheit verraten könnte. Aber dieses Ding da verunsicherte ihn.

»Hm«, murmelte Theimenes. »Ich hätte gern noch mal deine Tarnung im Sonnenlicht von außen geprüft, aber jetzt trete ich gewiss nicht aus dem Schutzkreis. Es muss so genügen. Wenn das Gebilde sich ein Stück zu der einen Seite entfernt, dann können wir uns vielleicht in die andere ...«

Im selben Augenblick hörten sie ein Klackern, und ein weiteres dieser Eisengebilde trat in den Wandelgang. Auf dem Kies im Garten knirschte es, und von irgendwoher war auch dort eines dieser Konstrukte erschienen und kam über den weißen Weg auf das Gebäude zu. Das Klackern und Scharren von Eisen auf Stein war jetzt überall zu hören, und immer mehr der Gebilde bewegten sich auf den offenen Korridor zu, in dem sie standen.

Bortan hatte also Wachen in seinem Palast, und die Eindringlinge hatten sie aufgeweckt. Hatte der erste Wächter nur auf die Bewegung der Tür reagiert und tappte ansonsten buchstäblich im Dunkeln? Oder drang etwas von ihrer Präsenz zu ihm durch, nur eben nicht so deutlich, dass er sie sogleich aufspüren konnte?

Das Konstrukt bewegte sich nicht zielgerichtet auf sie zu, aber auch nicht von ihnen fort. Vielmehr schien es einem Kurs zu folgen, der in steten Bögen von der Tür wegführte. Cidos fühlte sich an das Muster erinnert, das ein Stein auf die Oberfläche eines Sees zeichnete, wenn man ihn ins Wasser warf, und der Mittelpunkt der Bewegung lag am Zugang zum Keller. Das Konstrukt schien den unsichtbaren Wellenlinien zu folgen, die sich von dort ausbreiteten.

Das war eindeutig eine *suchende* Bewegung, befand Cidos. Das Ding tastete sich so langsam voran, dass sie ihm leicht ausweichen konnten. Aber wenn sich noch mehr dieser Geschöpfe hier auf dem Korridor versammelten, würde eines von ihnen zwangsläufig irgendwann auf sie stoßen.

»Was sollen wir tun?«, wiederholte Cidos. Er suchte nach einem Ausweg, aber ihm fiel nicht mehr ein, als einfach dazustehen und zu beobachten, wie sich die Schlinge allmählich zusammenzog. Seine Zauber forderten so viel von seinem Verstand, dass er nur hilflos auf der Stelle wippte.

»Durch das Fenster«, antwortete Theimenes. »Wir können durch das Fenster in den Garten steigen.«

Die Fenster waren groß, die Brüstung nur hüfthoch. Selbst der alte Erzmagier konnte mühelos darübersteigen. Zum Garten ging es ein wenig tiefer hinab, aber Theimenes rutschte vorsichtig hinunter, und Cidos achtete darauf, dass er in seiner Nähe blieb.

Auf der anderen Seite des Fensters klirrten die Eisenbeine heran und gingen dort vorüber, wo sie eben noch gestanden hatten. Auch der Garten füllte sich mehr und mehr mit den Konstrukten. Sie erhoben sich aus Blumenbeeten, sie entfalteten sich aus kleinen Zäunen, die Teile des Gartens umgrenzt hatten. Überall stakten sie umher, und weitere kamen aus anderen Teilen des Gebäudes heran. Hier im Garten hatten Cidos und Theimenes mehr Platz als im Flur, und doch verspürte Cidos keine Lust, so lange mit den Eisenspinnen Versteck zu spielen, bis die sie letztendlich gegen eine Mauer trieben und sie in der Falle saßen.

»Hier entlang«, sagte Theimenes.

Der Erzmagier folgte dem Verlauf der Fensterreihe außen an der Hauswand entlang. Er zog Cidos mit sich. Von der Außenseite lag die Brüstung etwa auf Schulterhöhe. Cidos konnte durch die Fenster beobachten, wie sich auch im Wandelgang immer mehr Stangenwesen versammelten. Vor der Kellertür bildete sich ein kleiner Auflauf, von den Durchgängen an beiden Enden des Korridors kamen weitere dazu.

Cidos und Theimenes gelangten an die Mauer, die den Garten begrenzte. Theimenes ließ seinen Begleiter am letzten Fenster wieder nach drinnen klettern. Das war mühsamer als der Weg heraus, und der Alte wollte seinem jüngeren Begleiter helfen, indem er ihm die Hände als Stütze bot.

»Ich kann das selbst«, gab Cidos zurück. »Ihr müsst nicht ...«

»Konzentriere dich auf den Zauber«, erwiderte Theimenes. Er sah sich gehetzt nach den nächsten Gebilden um. »Du wirst gleich noch genug Verwendung finden für deine überschüssige Kraft.«

»Warum müssen wir überhaupt wieder nach drinnen?«, murrte Cidos. »Wir hatten einen *Grund*, warum wir aus dem Korridor herausgestiegen sind!«

»Ich habe ein sicheres Versteck gefunden. Aber um dorthin zu kommen, müssen wir noch einmal in das Gebäude zurück.« Theimenes kletterte hinter Cidos hinein, und sie standen wieder in dem Flur. Das Ende lag nur noch einige wenige Schritt entfernt.

Dort führte ein Durchgang in einen Seitenflügel. Cidos konnte diesen Teil von Bortans Palast durch das Fenster sehen. Der Gebäudeflügel war glatt und hoch und von kleineren Fenstern gesäumt, und er lag quer zu dem Wandelgang, sodass er parallel zu der Gartenmauer vorragte. Aber in diesen Anbau konnten sie nicht gelangen. Immer noch strömten weitere Eisenwächter aus dem Durchgang, und sie ließen keinen Platz, wo Cidos und Theimenes sich hätten vorbeizwängen können

Cidos fragte sich, wo Theimenes' Versteck liegen sollte. Es gab keinen anderen Ausgang und keine weitere Deckung in diesem Teil des Korridors. Cidos war überrascht, dass Theimenes sich gar nicht um den Durchgang kümmerte. Er führte sie nur ein Fenster weiter. »Jetzt wieder hinaus«, sagte er. »Und halte dich am Sims fest.«

Cidos blickte nach draußen, und ihm wurde übel.

Zwischen der Mauer am Ende des Gartens und dem vorspringenden Teil des angrenzenden Gebäudeflügels klaffte eine Lücke von beinahe zehn Schritt. Genau in dieser Lücke befand sich das Fenster, aus dem sie blickten, und es führte geradenwegs ins Nichts. Als Cidos sich hinausbeugte, sah er, dass die Hauswand ein Stück unter ihnen auf dem Fels auflag, und von da aus fiel ein schroffer Hang tiefer bergab. Kahler Stein verlor sich in einem Wolkenfeld. Inmitten des wabernden Dunstes sah Cidos mitunter Schnee und Eis aufblitzen, aber keinen Boden, so weit er schauen konnte.

»Dort hinunter?«, hauchte er. Fast wäre ihm sein Zauber entglitten.

Theimenes sah sich um. Er spähte zu den klackernden Konstrukten, die in Kreisen und Bögen durch den Korridor und den Garten marschierten und früher oder später auch auf sie stoßen mussten. »Natürlich nicht«, sagte er. »Wir klettern nur auf die Fensterbank und hängen uns außen daran, wenn die Dinger zu nahe kommen. Da werden sie nicht nach uns suchen.«

»Das klingt ...«, hauchte Cidos, »... nach einem großartigen Plan.«

»Allerdings!« Theimenes grinste triumphierend und stieg auf die Fensterbank. Cidos fragte sich, ob der alte Erzmagier nun völlig den Verstand verloren hatte.

»Wie lang sollen wir dort hängen?«, fragte er. »Ich weiß nicht, ob ich mich überhaupt wieder hochziehen kann. Könnt Ihr das?«

Er musterte den spindeldürren Greis skeptisch.

»Wenn es das ist, was ich tun muss, dann kann ich es auch«, verkündete Theimenes zuversichtlich.

Er drückte sich in einen Winkel der Fensteröffnung. Cidos stieg in den anderen. Er schaute noch einmal nach draußen und wandte sich gleich wieder ab. Sein Herz hämmerte wild.

Nur nicht hinuntersehen.

»Es geht nicht«, stieß er hervor. »Es geht einfach nicht. Es muss einen anderen Weg geben.«

»Willst du wissen, was diese Dinger mit uns machen, wenn sie uns finden?«, fragte Theimenes. »Ich nicht. Los jetzt, da kommt eines direkt auf uns zu. Zier dich nicht, so ein junger, gesunder Bursche wie du! In deinem Alter, da konnte ich klettern wie ein Affe.«

Tatsächlich stakte ein Eiseninsekt auf sie zu. Vorspringende Enden kratzten über die Wand. Jeden Augenblick würden sie in die Fensteröffnung stechen.

»Eltar, hilf«, murmelte Cidos. Er ließ sich behutsam über die Kante der Fensterbank hinab. Erst als er spürte, wie sein Gewicht an den Armen zerrte, fiel ihm wieder ein, wo sie hier waren und wie sinnlos sein Gebet war.

Der alte Theimenes hing bald neben ihm. Cidos sah zu ihm

hin und beneidete ihn. Der Greis wog gewiss nur halb so viel wie er, und Cidos fühlte jedes einzelne seiner Pfunde an den Fingern ziehen. Er spürte die Leere unter seinen Füßen, konnte den Eindruck nicht abschütteln, dass seine Hände Haarbreit um Haarbreit von den Steinen glitten. Kälte kroch von den Zehen in seinen ganzen Körper. Cidos wusste nicht, ob es das eisige Grauen in seinem Inneren war oder die Kälte der Berge und der Höhe, die vom Rande des Schutzfelds in seinen Leib zog.

Nicht nach unten schauen.

Mühsam hielt er seine eigenen Zauber aufrecht, um sich und Theimenes. Das war nicht einfach unter diesen Umständen, aber tatsächlich war Cidos dankbar, dass er eine Aufgabe hatte, die seinen Geist ablenkte.

Die Kälte kroch durch seinen Leib, und von oben her kam nun der Schmerz dazu und zog langsam von den Fingern in die Arme. Schweiß bildete sich auf Cidos' Stirn und lief ihm in die Augen. Er blinzelte ihn fort, atmete stoßweise, hielt die Lider dann geschlossen.

»Wir ...«, brachte er hervor. »Wir sind ... gescheitert.«

»Nein, nein!«, flüsterte Theimenes. Er schien Cidos' Zauber nicht mehr ganz zu vertrauen. »Wir sind ganz nah dran. Wir haben es fast geschafft!«

»Wie ... das denn?«

»Verstehst du denn nicht, Junge? Wir haben Bortans Wachen aufgeschreckt, und sie können uns nicht finden. Es ist nur eine Frage der Zeit, bis Bortan selbst nach dem Rechten schaut. Er wird genau hier in diesen Flur kommen. Wir müssen nur warten, im rechten Augenblick wieder durch das Fenster hineinspringen und ihn niederstrecken, bevor er weiß, wie ihm geschieht.«

Cidos' Gedanken flossen so zäh wie Honig. Er presste sein Gesicht gegen die Mauer. Die Leere zerrte an ihm, und etwas in seinem Inneren schrie ihm zu, einfach *loszulassen.*

Er fragte sich, ob Theimenes' Plan tatsächlich aufgehen konnte.

Was würde Bortan daran hindern, einfach von einem sicheren Ort aus seine Zauber zu weben, so lange, bis er genau wusste, was in seinem Palast vorging? Cidos' Zauber schirmte sie vor den meisten Sinneseindrücken ab. Die besondere Natur von Cidos' Magie sorgte dafür, dass der Meister die Kräfte selbst nicht fühlen konnte … wenn Theimenes recht behielt.

Trotzdem, Bortan konnte Geister und Dämonen beschwören und ausschicken. Er konnte gewiss Magie zerstreuen und Gegenzauber sprechen, bis er am Ende die kümmerliche Abschirmung der Eindringlinge durchbrach. Wenn Theimenes recht hatte, dann standen Bortan so viele Möglichkeiten zu Gebote, dass sie dem nichts entgegenzusetzen hatten.

Warum sollte er selbst hierherkommen?

Wenn er ein wenig so ist wie Theimenes, dachte Cidos, *wenn er überheblich genug ist und davon überzeugt, dass er alles bedacht hat, dann* wird *er kommen. Nur dann.*

Und wenn man Theimenes glauben mochte, dann war jeder mächtige Zauberer so wie er.

Cidos fühlte eine Bewegung neben sich. Vorsichtig öffnete er die Augen. Er sah, wie Theimenes sich ein Stück weit am Fenster hochzog, die Ellbogen auf die Fensterbank stützte und in den Korridor spähte. Cidos folgte seinem Beispiel. Seine Muskeln zitterten. Verzweifelt ruderte er mit den Füßen am Mauerwerk und fand tatsächlich ein wenig Halt in den Fugen. Er wusste nicht, ob er es sonst geschafft hätte, sich wieder hinaufzuziehen, allein mit der Kraft seiner Arme.

Endlich lag er mit den Unterarmen auf und konnte den Oberkörper ein Stück in die Öffnung schieben. Seine Finger, die ihn die ganze Zeit über gehalten hatten, schmerzten immer noch, doch allein die veränderte Belastung brachte ihm so viel Erleichterung, dass er die unbequeme Lage gut ertragen konnte.

»Da!«, flüsterte Theimenes.

Etwas tat sich am Zugang zum Nachbarflügel. Keine weiteren Konstrukte kamen von dort in den Korridor, dafür versammelten sich diejenigen davor, die eben noch den Wandelgang abgesucht hatten. Ein wahrer Strudel von Eisengestängen bildete sich dort, als die Geschöpfe aufgeregt vor dem Durchgang umherliefen.

Und dann trat ein Mann zwischen sie. Alle Bewegung erstarrte, die Eisengitterkonstrukte neigten sich ehrerbietig. Cidos schluckte.

Er wusste nicht, was er erwartet hatte – einen zweiten Theimenes womöglich, nur noch älter.

Aber der Mann, der in dem Durchgang erschien, mochte kaum über den Dreißigern sein. Er war klein und unscheinbar, mit einem rundlichen Gesicht und dunkler haselnussbrauner Haut. Er sah nicht aus wie ein Bartai, aber auch nicht wie ein Bewohner der Theokratie. Er glich dem Angehörigen keines Volkes, das Cidos kannte. Sein Haar war schwarz und glänzend, und er trug ein schweres purpurrotes Gewand. Doch in der Art, wie er sich bewegte, in seinem Blick lag etwas Altersloses.

»Ist er das?«, hauchte Cidos.

»Woher soll ich das wissen?«, keifte Theimenes neben ihm angespannt. »Habe ich den alten Bortan etwa schon einmal gesehen? Aber, ja, natürlich ist er das. Wer sonst?«

Bortan blieb im Durchgang stehen, umringt von seinen dienstbaren Geschöpfen. Er spähte den Wandelgang entlang auf die Kellertüre, die immer noch ein Stück offen stand. Dann winkte er. Sofort setzten die Eiseninsekten sich in Bewegung. Sie schwärmten auf die Kellertüre zu und fluteten hindurch. Weitere von ihnen verteilten sich überall, einige bildeten ein Spalier für ihren Herrn.

Bortan setzte sich in Bewegung.

Theimenes stemmte sich ganz auf die Fensterbank und kauerte sich dort nieder. Er nahm sein Messer zur Hand. »Komm schon, Cidos«, flüsterte er. »Wir springen zusammen.«

Auf seinem Weg zur Kellertür kam Bortan ihnen immer näher. Plötzlich blieb er stehen. Er drehte den Kopf und schaute genau in ihre Richtung. Cidos sah seine Augen, und etwas spiegelte sich darin.

»Er spürt etwas«, zischte Theimenes. Er hob die Waffe und sprang.

Da streckte Cidos die Hand vor und packte ihn am Kittel. Beide stürzten in den Gang zwischen zwei von den Eisenkonstrukten. Das rostige Messer rutschte klirrend über die Marmorplatten und blieb auf halbem Weg zwischen ihnen und Bortan liegen. Theimenes landete flach auf dem Bauch, und Cidos fiel auf ihn. Er klammerte sich an Theimenes fest.

»Was tust du da?«, rief Theimenes.

Er versuchte immer noch, voranzukriechen und zu dem fremden Zauberer zu gelangen. Dabei kämpfte er so verbissen, dass er Cidos Zoll um Zoll mit sich zog.

Cidos richtete den Oberkörper ein Stück auf. »Meister Eltar!«, rief er. »Ich bin Cidos, genannt Eltairion, von den Inseln der Theokratie. Ich überbringe Euch den abtrünnigen Erzmagier von Tarsus, der sich in Euren Palast geschlichen hat, um Euch zu ermorden, und ich unterwerfe mich Eurer Gnade.«

»Was *tust* du da, Eltairion?«, winselte Theimenes. Er wand sich unter Cidos' Griff und versuchte, an sein Messer zu kommen.

»Gebt endlich auf!«, zischte Cidos ihm ins Ohr. »Ich habe schon im Fensterrahmen den Zauber gelöst. Es ist vorbei.«

Er blickte wieder auf und sah den rot gekleideten Magier an. Bortan war vor ihnen zurückgewichen und schaute auf sie hinab. Seine Konstrukte standen vor ihm und um die Eindringlinge herum wie ein Gitter, aber sie verharrten und schienen auf eine Geste ihres Herrn zu warten.

»Erzmagier Theimenes hat Unheil über seine Heimatstadt und die angrenzenden Küsten gebracht«, stieß Cidos hervor. »Er hat uns aus unserer Heimat gerissen und all seine Begleiter und meine Freunde ins Verderben gestürzt. Und das alles hat er getan, um Euch zu entmachten. Ich will, dass es ein Ende hat.«

Mit einem Mal heulte Theimenes unter ihm auf. Sein Kopf fuhr hoch, so heftig, dass Cidos das Rückgrat des Alten krachen hörte – und dann traf der Kopf ihn mitten ins Gesicht.

Cidos taumelte zurück. Er roch Blut. Einen Augenblick lang

war er benommen, und der Erzmagier schüttelte ihn ab. Mit einem wilden Schrei warf er sich nach vorn, seine Hand griff nach dem Messer ...

Ein Schatten glitt an Cidos vorbei und traf ihn hart an der Schulter. Er kippte zur Seite. Ein Konstrukt ragte hinter ihm auf, hoch und schmal, und ein Eisenstangenglied fuhr auf Theimenes zu wie ein Speer. Das Konstrukt traf den Erzmagier an der Hand, das stumpfe Ende bohrte sich durch das Fleisch und schlug mit einer solchen Wucht in den Boden, dass es sich tief in den Stein grub. Feine Risse liefen nach allen Seiten und füllten sich mit dem Blut des Erzmagiers.

Theimenes schrie auf vor Schmerz und Verzweiflung. Seine Hand berührte das Messer, aber sie war festgenagelt. Theimenes sträubte sich und streckte die Linke aus. Weitere Eisengitterkreaturen umringten ihn. Sie rückten zusammen und verschränkten sich. Das Geschöpf hinter Cidos tat einen langen Schritt, und im Nu war Theimenes von Käfigstangen umgeben. Die Geschöpfe beugten sich immer tiefer, die Eisenstäbe drückten den Erzmagier von Tarsus nieder, bis er sich nicht mehr bewegen konnte.

Er wimmerte in seinem Käfig, spannte den Leib an und drückte dagegen ... doch dann erschlaffte er. Er wandte den Kopf. Cidos sah, dass Theimenes die Tränen über das Gesicht liefen. Das Leuchten in seinen Augen war erloschen, und Cidos bemerkte plötzlich Dinge, die er vorher kaum wahrgenommen hatte – den schäbigen hellen Kittel, an dem die langen weißen Haare des Magiers fettig klebten; das knochige Gesicht, die Falten. Er sah einen alten Mann.

»Warum hast du das getan?«, wimmerte Theimenes. »Nur noch ein Schritt bis zum Ziel, und stattdessen hast du uns beide ins Verderben gestürzt.«

Langsam richtete Cidos sich wieder auf. Sein Kopf schmerzte, und auch die Schulter, wo die Eisenkreatur ihn gestoßen hatte. Vielleicht sollte er Triumph empfinden oder Angst, aber da war nur diese Leere und eine gewisse Erleichterung.

Es sollte endlich ein Ende haben.

Er erhob sich bis auf die Knie, mehr wagte er nicht. Wieder sah er den fremden Magier an, Bortan, oder Eltar – jedenfalls, wenn Theimenes recht hatte, das Wesen, das er als Gott zu verehren gelernt hatte. Bortan erwiderte den Blick nicht. Gleichmütig schaute er auf die ganze Szenerie wie ein unbeteiligter Zuschauer. Er wirkte nicht bedrohlich, nicht zornig, auch nicht besorgt. Wenn Cidos sein Gesicht betrachtete, fand er es vor allem erfüllt von einer kühlen, wissenschaftlichen Neugier.

Bortan beobachtete und wartete.

Cidos wandte sich wieder zu Theimenes hin. »Warum ich Euch verraten habe?«, stieß er grimmig hervor. »Das wollt Ihr wissen? Ihr selbst habt Euch die Antwort gegeben! Eure Verbrechen wolltet Ihr damit entschuldigen, dass Eltar dasselbe täte wie Ihr, erinnert Ihr Euch? Aber auf dem Weg durch die Hölle von Ah-Thot, da habt Ihr mich gefragt, ob es für mich einen Unterschied macht, ob meine Freunde sterben oder irgendwelche namenlosen Opfer.

Ihr habt Euch selbst gerichtet, Theimenes. Denn was auch immer Eltar ist und was er tun mag – Ihr seid es, der meine Freunde auf dem Gewissen hat. Und deswegen stelle ich mich gegen Euch, was auch immer daraus folgen mag!«

Seit der Flucht aus Tarsus hatte Theimenes sie alle geführt, und er hatte sie beherrscht, indem er in ihnen die Sorge schürte, was alles *folgen* könnte. Was geschehen könnte, wenn sie nicht auf seinen Rat hörten. Was ihnen drohte, allein, in der Fremde. Und so hatten sie getan, was Theimenes wollte, und die Folgen waren dennoch unerträglich gewesen.

Die Wahrheit, so erkannte Cidos nun, war immer die: Man konnte nicht wissen, was folgte. Man konnte nur wissen, was man tat. Und Theimenes hatte gelogen, als er behauptet hatte, es gäbe nur eine Entscheidung: zu wählen, wer Opfer sein sollte, oder selbst das Opfer zu sein, geführt zu werden oder zu herrschen. Es gab eine andere Freiheit.

Immer das Richtige zu tun, im Einklang mit sich selbst zu handeln, *das* war der Weg, wie man zum Herrn seines Schicksals wurde. Wenn man auch nie genau wissen konnte, was folgte, so wusste man doch zu jeder Zeit genau, was man tat; und darum konnte man zu jeder Zeit entscheiden, ob man es tun wollte. Freiheit war, zu tun, was man richtig fand.

Und die Folgen zu tragen.

Cidos sah wieder Bortan an. »Versteht Ihr?«, fragte er den Magier, der nachdenklich vor ihnen stand. »Ich will nicht, dass Theimenes triumphiert, nicht nach allem, was er den Menschen angetan hat. Ich habe erkannt, dass mir das am allerwichtigsten ist, und darum habe ich ihn aufgehalten. Die Folgen trage ich ohnehin, und ...«

Cidos spürte, wie ihm die Stimme versagte und er keine Worte mehr fand für seine Gefühle. Er schaute zu Bortan auf, als würde er tatsächlich ein göttliches Urteil von ihm erwarten – oder vielleicht eine Wiedergutmachung. Denn war es nicht das, was die Götter tun sollten? Das Unrecht ungeschehen machen, die Welt wiederherstellen, die er verloren hatte?

»Cidos Eltairion.« Bortans Stimme klang dunkel, aber ein wenig dünn. Sie klang älter, als sein Leib wirkte. »Der Name wurde mir zugetragen, vor einiger Zeit. Ich achte darauf, dass ich die Magie auf meiner Insel im Blick behalte. Aber nicht genug, wie mir scheint, nicht genug.«

Er sah auf Theimenes hinab.

»Eltairion«, wiederholte er. »Man könnte es einen anmaßenden Namen nennen.«

»Ich weiß«, sagte Cidos. »Das war eine weitere Lüge von dem hier.« Er zeigte auf den alten Zauberer, der sich jetzt wieder gegen den Griff der Konstrukte wehrte. »Mit diesen Lügen hat er seine Mitbrüder in Tarsus getäuscht, und mich wollte er damit auf den Weg setzen, der ihn hierher führt. Es war alles eine Lüge.

Aber ich habe eine Wahrheit daraus gemacht: Wenn Ihr tatsächlich Eltar seid, dann stehe ich nun vor Euch. Und ich übergebe Euch Euren Feind, und ich war Euch zu Diensten. Und dieser Erzmagier soll an seiner eigenen falschen Prophezeiung zugrunde gehen.«

Bortan nickte. Auf einen Wink von ihm hin geriet der Käfig,

der Theimenes umschloss, wieder in Bewegung. Die Konstrukte umschlangen den Erzmagier. Sie hoben ihn hoch und schleppten ihn fort, in Eisen gewickelt wie in feste Taue. Er verschwand in dem gegenüberliegenden Gebäudeflügel. Ein ganzer Strom der eisernen Konstrukte folgte ihm, aber es blieben genug von ihnen zurück, um weiterhin Bortan zu umringen. Auch in Cidos' Nähe blieben welche, obwohl sie einige Fuß Abstand hielten.

Bortan spielte mit einem großen Amulett, das er um den Hals trug. Er musterte Cidos.

»Du bist also der Zauberer, der ihn hier hereinbringen sollte. Kaum mehr als ein Schüler, und doch seid ihr weit gekommen. Ich würde gern wissen, wie euch das gelungen ist.«

»Das ist eine lange Geschichte ...«, sagte Cidos.

Bortan sah auf ihn hinab und schmunzelte. »Ich glaube, ich will diese lange Geschichte hören, bevor ich eine Entscheidung treffe«, sagte er. »Aber wie es aussieht ... brauchst du einen neuen Lehrer.«

»Es wäre mir eine Ehre ...«, setzte Cidos an, aber Bortan winkte ab.

»Du brauchst einen besseren Lehrer«, wiederholte er. »Aber hast du auch ein Ziel?«

»Ein Ziel?«, fragte Cidos verwirrt.

»Du willst lernen, aber wofür? Man sollte immer ein Ziel vor Augen haben, das einen leitet. Gerade einem Magier tut es nicht gut, wenn er die Macht allein um ihrer selbst willen studiert. Weißt du denn, was du von mir lernen willst?«

Cidos hielt inne und strich sich unsicher mit den Handflächen über den Kittel. Er wischte sich mit dem Ärmel über das Gesicht und schaute zu der Kellertür, durch die sie gekommen waren, als wäre es ein Fluchtweg.

»Ja«, sagte er dann. »Ich weiß, was ich lernen will. Ich habe ein Ziel.«

Epilog

Hell und heiß strahlte das Licht auf die Steine. Am Himmel war keine Sonne zu sehen, das Gleißen schien von überall her zugleich zu kommen. Cidos blickte an sich hinab, doch er warf keinen Schatten. Das Licht brannte ihm in den Augen und schien einen Farbton zu viel im Spektrum zu haben, einen Ton, der ihn bei aller Sonnenglut frösteln ließ.

Er stand auf einer Prachtstraße von mehr als dreißig Schritt Breite. Die Gebäude zu beiden Seiten waren ebenso zyklopisch; kantige Bauten aus ockerfarbenem Stein, hart ausgeleuchtet von dem eigentümlich gefärbten Tageslicht. Es gab einige wenige Fenster in den Fassaden, verschiedene Treppen, die zu gewaltigen Portalen führten, dann und wann bizarre Statuen am Straßenrand, und am Ende der Straße weitere Bauten: Paläste mit säulengetragenen Vordächern, Türme mit riesigen Kuppeln, Brunnen mit aufwendig verschlungenen Figuren, über die kein Wasser lief.

Ansonsten war diese Stadt leer. Nichts regte sich auf den Straßen, keine Bewegung zeigte sich hinter den Fenstern. Nicht einmal ein Lufthauch strich über Cidos' Wangen; nur das allgegenwärtige Licht ließ seine Haut prickeln.

Cidos hatte sich seit Jahren auf diese Reise vorbereitet. Er trug ein Gewand von blauer Seide, das ihm weich über die Schultern bis zum Boden fiel. Silberne Linien liefen darüber, und wenn er sich bewegte, flirrte seine Gestalt im Licht dieser Welt. Ein weiteres Band von blauer Seide trug er um den Kopf gebunden. In der Hand hielt er einen Stab aus weißem Birkenholz, und unter dem Gewand führte er eine Tasche mit weiteren Utensilien bei sich: eine magische Glocke, die er selbst gegossen und gestimmt hatte, blaue Zauberlichter aus Kristall, in die er den Sternenschimmer gebannt hatte, Räucherstäbe und Wachskreide ohne Farbe. Die Queste, die vor ihm lag, war seine Meisterprüfung und sein selbst gewähltes Ziel zugleich.

Er war aus eigener Kraft an diesen Ort gelangt, und bisher hatte niemand seine Anwesenheit bemerkt. Nur ein einziger Laut durchbrach die Einsamkeit an diesem gnadenlos hellen Ort: ein Ticken wie von einer mechanischen Uhr. Einer Uhr, die so monumental war wie alles hier.

Cidos lauschte.

Es war ein leiser, aber kraftvoller Laut, wie ein Dröhnen aus weiter Ferne. Es schlug einmal und hallte zwischen den Mauern der titanischen Bauten wieder, bis es sich im Nichts verlor und verklang.

Tick.

Cidos wandte suchend den Kopf. Der Takt war ein wenig verhalten, sodass es immer noch still blieb, während der Geist schon auf das nächste Ticken wartete. Unwillkürlich biss Cidos die Zähne zusammen, und dann, als er schon glaubte, er könnte es nicht mehr aushalten, kam der nächste Schlag.

Tick.

Immer ein wenig zu langsam, als wäre die Zeit an diesem Ort eingefroren und würde nicht wie Wasser dahinfließen, sondern so zäh wie Pech. Und so ging es weiter, der gleichmäßige Schlag einer mechanischen Uhr, die ein wenig hinter sich selbst zurückblieb.

Tick.

Tick.

Auch an diesem Ort maß sich die Lebensspanne im Federschlag eines Uhrwerks.

Cidos vermeinte, den Ursprung des Geräusches ausgemacht zu haben. Er wandte sich zu einem der Bauwerke hin, einer besonders hohen, glatten Hausfassade mit einer einzigen winzigen Fensteröffnung in fünfzig Schritt Höhe und einer schweren Pforte fünf Schritt oberhalb der Straße. Eine Treppe führte dorthinauf, die sich halbrund an die Wand schmiegte.

Cidos huschte die Straße entlang, vorbei an einer Statue, die einem aufgerichteten Delfin glich, der mit einer Flosse zum Tanz einlud, an einer weiteren, größeren Statue, einem Kraken, der einen Dreizack umschlungen hielt und damit einen eigenen, ungebärdigen Tentakel mit Schlangenkopf auf das Podest niederdrückte. Kurz vor seinem Ziel, schräg neben der Treppe, stand ein runder Sockel mit einer Sonnenuhr. Der gläserne Zeiger daran war das Einzige an diesem Ort, was einen Schatten warf, und der wies auf das Symbol der Ewigkeit.

Cidos trat dicht an die Hauswand heran, auch wenn es an diesem Ort keinen Schatten gab, in dem er sich verstecken konnte. Er sah zu dem Fenster hoch. Die Wand war völlig glatt, ein wenig rau unter seinen Fingern, aber fugenlos. Dort konnte er unmöglich hinaufklettern.

Er wandte sich der Tür zu.

Sie bestand aus dunklem Holz, war doppelt so groß wie eine gewöhnliche Zimmertür und mit quadratischen Reliefs getäfelt. Als einziger Griff prangte ein Bronzering in der Mitte. Cidos berührte ihn nicht.

Tick.

Das Ticken war nicht lauter geworden und nicht schneller, aber Cidos war überzeugt: Er befand sich an der richtigen Stelle.

Er fasste den Kragen seines Seidengewands, hockte sich hin und zog es sich über den Kopf. Immer tiefer sank Cidos in sich zusammen, noch tiefer, und dann lag nur noch das Gewand dort auf der letzten Stufe vor dem Eingang wie ein achtlos fortgeworfener Mantel, wie eine blausilberne Pfütze.

Langsam kroch die seidene Lache unter der Türe hindurch, und dahinter richtete Cidos sich vorsichtig wieder auf. Er hielt das Gewand weiterhin erhoben, wie einen Schutz, und spähte vorsichtig daraus hervor.

Er stand in einer großen Halle, die so hoch wirkte wie das Gebäude selbst. Galerien säumten die Seiten, ein langer Balkon über dem anderen.

Der Raum war nicht leer. Geschäftige Wesen wuselten am

Boden der Halle um eine pompöse Maschine herum, eine hölzerne Scheibe, die durch Zapfen in zahllose Segmente unterteilt war und die sich beständig drehte. Dieses Rad maß viele Schritt im Durchmesser und war schräg aufgerichtet. Die obere Kante stieß an eine Öffnung in der Wand, von wo aus ein Schacht aufwärtsführte. Auf dem Rad, von den Zapfen gehalten und geführt, gab es Dutzende von braunen Urnen. Sie bestanden aus Ton, waren bauchig und fast einen Schritt hoch. Oben konnte man noch den Rand eines Wachsstempels erkennen, mit dem sie versiegelt waren.

Klick.

Das Rad drehte sich. Unter dem Rad erstarrten die wartenden Wesen – kleine grüne Kobolde mit krummen Ohren und einem runden Gesicht, das in der Mundpartie an einen Hasen mit spitzen Zähnen erinnerte. Sie sahen auf und verfolgten, wie das Rad sich weiterdrehte, wie eine Urne aus dem Schacht rutschte, weiter auf das Rad, bis sie gegen einen Zapfen stieß. Nun gerieten alle Urnen auf dem Rad ins Rutschen, sie stießen sich gegenseitig an, polterten durcheinander und folgten einem Weg, den die Zapfen vorgaben.

Zuletzt kam eine Urne ganz unten in Bewegung und sauste auf die Kobolde zu. Die rannten wieder hektisch durcheinander, einige schossen vor, fingen die Urne auf und gingen fast zu Boden unter der Last. Sie rasten umher, reichten die Urne weiter, schwankten und taumelten und riefen sich mit ihren rauen Stimmen unverständliche Anweisungen zu.

Siebenundzwanzig. An Erom. Drache. Elf. Neun.

So verschwand die Urne durch eine Tür im hinteren Teil der Halle, halb verborgen von den schlanken Säulen, auf denen die unterste Galerie ruhte. Und dann erstarrten die grünen Hasengesichter erneut in aufgeregter Erwartung. Sie starrten auf das Rad, das sich ...

Klick.

... ein weiteres Mal drehte, eine neue Urne in Empfang nahm und eine weitere freigab.

Cidos hatte genug gesehen.

Bedächtig schlich er hinter die nächste Säule. Dort stellte er seinen Stab auf den Boden, und seine Gestalt verschmolz mit der Deckung. Die Kobolde in der Halle gingen weiterhin ihrer Arbeit nach. Niemand hatte den Zauberer bemerkt, der bei ihnen eingedrungen war.

Cidos schlich von Säule zu Säule bis zu einer Treppe und huschte dann hinauf bis auf die oberste Galerie. Von dort aus konnte er das gesamte Rad und das Treiben in der Halle überblicken und – was noch wichtiger war – sogar die Symbole auf den Siegeln an den Urnen erkennen.

Verstohlen spähte er über die Brüstung. Seine Lippen bewegten sich lautlos, als er die Zeichen las und die Worte der Kobolde wiederholte, die keckernd und keuchend die Urnen schleppten. Lange verharrte er so, setzte das, was er sah und hörte, zueinander in Beziehung, rechnete im Kopf die Zeiten zurück, die vergangen waren – in der Außenwelt und an diesem unwirklichen Ort. Vieles hatte er vorbereitet und erforscht, doch das letzte, noch fehlende Wissen konnte er nur hier erhalten.

Er kauerte eine ganze Weile da, verborgen hinter der Brüstung und unter seinem Gewand. Er verfolgte die Bewegung des Rades, studierte die Siegel und beobachtete die Kobolde unter sich. Niemand kam vorbei, niemand sah zu ihm herauf. Am Ende glaubte er, das System verstanden zu haben. Er hatte einen Satz von Symbolen im Kopf, der ihm weiterhelfen sollte.

Cidos schlich bis ganz an das Ende der Galerie, dorthin, wo sie an die rückwärtige Wand stieß. Dann nahm er eines der Zauberlichter aus der Tasche und ließ es hell erstrahlen. Das Sternenfeuer darin loderte, der Kristall brach die Strahlen, bis sie die Grundfarbe der Sphäre annahmen, in der er sich befand. Wenn er keinen Fehler gemacht hatte, war das Licht für die Bewohner des Ortes ebenso unsichtbar wie undurchdringlich.

Er warf den Stein über die Brüstung. Das Zauberlicht landete schwer auf dem Boden und blieb liegen, wo es aufgekommen war. Eine Lichtsäule stieg daraus empor, hell und scharf abgegrenzt, und inmitten dieses Lichtstrahls schwang sich Cidos von Brüstung zu Brüstung bis hinunter zum Boden. Dann blieb er in der Lichtsäule stehen, ganz in einem eigentümlich kalten Blauton gebadet, während rings um ihn die Kobolde liefen und die nächste Urne in Empfang nahmen.

Einer von ihnen ging auf die Pforte zu, nur wenige Schritte entfernt, und als er hindurchtrat, folgte Cidos ihm. Hinter der Tür wich er sofort zur Seite und duckte sich hinter ein Regal. Er sah, wie der Kobold weiterging, ohne sich umzuwenden. Dann wartete er einen Moment, doch der Kobold kam nicht zurück.

Cidos befand sich in einer Halle, deren Ausdehnung er nicht einmal schätzen konnte. Im Vergleich dazu wirkte der Raum mit der Maschine wie ein bloßes Vorzimmer. Wenn Cidos um die Ecke seines Versteckes herumspähte, sah er einen Gang, der von der Pforte wegführte und der sich in der Unendlichkeit verlor, durchschnitten von zahllosen Quergängen.

Und zwischen diesen Gängen standen Reihen von Regalen, Regalen, die vierzig, fünfzig Schritt in die Höhe stiegen und die vollgestellt waren mit Urnen in der Art, wie das große Rad in der Vorhalle sie auswarf. An der Stirnseite der Regale waren Signaturen angebracht wie in einer wohlgeordneten Bibliothek – Signets, die sich auch auf den Siegeln der Urnen wiederfanden.

Er musste fort von hier, bevor die nächste Urne gebracht wurde. In Richtung der Pforte hatte er an dieser Stelle keine Deckung. Irgendwo in der Halle musste noch der Kobold sein, der die letzte Urne gebracht hatte, aber Cidos konnte nicht länger warten. Jetzt, wo er darüber nachdachte, erinnerte er sich auch nicht daran, dass jemals ein Kobold durch die Türe wieder zurückgekommen war.

Jeweils der letzte Kobold in der Kette hatte eine Urne fortgetragen, nie war ein Kobold hinzugekommen, und doch waren es nicht weniger geworden.

Cidos schaute an den Regalen hinauf. Schwer vorstellbar, dass die kleinen Kobolde dort heranreichen konnten. Es musste noch mehr geben in dieser Halle, was er nicht wusste. Vorsichtig schlich er weiter.

Er lauschte auf jedes Geräusch und studierte die Symbole an der Stirnseite der Regale und in den Reihen. Da sah er in der Ferne einen riesigen Schatten und zuckte zurück. Etwas kam auf ihn zu, und es war kein Kobold!

Cidos sah sich gehetzt um, dann rollte er sich rasch unter das unterste Regalbrett neben ihm. Er musste sich eng an den Boden pressen, um darunterzupassen, und er zog den Zauberstab fest an sich. Er fühlte, wie die Bodenplatten unter ihm erbebten, dann patschten zwei riesige nackte Füße dicht an ihm vorbei. Sie hatten Klauen an den Zehen, und sie mussten einen Riesen tragen – Cidos hatte die Gestalt nur kurz in der Ferne gesehen, aber er glaubte, Hörner und eine missgestaltete Silhouette erkannt zu haben.

Dieser Dämon war ohne Zweifel einer der wahren Wächter und Verwalter des Archivs.

Er wartete, bis die Schritte in der Ferne verklangen, dann kam er wieder aus seinem Versteck hervor und schlich weiter. Allmählich durchschaute er auch die Struktur des Urnenlagers. Aber die Halle war groß, und er musste viele Stunden und viele Meilen gehen, bevor er die richtige Stelle gefunden hatte. Dort angekommen, legte er den Kopf in den Nacken und schaute an dem Regal hinauf ... weit hinauf.

Dort oben, in der neunzehnten Reihe, turmhoch über dem Boden, glaubte er die gesuchte Urne zu erkennen!

Cidos überlegte. Er konnte an den Regalen hinaufklettern und zu der Urne gelangen. Probeweise hob er eine vom untersten Brett an und fand sie so schwer, wie er erwartet hatte – niemals würde er sie bewegen können, während er in schwindelnder Höhe an einem Regalbrett hing!

Dennoch stieg er hinauf und prüfte zumindest das Siegel der Urne, die er ins Auge gefasst hatte. *Eindeutig, das musste sie sein!*

Ihn schwindelte, als er wieder hinabstieg. Die Regalbretter waren zu klein, um dort an der Urne zu arbeiten, und die Urne war zu schwer und stand zu weit oben, als dass Cidos sie herunterholen könnte. Er musste einen anderen Weg finden.

Cidos kniete sich auf den Boden. Er sah zu der Urne hinauf und seufzte. Dann nahm er Maß, holte seine Hilfsmittel aus der Tasche und traf seine Vorbereitungen.

Als er damit fertig war, dachte er darüber nach, ob er hier warten sollte oder lieber selbst auf die Suche gehen. *Suchen*, entschied er. Zeit war an diesem Ort eine eigentümliche Sache, aber wer wusste schon, wie lange es dauern mochte, bis ein Wächter dieses Ortes ausgerechnet durch diese Regalreihe ging?

Und wer wusste, wie lange Cidos sich noch sicher hier aufhalten konnte?

Er ging zurück zur Stirnseite des Regals, schaute in die Gänge, die sich dort kreuzten, dann setzte er seinen Weg fort. Drei Quergänge weiter entdeckte er in einiger Entfernung wieder einen der gehörnten Dämonen. Es war tatsächlich ein Riese mit Klauen an den Füßen und an den Händen, einem dicken Bauch und einer gehörnten Fratze mit Reißzähnen. Der haarige Oberkörper war unbekleidet; aus der pludrigen Hose hing hinten ein langer Schwanz heraus.

Das Wesen war eben damit beschäftigt, aus den oberen Reihen eine Urne nach der anderen herauszunehmen, prüfend auf das Siegel zu schauen und sie wieder zurückzustellen.

Cidos zog seine Glocke hervor und schlug sie einmal. Der helle Klang schwebte durch das Archiv, und Cidos dämpfte ihn sogleich wieder.

Der Dämon blickte auf.

«Komm!«, rief Cidos ihm zu.

Da brüllte die Kreatur und rannte los.

Cidos wartete einen Moment. Er wollte nicht, dass der Dämon ihn in dem Gewirr der Regalgänge aus den Augen verlor. Aber dann bemerkte er, mit welcher Geschwindigkeit das Wesen unterwegs war. Die langen Beine überbrückten mit jedem Schritt eine Strecke, für die Cidos eine ganze Weile brauchen würde. Er bekam es mit der Angst zu tun und rannte los.

Schon hörte er wieder den Boden hinter sich beben. Er lief an einem Quergang vorbei, kam an den nächsten und bog ab.

Er war schon dreißig Schritte in den Gang hineingelaufen, da kamen ihm Zweifel. Er warf einen flüchtigen Blick auf die Beschriftung der Regale – der falsche Gang! Er war zu früh abgebogen!

Cidos blieb stehen. Er wandte sich um, aber da kam schon der Dämon um die Ecke. Er sah sein Opfer vor sich und entblößte die Fangzähne zu einem Grinsen. Cidos konnte nicht mehr zurück, und wenn er weiterlief, konnte er unmöglich die nächste Einmündung erreichen, bevor sein Verfolger ihn einholte.

Er musste sich dem Dämon stellen.

Cidos hob den Stab, aber es kam ihm so sinnlos vor. Was sollte er hier anfangen, er war im falschen Gang!

Da kam ihm ein Gedanke. Als der Dämon schon auf ihn zustapfte, ließ er sich wieder fallen und rollte sich unter das Regal. Eilig schob er sich auf die andere Seite, in den nächsten Parallelgang, und richtete sich auf.

Er hörte ein Brüllen, eine Klauenhand wischte unter dem Regal hindurch, und Cidos wich bis auf die andere Seite des Ganges zurück. Das Regal vor ihm bebte, als der Dämon auf der anderen Seite mit den Schultern dagegenstieß. Die Urnen klapperten.

Die Klauenhand zog sich zurück, und Cidos atmete auf. Er sah sich wieder um.

Ja, hier war er richtig.

Cidos wartete. Er fragte sich, wie viele Wächter noch die Glocke gehört hatten, wie viele das Gebrüll seines Verfolgers. Gab es überhaupt mehrere dieser Dämonen in der Halle? Er musste es darauf ankommen lassen.

Das Wesen tauchte an der Seite seines Ganges auf. Cidos wich vor ihm zurück und hob drohend den Stab. Der Dämon rannte los, diesmal so schnell, dass die Urnen unter der Wucht seiner Sprünge in den Regalen klapperten.

Er brüllte triumphierend, streckte die Klauenhände nach Cidos aus – und blieb unvermittelt stehen.

Er wollte weitergehen, doch er konnte nicht. Er brüllte und schlug um sich. Er sah aus wie ein Pantomime, der sich mit einer unsichtbaren Wand abmühte.

Cidos trat auf ihn zu. Der Dämon tobte und versuchte, ihn zu fassen. Cidos lächelte und schüttelte den Kopf. Er wies auf den Boden und hielt einen seiner durchsichtigen Wachsstifte in die Höhe.

»Ein magisches Dreieck«, sagte er. »Du kannst nicht heraus.«

Der Dämon folgte mit den Augen der Bewegung. Er hielt kurz inne, runzelte die kahle Stirn, dann fing er von Neuem an, gegen die unsichtbare Begrenzung zu wüten.

Cidos konzentrierte sich. Er hob den Stab, schlug ihn auf den Boden.

»Dämon, ich befehle dir, unterwirf dich!«, rief er.

Das Wesen stutzte, schüttelte den Kopf.

»Ich werde dein Fleisch fressen und deine Seele meinem Herrn bringen, kleiner Zauberer!«

Cidos schlug noch einmal mit dem Stab auf den Boden.

»Unterwirf dich!«, rief er.

Der Dämon schüttelte seinen Befehl ab.

Cidos sah sich um. Dann holte er die magische Glocke hervor. Er schlug einen leisen Ton an.

»Unterwirf dich!«, befahl er.

Wenn er auch noch die Räucherstäbe hervorholen musste, dann lief ihm allmählich die Zeit davon …

Der Dämon erstarrte und rührte sich nicht mehr. Cidos beäugte ihn misstrauisch. Die Glocke hallte weit durch die Halle und mochte wer weiß wen herbeirufen, trotzdem schlug Cidos sie noch einmal an und brachte den zartesten aller Laute hervor.

»Unterwirf dich, Dämon«, sagte er.

Der Riese erzitterte. »Ich … gehorche«, stieß er widerstrebend hervor.

Cidos wies mit dem Stab auf die Urne. »Gib mir dieses Gefäß«, sagte er.

Der Dämon zögerte.

»Dämon, ich befehle dir: Gib mir das Gefäß!«, rief Cidos.

Er hob den Stab, doch er schlug die Glocke kein weiteres Mal an.

Der riesige Dämon wimmerte. »Nicht die Urnen! Ah ...«

»Schweig!«, donnerte Cidos. »Nenne diesen Namen nicht.«

Es war nicht klug, den Namen eines Dämons in seiner eigenen Domäne auszusprechen. Es erregte Aufmerksamkeit. »Gib mir die Urne!«

Diesmal gehorchte der Dämon, doch seine Fratze verzerrte sich vor Grauen und Widerstreben. Seine Gestalt streckte sich, sein Arm fuhr nach oben, und er nahm genau die Urne in die Hand, auf die Cidos es abgesehen hatte. Cidos hatte das magische Dreieck so weit gezeichnet, dass dieser Teil des Regals noch darinlag und der Dämon es erreichen konnte.

Aber jetzt hatte er ein Problem: Wenn er über die Linie griff und die Urne entgegennahm, brach er die Fesseln, und der Dämon war frei.

Die Kreatur erkannte nun ebenfalls diese Schwäche in Cidos' Plan. Bereitwillig beugte sie sich hinab und hielt Cidos die Urne hin. »Hier, nehmt ... Meister!« Der Dämon grinste.

Cidos seufzte. Wieder sah er sich um. Noch war er allein mit dem gefangenen Riesen. Keine schweren Schritte kündigten weiteren Besuch an. Er packte die Räucherstäbe aus, platzierte sie an den Ecken des Dreiecks und entzündete sie. Eine Ecke lag unter der Regalwand, und Cidos musste auf dem Bauch dorthin kriechen. Es war ein beängstigendes Gefühl, gleich neben den Klauenfüßen des Dämons zu liegen.

»Nehmt sie doch einfach, Meister«, bettelte der Dämon eilfertig.

»Ja, ja«, murmelte Cidos. »Das hättest du gern.«

Er richtete sich wieder auf. »Stell die Urne ab – und schlaf!«, rief er.

Der Dämon biss sich auf die Unterlippe. Zögernd stellte er die Urne auf den Boden. Er sah Cidos trotzig an.

»Schlaf«, wiederholte Cidos.

Farbiger Qualm stieg von den Räucherstäben auf und zog in

das Dreieck. Er umwölkte den Dämon, und die riesenhafte Gestalt schien fast damit zu verschmelzen, sich darin aufzulösen.

»Schlaaaf!«, zischte Cidos ein drittes Mal, und der Dämon verschwand. Nur eine dichte Rauchsäule füllte das Dreieck, so massiv, als könne man sie greifen. Langsam stieg sie bis zur Decke empor.

Cidos beäugte misstrauisch das Innere des magischen Dreiecks. Dann holte er seine Wachskreide wieder hervor und legte sie bereit. Er hielt den Atem an, griff blitzschnell zu und riss die Urne heraus. Sofort stellte er sie wieder ab, kniete sich nieder und erneuerte die Linie, die er durchbrochen hatte. Er nahm seinen Zauberstab zu Hilfe, konzentrierte sich auf die Beschwörung und festigte den Bann.

Ein einzelnes Horn tauchte im Nebel auf, er sah Zähne aufblitzen, eine Klaue. Aber sonst geschah nichts. Der Dämon schlief tatsächlich.

Schwer atmend richtete Cidos sich wieder auf. Immer noch war er allein, und nichts rührte sich. Wie lange noch? Es war viel zu viel Zeit vergangen. Nun war er beinahe fertig, aber was, wenn er im letzten Moment gestört wurde?

Er nahm die Urne und zog sich in einen verlassenen Quergang zurück. Dort öffnete er das Siegel.

Feiner Rauch quoll hervor, fiel herab wie Asche. Cidos hielt den Atem an. Tausend Gedanken schossen ihm durch den Kopf – ob er wohl die richtige Urne gefunden hatte, und wenn nicht, was dann hervorkommen mochte …

Aber er hatte sich nicht geirrt.

Helger stand vor ihm.

Der Schmuggler sah sich verwirrt um.

»Wo bin ich?«, fragte er. »Cidos?«

Er sah Cidos an. Er wirkte überrascht. Helger streckte die Hand nach Cidos aus und berührte ihn im Gesicht. Er wollte ihn berühren, aber die Finger glitten durch die Haut hindurch. Erschrocken riss Helger die Hand zurück und betrachtete sie.

Cidos war nicht zurückgezuckt. Er hatte Tränen in den Augen.

Ein Augenblick des Abschieds. Er hoffte nur, er konnte ihn ungestört vollenden, denn eine weitere Gelegenheit würde er nicht bekommen.

»Bin ich tot?«, fragte Helger.

Cidos nickte.

»Was ist geschehen?« Helger klang verwirrt. »Da war dieser Dämon ... Ich erinnere mich. All diese Kreaturen zu seinen Füßen, sie haben sich auf mich gestürzt und mich zerrissen. Es tat so weh, und dann ... nichts mehr.«

»Nichts?«, fragte Cidos.

»Ich weiß nicht. Ich trieb in einer Leere. Ich glaube, ich habe gewartet, aber ... Was ist geschehen?«

»Theimenes hat dich Ah-Thot geopfert, dem Sammler der Seelen. Dieser Fürst der Höllen verwahrt die Seelen von Sterblichen in seinen Hallen, wie bei uns auf der Erde ein Sammler Schmetterlinge oder Käfer sammeln mag. Er denkt, er wäre ein Gott, wenn er die Herrschaft über die Seelen der Toten hat, doch in Wahrheit hält er sie nur auf und kann nichts mit ihnen anfangen.«

Helger sah sich in der gewaltigen Halle um, spähte in die Regale.

»Und du bist gekommen, um mich zu retten?«, fragte Helger.

»Ich musste dich befreien«, sagte Cidos. »Ich konnte dich nicht hierlassen.«

Wieder streckte Helger die Hand nach seinem Freund aus. »Du siehst ... älter aus.«

Cidos nickte. »Acht Jahre sind vergangen, seit wir zum ersten Mal durch diese Hölle geschritten sind. Ich war Eltars Schüler seither, und ich habe vor allem für diesen Tag gelernt. Ich wollte mächtig genug werden, um die Hölle selbst zu stürmen und dich herauszuholen. Du bist mein Freund, Helger, und ich lasse dich nicht zurück.«

Helger strich über seine eigene Gestalt, und für ihn selbst schien sie sich fest genug anzufühlen. Er blickte wieder auf Cidos und stellte fest: »Aber zurückbringen kannst du mich nicht, nicht wahr? Ich bin nur noch ein Geist für dich?«

Cidos nickte.

»Was soll ich dann tun? Was passiert jetzt?«

»Ich weiß es nicht«, sagte Cidos. »Was du willst. Was mit den Seelen der Toten geschieht. Ich habe dich freigelassen, und du magst nun zu den Himmeln emporsteigen oder wiedergeboren werden … das liegt nicht mehr in meiner Hand. Zumindest habe ich dich befreit, wir können uns verabschieden, und womöglich sehen wir uns irgendwann wieder – in einer anderen Gestalt.«

Helger schüttelte den Kopf.

»Und du warst tatsächlich Eltars Schüler … Cidos Eltairion.« Er lächelte. »Ich habe es immer gewusst, und ich bin stolz auf dich.«

Cidos wandte sich ab. »Nein«, sagte er. »Das waren nur Theimenes' Lügen. Ich war niemals erwählt, außer von ihm. Aber ich habe mich widersetzt, und Eltar hat mich aufgenommen, das war alles. Kein großes Schicksal, kein Auserwählter.«

Er spürte ein Prickeln an der Schulter und sah Helger wieder an. Der hatte ihm sacht die geisterhaften Hände auf die Schultern gelegt. »Also ist am Ende doch alles so gekommen, wie wir es gedacht haben, damals, als wir uns getrennt haben und mein bester Freund und Schüler auf die Akademie der Zauberer kam. Wenn du dein Schicksal selbst in die Hand genommen hast, anstatt es von Theimenes zu empfangen, dann ist es noch mehr wert und nicht weniger. Und wie es sich anhört, hast du den alten Knochensack am Ende doch aufgehalten, und er hat seine Strafe bekommen. Was ist eigentlich aus ihm geworden?«

Cidos wies mit einer Geste über die Regalreihen. »Ich nehme an, er wird hier irgendwo sein. Ich habe mich sehr dafür eingesetzt. Er hatte an diesem Ort eine Schuld zu begleichen.«

Helgers Geist nickte. »Das klingt angemessen. Wie gesagt, du solltest dein Schicksal nicht gering schätzen. Du hast mich gerächt und alle unsere Freunde. Und du hast mich aus der Hölle selbst herausgeholt. Was könnte ich mehr erwarten?«

»Ich konnte dich nicht retten. Ich konnte niemanden von den anderen retten.«

»Ja«, sagte Helger. »Niemand von uns konnte sich oder die anderen retten. Aber offenbar hast du dich dem Kampf mit Theimenes am Ende doch gestellt, und du hast gesiegt. Ein Schüler gegen den Erzmagier. Nein, Cidos, es ist gut. Du warst nicht für uns verantwortlich, wir waren Verbündete, nicht deine Schützlinge. Wir haben gemeinsam gekämpft, und nicht jeder hat es gleich weit geschafft. So ist das Leben.«

»Und der Tod.« Cidos weinte.

Helger hatte die Hände immer noch auf Cidos' Schultern. Er konnte dem Freund nicht mehr Nähe geben als diese flüchtige Berührung. Er versuchte es also mit einem lockeren Ton und einem Grinsen: »Vom Tod sollte eher ich reden – dir steht wohl anderes bevor, als Schüler Eltars. Was wirst du tun, wenn du hier fertig bist?«

»Ich weiß es nicht.« Cidos setzte ein Grinsen auf und sah Helger an. Er wollte nicht in Tränen scheiden. »Vielleicht bleibe ich in Eltars Diensten, als Bote oder als Gesandter. Vielleicht ... gehe ich irgendwo anders hin. Zauberer werden überall gebraucht.«

Helger lachte auf. »Also weißt du, ich habe für mein Lebtag genug von Zauberern. Und für mein Todestag auch. Nun, was fange ich jetzt an? Wo gehe ich hin?«

Cidos zuckte die Achseln. »Noch bist du in Ah-Thots Hallen, aber als ein ungebundener Geist. Du musst dich einfach nur wegdenken – stell dir vor, wie du nach oben treibst, und irgendwann wirst du irgendwo ankommen. Zwischen der Hölle und dem Himmel gibt es viele Festungen des Abgrunds. Lass dich nicht aufhalten, ehe du nicht da bist, wo du hinwillst.«

»Ich kann mich also von meinen Gedanken treiben lassen«, stellte Helger fest. »Das sollte zumindest ein vergnüglicheres Segeln sein, als ich es zuletzt hatte. Aber wie finde ich mein Ziel?«

Cidos zuckte die Achseln. »Das Privileg der Zauberer. Das ist alles, was ich dir verschaffen kann. Wer seinen Geist schult und seine Seele nicht in übles Karma verstrickt, der kann seinen Geist nach dem Tod beisammenhalten. Er irrt nicht durch die jenseitigen Reiche wie im Traum, sondern entscheidet sein Schicksal bewusst. Ich denke, die Umstände deines Todes verschaffen dir dieselbe Gabe.

Wenn du nicht die letzte Grenze durchstoßen möchtest und sehen willst, was hinter der Schöpfung liegt, jenseits der Sphären der Götter, wenn du nicht in das Licht eintreten willst, aus dem noch nie eine Seele wieder zurückgekehrt ist, dann wirst du dir zumindest die Art deiner Wiedergeburt aussuchen können.«

»Ich kann also überallhin«, sagte Helger. »Nur nicht zurück?«

»Hm.« Cidos schaute unglücklich durch die Halle. »Ich nehme an, du kannst als ungebundener Geist in der Welt verbleiben. Ohne die Empfindung des Leibes, ohne die Möglichkeit, etwas zu bewirken ... Ich denke, du solltest lieber loslassen. Es dürfte dir nicht schwerfallen, ein besseres Leben zu finden als das, was wir in Tarsus hinter uns gelassen haben.«

»Hör mal!«, sagte Helger empört. »Da waren wir beide. Meine Zeit mit Horgan. Meine Abenteuer auf den Straßen der Stadt, bevor ich den langweiligen Käpten kennengelernt habe. Und vor allem die Zeit mit dir. Die besten Jahre überhaupt!«

Cidos lachte auf. »Diese Jahre waren grauenhaft! Du warst der einzige Lichtblick. Meine Eltern waren fremd in der Stadt, kurz zuvor erst zugewandert, und sie kannten niemanden. Und als sie starben und ich allein zurückblieb, da wäre ich beinahe gestorben, wenn du dich nicht um mich gekümmert hättest. Wir haben uns ein paar Jahre lang gerade so durchgeschlagen, und wir waren Kinder und wussten gar nicht, was mit uns passiert!«

»Ach was«, sagte Helger. »Wir waren die Besten. Damals schon. Das Leben hängt ja nicht davon ab, was man hat und wie es läuft, sondern in welcher Gesellschaft man es verbringt. Und ich muss sagen, damals auf der Straße war die Gesellschaft für dich mit Sicherheit besser als unter diesen Zauberern mit Theimenes an der Spitze. Hab ich recht?«

Cidos schüttelte den Kopf. »Ja. Nein. Ich werde mich nicht

mit dir darüber streiten. Ich hoffe, du wirst trotzdem etwas Besseres finden als das Leben als Straßenjunge in Tarsus, mein anspruchsvoller Freund.«

»Na«, sagte Helger. »Wenigstens lächelst du wieder. Ich will dich ja nicht in Trauer zurücklassen. Nun, Cidos, ich denke, damit ist alles gesagt. Der Ort hier sieht ungastlich aus, und ich will dich nicht länger festhalten als nötig.«

Er sah Cidos an, traurig und nachdenklich. »Und was das Loslassen angeht – ich hoffe, du kannst deinen eigenen Rat beherzigen. Ich denke, das ist es, was du brauchst. Lebe wohl, Cidos!«

Cidos hätte gern Helgers Hand genommen und ihn festgehalten. »Ich weiß nicht, ob ich allein zurechtkomme«, sagte er. »Aber nun ... muss ich dich wohl ziehen lassen. Lebe wohl!«

»Mach's gut, Cidos«, sagte Helger. »Und ärgere die Dämonen von mir!«

Und schon verblasste seine Gestalt.

Cidos sah auf die Stelle, wo Helger eben noch geschwebt hatte. Er dachte an das, was sie gemeinsam erlebt hatten. An die wenigen Jahre in der Kindheit, die sie verbanden. Er sah Helger, wie er ihm zum Abschied das Geschenk in die Hand drückte – einen Dolch aus Holz, so ein zierliches, aber nutzloses Ding, zu nichts zu gebrauchen und von irgendeinem reichen Jungen fortgeworfen, der darüber hinausgewachsen war. Und ebendeswegen kostbar in jenen Jahren, weil es für einen Luxus stand, den Helger und Cidos nicht gehabt hatten, für eine fremde, eine bessere Welt, in die Helger ihn eintreten sah.

Cidos hätte Helger gern dorthin mitgenommen. Und doch hatte er seinen Freund zurücklassen müssen, als man ihn in den Orden der Zauberer erhoben hatte, und jetzt musste er ihn wieder zurücklassen. Er war hier und hatte es zu Ende gebracht, und nun dachte er daran, wie es angefangen hatte. Er wendete jede Erinnerung wie einen Schatz, und er hatte Angst, das alles irgendwann zu verlieren.

Aber nein. Er hatte es zu Ende gebracht. Er musste diese Erinnerungen loslassen und weitermachen ... Vielleicht neu anfangen. Helger hatte recht, wie immer. Er war der Ältere und stets der Vernünftigere von ihnen beiden gewesen.

Cidos blickte wieder auf, und er sah die leere Urne neben sich. Es war weiterhin ruhig in der Halle, und das war wohl das Beste, was er hier noch zu erwarten hatte.

Cidos Eltairion warf seinen Mantel um sich und machte sich auf den Weg zurück in die Welt.

Figuren und Orte:

Bahome	eine junge Schmugglerin
Bartai	das Volk des Reiches von Bartai Lûn
Bartai Lûn	ein Kontinent, zugleich auch der Name des mächtigsten Reiches darauf, das im Südwesten des Kontinents gelegen ist und Anspruch auf die Vorherrschaft über alle Länder erhebt
Bashi	eine junge Frau aus dem Cojon
Bortan	der Zauberer über den Bergen
Cidos Eltairion	ein Adept der Magie aus Tarsus
Cojon	Gebirge im Norden von Bartai Lûn
Dargei	Schmuggler in Ausbildung
Ekotschi-Tar	Gebirge im Zentrum von Bartai Lûn
Eltar	der Gott der Theokratie
Helger	Schmuggler und rechte Hand von Horgan
Horgan	Kapitän der Schmuggler von Tarsus
Meister Iame	ein Meister der Roten Hand
Kalairan	Gouverneur von Tarsus
Shatwa	eine Oase
Tar-hei	Felsenstadt östlich des Ekotschi-Tar
TeiChu	Handelsstadt an der Ostküste
Theimenes	der Erzmagier von Tarsus
die Theokratie	ein Inselreich und Piratenstaat nordöstlich vom Kontinent Bartai Lûn
Meister WaLeng	ein Meister der Roten Hand